Sous protection particulière

Double révélation

LISA CHILDS

Sous protection particulière

Traduction française de
CHRISTINE BOYER

BLACK ROSE

HARLEQUIN

Collection : BLACK ROSE

Titre original :
THE PREGNANT WITNESS

Ce roman a déjà été publié en 2016

HARPERCOLLINS FRANCE
83-85, boulevard Vincent-Auriol, 75646 PARIS CEDEX 13
Service Lectrices — Tél. : 01 45 82 47 47 - www.harlequin.fr
ISBN 978-2-2804-9128-0 — ISSN 1950-2753

Composé et édité par HarperCollins France.
Imprimé en avril 2023 par CPI Black Print (Barcelone)
en utilisant 100% d'électricité renouvelable.
Dépôt légal : mai 2023.

FSC www.fsc.org
MIXTE
Papier issu de sources responsables
FSC® C159065

Pour limiter l'empreinte environnementale de ses livres, HarperCollins France s'engage à n'utiliser que du papier fabriqué à partir de bois provenant de forêts gérées durablement et de manière responsable.

1

La fusillade éclata avec la violence d'un attentat à la bombe, ébranlant l'immeuble de verre et d'acier. Blaine était en train de se garer sur le parking extérieur. En tant qu'agent spécial du FBI, il pouvait parfaitement évaluer la situation à travers les immenses baies vitrées. Cinq malfrats, dissimulés derrière des masques de zombie et de longs imperméables sombres, avaient envahi la banque et tiraient avec des armes automatiques. Allongés par terre, les clients et les employés tentaient d'échapper aux balles qui fusaient en tous sens.

Blaine avait déjà signalé le hold-up en cours à ses supérieurs et des renforts devaient intervenir. Heureusement, car Blaine n'était armé que de son Glock. Mais il ne pouvait rester les bras croisés alors que tant d'innocents étaient en danger de mort. Il bondit de sa voiture de location et traversa le parking au pas de course.

Combien de personnes les malfaiteurs retenaient-ils ? Toutes étaient des victimes potentielles.

Poussant les portes battantes, Blaine fit irruption dans la succursale :

— FBI !

Cela pourrait rassurer les gens qui sanglotaient ou criaient de peur.

Mais son arrivée soudaine décupla surtout la violence des braqueurs. Les balles sifflèrent et ricochèrent de toutes parts, déchirant l'espace dans un fracas assourdissant. Certaines firent exploser des baies vitrées. Des éclats de verre se répandirent sur les clients étendus contre le sol marbré. Les cloisons intérieures, également de verre, se brisèrent en mille morceaux.

Les hurlements redoublèrent.

Blaine se réfugia derrière l'un des piliers en béton armé qui soutenaient l'immeuble. D'un geste de la main, il ordonna aux clients de la banque de rester allongés. Certains souffraient de coupures aux bras ou aux jambes, mais personne ne semblait gravement blessé. Pour le moment...

— Blaine ! cria l'agent de sécurité, Daryl Williams.

Il était retranché derrière un autre pilier.

— Tu arrives au bon moment !

Daryl Williams, surnommé Sarge, avait été l'instructeur de Blaine au camp d'entraînement militaire des Forces spéciales, du temps où il travaillait dans l'armée. Le vieil homme était depuis l'ami de Blaine et il l'avait appelé quelques jours plus tôt, pressentant l'imminence d'un hold-up. Manifestement, l'instinct de Sarge était toujours aussi sûr.

En revanche, Blaine n'arrivait pas « au bon moment » mais trop tard. Les bandits emportaient déjà des sacs remplis de billets de banque. Blaine se maudit de ne pas avoir débarqué un peu plus tôt.

— Restez tous à terre ! ordonna l'un des types à la cantonade.

Il tira en l'air à l'aide de son fusil automatique.

Un de ses comparses saisit pourtant par les cheveux une femme et l'obligea à se lever. La malheureuse se trouvait non loin des bureaux. Etait-elle une cliente ou une employée ? Les yeux écarquillés de terreur, elle se tourna vers Blaine comme si elle le suppliait de l'aider.

Mais avant que ce dernier ne puisse réagir, Sarge sortit de derrière son pilier, un petit calibre à la main.

— Laissez-la ! cria-t-il en faisant feu dans la direction des malfrats.

— Sarge, couchez-vous ! intima Blaine.

Trop tard. Une balle atteignit son vieil ami en pleine

poitrine. Aussitôt, le sang jaillit, inondant son uniforme. La femme se mit à hurler de plus belle.

Avec un juron, Blaine s'écarta à son tour du pilier derrière lequel il s'était réfugié et tira frénétiquement sur les assaillants. L'un des braqueurs tressaillit comme si Blaine l'avait touché. Mais il devait porter un gilet pare-balles parce qu'il ne s'écroula pas sur le sol. Au contraire, il se précipita vers l'arrière de la succursale, vers l'issue de secours, avec ses complices. L'un d'eux traînait derrière lui la jeune brune apeurée. Les yeux écarquillés de terreur, elle fixait Sarge.

Blaine se jeta aux côtés de son vieil ami. Celui-ci était gravement blessé.

— Tenez bon, Sarge !

L'agent de sécurité s'efforça de parler mais le sang gargouillait dans sa bouche.

— Assist… l'assistan…

Il demandait certainement une assistance médicale. Blaine opina.

— J'ai appelé les secours dès que j'ai entendu les coups de feu. Ils seront là d'un instant à l'autre.

Mais probablement trop tard, songea Blaine avec angoisse.

Sarge secoua faiblement la tête et balbutia dans un murmure.

— L'assistante… du… directeur.

— L'otage ?

— Oui…

Puis ses yeux se révulsèrent et le malheureux rendit l'âme.

Bien sûr, son ancien instructeur lui demandait de voler au secours de cette femme, comprit Blaine. Elle était une civile et donc une priorité.

Se remémorant la peur peinte sur le visage pâle de l'inconnue, Blaine se rua vers l'arrière de la succursale. Les sirènes hurlaient, les malfrats ayant forcé l'issue de secours pour s'enfuir par la ruelle.

Blaine parvint à la porte avant qu'elle ne se referme et, l'arme au poing, se précipita à l'extérieur. Aussitôt des balles fusèrent, criblant le mur de brique.

Prudent, Blaine recula derrière la porte. Les braqueurs continuaient à mitrailler. Ils avaient certainement un véhicule garé à proximité, à bord duquel ils comptaient prendre la fuite mais Blaine n'allait pas les laisser partir avec l'otage. S'ils y parvenaient, personne ne reverrait cette jeune femme en vie. Blaine l'avait à peine entrevue. Elle était brune, probablement aux yeux noirs.

Malgré les balles qui pleuvaient toujours, Blaine risqua un coup d'œil à travers la fente de la porte : un fourgon blanc dont la portière latérale était ouverte attendait les malfrats. Blaine n'avait plus que quelques secondes devant lui s'il voulait sauver l'otage. Aussi se précipita-t-il dans la ruelle. Un projectile l'atteignit en pleine poitrine mais, protégé par son gilet pare-balles, il ne s'arrêta pas et continua à courir.

Lorsqu'il avait quitté les Forces Spéciales de l'armée — avec médailles et honneurs — il avait cru que le casque protecteur ne lui manquerait pas. Il avait toujours trouvé désagréable cet équipement sous lequel il transpirait à grosses gouttes. Mais en la circonstance, cela aurait pu lui servir.

D'un coup de feu, il fit exploser la vitre de la portière conducteur du fourgon. Avec un peu de chance, il avait également atteint l'homme au volant. Mais il n'avait pas le temps de vérifier. L'un des bandits poussait déjà l'otage à l'intérieur du véhicule. Blaine se jeta sur la malheureuse et la tira en arrière. De son autre main, il mitrailla l'intérieur de la camionnette. Au moment où il sautait avec la brune sur le macadam, le fourgon fonça en avant et s'éloigna dans un nuage de fumée.

Au cas où les bandits riposteraient et les prendraient pour cibles, Blaine poussa la jeune femme à terre et la couvrit de son propre corps. Elle ne devait pas craindre que pour elle-même, mais aussi pour son enfant...

Elle était enceinte !

La gorge de Maggie la brûlait à force de crier. C'était plus fort qu'elle, même si les malfrats dans ces horribles costumes de zombie étaient partis. Elle hurlait.

En fait, elle n'avait plus vraiment peur pour elle, mais pour l'homme qui s'était couché sur elle et l'avait protégée. Avait-il payé son courage de sa vie ? Il semblait bien mou et ne paraissait même plus respirer.

Il avait été touché tant de fois ! Il devait être criblé de balles, songea Maggie avec effroi. Au mépris du danger, il avait volé à son secours tel un super-héros, jouant les boucliers humains.

Il était mort, forcément. Pourquoi avait-il surgi en plein hold-up en menaçant les braqueurs ? Il avait prétendu être du FBI mais, si c'était vrai, pourquoi était-il seul sur cette opération ? Il aurait dû attendre des renforts avant d'intervenir, non ?

— Je vous en prie, ne mourez pas ! Je vous en supplie, restez en vie, murmura-t-elle.

Elle le prit par les épaules, des épaules larges comme une armoire à glace, et l'écarta doucement. Une plaque métallique pendait à son cou. Son badge.

Il faisait donc vraiment partie du FBI. Mais comment avait-il su qu'un hold-up était en cours dans cette banque ? se demanda Maggie. Lorsque les malfrats avaient brusquement déboulé dans la succursale, elle n'avait eu ni le temps ni le cran d'actionner la sonnette d'alarme installée sous le bureau. Les balles avaient aussitôt fait exploser les cloisons de verre.

Peut-être que l'un des caissiers ou M. Hardy, le directeur de l'agence, avait réussi à appuyer discrètement sur le bouton qui prévenait le poste de police du quartier.

En tout cas, cet agent du FBI était arrivé sans tambour ni trompette. Les coups de feu étaient si assourdissants que Maggie ne s'était rendu compte de sa présence que lorsqu'il avait poussé les portes du hall en criant.

Soudain, il se remit à respirer. Il avait recouvré son souffle.

Lentement, il se souleva à demi pour la regarder. Son visage était si près du sien qu'elle eut le loisir d'admirer toutes les nuances de vert de ses yeux. Ses prunelles étaient superbes, de véritables émeraudes striées de paillettes dorées. De vrais joyaux.

Très vite, son corps, grand et musclé, se tendit contre le sien et il s'écarta d'elle.

— Je suis désolé.

Il s'excusait ? Mais de quoi ? De lui avoir sauvé la vie ? Peut-être était-elle en état de choc ou peut-être le visage sympathique de son sauveur et son inquiétude manifeste la troublaient-ils parce qu'elle ne parvenait pas à prononcer un mot. Cela ne lui ressemblait pas. En général, elle n'était jamais longtemps muette. Et les gens lui reprochaient souvent d'être un vrai moulin à paroles.

— Ça va ? s'enquit-il.

Avant de répondre, Maggie posa les mains sur son ventre rebondi. Un faible coup résonna sous ses paumes et elle poussa un soupir de soulagement. Son bébé bougeait. Il lançait ses petits poings et ses pieds minuscules comme s'il tentait de protéger sa maman, comme s'il voulait se battre contre ses agresseurs.

Mais l'inconnu s'était déjà chargé de la défendre, de l'arracher des griffes de ses ravisseurs. Et, de toute façon, ce n'était pas à l'enfant de la protéger mais à Maggie de veiller sur lui…

— Ça va ? répéta son sauveur.

Il glissa son arme dans son holster, puis l'aida à se relever. Il la souleva aussi facilement que si elle ne pesait rien.

— Vous avez survécu ! s'exclama-t-elle, émerveillée. Comment avez-vous fait ?

Il écarta sa chemise : en dessous, il portait un gilet pare-balles. Son badge dansait à son cou.

Maggie ne put déchiffrer le nom qui y était gravé en

petits caractères mais elle identifia facilement les trois plus grandes lettres : FBI.

— Vous êtes donc vraiment un agent du FBI ? Je pensais que vous aviez dit ça pour faire peur aux malfrats.

Et elle l'avait pris pour un fou de proférer une telle énormité à des gars si lourdement armés. Mais annoncer sa présence avait peut-être inquiété les braqueurs. En tout cas, ils avaient quitté précipitamment la banque, craignant sans doute que d'autres agents arrivent en renfort.

Il se présenta.

— Je suis l'agent spécial Blaine Campbell.

— Comment avez-vous fait pour arriver si vite sur les lieux ? s'étonna-t-elle. Comment saviez-vous qu'un hold-up était en cours dans cette succursale ?

Il secoua la tête et se tourna vers l'édifice.

— J'ignorais que les malfrats allaient passer à l'attaque aujourd'hui, mais Sarge — Daryl Williams — m'avait téléphoné il y a quelques jours pour me dire qu'il s'attendait à un braquage.

Maggie ferma les paupières en revoyant la scène, le moment terrible où l'agent de sécurité avait reçu une balle en pleine poitrine avant de s'effondrer. Alors qu'il n'était pas protégé par un gilet pare-balles, il avait quitté son abri derrière le pilier — pour elle, pour la défendre, elle en était certaine.

— Comment va-t-il ? demanda-t-elle. Est-ce qu'il est…

L'agent du FBI secoua la tête mais il ne répondit pas comme si l'émotion l'empêchait de prononcer un mot.

Il l'avait appelé « Sarge », il devait donc bien le connaître, se dit Maggie. Sans doute M. Williams avait-il été son instructeur comme il avait été, six ans plus tôt, celui de son fiancé. Le vieil homme travaillait à mi-temps à la banque. Lorsqu'il avait pris sa retraite de l'armée, il avait éprouvé le besoin de garder une activité partielle.

Si seulement il n'était pas venu à la banque aujourd'hui… Si seulement il n'avait pas essayé de me sauver.

Les larmes qui brûlaient les paupières de Maggie finirent

par jaillir de ses yeux et par rouler sur ses joues. Cinq mois plus tôt, elle avait perdu son fiancé et voilà que la seule personne qui la reliait à Andy était fauchée à son tour. Sarge l'avait bien connu. Non seulement il avait été son instructeur, mais il était resté en contact avec Andy quand ce dernier avait quitté le camp de formation militaire. Il se souciait de lui. Il avait toujours su qu'Andy n'aurait jamais dû s'enrôler dans les marines. Le fiancé de Maggie n'était pas assez solide, ni physiquement, ni psychologiquement, pour l'armée. Il n'avait survécu que par miracle aux deux premières opérations où il avait été envoyé. Il était mort à peine arrivé en Afghanistan pour sa troisième mission.

Sarge était venu à l'enterrement et il n'était jamais reparti chez lui. Il avait décidé de prendre soin de Maggie et de son bébé à venir puisque Andy n'était plus là pour s'en charger.

Des bras puissants s'enroulèrent autour de Maggie, lui offrant un réconfort dont l'agent du FBI avait sans doute autant besoin qu'elle. Manifestement, Blaine Campbell avait perdu un homme qu'il respectait et aimait beaucoup. Aussi Maggie l'enlaça-t-elle à son tour, s'accrochant à lui avec force. Mais soudain, des crissements de pneus et des claquements de portière la firent tressaillir.

Des voix se mirent à crier dans la ruelle.

— Allongez-vous ! Mains sur la tête !

De nouveau, la peur s'empara de Maggie. Les malfrats étaient-ils revenus ? Elle ferma les paupières. Elle ne supportait pas l'idée de revoir leurs costumes grotesques de zombies.

Lorsqu'ils étaient adolescents, Mark, le frère aîné d'Andy, les avait emmenés voir un film de zombies et elle avait eu si peur que, par la suite, elle avait toujours refusé de se rendre dans les soirées d'Halloween par crainte qu'un gamin déguisé en zombie ne frappe à sa porte en lui réclamant des bonbons.

Mais apparemment, ils ne cessaient de la poursuivre.

Etaient-ils revenus pour finir le travail et la tuer ?

2

Des policiers en uniforme brandissaient leurs armes vers Maggie et lui. Blaine décida de s'identifier.

— Agent Campbell du FBI !

S'il éprouvait beaucoup de respect pour les agents de police, sa sœur aînée faisant partie de la police du Michigan, Blaine en avait rencontré bon nombre au cours de sa carrière qui n'étaient pas dignes de porter leur uniforme. Aussi refusa-t-il d'obtempérer, de se coucher ou de laisser l'inconnue enceinte tomber une fois de plus sur le macadam.

Elle avait été assez malmenée comme ça. Après qu'elle eut été traînée par les braqueurs dans la ruelle, ses genoux étaient en sang et son tailleur gris clair maculé de graisse. Son visage et ses mains étaient également égratignés et Blaine espérait ne pas l'avoir blessée lorsqu'il s'était allongé sur elle. Lui avait-il fait mal ?

Elle avait perdu un escarpin soit dans la banque, soit dans le fourgon quand Blaine l'avait arrachée des griffes de ses ravisseurs. Elle boitillait. Mais peut-être semblait-elle en déséquilibre non parce qu'elle devait marcher sur une seule chaussure mais parce qu'elle était en état de choc. En tout cas, Blaine préféra garder une main sur elle pour qu'elle ne risque pas de trébucher et de s'étaler par terre.

Il reporta son attention sur les policiers et les mit au courant de la situation.

— Les braqueurs ont pris la fuite à bord d'un fourgon blanc. La vitre de la portière côté conducteur est cassée.

Puis il leur donna le numéro d'immatriculation du véhicule qu'il avait mémorisé.

L'un des agents sortit aussitôt sa radio pour lancer un avis de recherche.

— Que pouvez-vous ajouter sur les suspects, agent Campbell ?

Luttant contre le chagrin qui le submergeait, Blaine répondit.

— L'un d'eux a tiré sur l'agent de sécurité.

— Nous avons appelé les secours. Ils sont déjà sur place et ils vont s'occuper des blessés.

Blaine retint un juron. Les secours arrivaient trop tard pour Sarge. Le malheureux était mort dans ses bras en l'exhortant à sauver l'adjointe du directeur de l'agence.

— Vous devriez leur demander d'examiner madame…

Il se tourna vers la jeune femme, attendant qu'elle leur donne son nom. Quelques instants plus tôt, il s'était présenté mais pas elle.

— Mademoiselle, corrigea-t-elle.

Ses yeux noirs semblaient un peu perdus, comme si elle était hébétée.

— Maggie Jenkins, ajouta-t-elle finalement.

Elle était donc célibataire, se dit Blaine. Célibataire et ravissante. Ses cheveux bruns, longs et bouclés, cascadaient sur ses épaules. Ses yeux de jais, sertis de cils épais, étaient encore écarquillés de frayeur. Elle n'était peut-être pas mariée mais elle ne vivait certainement pas seule. Jolie comme un cœur, elle avait certainement quelqu'un dans sa vie, supposa Blaine.

— Les urgentistes devraient s'occuper de Mlle Jenkins, conseilla-t-il aux agents. Les braqueurs ont essayé de l'enlever, de la prendre comme otage. J'ai réussi in extremis à les en empêcher, mais elle a été fortement secouée.

D'ailleurs, il l'avait peut-être lui-même blessée en la poussant à terre pour la protéger des balles.

— Il faudrait sans doute la conduire à l'hôpital, ajouta-t-il.

Elle devrait certainement passer une échographie pour

vérifier que le bébé qu'elle attendait se portait bien, lui aussi. Mais Blaine ne voulut pas y faire allusion à voix haute pour ne pas inquiéter la future mère. Elle en avait assez vu.

Le policier ralluma sa radio et demanda à l'équipe médicale d'envoyer quelqu'un dans la ruelle.

Les urgentistes arrivèrent très vite à bord d'une ambulance. Une femme en blouse blanche ouvrit le hayon arrière et en sortit un brancard sur roulettes qu'elle poussa vers eux.

Mais Maggie Jenkins secoua la tête, refusant de s'y allonger.

— Et M. Williams ? demanda-t-elle. C'est de lui dont vous devez vous occuper en priorité. Il a plus besoin de soins que moi.

Sans répondre, son interlocutrice se contenta de la regarder fixement.

— L'agent de sécurité de la banque, précisa Maggie Jenkins. L'un des braqueurs a fait feu sur lui, ajouta-t-elle d'une voix tremblante d'émotion. Est-ce qu'il va s'en tirer ?

L'urgentiste hésita avant de secouer la tête.

Des larmes jaillirent de nouveau des yeux de Maggie Jenkins et roulèrent sur son ravissant visage. Blaine en fut ému. Elle semblait connaître Sarge et avoir de l'affection pour lui. Pourtant, ils n'avaient pas pu travailler longtemps ensemble. Sarge n'avait quitté l'armée que quelques mois plus tôt. Il avait été engagé peu après comme agent de sécurité dans cette banque.

Blaine avait envie de prendre la jeune femme dans ses bras, de la réconforter, comme il l'avait fait plus tôt. Mais ne l'avait-elle pas plutôt réconforté, lui ? Elle avait noué ses bras autour de lui et l'avait tendrement étreint. Il avait gardé en mémoire la douceur de ses courbes féminines et sa chaleur.

— Allez voir les urgentistes, lui conseilla-t-il. Laissez-les vous examiner.

Blaine avait des questions à lui poser, à poser à l'adjointe du directeur de l'agence, beaucoup de questions. Mais cet interrogatoire attendrait qu'elle ait surmonté le contrecoup des événements et qu'elle soit physiquement en état d'y répondre.

En revanche, les policiers commencèrent immédiatement à mitrailler Blaine de questions. Il dut expliquer sa présence sur les lieux du drame et ses liens avec Sarge — même si les larmes brûlaient ses yeux chaque fois qu'il prononçait le nom de son ancien instructeur. Il les refoula. Sarge lui aurait botté les fesses s'il avait montré la moindre faiblesse. Sarge avait toujours enseigné à ses recrues qu'un bon marine, un marine digne de ce nom, était capable de maîtriser ses émotions. Cela dit, Blaine l'avait appris bien avant de faire la connaissance de Sarge.

— Pourquoi l'agent de sécurité vous a appelé ? demanda l'un des policiers.

— Je viens d'être muté à l'agence de Chicago du FBI. Je traque les braqueurs qui multiplient les hold-up de banques dans l'Illinois, le Michigan et l'Indiana depuis six mois.

Les braquages de banque étaient sa spécialité et Blaine n'était pas peu fier de son bilan. Toutes les affaires sur lesquelles il avait travaillé avaient été élucidées et il avait réussi à appréhender tous les malfrats en cause.

Certes, la plupart de ces braqueurs étaient des minables, désespérés et assez faciles à coincer. Mais les bandits avec leurs masques de zombie et leurs longs imperméables noirs n'étaient probablement ni des minables ni des désespérés. Ils ne seraient pas faciles à attraper. Mais Blaine avait très envie de les arrêter.

Il le devait à Sarge…

— Croyez-vous que ce hold-up soit lié à ces braquages en série dans la région ? questionna le policier.

— Peut-être… Je ne sais pas, reconnut Blaine.

Il ne s'était pas encore rendu dans les bureaux du FBI pour consulter les dossiers. Il n'avait atterri que quelques heures plus tôt. Mais depuis l'appel de Sarge, l'urgence qui teintait la voix de son instructeur hantait Blaine et voilà pourquoi il avait préféré filer à l'agence en laissant sa valise dans le coffre de sa voiture de location.

— J'ai besoin de me renseigner un peu.

De toute façon, il ne voulait pas donner trop de d'informations aux policiers avant d'avoir vérifié les faits. Il lui fallait également l'aval du Bureau pour divulguer quoi que ce soit.

Mais il ne pouvait pas quitter les lieux, pas encore. Il ne voulait pas abandonner Maggie Jenkins.

Il retourna dans les locaux de la succursale où l'équipe médicale avait installé la jeune femme. Un homme en costume cravate était en grande conversation avec elle. Pour entrer, il avait forcément dû montrer patte blanche aux policiers.

Blaine le reconnut. Quand il avait fait irruption dans l'agence, il avait vu ce type parmi les personnes allongées sur le sol tentant de se protéger des rafales de balles. Au lieu de s'enquérir de l'état de santé de Maggie Jenkins, il semblait l'interroger, comme Blaine avait envie, lui aussi, de le faire. Mais elle n'avait probablement pas plus d'informations à communiquer qu'il n'en avait lui-même.

Blaine voulait surtout s'assurer qu'elle allait bien, qu'en lui portant secours, il ne lui avait pas fait plus de mal que les malfrats en cherchant à la prendre en otage.

Maggie était enfin seule. M. Hardy, le directeur de la banque, était retourné au fond du bâtiment endommagé pour appeler le siège comme elle lui avait conseillé de le faire. Agé de trente ans à peine, il était jeune et inexpérimenté. Il n'avait donc pas la moindre idée de ce qu'il convenait de faire après un hold-up.

Contrairement à Maggie. Malheureusement pour elle, elle avait déjà vécu cette terrible expérience.

Elle tremblait encore, non de froid ni même de peur. Elle n'avait pris conscience de sa terreur que lorsqu'une balle avait touché Sarge et que le malheureux s'était effondré. Avant cet instant tragique, quand les malfrats avaient fait irruption dans le hall, vêtus de ces longs imperméables et les visages dissimulés derrière ces masques, elle avait été trop sidérée pour éprouver quoi que ce soit.

En général, la simple vue de ces horribles masques suffisait à la terrifier depuis qu'Andy et Mark l'avaient emmenée voir ce film d'horreur particulièrement violent mettant en scène des zombies. Elle en avait fait des cauchemars pendant des années. Et, depuis plusieurs mois, des mauvais rêves remplis de zombies revenaient la tourmenter. Désormais, il ne s'agissait plus d'acteurs mais des braqueurs déguisés qui l'avaient déjà effrayée lors du précédent hold-up.

— Je n'arrive pas à y croire, murmura-t-elle pour elle-même. Ce n'est pas possible. Je n'arrive pas à croire que tout recommence !

L'incrédulité avait dominé sa peur… jusqu'au moment où Sarge avait été abattu sous ses yeux.

— Ça va ? lança une voix grave derrière elle.

Surprise, Maggie sursauta. Ce n'était pas l'un des urgentistes qui lui posait la question. Leurs voix étaient moins… imposantes. L'agent Campbell dégageait une autorité naturelle, il suscitait l'attention et le respect.

Il avait pris la direction des opérations dès qu'il avait surgi dans l'agence, l'arme au poing. Immédiatement, il avait assumé la responsabilité de la situation et des décisions. Et il l'avait sauvée. Elle ignorait dans quel but les malfrats avaient voulu l'enlever mais Blaine Campbell les avait empêchés de mettre leur plan à exécution. Et il avait pris en charge l'enquête, d'autorité, sans laisser aux policiers la possibilité de s'en occuper.

Maggie opina en resserrant sur elle la couverture qu'un des ambulanciers avait posée sur ses épaules. Elle ne cessait de trembler.

— Ça va, mentit-elle. J'ai toujours marmonné toute seule. Mes parents prétendent que je savais parler à ma naissance et que personne n'a jamais réussi à me faire taire…

L'agent du FBI s'empara de la couverture et y emmitoufla un peu mieux Maggie.

Lorsqu'elle avait suivi des cours de puériculture, Maggie avait appris à emmailloter une poupée mais elle n'avait pas fait preuve d'autant de dextérité que l'agent du FBI. Peut-être avait-il des enfants. Elle glissa un coup d'œil vers ses mains, de grandes mains musclées, mais il ne portait pas d'alliance. Cela dit, beaucoup d'hommes mariés n'en portaient pas.

Ces pensées la firent rougir. Elle s'égarait…

— Merci, dit-elle. Je vais bien. Vraiment.

En réalité, elle se sentait frigorifiée.

— Je vais retourner dans l'agence et aider M. Hardy à…

— Ce M. Hardy est le directeur de la banque, non ? demanda Blaine Campbell.

— Oui, répondit Maggie. Je dois lui donner un coup de main pour fermer la succursale et dresser l'inventaire. Il y a tant à faire…

C'était toujours le cas après un hold-up.

— Vous avez surtout besoin d'aller à l'hôpital et d'être examinée par un médecin, répliqua Campbell en faisant signe aux ambulanciers. Vous auriez dû l'emmener en priorité, leur dit-il.

— Elle voulait d'abord vous parler, répliqua une jeune urgentiste.

Maggie n'avait pas la moindre intention de se rendre à l'hôpital. Il n'en était pas question, elle avait trop à faire dans l'agence. Et Sarge…

Etait-il encore à l'intérieur ?

Mais comme elle s'apprêtait à retourner à son poste, le bébé s'agita, donnant de violents coups de pied, comme pour manifester son désaccord.

Elle hésita mais finit par hocher la tête.

— Vous avez raison. Dans mon état, je devrais peut-être m'assurer que tout va bien…

Il lui fallait protéger son enfant. Elle était à six mois de grossesse. Il lui restait trois mois à veiller à ce que tout se passe bien. Elle n'avait pas mesuré à quel point cela lui serait difficile à assumer.

— Mes questions peuvent attendre, poursuivit l'agent du FBI. La priorité est qu'un médecin vous examine.

Il s'adressa aux urgentistes.

— A quel hôpital la conduisez-vous ?

— Med West, répondit la jeune femme. Si vous voulez, vous pouvez monter avec elle dans l'ambulance. Vous l'interrogerez en route.

Maggie retint son souffle, attendant sa réponse. Curieusement — elle ne le connaissait pas, après tout — elle espérait de tout son cœur qu'il allait accepter, l'accompagner. Elle respirait mieux quand il était près d'elle, elle se sentait en sécurité dans ses bras…

— Agent Campbell ! appela l'un des policiers.

Il ne détourna pas les yeux de Maggie. Ses somptueuses émeraudes restèrent focalisées sur son visage.

Mais, sans se décourager, l'homme insista.

— Nous avons localisé le fourgon !

Cette information intéressa l'agent qui tourna un instant la tête vers son interlocuteur.

— Et les braqueurs ?

— Nous ignorons si quelqu'un se trouve à l'intérieur du véhicule. Personne ne l'a encore approché.

Blaine Campbell allait se rendre sur place, comprit Maggie. Elle lui attrapa le bras.

— Soyez prudent…

Elle avait donné le même conseil à Andy lorsqu'il l'avait quittée pour l'Afghanistan, la dernière fois. Mais il ne l'avait pas écoutée. L'agent Campbell le ferait-il ? Sinon, les balles des malfrats finiraient certainement par le tuer.

Blaine Campbell lui adressa un petit signe de tête puis se détourna pour rejoindre l'équipe de policiers.

Maggie déglutit. Blaine Campbell avait eu de la chance lors de sa première confrontation avec les braqueurs mais Andy aussi avait eu de la chance lors des deux premières missions militaires qui lui avaient été confiées…

L'arme au poing, Blaine ouvrit la portière latérale de la camionnette. Mais le fourgon était vide. Les braqueurs l'avaient abandonné au fond d'une ruelle entre deux bennes à ordures.

— Le propriétaire avait signalé le vol de son véhicule, il y a trois jours, indiqua l'un des policiers.

Que les bandits l'aient dérobé eux-mêmes ou aient utilisé une filière spécialisée dans le vol de voitures, Blaine devrait remonter cette piste. Quelqu'un avait peut-être été témoin du vol.

De toute évidence, les malfrats avaient abandonné la camionnette pour s'enfuir à bord d'un autre véhicule. Ils avaient dû faire vite et n'avaient certainement pas eu le temps de la nettoyer.

A coup sûr, ils avaient laissé derrière eux des indices qui pourraient les faire tomber. Blaine en dressait déjà mentalement la liste. Des fibres vestimentaires, des cheveux et du sang. Ils avaient sciemment taché de rouge leurs déguisements pour renvoyer une image plus impressionnante encore. Mais Blaine remarqua de petites flaques de sang sur le sol du fourgon, des petites flaques qui étaient en train de sécher mais qui parleraient.

L'un des policiers qui avait suivi son regard demanda.

— Vous en avez touché un ?

Blaine espérait avoir eu le tueur de Sarge.

— J'ai tiré sur eux mais je pensais qu'ils portaient des gilets pare-balles.

— Vous devez être bon tireur…

Blaine estimait surtout avoir eu de la chance. Il se félicitait que les braqueurs n'en aient pas eu. S'ils n'avaient pas craint l'arrivée imminente de renforts, sans doute auraient-ils pris le temps de le descendre comme ils avaient abattu Sarge.

Il soupira.

— La blessure n'a pas empêché le suspect de s'enfuir.

Tous les cinq avaient réussi à prendre la poudre d'escampette. Mais l'un d'eux au moins n'en sortait pas indemne.

— Lancez un avis de recherche signalant que l'un des suspects a été blessé par balle et a sans doute besoin de soins médicaux, poursuivit Blaine. Il se rendra peut-être à l'hôpital, au cabinet d'un médecin ou dans un centre médical. A moins qu'il ne s'adresse à une clinique vétérinaire.

Et les médecins avaient l'obligation de déclarer à la police les blessures par balle.

Blaine n'avait donc pas à s'inquiéter d'avoir envoyé Maggie Jenkins à l'hôpital à l'arrière d'une ambulance. Dans l'immédiat, les malfrats qui avaient essayé de l'enlever avaient d'autres chats à fouetter et ils ne s'en reprendraient sans doute pas de sitôt à elle.

« Une fois de plus… »

Pourquoi avait-elle marmonné ces mots en se dirigeant vers l'ambulance ? Il avait dû tendre l'oreille tellement Maggie était aphone d'avoir tant hurlé et il n'était pas certain d'avoir bien compris ce qu'elle avait dit. Mais elle avait murmuré quelque chose pour exprimer son incrédulité. Comme si elle n'arrivait pas croire qu'elle était de nouveau victime de tels événements. De nouveau…

S'était-elle déjà retrouvée au cœur d'un hold-up ?

Aux prises avec les mêmes braqueurs ?

Blaine pesta. Bon sang, si c'était le cas, il avait de sérieuses raisons de s'inquiéter. Pas uniquement parce qu'elle était potentiellement en danger. Il avait négligé une piste intéressante, sérieuse, la seule piste peut-être qui lui permettrait de démasquer les coupables. Avait-il laissé les grands yeux de Maggie, sa peur et sa vulnérabilité influencer son jugement ?

Et si Maggie Jenkins n'avait pas été otage, victime, des braqueurs, mais leur complice ? se demanda Blaine.

Sarge n'avait peut-être pas tenté de lui dire qu'il devait venir en aide à l'adjointe du directeur. Peut-être avait-il voulu au contraire le mettre en garde et lui demander de l'arrêter…

3

Allongée sur un lit aux urgences, Maggie était vêtue d'une chemise de nuit en papier. In utero, son bébé ne cessait de s'agiter, de donner des coups de pied, de poing, comme s'il continuait à se battre. Maggie posa les paumes sur son ventre pour tenter de le calmer.

— Je suis désolée, bébé. Décidément, ta maman n'est pas très douée pour te protéger.

Pourquoi le danger semblait-il la suivre en permanence ? Pour le fuir, elle avait changé de travail — ou plus exactement de lieu de travail — n'ayant, bien sûr, pas les moyens de démissionner. Elle avait besoin de gagner sa vie.

Peut-être aurait-elle dû épouser Andy quand il lui avait demandé sa main. D'ailleurs, il lui avait proposé plusieurs fois le mariage. Tous deux avaient fait connaissance très jeunes, ils avaient commencé à sortir ensemble au collège et elle l'avait aimé. Mais elle n'avait jamais été « amoureuse » de lui.

— Je suis désolée, répéta-t-elle.

Cette fois, elle s'adressait à Andy.

Elle aurait dû lui avouer la vérité mais il s'était enrôlé dans l'armée tout de suite après le lycée et elle n'avait pas eu le courage d'envoyer une lettre de rupture à un homme qui risquait sa vie à l'autre bout du monde. Et lorsqu'il était revenu en permission, elle avait été si contente de le voir, si heureuse de retrouver son meilleur ami, qu'elle n'avait rien dit par crainte de mettre en péril leur amitié.

Mais ses efforts pour épargner Andy n'avaient servi à rien.

Il était mort en Afghanistan, moins de vingt-quatre heures après y avoir atterri. Une bombe artisanale avait explosé au passage de son convoi militaire et ni Andy ni aucun de ses camarades n'avait survécu à l'attaque.

A ce souvenir, des larmes brûlèrent les paupières de Maggie. Mais elle prit une profonde inspiration pour se calmer. Il lui fallait être forte. Pour son bébé. Comme il était déjà orphelin de père, il avait deux fois plus besoin d'elle.

Une main écarta le rideau derrière lequel elle patientait depuis qu'elle avait été admise aux urgences et le jeune interne qui s'était occupé d'elle à son arrivée réapparut. Il lui sourit d'un air rassurant.

— J'ai demandé à un gynécologue-obstétricien et à un radiologue d'examiner les images de l'échographie. Tout le monde est d'accord pour dire que votre bébé va bien.

Maggie poussa un soupir de soulagement.

— Tant mieux, c'est formidable !

— Vous, par contre, vous êtes couvertes d'ecchymoses et votre pression artérielle est un peu élevée. Vous devez donc être prudente et prendre davantage soin de vous.

Maggie hocha la tête. Elle était d'accord avec l'interne mais elle ne savait plus très bien quoi faire pour *prendre soin d'elle*. Elle avait changé de travail dans ce seul but. Pour être moins confrontée au stress. Mais M. Hardy n'était pas aussi compétent que le directeur de la succursale auprès duquel elle travaillait auparavant. Et les bandits déguisés en zombies avaient attaqué de la même façon cette nouvelle agence.

Peut-être aurait-elle été plus en sécurité si elle était restée là où elle était, finalement.

— Je vais veiller davantage sur moi et sur le bébé, promit-elle. Savez-vous si c'est une fille ou un garçon ?

Depuis le début de sa grossesse, elle avait déjà passé deux échographies mais le médecin n'avait pas été en mesure de lui répondre.

L'interne secoua la tête.

— Désolé, je n'y ai pas prêté attention. Mais le radiologue

l'a peut-être noté quelque part, ajouta-t-il en consultant le dossier. Je vous présente mes excuses, madame. Je n'avais pas compris que vous vous trouviez à la banque au moment du hold-up.

— Ne vous inquiétez pas, répondit Maggie. J'aurais dû vous le dire.

Mais elle n'avait pas voulu en parler, se remémorer ces horribles masques et le terrible moment où Sarge avait été abattu d'une balle.

Un frisson la parcourut.

— Le niveau de votre tension artérielle s'explique mieux, poursuivit l'interne. Vous avez dû avoir très peur.

Elle avait été terrifiée jusqu'au moment où l'agent du FBI l'avait sauvée. Où était-il passé, d'ailleurs ? N'était-il pas censé la rejoindre aux urgences pour l'interroger ?

— Tout ira bien pour moi, assura-t-elle au jeune médecin.

Elle avait survécu. Une fois de plus. Sarge n'avait pas eu cette chance. A cause d'elle. Peut-être l'agent Campbell n'avait-il pas survécu, lui non plus, à sa deuxième confrontation avec les braqueurs.

L'interne hocha la tête.

— Compte tenu de ce que vous avez traversé, vous vous portez à merveille. Mais à votre place, je demanderais à mon gynécologue habituel un traitement pour la tension artérielle.

— D'accord, je vais l'appeler et prendre rapidement rendez-vous, promit Maggie.

Elle ne voulait courir aucun risque avec sa grossesse. Elle avait déjà perdu le père de son bébé. Il n'était pas question de jouer avec la vie de l'enfant.

— Vous pouvez vous rhabiller et rentrer chez vous, conclut l'interne. Voici un bon de sortie, une ordonnance et quelques clichés.

Maggie considéra les photos. Un peu plus tôt, quand elle avait passé une échographie, elle avait vu son bébé sur l'écran du radiologue. Mais c'était la première fois qu'on lui remettait des clichés de l'enfant. Sans doute parce qu'il ressemblait désormais à un bébé et non plus à une cacahuète. Il était recroquevillé sur le côté et sa petite bouche était ouverte.

Maggie sourit en se rappelant que sa mère lui avait dit qu'elle-même avait la bouche ouverte chaque fois qu'une échographie avait permis de la voir. A croire que Maggie avait commencé à parler avant même d'être née. Voilà sans doute pourquoi elle était si bavarde.

— Merci de votre gentillesse, dit-elle à l'interne.

Mais elle ne leva pas la tête. Emerveillée, elle ne pouvait détacher les yeux de la photo du bébé. Ce petit être avait déjà survécu à tant d'épreuves : à la mort de son papa et à deux hold-up…

— Bonne chance, madame, lui lança l'interne avant de s'éloigner.

Le sourire de Maggie s'envola. Elle aurait besoin de beaucoup de chance pour aller au bout de sa grossesse et mettre au monde un enfant en bonne santé. Pour le moment, il allait bien. Et elle ferait tout ce qui était en son pouvoir pour qu'il en soit toujours ainsi.

Elle s'habilla rapidement puis elle reprit le cliché en noir et blanc pour admirer une fois de plus son bébé. Peut-être devait-elle attendre l'agent du FBI pour être sûre qu'il avait survécu. De toute façon, elle ne pouvait s'en aller. Son sac était resté à la banque, elle n'avait donc pas d'argent pour prendre un taxi. Et avec M. Hardy occupé avec les dirigeants du siège à propos du hold-up, elle ne pouvait compter sur personne. Le seul qui aurait pu l'aider était mort.

Sarge...

Si seulement il n'avait pas quitté son abri derrière le pilier…

Si seulement il n'avait pas essayé de la sauver…

Les larmes brouillèrent sa vue mais elle les refoula pour se focaliser de nouveau sur la photo du bébé. Elle avait besoin de se concentrer sur lui, de veiller sur lui. Il était sa priorité.

Elle devait trouver un téléphone et appeler un ou une amie pour lui demander de passer la prendre. Mais, en vérité, elle ne connaissait presque personne dans cette petite ville en banlieue de Chicago. Personne d'autre que Sarge…

Lorsque la succursale où elle travaillait auparavant avait été braquée, elle avait demandé à être mutée dans l'agence où était employé Sarge. Elle avait cru être plus en sécurité s'il se trouvait à proximité. Mais le danger l'avait suivie et Sarge l'avait payé de sa vie.

De nouveau, elle réprima les larmes qui brûlaient ses paupières. Sangloter ne l'aiderait pas à faire baisser sa pression artérielle.

Une main gantée écarta alors le rideau.

— Je suis désolée, dit-elle, se sentant coupable de se prélasser comme si elle pouvait rester là éternellement. Je me doute que vous avez besoin du lit pour d'autres patients. Je m'en vais tout de suite, ajouta-t-elle.

Mais à qui pourrait-elle demander de la reconduire chez elle ?

— Et j'attendrai dans le hall de l'hôpital.

Elle n'obtint aucune réponse, aucun commentaire. Mais elle devinait une présence, un regard sur elle.

Aussi leva-t-elle les yeux… et découvrit un horrible masque de zombie.

Elle frissonna de terreur. Son cœur se mit à battre la chamade. Cela ne cesserait donc jamais ?

Elle voulut appeler à l'aide mais le canon d'un automatique pointé sur elle l'en dissuada. Elle le savait : ces bandits tuaient sans états d'âme, sans le moindre scrupule. Ils avaient abattu Sarge qui n'avait cherché qu'à la sauver. Elle n'avait pas envie de crier et de mettre ainsi la vie de quelqu'un d'autre en danger.

Les bandits ne l'avaient traquée jusqu'à l'hôpital que pour une seule raison.

La tuer, *elle*…

Blaine jura en consultant l'écran de sa tablette. Le Bureau lui avait enfin transmis le dossier concernant les braquages.

D'un coup, il comprenait parfaitement ce que Maggie avait grommelé devant l'ambulance. Elle avait déjà été victime d'un hold-up.

Maggie Jenkins avait été braquée quelques mois plus tôt dans une autre agence où elle exerçait également les fonctions d'adjointe du directeur.

N'était-ce pas curieux que les mêmes malfrats, portant les mêmes masques de zombie et les mêmes imperméables sombres, l'aient recroisée dans une autre succursale de la même banque dans une autre ville ? S'agissait-il d'une coïncidence ?

Depuis qu'il travaillait au FBI, Blaine avait pu le constater : les coïncidences de ce genre étaient extrêmement rares. Il n'y croyait pas.

Il était plus probable que les braqueurs connaissaient Maggie Jenkins. Et s'ils la connaissaient, elle les connaissait aussi.

Avant qu'elle ne prenne place dans l'ambulance pour être conduite aux urgences, Blaine avait déjà de nombreuses questions à poser à Maggie. Désormais, il en avait bien davantage encore. Et il se promit de ne plus laisser ses grands yeux de biche remplis de larmes ni sa douceur ou sa vulnérabilité apparentes altérer de nouveau son jugement.

Il rangea sa tablette dans la boîte à gants, ouvrit la portière et sortit de son véhicule.

D'un pas rapide, il gagna l'entrée de l'hôpital, puis brandit son badge sous le nez de l'agent de sécurité qui montait la garde devant le hall.

— Je cherche une femme qui a été témoin d'un hold-up dans une banque. Maggie Jenkins.

L'homme promena sur Blaine un détecteur à métaux, puis lui indiqua les urgences.

Devant la réceptionniste, Blaine agita de nouveau son insigne.

— J'ai besoin de parler à Maggie Jenkins qui est arrivée chez vous après avoir été mêlée à un hold-up.

Son interlocutrice hocha la tête.

— Nyla va vous conduire dans le box où elle se trouve.

Une jeune infirmière l'entraîna dans un labyrinthe de couloirs et finit par lui désigner du doigt l'endroit.

— Mllc Jenkins est là-bas.

Suivant ses instructions, Blaine passa devant plusieurs boxes fermés par des rideaux et il tira le dernier. Le lit était vide. Maggie était partie. Il ne restait qu'un cliché en noir et blanc, posé sur les draps.

Blaine s'en empara. C'était une image d'échographie. Lorsqu'elles étaient enccintes, ses sœurs aînées lui avaient montré d'autres photos du même genre. Toutes trois avaient accordé beaucoup d'importance à ces clichés de leur bébé à venir.

Quelle que soit son implication dans les braquages, quel que soit son degré de complicité, Maggie Jenkins n'aurait jamais laissé cette photo de son enfant, conclut Blaine. Il retourna auprès de l'infirmière.

— Elle est partie…, dit-il.

Indifférente, la jeune femme haussa les épaules.

— Elle avait reçu l'autorisation de rentrer chez elle.

— Elle est arrivée à bord d'une ambulance et elle n'avait pas son sac avec elle, rétorqua Blaine. Elle n'a pas pu repartir toute seule.

Pas sans voiture ni argent pour prendre un taxi. Il lui aurait au moins fallu appeler quelqu'un pour le prier de passer la chercher. Mais dans ce cas, pourquoi n'avait-elle pas emporté cette photo avec elle ?

— Avez-vous vu quelqu'un revenir ici ?

Comme l'infirmière esquissait une grimace d'ignorance, un autre rideau s'ouvrit et une petite fille apparut. Elle regarda Blaine en face.

— Le monstre est venu voir la dame qui était sur le lit et il l'a emportée.

Un frisson glacé parcourut l'échine de Blaine.

— Un monstre ? Quel monstre ?

La mère de la fillette était assise sur une chaise dans le box. Avec un léger sourire, elle secoua la tête.

— Il ne s'agissait pas d'un monstre, chérie. Mais de quelqu'un qui portait un masque. Les masques de zombie sont très prisés au moment de Halloween.

— Mais nous ne sommes pas à Halloween…, rappela la petite fille.

Blaine fronça les sourcils.

— Cette personne portait donc un masque de zombie ?

La mère haussa les épaules.

— Je n'en sais rien.

Mais la fillette hocha la tête, manifestement terrifiée.

— C'était un vrai zombie et il était effrayant. Il avait aussi un grand imper noir.

Les craintes de Blaine se concrétisaient. Il réprima un juron. L'un des malfrats aurait traqué Maggie Jenkins jusqu'à l'hôpital ?

De nouveau, la mère haussa les épaules.

— Il a mis un doigt sur ses lèvres pour nous intimer au silence. Je crois qu'il voulait faire une bonne blague à la jeune brune qui se trouvait là, sa copine sans doute.

Blaine déglutit avec difficulté. Manifestement, son interlocutrice n'avait pas entendu parler des braqueurs déguisés en zombies.

L'infirmière secoua vigoureusement la tête.

— Je n'ai vu personne habillé en zombie et l'agent de sécurité posté à l'entrée n'aurait jamais laissé passer un homme masqué.

— Et les issues de secours ? demanda Blaine. On peut les ouvrir de l'extérieur ?

— Non, seul un employé de l'hôpital peut le faire, et de l'intérieur.

Mais les employés de l'hôpital n'étaient certainement pas

passés au détecteur de métaux comme l'étaient les visiteurs, songea Blaine.

— Montrez-moi.

L'infirmière le conduisit devant les issues de secours, qui n'étaient qu'à quelques pas du box où avait été Maggie. Si le bandit était entré dans l'hôpital par là, personne ne l'avait vu, à l'exception de Maggie et de cette petite fille. L'intrus n'avait pas eu non plus à affronter le garde chargé de la sécurité.

L'infirmière passa son badge devant un boîtier métallique pour ouvrir la porte. Celle-ci donnait sur un couloir désert.

— On peut rejoindre le parking de l'hôpital par là ? s'enquit Blaine.

— Oui.

— Montrez-moi, répéta-t-il.

Avec un soupir exaspéré comme s'il lui faisait perdre un temps précieux pour des bêtises, l'infirmière longea le corridor, entraînant Blaine jusqu'à une porte métallique.

— Les vestiaires du personnel sont derrière, indiqua-t-elle. Ils donnent en effet sur le parking mais, à cette heure-ci, l'équipe de nuit n'est pas encore arrivée et personne n'a donc de raison d'ouvrir cette porte.

Mais il y avait des bruits à l'intérieur, des bruits sourds. Et soudain un cri perçant déchira l'air.

Blaine arracha le passe des mains de l'infirmière et le glissa dans l'ouverture de la porte.

Comme il poussait le battant, des déflagrations retentirent. Une balle le frappa — mais n'atteignit que son gilet pare-balles.

L'infirmière hurla et retourna précipitamment dans le hall.

Blaine ne lui prêta pas attention. Maggie Jenkins était au sol. Le bandit masqué lui avait empoigné les cheveux et la traînait à travers les vestiaires, vers le parking.

Comment avait-il su qu'elle se trouvait là ? se demanda Blaine. Comment avait-il obtenu un badge pour entrer par la porte réservée au personnel de l'hôpital ? Soit il travaillait dans l'établissement, soit il avait un complice sur place.

Maggie se débattait tout en appelant au secours. Elle s'accrochait aux bancs des vestiaires, aux casiers. Avec l'énergie du désespoir, elle résistait. Elle donnait des coups de pied, des coups de poing, à droite, à gauche.

Mais soudain, l'homme la frappa de la crosse de son arme.

4

Maggie n'osait plus respirer, ni bouger. Terrifiée, elle fixait le canon du pistolet automatique que son agresseur brandissait devant son visage.

L'agent Campbell avait fait irruption dans le vestiaire, mais un coup de feu l'avait plaqué contre la porte. Il restait en arrière. Ne portait-il plus de gilet pare-balles ? Avait-il été blessé ?

Ou pire ?

Maggie avait envie de jeter un coup d'œil dans sa direction pour mesurer la gravité de la situation mais elle se l'interdit. Pétrifiée de peur, elle craignait que tout aille de mal en pis si elle esquissait le moindre mouvement. L'arme était tout près d'elle ! Si son agresseur appuyait sur la détente, la balle ne pouvait la manquer. La mort n'avait jamais été plus proche.

La déflagration résonna comme un coup de tonnerre. Le bruit fut assourdissant. Mais Maggie ne sentit rien, aucune douleur. Et elle ne s'écroula pas non plus.

Le pistolet qui la menaçait tomba sur le sol avec fracas. Et le braqueur s'effondra, lui aussi, sur un banc de bois.

Aux urgences, le bandit l'avait obligée à se taire en lui enfonçant le canon de son automatique dans le ventre. Elle avait compris que, si elle appelait au secours, il tuerait son bébé. Mais quand il l'avait traînée jusqu'aux vestiaires, il avait dû baisser son arme pour s'emparer d'un passe. Et voilà pourquoi, comme les portes se refermaient derrière eux, elle avait pris le risque de crier, de demander de l'aide.

Mais elle ne s'attendait pas à ce que l'agent Campbell vienne une nouvelle fois à sa rescousse. Il avait dû se remettre de la balle qui l'avait envoyé valser contre la porte parce que là, il ripostait avec énergie. Il s'arrêta un instant pour donner un coup de pied dans le pistolet de l'agresseur et l'envoyer au loin. Mais, profitant de son inattention, le malfrat s'empara alors du banc et le lança à la tête de l'agent du FBI. Le banc atteignit Campbell dans le dos puis heurta Maggie.

Elle s'écroula contre les casiers métalliques. L'arrière de son crâne se cogna si durement contre leurs parois que mille étoiles passèrent devant ses yeux. Sa vision se brouilla un instant, ses jambes se dérobèrent sous elle et elle glissa à terre.

Heureusement, l'agent du FBI n'avait pas lâché son arme et tira de nouveau sur le bandit qui tressaillit sous l'impact des projectiles. Mais les balles ne l'arrêtèrent pas. Comme Campbell, songea Maggie, il portait certainement un gilet pare-balles. Toutefois, il ne pouvait plus lutter. Il le comprit sans doute parce qu'il s'enfuit en courant.

— Arrêtez ! cria Campbell.

Mais l'homme masqué poussa la porte arrière, avec tant d'énergie que le battant métallique frappa le mur extérieur. Puis il se précipita dehors.

D'un bond, Campbell se releva. Mais, au lieu de se lancer à la poursuite du fuyard, il se tourna vers Maggie.

— Ça va ? s'enquit-il.

Encore sous le choc de la fusillade, Maggie ne parvenait pas à aligner deux mots.

Blaine s'accroupit près elle. Ses yeux verts la dévisageaient. Ils brillaient d'une telle inquiétude, d'une telle intensité, qu'elle en fut troublée.

— Maggie, comment vous sentez-vous ?

Mal, elle se sentait mal. Elle ne parvenait plus à parler, ce qui, en soi, était très inquiétant. En général, elle n'était jamais à court de mots. Autre bizarrerie angoissante, son cœur battait la chamade alors que le malfrat s'était enfui et qu'il ne la menaçait plus. En fait, plus elle était proche de

Blaine Campbell, plus son cœur s'affolait dans sa poitrine. De même qu'elle n'avait pu détourner les yeux du canon de l'arme, un instant plus tôt, elle était soudain incapable de fixer autre chose que les somptueuses émeraudes de l'agent du FBI.

Il lui caressa doucement la joue.

— Maggie… Etes-vous sûre que vous allez bien ?

Elle ouvrit la bouche pour lui répondre mais aucun son ne s'échappa de ses lèvres. Les battements de son cœur s'accélérèrent encore, son souffle devint de plus en plus court. Elle n'arrivait plus à respirer et elle transpirait à grosses gouttes. Brusquement, sa vision se brouilla. Un voile noir tomba devant ses yeux et elle perdit connaissance.

Blaine aurait dû s'élancer à la poursuite du braqueur, le courser à travers le parking. Il lui fallait l'arrêter à tout prix. Au lieu de quoi, il restait aux côtés d'une femme enceinte, attendant qu'elle reprenne conscience.

Déconcerté par son propre comportement, si inhabituel, si absurde, il inspira plusieurs fois, lentement, profondément, espérant alléger le poids qui pesait sur sa poitrine.

L'interne, qui était arrivé dans les vestiaires avec les agents de sécurité de l'hôpital, examina la jeune brune.

— Elle va bien, assura-t-il à Blaine. Et son bébé aussi. C'est simplement dû à un trop-plein d'émotions. Rien que de très normal.

Blaine n'en était pas persuadé. Maggie s'était-elle vraiment évanouie ? Ou avait-elle créé une diversion pour permettre à un complice de s'enfuir ?

Mais si Maggie faisait partie du gang des braqueurs, pourquoi s'était-elle débattue avec tant d'énergie ? Et pourquoi avait-elle eu l'air si terrifiée ?

Durant leur adolescence, les trois grandes sœurs de Blaine jouaient merveilleusement bien la comédie pour obtenir de leurs parents ce qu'elles voulaient. Elles s'étaient révélées excellentes actrices, véritables virtuoses dans le domaine de la manipulation et, telles des marionnettistes de génie, elles avaient toujours mené leur entourage par le bout du nez. Mais si Maggie Jenkins avait, elle aussi, joué la comédie dans les vestiaires, elle surpassait de loin ses sœurs et elle méritait certainement un oscar, se dit Blaine.

— Qui êtes-vous vraiment, Maggie Jenkins ? demanda-t-il à voix haute. Une victime innocente ou le cerveau d'une bande de criminels ?

Comme si elle l'avait entendu et que ses questions l'avaient ramenée à la conscience, Maggie Jenkins battit des paupières. Elle le regarda d'un air ahuri, la même expression peinte sur son visage que lorsqu'elle s'était effondrée sur les casiers du vestiaire.

A cause de lui. Il n'avait pas su bloquer le banc, détourner sa trajectoire pour l'empêcher d'atteindre une femme enceinte. Une pointe de culpabilité le traversa et il serra les poings pour s'interdire de poser les mains sur le ventre rebondi de Maggie Jenkins et s'assurer par lui-même que le bébé allait bien.

— Le médecin a dit que l'enfant et vous n'étiez pas blessés.

— Et vous, ça va ? demanda-t-elle, ses grands yeux noirs assombris par l'inquiétude.

— Mais oui, je vais très bien.

Il aurait sans doute l'épaule ankylosée pendant quelques jours, là où le banc l'avait heurté, mais sa forme physique était le cadet de ses soucis pour le moment.

Maggie le dévisagea, les sourcils froncés, comme si elle en doutait.

— Vraiment ?

Non, il n'allait pas bien. En réalité, il était bouleversé en songeant à la mort de Sarge. Et il était frustré d'avoir laissé filer l'une des pistes qui auraient pu le conduire au meurtrier de son ancien instructeur et ami. Quand le malfrat s'était enfui par la sortie de secours pour traverser le parking en courant, Blaine aurait dû le prendre en chasse, le poursuivre, l'arrêter. Cela dit, il restait à Blaine une autre piste et cette piste-là, il n'avait pas l'intention de la quitter des yeux.

— Je m'inquiète à votre sujet, reconnut-il. Pour de nombreuses raisons…

Maggie se tendit visiblement et elle posa les mains sur son ventre dans un geste protecteur.

— Vous avez dit que le bébé n'avait rien.

— Le bébé va bien, confirma Blaine. Et vous aussi.

Elle le dévisagea de nouveau, l'air perplexe.

Aussi ajouta-t-il d'un air menaçant.

— Pour le moment…

Elle frissonna nettement.

— Vous êtes manifestement en danger, reprit Blaine. Vu qu'un des braqueurs a pris le risque insensé de venir ici, aux urgences, pour tenter de vous enlever alors que vous étiez hospitalisée.

Mais il n'était pas cxclu qu'elle ait elle-même prévenu le bandit, qu'elle lui ait demandé de venir. Avait-elle eu envie qu'un comparse passe la prendre avant que Blaine n'ait la possibilité de l'interroger en profondeur ?

Il avait besoin de la conduire au Bureau ou au moins au poste de police le plus proche pour lui faire subir un interrogatoire en règle. Mais s'il commençait à la traiter en suspect, elle risquait de se refermer comme une huître ou d'exiger la présence d'un avocat. Peut-être valait-il mieux la laisser jouer les victimes…

Pourtant, les yeux de la jeune femme, ses grands yeux de biche, ne se remplirent pas de larmes, cette fois. Son regard se durcit et elle serra les mâchoires.

— Pourquoi est-ce qu'ils ne me laissent pas tranquille ?

— Je ne comprends pas non plus pourquoi vous avez été traquée jusqu'à l'hôpital, reconnut Blaine.

S'agissait-il d'une autre coïncidence ? Etait-il possible que le malfrat se soit trouvé aux urgences pour se faire soigner de la blessure par balle que Blaine lui avait infligée ? Et qu'il soit alors tombé par hasard sur Maggie ?

Mais l'homme n'avait pas eu l'air blessé. La force avec laquelle il s'était emparé d'un banc avant de l'envoyer à la tête de Blaine prouvait au contraire qu'il était en pleine possession de ses moyens. Sans doute n'était-il pas le bandit blessé mais peut-être se trouvait-il aux urgences parce qu'il y avait accompagné son copain.

Dans ce cas, où était passé ce dernier ?

Blaine se rappela les flaques rouges dans le fourgon. Le type qu'il avait touché avait manifestement perdu beaucoup de sang.

— Pourquoi l'un des braqueurs est-il venu aux urgences ? reprit Maggie. Que me veulent-ils ?

Encore une autre question qui torturait Blaine.

— Peut-être que vous avez vu ou entendu quelque chose, suggéra-t-il. Quelque chose qui permettrait de les identifier ?

Elle secoua la tête.

— Je n'ai vu aucun de leurs visages. Ils portaient ces horribles masques…

— Et leurs voix ? Vous les avez reconnues ?

— Un seul a parlé dans la banque, répondit-elle en tremblant. Et sa voix ne me disait rien, non.

Les autres étaient-ils restés silencieux parce qu'elle aurait pu identifier leurs voix ? se demanda Blaine. L'un d'entre eux pourrait-il être le père du bébé ?

Mais Maggie ne l'aurait-elle pas identifié, même s'il s'était déguisé ? A sa stature, à sa démarche, à sa façon de bouger ? D'ailleurs, peut-être l'avait-elle parfaitement reconnu mais n'avait-elle pas envie de l'impliquer ni d'être inquiétée elle-même…

Blaine attendit. Maggie allait peut-être reconnaître spontanément qu'elle avait déjà été mêlée à un braquage de banque, peu de temps auparavant. Mais si elle s'apprêtait à passer aux aveux, elle en fut empêchée par l'arrivée du chef de la sécurité de l'hôpital.

Il s'agissait d'une femme, une quinquagénaire aux cheveux gris et au comportement clair et réfléchi. Elle avait impressionné Blaine lorsqu'il s'était entretenu avec elle, un peu plus tôt, quand elle avait rejoint ses hommes dans le vestiaire. Elle était furieuse que quelqu'un ait réussi à s'introduire dans l'enceinte de l'hôpital avec une arme et ait failli kidnapper une patiente.

— Agent Campbell, dit Mme Wright. Comme vous me l'avez demandé, j'ai réuni toutes les images enregistrées par les caméras de surveillance.

— Merci, répondit-il. Vous avez fait vite.

Avec un peu de chance, l'une des caméras avait filmé le malfrat sans son horrible déguisement.

— La salle de projection est par là, poursuivit Mme Wright en l'invitant d'un geste à la suivre.

Mais Blaine ne voulait pas laisser Maggie Jenkins seule et sans protection.

— Avez-vous un garde qui pourrait assurer la sécurité de Mlle Jenkins ?

La chef de la sécurité hocha la tête.

— Bien sûr. La police est arrivée. Le sergent Torreson est prêt à vous rencontrer.

Blaine avait surtout besoin que ce Torreson monte la garde au chevet de Maggie Jenkins et veille à ce que personne ne l'approche. Et veille également à ce qu'elle ne lui fausse pas compagnie avant d'avoir répondu à ses questions.

— C'est le seul policier ?

En tout cas, il préférait ne pas faire appel aux agents de sécurité de l'hôpital, vu que le bandit était manifestement en cheville avec un employé de l'établissement ou y travaillait lui-même. Blaine ne pouvait avoir confiance en personne dans l'hôpital. Ni les médecins, ni les infirmières, ni les agents de sécurité…

Mme Wright lui désigna d'un geste un jeune policier qui se tenait près de l'infirmière Nyla et semblait la draguer.

Blaine s'approcha de lui.

— Bonjour, je suis l'agent Campbell.

— Oui, monsieur. Nous avons bien compris que vous êtes l'agent du FBI chargé d'enquêter sur les hold-up dans les banques.

Blaine observa le jeune homme avec attention, cherchant sur son visage les expressions de colère et de frustration que ressentaient habituellement les policiers locaux quand les agents du FBI les écartaient d'une enquête. Mais son regard ne reflétait qu'un profond respect.

La pression qui pesait sur Blaine s'allégea un peu. Il pouvait compter sur des renforts et, vu la façon dont se comportaient les braqueurs, il en avait besoin.

Bien sûr, il aurait été préférable de faire appel à d'autres agents du FBI. Immédiatement après le braquage, lorsqu'il avait appelé le Bureau, son chef lui avait d'ailleurs proposé de mettre plusieurs hommes à sa disposition. Mais Blaine avait cru que les malfrats étaient partis, qu'il n'y avait plus de menace immédiate, jusqu'au moment où il s'était rendu à l'hôpital et avait failli perdre un témoin capital.

Mais quel rôle jouait en réalité Maggie dans cette affaire ? Etait-elle témoin ou complice ?

— Officier, laissez-moi vous présenter Maggie Jenkins, la femme qui a échappé de peu à un kidnapping. J'ai besoin que vous veilliez sur elle, que vous assuriez sa protection jusqu'à mon retour.

— Tout va bien, je n'ai besoin de personne, répliqua Maggie.

Mais ses mains tremblaient sur son ventre. Elle était soit effrayée, soit nerveuse.

— Je n'ai besoin de personne, tout ira bien pour moi, répéta-t-elle comme pour tenter de s'en convaincre.

— Nous n'en avons aucune certitude, rectifia Blaine.

Après tout, les malfrats n'arrêtaient pas de revenir… vers elle, pour essayer de la kidnapper.

Maggie hocha la tête et des larmes jaillirent de ses yeux noirs. Blaine en fut troublé. Après avoir grandi avec trois grandes sœurs très douées pour manipuler leur entourage, il aurait dû être immunisé contre les pleurs, d'autant que Maggie semblait plus frustrée que triste. Mais quelque chose chez cette jeune femme le touchait au cœur et attisait ses instincts protecteurs.

Pourtant, peut-être était-ce lui qui avait besoin de se protéger des agissements de Maggie Jenkins.

— Soyez vigilant, recommanda-t-il au jeune officier. Nous ignorons pourquoi mais les malfrats ne cessent de vouloir l'enlever.

Et Blaine avait bien l'intention d'en découvrir la raison. Cela dit, il pouvait en apprendre beaucoup plus en visionnant les images enregistrées par les caméras de surveillance qu'en interrogeant directement Maggie Jenkins. Elle n'était manifestement pas très bien disposée à son égard.

Aussi se dirigea-t-il vers la salle de projection.

Mais son esprit eut du mal à se concentrer sur les images qui défilaient devant ses yeux. L'hôpital était très animé, beaucoup de personnes y entraient et en sortaient.

Pourtant, il découvrit sans difficulté le bandit. Sur la vidéo, l'homme quittait le vestiaire pour traverser le parking en courant. Mais il avait gardé son masque et, même quand il sauta dans un véhicule pour prendre la fuite, Blaine ne put à aucun moment apercevoir les traits de son visage.

Le sergent Torreson jura.

— Ces types avec leurs déguisements d'Halloween ont braqué deux banques de ma juridiction.

Comme le véhicule du fuyard — un autre fourgon — s'engageait sur la gauche pour quitter le parking, le conducteur apparut de profil dans le champ des objectifs. Mais les types se doutaient sans doute de la présence des caméras de surveillance à cet endroit-là parce que le conducteur portait également un masque.

— J'aimerais que vous passiez en revue les membres de votre personnel, dit Blaine à Mme Wright. Pour lister ceux qui ne travaillaient pas aujourd'hui.

— L'hôpital emploie des centaines d'employés, à plein-temps ou à mi-temps ! Cela va demander des heures de recherche.

— *Vos* employés, je veux que vous vous focalisiez sur vos agents de sécurité, en particulier.

Blaine se félicitait de ne pas avoir laissé Maggie Jenkins sous la protection de l'un des gardiens de l'hôpital.

— Vous pensez que l'un de mes hommes est impliqué dans cette histoire ? répliqua Mme Wright sans chercher à dissimuler sa colère et son scepticisme.

Blaine lui désigna les masques de zombie sur l'écran.

— Ils savaient où se trouvaient les caméras de surveillance et comment entrer et sortir de votre établissement muni d'une arme. Visiblement, ils sont familiers des lieux.

— Mais…

Mme Wright s'interrompit et, comprenant sans doute qu'il avait raison, cessa d'argumenter.

Blaine se tourna vers Torreson.

— Je voudrais que vous mettiez plus d'hommes sur cette affaire, sergent. Et que vous regardiez sur ces images si personne ne se promène avec un gros sac ou une valise, n'importe quoi où il aurait pu dissimuler un déguisement et une arme.

Mme Wright soupira.

— Il y a un détecteur de métaux à l'entrée…

Blaine le savait, il avait dû lui-même se soumettre à cette inspection, mais il avait envie que la responsable de sécurité parvienne par elle-même aux mêmes conclusions que lui. Pour être passés sans problème en étant armés, les coupables connaissaient les lieux ou avaient un complice dans l'hôpital. Il s'agissait forcément de l'un des agents de sécurité. Mais un autre bandit était peut-être entré, lui, par la porte principale, un homme blessé.

Mme Wright grimaça.

— Cela va me demander du temps. Nous avons trois équipes et, comme nous avons eu des ennuis avec des gangs dans le secteur, nous avons dû engager des gardes en intérim.

— Vous me donnerez également les noms de vos anciens employés, la pria Blaine.

— Je peux vous aider, proposa le sergent Torreson.

Le policier était compétent, Blaine en était certain, mais il n'était pas animé par la détermination sans faille de Blaine. L'un des bandits avait tué son ami et ancien mentor. Il n'était pas question de laisser le meurtrier s'en tirer.

— J'ai chargé votre jeune collègue d'assurer la protection de l'otage, reprit Blaine.

Le sergent fit la grimace.

— Ce gosse est encore stagiaire et il se laisse facilement distraire.

Avec un juron, Blaine sortit de la pièce à la hâte. Il avait perdu trop de temps à visionner des images qui ne l'avaient aidé en rien. Il aurait mieux fait d'interroger la femme qui représentait sa seule piste concrète.

Mais quand il retourna aux urgences, le jeune officier contait fleurette à l'infirmière Nyla.

Et le lit sur lequel Blaine avait laissé Maggie Jenkins était vide. Elle avait disparu.

Soit elle avait été enlevée, soit elle s'était enfuie…

5

Même s'ils avaient quitté l'hôpital depuis un bon moment, l'agent Campbell ne lui avait pas encore adressé la parole. Et il conduisait sans lui faire l'aumône d'un regard. Il était visiblement furieux contre elle. Il serrait les dents, et ses yeux brillaient de rage.

Maggie déglutit. La colère de Blaine était presque aussi intimidante que son charme dévastateur. Mais que lui reprochait-il vraiment ? Elle ne parvenait pas à le comprendre. A moins que…

Il lui jeta un regard de biais avant de reporter son attention sur la route. Il ne lui avait pas dit où ils allaient. Bêtement, elle avait supposé qu'il la ramenait chez elle. Là, elle en était de moins en moins sûre…

En tout cas, il ne l'avait pas menottée. Et elle était assise à côté de lui, sur le siège passager, pas à l'arrière. Mais était-elle en état d'arrestation ?

Elle décida de lui poser directement la question.

— Me croyez-vous impliquée dans ces hold-up ? Pensez-vous que je fais partie du gang des braqueurs ? Est-ce pour cette raison que vous étiez si furieux de ne pas me trouver à l'hôpital ?

Il serra de nouveau les mâchoires.

— Quand j'ai vu le lit vide, j'ai imaginé le pire.

Pour elle, le pire aurait été qu'un des bandits, masqué et déguisé en zombie, soit parvenu à la kidnapper. Ou à la tuer. Mais Blaine n'avait peut-être pas les mêmes craintes.

— Est-ce vraiment ce que vous avez pensé ? insista-t-elle. Que l'un d'eux était revenu pour m'enlever ? Ou avez-vous cru que j'étais partie de mon propre chef, que je m'étais enfuie ?

— Je pensais que vous étiez partie, dit-il, ce qui ne répondait pas vraiment à la question. Alors que j'avais laissé le jeune policier pour veiller sur vous…

— J'étais simplement allée aux toilettes, lui rappela-t-elle. Et il ne pouvait m'y accompagner.

Elle était sortie des lavabos en entendant des éclats de voix dans le couloir des urgences. Un instant, elle avait eu peur que les bandits soient revenus… jusqu'au moment où elle avait reconnu Campbell.

Au départ, elle avait été touchée que l'agent du FBI se préoccupe d'elle à ce point. Mais il n'avait pas paru soulagé en constatant qu'elle allait bien. Il était toujours en colère.

— Vous croyez que je suis mêlée à ces braquages…, lâcha-t-elle.

— *Ces* braquages ? répéta-t-il d'un ton méfiant. Il y en a donc eu plusieurs ?

Cela dit, tout ce qui concernait l'agent Campbell était teinté de méfiance, de suspicion, et était difficilement compréhensible, à l'exception du chagrin qu'il éprouvait pour la mort de Sarge. Il en semblait profondément affecté.

— Ils ont braqué plus d'une banque, rappela Maggie. Mais vous le savez déjà, ça…

Sinon, le FBI ne s'intéresserait pas à l'affaire. Blaine était certainement au courant du reste.

Maggie poursuivit donc.

— Ils ont attaqué une autre succursale de cette banque, il y a quelques mois. Une succursale où je travaillais.

— Et ils vous ont suivie pour s'en prendre à l'agence où vous êtes employée maintenant, enchaîna Blaine d'un ton de plus en plus méfiant.

Nourrissait-il des soupçons à son endroit ? se demanda Maggie.

Son ventre se serra. Or, elle n'avait plus de nausées

matinales. Sa grossesse n'était donc pas à l'origine de son malaise. Manifestement, Blaine la pensait mêlée aux hold-up.

— Mais ils ont braqué beaucoup de banques dans lesquelles je ne travaillais pas, fit-elle remarquer.

— Comment le savez-vous ? demanda Blaine comme si elle venait de se trahir et de révéler qu'elle était bien complice des malfrats. Comment savez-vous le nombre de banques qu'ils ont braquées ?

Maggie haussa les épaules.

— Je lis les journaux. Ces bandits ont même fait la une du journal télévisé. Et nos dirigeants nous ont adressé des e-mails sur ces hold-up qui ont visé d'autres établissements de la région. Si ces types ont attaqué deux agences dans lesquelles je travaillais, c'est une simple coïncidence.

Une horrible coïncidence, voilà ce qu'elle se répétait depuis que ces malfrats avaient fait irruption dans la succursale, quelques heures plus tôt.

— Ils ont braqué d'autres banques, reconnut Blaine. Mais vous êtes la seule personne qu'ils aient essayé de prendre en otage. Ils n'ont tenté d'enlever personne au cours des autres hold-up.

Maggie frissonna.

— Et ils n'ont cherché à le faire qu'aujourd'hui, renchérit-elle.

La fois précédente, ils n'avaient pas essayé de la kidnapper. Après avoir dévalisé la chambre forte, ils s'étaient contentés de s'enfuir avec leur butin.

— Quelle autre différence y a-t-il entre les deux hold-up ? s'enquit Blaine.

— Vous.

Ce fut la première chose à laquelle elle pensa. En fait, depuis qu'il l'avait arrachée des griffes de ses ravisseurs, l'agent Campbell ne quittait plus son esprit. Ses cheveux blonds et ses yeux émeraude la hantaient. Et il l'avait sauvée une seconde fois…

Il serra les mâchoires.

— Je ne suis pas la seule différence entre les deux hold-up…

Avec un gros soupir, Maggie refoula les larmes qui montaient à ses yeux, se remémorant la différence majeure entre les deux événements.

— C'est vrai. Cette fois, ils ont tué Sarge.

— Alors que jusqu'à aujourd'hui, ils n'avaient jamais tué personne, souligna Blaine. Savez-vous ce que cela signifie ?

Maggie secoua la tête. Aucune raison ne justifiait que l'on prenne la vie d'autrui.

Voilà pourquoi elle n'avait jamais compris l'insistance d'Andy à s'engager dans l'armée. Il n'avait pas la personnalité d'un soldat. Il avait toujours été un garçon si sensible… Il n'avait même jamais chassé et lorsqu'un jour il avait renversé accidentellement un cerf, il en avait été malade.

L'agent Campbell répondit lui-même à la question qu'il venait de poser.

— Cela signifie que, quelle que soit la personne qui les aide, elle sera accusée de meurtre, comme les braqueurs.

Ces propos firent s'étrangler Maggie. Blaine ne croyait donc pas seulement qu'elle était une voleuse, il la considérait aussi comme une tueuse ! Une sourde colère s'empara d'elle.

— Sarge était mon ami, rappela-t-elle. Et je pensais qu'il en était de même pour vous. Je croyais que vous le connaissiez, que vous l'aimiez bien et que, comme moi, aujourd'hui, vous aviez perdu un ami.

Blaine hocha la tête.

— Voilà pourquoi je tiens à démasquer son meurtrier et à le remettre aux mains de la justice. Lui et ses complices. Tous autant qu'ils sont.

A ces mots, la fureur de Maggie s'envola subitement. Comment osait-elle reprocher à l'agent Campbell d'effectuer son travail ? En outre, il avait manifestement une profonde affection pour Sarge.

Surtout, à sa place, elle aurait également nourri des soupçons vis-à-vis d'elle. Elle avait assisté à deux hold-up. C'était louche, il fallait le reconnaître.

Elle posa la main sur celle de Blaine. Il se tendit nettement et étreignit plus fort le volant.

— Je suis désolée, dit-elle. Je comprends que vous deviez m'interroger. Je regrette de ne pas pouvoir vous être plus utile dans votre enquête. Je ne sais rien sur les braqueurs, je n'ai aucune idée de leurs motivations, je ne sais rien.

Il retira sa main pour changer de vitesse et entrer sur un parking. En reconnaissant celui de sa résidence, Maggie poussa un petit soupir de soulagement.

Blaine ne l'avait pas arrêtée du tout. Il l'avait bien reconduite chez elle. Mais cela ne signifiait probablement pas qu'il ne la soupçonnait plus.

Avait-il perdu la tête ? se demandait Blaine. Sans doute.

Il aurait dû amener Maggie au Bureau ou au poste de police du coin pour lui faire subir un interrogatoire en bonne et due forme. Mais elle tremblait de fatigue et des cernes dévoraient son petit visage. Il n'y était pas insensible mais peut-être le manipulait-elle.

Il émanait de Maggie Jenkins une sincérité et une vulnérabilité qui le poussaient à lui faire confiance et à la considérer comme une victime innocente.

C'était ce que Sarge avait cru…

Blaine ne parvenait pas à se remettre de la mort de son ami. Depuis le drame, au lieu de faire son deuil, il avait été occupé à empêcher une autre tragédie, à s'assurer que Maggie Jenkins resterait en vie. Sarge aurait certainement voulu qu'il la protège.

Mais le doute s'insinuait dans l'esprit de Blaine. Etait-ce bien ce que son ami avait tenté de lui dire à propos de l'adjointe du directeur ?

N'avait-il pas plutôt essayé de lui faire comprendre qu'elle était la complice des braqueurs ?

Blaine se tourna vers Maggie. Ses mains tremblaient tandis qu'elle s'efforçait de déboucler sa ceinture de sécurité.

Etait-elle épuisée ou angoissée à l'idée de l'interrogatoire qui l'attendait ?

Blaine coupa le moteur, sortit de l'habitacle et contourna le véhicule pour ouvrir la portière à Maggie. Elle se débattait toujours avec la ceinture de sécurité. Aussi se pencha-t-il au-dessus d'elle pour la délivrer. Mais ce faisant, il se retrouva trop proche d'elle, trop proche de ses cheveux bouclés qui cascadaient sur ses épaules, de ses grands yeux de biche, de ses seins ronds… Ainsi, une femme enceinte pouvait être sexy ? Il ne l'aurait jamais pensé.

Quelque chose le cogna au niveau du bras et il comprit : le bébé lui donnait un coup de pied, comme pour lui montrer qu'il désapprouvait la pensée qui venait de le traverser.

Blaine recula et s'écarta de la voiture.

Maggie sortit d'abord les jambes de l'habitacle. Comme elle avait perdu une chaussure, l'hôpital lui avait donné des chaussons en papier. Mais ses longues jambes fuselées n'avaient pas besoin de talons.

Se rappelant comme ses sœurs avaient du mal à s'extraire d'un véhicule quand elles étaient enceintes, Blaine tendit une main secourable à Maggie. Elle s'y accrocha mais se redressa sans peine. Elle se retrouva debout devant lui, ses seins effleurant son torse.

Elle se mit à rougir.

— Je… Je n'ai pas mon sac à main. Je n'ai donc pas les clés pour entrer chez moi.

— Vous vivez seule ?

— Maintenant oui, répondit-elle. Mais je peux demander une clé à mon propriétaire. S'il est réveillé, ajouta-t-elle en désignant le ciel qui s'assombrissait avec l'arrivée de la nuit.

— Vous ne vivez plus avec le père du bébé ? questionna Blaine.

Bien sûr, il ne posait la question qu'à cause de l'enquête, pas par curiosité…

Maggie secoua la tête.

— Je ne l'ai jamais fait…

Quelque chose dans le ton de sa voix ressemblait à de la culpabilité et à du chagrin, nota Blaine.

Il avait envie de continuer à l'interroger sur le sujet mais elle s'écarta de lui. Il en fut troublé.

Puis, reprenant ses esprits, il promena les yeux sur le parking. Beaucoup de véhicules étaient garés devant l'immeuble en brique rouge de quatre étages. Bon nombre d'entre eux étaient des camionnettes. L'une d'elles venait-elle de l'hôpital ? se demanda Blaine. Les braqueurs avaient-ils pu les suivre jusqu'ici ?

Il se hâta de rattraper la jeune femme, veillant à se positionner pour la protéger d'éventuelles attaques. Il avait également la main sur son arme, prêt à la tirer du holster en cas de besoin.

Maggie frappa fort une porte au rez-de-chaussée.

— Mon propriétaire est un peu dur d'oreille, expliqua-t-elle.

Elle dut en effet s'y prendre à plusieurs reprises avant que l'homme ne vienne lui ouvrir.

Les cheveux gris, le visage ridé, le vieillard sourit en la reconnaissant.

— Bonsoir, Maggie. En quoi puis-je vous être utile ?

— Bonsoir, monsieur Simmons, j'ai laissé mon sac au bureau, prétendit-elle. Je suis vraiment étourdie ces temps-ci.

Elle avait effectivement de bonnes raisons de l'être, songea Blaine.

— Voilà pourquoi j'aurais besoin d'une clé pour entrer chez moi, s'il vous plaît.

— Bien sûr, je vais vous en chercher une tout de suite.

Mais il dévisagea Blaine d'un air suspicieux.

— Qui est votre ami ?

Apparemment, Blaine n'était pas le seul à vouloir protéger Maggie Jenkins.

— Blaine Campbell, un vieux copain, dit-elle, mentant avec facilité.

Quels autres mensonges avait-elle proférés depuis qu'il avait fait sa connaissance ? s'inquiéta Blaine.

Le vieil homme hocha la tête.

— Je vais vous chercher la clé.

Lorsqu'il se fut éloigné, Maggie se tourna vers Blaine et expliqua.

— Je ne voulais pas l'inquiéter. Il sait que la banque où je travaillais à Sturgis a été braquée et je lui avais fait croire que j'avais changé d'activité, que je n'étais plus dans le secteur bancaire.

— Et il pense que vous faites quoi, alors ?

— Il croit que je travaille pour une compagnie d'assurances. Ce qui n'est pas vraiment un mensonge puisque la banque s'occupe aussi d'assurer sa clientèle.

M. Simmons revint, une clé à la main.

— Avez-vous pu lire pour moi le contrat d'assurance que je dois renvoyer signé ? demanda-t-il.

Maggie acquiesça.

— Oui, je vous en reparlerai demain.

Elle tendit la main vers la clé mais son propriétaire observa de nouveau Blaine.

— Alors, comme ça, vous êtes l'un de ses vieux amis ? s'enquit-il avec curiosité.

Blaine opina.

— Vous avez donc dû connaître son Andy.

Andy ? S'agissait-il du père de son bébé ?

De nouveau, Blaine hocha la tête sans se compromettre.

— Vous faisiez sans doute partie des marines, vous aussi, poursuivit le propriétaire.

— Absolument, répondit Blaine.

Le reconnaître lui rappela l'homme qui avait fait de lui un marine… Sarge.

— J'ai combattu au Moyen-Orient, ajouta-t-il.

— C'est donc ainsi que vous avez fait la connaissance de Sarge, murmura Maggie. Il était votre sergent instructeur.

Blaine fit oui de la tête. Sarge avait été un instructeur sévère mais juste. Et un bon ami, toujours loyal.

— Je suis heureux que vous soyez revenu sain et sauf,

mon garçon, lança M. Simmons en tapotant l'épaule de Blaine. Il est tellement désolant que son fiancé n'ait pas eu cette chance…

— Andy ?

Le vieillard opina.

Bouleversé et rempli d'empathie pour Maggie, Blaine se tourna vers elle. Dix minutes plus tôt, elle lui avait dit qu'elle vivait seule mais elle ne lui en avait pas expliqué la raison. Elle ne lui avait pas dit non plus que son fiancé était mort avant d'avoir pu l'épouser.

Maggie battit des paupières comme pour refouler les larmes qui les brûlaient en songeant à la mort de son promis. La main qu'elle tendait pour récupérer la clé se mit à trembler.

— Merci, monsieur Simmons.

Le vieil homme finit par lui donner la clé qu'elle attendait. Dès qu'elle l'eut, elle s'éloigna à la hâte.

Avec un signe amical au propriétaire, Blaine la rejoignit, veillant à marcher de façon à parer une attaque éventuelle. Il s'assura également que personne ne les filait. De toute évidence, quelqu'un de malveillant l'avait suivie jusqu'à l'hôpital.

Mais pour quelle raison ?

Si Maggie ignorait réellement qui étaient ces braqueurs, pourquoi voulaient-ils l'enlever au point d'avoir essayé deux fois d'y parvenir ?

Comme Maggie s'arrêtait devant une porte et s'apprêtait à introduire la clé dans la serrure, elle poussa un petit cri de peur. Aussitôt, Blaine tira son arme du holster et se précipita vers elle. Il posa une main sur son épaule. Maggie tressaillit.

Blaine suivit son regard et comprit l'origine de sa frayeur. La porte de l'appartement était entrouverte. Puisqu'elle vivait seule, quelqu'un était entré chez elle par effraction.

Il y avait même du bruit dans l'appartement. Quelle que soit la personne qui avait forcé sa porte, elle était toujours là… à attendre le retour de Maggie.

6

Le ventre de Maggie se noua tandis qu'une nouvelle vague de peur la soulevait. Il était déjà terrifiant que les braqueurs zombies l'aient suivie dans la nouvelle succursale de la banque où elle travaillait et à l'hôpital où elle avait été admise après le hold-up. Mais avaient-ils découvert aussi où elle habitait ?

— Quelqu'un est à l'intérieur, murmura-t-elle, horrifiée.

Mais Blaine Campbell l'avait déjà compris, pointant son arme vers l'entrebâillement de la porte.

— Retournez chez M. Simmons, intima-t-il. Et restez-y jusqu'à ce que je revienne vous chercher.

Elle aurait pu lui demander ce qu'il allait faire. Mais à quoi bon ? Elle le savait. Quelques heures plus tôt, il avait surgi en plein milieu d'un hold-up et mis les malfrats en fuite. Là, il avait évidemment l'intention d'interrompre de la même façon un cambriolage.

Et il risquait de se faire descendre !

Maggie tendit la main, dans une tentative désespérée de le retenir. Mais il poussait déjà la porte pour se faufiler à l'intérieur.

Il se tourna vers elle et la fixa.

— Retournez chez M. Simmons, répéta-t-il. Et appelez la police.

— Attendez leur arrivée, le pressa Maggie. N'entrez pas seul, je vous en supplie.

Le matin même, il avait eu de la chance que les braqueurs

ne l'aient pas tué. S'ils n'avaient pas cherché en priorité à s'enfuir, ils l'auraient abattu comme ils avaient abattu le malheureux Sarge. Ils auraient tiré sur lui sans relâche, jusqu'au moment où une balle aurait touché un endroit non protégé par le gilet pare-balles.

Mais Blaine assura.

— Tout ira bien, ne vous en faites pas pour moi.

Maggie soupira. C'était sans doute ce que Sarge avait pensé, lui aussi, lorsqu'il s'était rendu à son travail le matin même. Que tout irait bien. Mais rien ne s'était passé comme prévu. Et Maggie craignait qu'il n'en soit également ainsi pour l'agent Campbell.

— Il faut que vous quittiez les lieux, reprit-il. Tout de suite.

Blaine avait tant d'autorité naturelle que Maggie se sentit obligée d'obéir.

Elle se hâta vers l'appartement de M. Simmons.

Dès que son propriétaire lui ouvrirait, elle appellerait la police. Mais ils n'arriveraient pas à temps pour sauver l'agent Campbell. Il était déjà chez elle, à affronter le danger.

Tout seul.

Comme elle levait le poing pour frapper la porte de M. Simmons, un hurlement la fit sursauter. Un hurlement très aigu.

Le cri de femme désarçonna Blaine. Il avait cru tomber sur un bandit masqué. Ou au moins sur une menace armée. Au lieu de quoi, il se retrouvait nez à nez avec une femme, habillée comme Maggie d'un tailleur, en train de fouiller dans les tiroirs d'une commode.

Loin d'être une oasis de paix et de sobriété comme il l'avait imaginé, l'appartement de Maggie était rempli de couleurs, de rouges, de verts, de jaunes. Il était vivant et chaleureux. Le petit deux-pièces semblait en désordre mais l'intruse qui furetait dans les affaires de Maggie en était sans doute la cause.

— Qui êtes-vous ? demanda-t-il, même si la blonde lui disait vaguement quelque chose.

Où l'avait-il déjà vue ? Sur les images prises par les caméras de surveillance de l'hôpital ?

Etait-il possible que la personne qui avait tenté d'enlever Maggie aux urgences soit une femme ? Il était peu probable qu'une fille d'Eve ait eu la force de lancer un banc à la tête d'un homme. Mais peut-être Blaine repoussait-il cette hypothèse parce qu'elle froissait son amour-propre. Peut-être renâclait-il simplement à reconnaître qu'une femme ait pu l'assommer.

Au cours du hold-up, il avait remarqué que l'un des malfrats était plus petit, plus mince que les autres. Il pouvait s'agir d'un homme de petite stature ou… d'une femme.

En tout cas, là, dans l'appartement de Maggie, l'intruse le regardait fixement, les yeux écarquillés de peur et de culpabilité. Elle n'avait pas d'arme au poing mais elle tenait un écrin de velours à la main.

— Qui êtes-vous ? répéta-t-il.

— Susan Iverson, répondit Maggie pour elle.

Toujours chaussée des pantoufles en papier de l'hôpital, elle se déplaçait sans faire le moindre bruit. Elle aurait pu lui sauter dessus par surprise, Blaine ne l'aurait pas entendue venir. Décidément, Maggie avait la discrétion d'un chat… ou d'une voleuse. D'ailleurs, il n'était pas exclu qu'elle appartienne au gang des braqueurs. Elle ne cessait de répéter qu'elle ne les connaissait pas mais, pour le moment, Blaine n'avait aucune preuve de son innocence.

— Susan travaille à la banque avec moi, elle y est caissière, précisa Maggie. Que fais-tu ici ? lança-t-elle à sa collègue.

— Tu avais laissé ton sac à l'agence. Je te le rapportais, répondit la blonde avec aplomb.

— Et il t'a semblé indispensable d'en profiter pour fouiller dans mes affaires ?

Maggie posait des questions que Blaine aurait pu lui-même poser. Mais sa présence le perturbait. Pas au point de baisser son Glock, cela dit. Il le gardait pointé sur l'intruse.

— Avez-vous utilisé la clé de Mme Jenkins pour vous introduire chez elle ? demanda-t-il. Sans y avoir été autorisée, il s'agit quand même d'une entrée par effraction, vous savez.

— J'ai longtemps partagé son appartement, répliqua Susan.

Elle regardait Blaine en jouant des cils comme si elle cherchait à flirter avec lui, à le séduire.

— Vous êtes l'agent qui est venu à notre secours ce matin quand nous avons subi l'attaque de ces horribles braqueurs, ajouta-t-elle.

— Oui, et vous n'avez pas répondu à ma question.

Elle n'avait d'ailleurs répondu à aucune et elle n'avait pas davantage lâché l'écrin de bijoux.

Blaine avait envisagé la possibilité que les malfrats aient un complice à l'intérieur de la banque et cette hypothèse était peut-être juste. En revanche, il avait eu tort d'imaginer Maggie comme la seule coupable possible.

— Tu ne vis plus ici depuis des mois, intervint justement Maggie. Tu n'as pas le droit d'entrer chez moi comme ça !

Sa voix d'ordinaire douce et gentille était soudain coupante de colère.

— Je t'ai rapporté ton sac à main, répéta Susan comme si elle estimait avoir rendu service à Maggie.

— Vous auriez pu le laisser chez son propriétaire, fit remarquer Blaine. Au lieu d'entrer dans l'appartement. Que faites-vous ici, au juste, Mlle Iverson ?

La blonde se mit à battre furieusement des cils, tentant manifestement d'amadouer Blaine. Comme si cela pouvait lui faire oublier ce qu'elle avait fait chez Maggie et peut-être ailleurs. Il n'avait jamais laissé un ravissant visage le détourner de ses devoirs… jusqu'à Maggie.

Mlle Iverson sourit.

— Je cherchais des indices. C'est la seconde succursale de cette banque où travaille Maggie à être braquée. Vous ne trouvez pas cette coïncidence un peu louche, agent Campbell ?

Un faible gémissement s'échappa des lèvres de Maggie comme si elle avait reçu un coup dans le ventre. Peut-être le bébé s'était-il agité. Ou peut-être les sous-entendus de Susan avaient-ils blessé Maggie, songea Blaine.

Lui-même nourrissait des soupçons vis-à-vis de Maggie mais il n'était pas question de s'en ouvrir auprès de cette Susan Iverson. A cet instant, la blonde semblait avoir davantage encore que Maggie le profil de suspect.

— Votre comportement me paraît plus douteux encore, mademoiselle, rétorqua-t-il.

— Vous pensez avoir affaire à une vulgaire cambrioleuse, dit-elle en battant de nouveau les cils. Alors que je ne voulais qu'aider la banque à récupérer l'argent qui lui a été volé.

Ses tentatives de séduction laissaient Blaine totalement insensible.

— Et vous pensez que des centaines de milliers de dollars pourraient se cacher dans cet écrin ?

Susan considéra la boîte à bijoux comme si elle prenait brusquement conscience qu'elle l'avait à la main. Elle secoua la tête, ses cheveux blonds caressant ses joues dans le mouvement.

— Je suis tombée dessus par hasard alors que je cherchais l'argent.

A moins qu'elle n'ait voulu faire main basse sur les bijoux. Blaine essaya de s'emparer de l'écrin mais Susan le tenait fermement et il dut pratiquement le lui arracher.

Il l'ouvrit dans la foulée. A l'intérieur, un gros diamant brillait de mille feux.

Maggie lui prit la boîte des mains et la referma comme si elle ne supportait pas de voir ce bijou.

— Votre bague de fiançailles ? demanda-t-il.

Le visage crispé, elle opina.

— Je suis désolé, dit-il.

Il devait être douloureux pour elle de revoir la bague que lui avait offerte son fiancé avant de mourir. D'ailleurs, elle lui rendit la boîte.

— Désolé ? répéta la blonde avec une grimace méprisante.

Elle n'a jamais porté cette bague. Elle n'aurait sans doute même pas remarqué sa disparition…

— Vous comptiez donc bien vous en emparer ? riposta Blaine.

Il avait besoin de téléphoner à la police locale pour signaler cette tentative de vol mais, quand il tendit la bague à Maggie, elle recula comme si elle ne voulait plus la toucher. Aussi la glissa-t-il dans la poche de son pantalon.

— Je vais appeler les autorités pour leur demander de s'occuper de vous, mademoiselle Iverson. Vous avez des comptes à rendre à la police et à la justice.

— Non ! intervint Maggie en posant la main sur le bras de Blaine pour l'empêcher de composer un numéro. Je ne veux pas porter plainte.

— Pourquoi non ? demanda-t-il.

Maggie continua de secouer la tête et son ancienne colocataire poussa un soupir de soulagement.

Mais Blaine les ignora l'une et l'autre.

— Ce délit doit être signalé et Mlle Iverson doit être interrogée pour son implication éventuelle dans les hold-up.

— De quoi parlez-vous ? répliqua la blonde d'une voix suraiguë. Je ne suis mêlée ni de près ni de loin à ces braquages.

— Je n'en mettrais pas ma main au feu, figurez-vous…, riposta Blaine.

Peut-être Susan avait-elle voulu profiter de ce que Maggie ait oublié son sac à l'agence pour lui voler la bague. Ou peut-être attendait-elle Maggie pour la kidnapper…

— Vous pensez que je m'apprêtais à dérober ce diamant ? reprit Susan. Pourquoi aurais-je eu besoin de subtiliser cette bague si j'aidais les braqueurs à faire des hold-up qui ont rapporté des millions de dollars ?

Il ne s'agissait pas de millions, rectifia Blaine intérieurement. Pas encore. Mais si les malfrats n'étaient pas arrêtés rapidement, la somme risquait de devenir effectivement très importante. Et Blaine craignait surtout que d'autres gens ne meurent. Les bandits avaient déjà du sang sur les mains. Il leur serait plus facile de tuer encore.

Etait-ce la raison pour laquelle ils voulaient enlever Maggie ? Pour la liquider ? Et pour quoi faire ? Pour s'assurer qu'elle ne parlerait pas ? Dans ce cas, cela signifiait qu'elle savait quelque chose, quelque chose qu'elle ne lui avait pas encore avoué…, conclut Blaine.

Peut-être Susan Iverson n'était-elle pas la seule à devoir être interrogée en profondeur…

Maggie était tellement épuisée qu'elle n'aspirait qu'à se glisser sous sa couette pour dormir pendant des jours et des jours. Mais elle était encore vêtue du tailleur qu'elle portait pour travailler et non en pyjama. Et si elle était bien dans un lit, il ne s'agissait pas du sien, il n'avait rien de confortable. Il était dur et froid comme l'agent Blaine Campbell.

Malgré ses protestations, il avait fait arrêter Susan pour être entrée par effraction chez elle et pour tentative de vol. Il aurait dû lui laisser la bague.

Susan avait dit vrai en racontant que Maggie ne l'avait jamais portée. Elle ne parvenait même pas à poser les yeux dessus. Cette bague lui rappelait le sacrifice qu'Andy avait consenti pour lui offrir ce diamant. Il l'avait acheté avec la prime que l'armée lui avait donnée pour retourner en Afghanistan. Et il avait perdu la vie au cours de cette mission.

Alors qu'elle n'avait jamais demandé de bague. Elle aurait dû le lui dire, elle aurait dû lui avouer qu'elle ne l'aimait pas, pas comme il méritait d'être aimé, pas d'amour. Andy avait été un homme merveilleux et il était mort trop tôt.

Comme Sarge.

Maggie poussa un très lourd soupir.

Susan pouvait-elle être mêlée au vol qui avait coûté la vie à Sarge ? Dans ce cas, Maggie en était certaine : l'agent Campbell le découvrirait. D'un regard, il pouvait faire passer n'importe qui aux aveux. Dommage, pour sa part, elle n'avait rien à avouer.

Cela dit, il n'avait pas l'air de la croire. Etait-il cynique parce qu'il travaillait au FBI et qu'il en avait trop vu ? Ou le fait d'avoir fait partie des marines expliquait-il son scepticisme, ses doutes sur la sincérité de ses semblables ?

Bien sûr, il n'avait aucune raison de faire confiance à Maggie. Elle en avait conscience. Il ne la connaissait pas.

Sinon, il l'aurait laissée chez elle. Mais il avait refusé, prétendant qu'elle y était en danger : Susan savait qu'elle vivait là et, si elle était en cheville avec les malfrats, certains de ses complices pouvaient tenter de kidnapper Maggie, une fois de plus. Aussi l'avait-il emmenée dans un *endroit sûr*.

Mais, si un officier en uniforme montait la garde devant la porte de sa chambre de motel, Maggie ne se sentait pas en sécurité.

Elle aurait préféré être en compagnie de l'agent Campbell. Mais après l'avoir laissée dans cet hôtel, il était reparti pour conduire Susan au poste de police.

Maggie avait été étonnée qu'il ne la traîne pas au poste, elle aussi. Puisqu'il la soupçonnait d'être de mèche avec les bandits, comme il soupçonnait Susan. Voilà pourquoi l'homme en uniforme devant sa chambre n'était sans doute pas là uniquement pour la protéger mais aussi et surtout pour l'empêcher de s'enfuir.

Où aurait-elle pu aller ?

Elle avait déjà tenté de leur échapper en quittant Sturgis pour la banlieue de Chicago où elle vivait désormais. Mais les malfrats l'avaient suivie jusque-là.

S'agissait-il d'une coïncidence comme elle tentait de s'en convaincre ? Après tout, les deux agences où avaient eu lieu les hold-up n'étaient pas les seules à avoir été braquées.

Mais Maggie n'essayait pas de fuir seulement ce danger. Elle tentait surtout de fuir son passé.

Malheureusement, elle n'avait pu échapper à sa culpabilité

ni à son deuil. Son passé l'avait rattrapée ou peut-être le portait-elle en elle.

Elle posa les mains sur son ventre.

Elle voulait protéger son bébé puisqu'elle n'avait pas su protéger Andy. Elle avait cru l'aider, l'épargner, en lui cachant qu'elle ne l'aimait pas d'amour. A tort.

Peut-être n'y avait-il pas d'échappatoire, peut-être était-elle condamnée à assumer son passé. Mais pouvait-elle se protéger du danger ? Etait-elle en sécurité dans ce motel ?

A cet instant précis, de violentes déflagrations déchirèrent l'air. Maggie étouffa un cri. Elle n'était pas en sécurité. Les malfrats l'avaient retrouvée.

Et cette fois, l'agent Campbell n'arriverait pas à temps pour la sauver…

7

Dans l'obscurité, Blaine chercha à tâtons la clé que son ami lui avait laissée sur le chambranle de la porte.

— Je l'ai, dit-il à Ash via son téléphone portable pressé contre son oreille. Je ne peux pas croire qu'elle soit toujours là.

S'il avait laissé une clé à l'extérieur de son appartement de Detroit, elle n'y serait pas restée longtemps. Et son deux-pièces aurait été rapidement dévalisé. Il n'aurait jamais imaginé qu'une ville de la banlieue de Chicago puisse être plus sûre, surtout après avoir surpris une intruse chez Maggie Jenkins.

Bien sûr, cette dernière connaissait la personne qui s'était introduite chez elle sans y avoir été invitée. Cela dit, elle ne la connaissait pas si bien que cela, puisqu'elle avait accordé sa confiance à une femme particulièrement perfide. Non seulement Susan avait tenté de lui voler sa bague de fiançailles mais Blaine s'était rendu compte qu'elle avait également pris les cartes de crédit de Maggie… et en avait fait usage.

Blaine glissa la clé dans la serrure et ouvrit la porte sans bruit. Faisant un instant abstraction de la voix d'Ash, il tendit l'oreille, guettant le moindre bruit à l'intérieur du petit bungalow. C'était la seule maison de la rue plongée dans le noir et Ash lui avait d'ailleurs dit qu'il la repérerait ainsi.

A cette heure, tous les gens étaient rentrés chez eux et sans doute installés devant leur télévision. Et qu'était en train de faire Maggie Jenkins ? se demanda Blaine. Dîner ? Dormir ?

Elle avait paru épuisée. Peut-être aurait-il dû insister pour qu'elle reste à l'hôpital en observation. Mais elle n'y aurait pas été en sécurité.

— J'ai prévenu les voisins de ne pas s'inquiéter si un grand blond se montrait à ma porte dans les prochains jours, poursuivit Ash.

Dans ce quartier, les gens regardaient par leurs fenêtres, surveillaient leurs voisins, remarquaient les étrangers. Mais comme Ash les avait appelés, ils n'accordèrent qu'un coup d'œil à Blaine avant de se rasseoir devant leur télévision.

La maison d'Ash était sombre et vide.

— Merci de m'avoir annoncé et de me laisser passer chez toi quelques jours.

Ash Stryker était lui aussi agent du FBI mais il faisait partie de la section antiterroriste. Aussi voyageait-il beaucoup. Là, il se trouvait à Washington… ou à New York, Blaine ne s'en souvenait plus. D'ailleurs, peut-être son copain était-il à l'étranger. Depuis qu'Ash travaillait pour l'antiterrorisme, Blaine ne se risquait pas à lui poser la question. Ash ne pouvait lui répondre.

— Merci de m'avoir prévenu pour Sarge, reprit son ami, la voix rauque.

Blaine, qui s'apprêtait à actionner l'interrupteur, interrompit son geste. Il était plus simple de gérer les émotions provoquées par la mort de Sarge dans le noir qu'en pleine lumière. Il avait dû apprendre à Ash ce qui s'était passé dans la succursale. Ash et lui se connaissaient avant d'intégrer le FBI. Ils avaient aussi combattu ensemble dans les marines.

— Je suis désolé, murmura Blaine. Tellement désolé…

Si seulement il avait pu faire quelque chose.

Si seulement il avait pu empêcher Sarge de s'écarter du pilier derrière lequel il s'abritait.

Mais Sarge avait réagi instinctivement. Quand Maggie avait hurlé, il s'était aussitôt porté à son secours. Si l'ancien militaire avait cru qu'elle était de mèche avec les braqueurs, il n'aurait pas pris tous ces risques pour la sauver. Mais peut-être avait-il voulu lui venir en aide par loyauté vis-à-vis de son fiancé défunt. Puisque Sarge avait été l'instructeur d'Andy…

Blaine ne put retenir un soupir.

— Je vais me débrouiller pour assister à ses obsèques, reprit Ash. Quand une date aura été fixée, dis-le-moi.

— Bien sûr.

Blaine le savait : son ami détestait autant que lui les enterrements. Ils avaient mis en terre tant de frères d'armes qui ne reviendraient jamais chez eux… Comme le fiancé de Maggie.

— Dès que ses funérailles seront organisées, je te rappellerai.

— Merci, dit Ash. Et fais comme chez toi.

— Je ne resterai pas longtemps, indiqua Blaine.

Il était plus déterminé que jamais à coincer les malfrats.

Il actionna l'interrupteur pour faire jaillir la lumière. Le plafonnier s'alluma, éclairant une pièce meublée de façon spartiate.

— Je n'y suis pas souvent non plus, confia Ash. Si mon oncle ne m'avait pas légué son bungalow, je me contenterais de louer un studio ou de prendre une chambre d'hôtel lorsque je suis en ville.

Blaine s'était en effet demandé pourquoi son ami était propriétaire d'une maison. Ash était un célibataire endurci. Il ne s'était jamais engagé que pour leur pays et le FBI.

— Comme moi, murmura Blaine.

Ash se mit à rire.

— Tu as des sœurs chez qui tu peux loger quand tu as besoin de te poser.

Blaine maugréa en songeant au chaos qui régnait chez ses aînées. Les cris des enfants, les jouets éparpillés dans le salon, les disputes entre ses sœurs et leurs maris…

— Quand je passe deux jours chez elles, je me félicite d'être célibataire.

Mais il pensa alors à Maggie Jenkins et au bébé qu'il avait senti bouger sous ses mains. Maggie, si bavarde et si chaleureuse, s'entendrait très bien avec ses sœurs, il en était certain.

— Je te préviens que le frigo et les placards sont vides, poursuivit Ash. Mais, dans le tiroir de la table de la cuisine, il y a des adresses de restaurants et de traiteurs du coin qui livrent à domicile.

En fait, Blaine n'avait pas faim. Depuis qu'une balle avait touché Sarge en pleine poitrine, il se sentait nauséeux. Le trouble dans lequel le jetait Maggie Jenkins n'avait rien arrangé. Il avait demandé à la police locale de la mettre en détention protectrice dans un motel du coin. Elle y serait en sécurité.

Il n'avait pas besoin de s'inquiéter pour elle. Pourtant, il s'inquiétait. Cette future mère pouvait-elle faire confiance à quelqu'un ? Même son ancienne colocataire avait tenté de la voler.

Après avoir interrogé Susan Iverson, Blaine en était persuadé : ce vol était le seul crime de la blonde. Si elle avait été impliquée dans les hold-up, elle n'aurait pas pu le lui cacher très longtemps. Elle n'était pas assez intelligente.

— Ce n'est pas ta faute, assura Ash. Tu connais Sarge. Il n'aurait jamais reculé devant des bandits, même s'il n'était pas assez armé pour avoir une chance de l'emporter.

Blaine souffla lourdement.

— Je sais, d'autant qu'il semblait déterminé à protéger l'adjointe du directeur de la banque.

Une grande partie du travail d'Ash consistait à décrypter des conversations enregistrées. Il identifiait ainsi des menaces planant sur la sécurité du pays. Il savait aussi décoder les propos de Blaine, il lisait entre les lignes, comprenait ce que son copain ne disait pas.

— Apparemment, Sarge n'était pas le seul à vouloir protéger cette femme…

— Oui, reconnut Blaine. D'autant qu'elle est jeune et enceinte.

Trop jeune pour avoir perdu son fiancé, le père de son enfant…

— Mariée ? s'enquit Ash.

— Non. Son fiancé est mort en Afghanistan.

Et il devait terriblement lui manquer puisqu'elle ne supportait pas de poser les yeux sur le diamant qu'il lui avait offert pour leurs fiançailles.

Blaine tapota sa poche mais la bague ne s'y trouvait plus. Il l'avait laissée aux policiers, ce diamant étant la preuve de la tentative de vol de Susan Iverson comme les cartes de crédit de Maggie. Blaine s'assurerait qu'elle récupérerait rapidement ses biens.

Mais Maggie ne retrouverait pas ce qui lui manquait certainement le plus. Son fiancé…

Au cours des années passées, Blaine avait fréquenté de nombreuses jeunes femmes mais il n'avait jamais eu de difficultés à rompre parce qu'il n'avait encore jamais été amoureux. Il ne pouvait donc mesurer la douleur de Maggie Jenkins qui avait perdu l'homme de sa vie. En revanche, il avait perdu beaucoup d'amis au combat et désormais, Sarge…

— Sarge avait-il formé l'ancien fiancé de cette femme ? demanda Ash.

Blaine soupira.

— Je le pense.

Cela expliquait pourquoi après avoir pris sa retraite dans l'armée, Sarge s'était engagé comme agent de sécurité dans une banque. Peut-être avait-il entendu parler du hold-up dans la première succursale où travaillait Maggie et avait-il eu envie de la protéger. Ou peut-être avait-elle changé de banque pour s'employer là où Sarge se trouvait parce qu'elle le connaissait de longue date.

Oui, cela semblait évident. Sarge était toujours resté en contact avec ses anciennes recrues, se rappela Blaine.

— Sarge a donc été heureux de mourir pour la sauver, conclut Ash.

Cette réflexion surprit Blaine. Il avait toujours considéré Ash comme un cynique.

Il battit des paupières pour chasser les larmes qui les brûlaient.

— Oui, certainement, répondit-il. Mais une menace plane toujours au-dessus de Maggie Jenkins. L'un des braqueurs a tenté de l'enlever des urgences où les ambulanciers l'avaient emmenée après l'attaque.

— Et tu les as empêchés de parvenir à leurs fins, non ?

— Cette fois, oui.

— Tu veilleras sur cette Maggie… pour Sarge.

Blaine n'était pas sûr que le respect de la mémoire de Sarge et de ses dernières volontés soit ce qui le motivait le plus. Il était de nouveau la proie de cette sensation bizarre. Un frisson lui parcourait l'échine, un frisson qui ne disait rien de bon.

Son téléphone portable bipa pour lui signaler un appel.

— Je dois te laisser, Ash.

Il ne perdit pas de temps à lui faire des adieux de Fontainebleau, se contentant de raccrocher pour prendre ce double appel.

— Agent Campbell.

Un homme s'éclaircit la gorge.

— Ici, l'officier Montgomery. Nous voulions vous signaler que des coups de feu ont retenti dans le motel où séjourne le témoin du hold-up que vous nous aviez demandé de protéger.

Blaine jura. L'hôtel n'était pas loin mais il y arriverait sans doute trop tard pour sauver Maggie si les malfrats la prenaient pour cible.

Maggie fixa la porte de la salle de bains qu'elle avait verrouillée. Elle s'attendait à ce que le bandit qui avait tiré un moment plus tôt force cette porte d'un coup de pied ou la crible de balles. Mais un étrange silence était tombé après ces déflagrations assourdissantes.

Maggie aurait voulu plaquer les mains contre ses oreilles et se cacher sous les couvertures de la chambre de motel plongée dans le noir. Il ne s'agissait pas d'un cauchemar, mais bel et bien de la réalité. Aussi avait-elle bondi hors du lit pour s'enfermer dans la salle de bains. Après avoir tiré le verrou et s'y être barricadée, elle avait compris que son abri n'était pas très sûr. Il ne faudrait pas longtemps à quelqu'un pour défoncer la porte ou forcer la serrure.

Mais elle ne s'inquiétait pas seulement pour elle ou pour le bébé. Le policier en faction devant sa chambre avait-il été blessé par les bandits ? L'estomac noué, elle suspecta le pire. Si l'homme avait survécu à cette attaque, ne serait-il pas venu prendre de ses nouvelles ? Il aurait au moins frappé à la porte de la salle de bains et serait passé lui assurer qu'elle pouvait sortir en toute sécurité, non ?

Maggie retint un soupir. Elle n'était donc en sûreté nulle part !

Blaine Campbell avait raison. Même si elle n'avait pas la moindre idée de ce dont il s'agissait, elle avait forcément vu ou entendu *quelque chose* qui pouvait permettre d'identifier l'un des malfrats. Autrement, pourquoi déploieraient-ils tant d'efforts pour la tuer ?

Elle ferma les paupières et se mit à prier.

Elle pria pour le jeune policier qui était mort parce qu'il avait simplement effectué son travail. Comme Sarge. En tentant de la protéger.

Et elle pria pour son enfant.

Elle posa ses mains tremblantes sur son ventre. Ses paumes ne remarquèrent aucun mouvement à l'intérieur. Pour une fois, le bébé dormait et n'avait pas conscience du danger mortel auquel il venait d'échapper.

Maggie déglutit avec difficulté. Tout était-il sa faute ?

Peut-être son karma estimait-il qu'elle ne méritait pas d'avoir un enfant parce qu'elle n'avait pas aimé le père comme elle l'aurait dû. Andy avait été un amour d'homme, il n'avait pas mérité de mourir. Ni son bébé.

Maggie devait à tout prix protéger ce petit être. Mais comment ? Il n'y avait pas de fenêtre dans la salle de bains, aucun moyen de se sauver de la pièce où elle s'était barricadée. Et après avoir abattu le jeune policier en faction devant sa chambre, le tireur attendait peut-être qu'elle sorte de la salle de bains pour la descendre à son tour.

Pourtant, à l'hôpital, le bandit masqué n'avait pas guetté sa sortie de l'hôpital. Il était monté aux urgences et il l'avait obligée à sortir de son lit.

Si l'un des braqueurs de banque était dans la chambre d'hôtel, il n'attendrait pas qu'elle décide de s'aventurer hors de la salle de bains. Il défoncerait la porte pour se jeter sur elle, Maggie en était certaine.

Afin de la tuer ? Pour quelle autre raison les intéresserait-elle ?

Elle n'était pas riche, elle n'avait pas un sou à leur donner. D'ailleurs, après avoir braqué tant de banques, ils n'avaient sans doute pas besoin d'argent. Cela dit, certaines personnes estimaient qu'elles n'en avaient jamais assez. Peut-être avaient-ils envie de continuer les hold-up et pensaient-ils qu'elle avait les moyens de les en empêcher… pour une raison qui la dépassait.

Donc ils ne voulaient pas lui interdire de parler, ils avaient l'intention de la tuer.

Comme si ses pires craintes se concrétisaient, la poignée de la porte fut secouée. On cherchait à l'ouvrir, à la forcer. Quelqu'un frappait le battant de bois dans l'espoir de le faire céder.

Maggie pouvait-elle convaincre ses agresseurs qu'elle ne savait rien, qu'elle n'avait pas la moindre idée de qui ils étaient ?

C'était sa seule chance, sa seule planche de salut. Mais pour être crédible, elle devait découvrir leurs visages et, si elle les voyait sans leurs masques, ils la tueraient. Cela ne faisait aucun doute.

Les secousses redoublaient sur la porte, les bandits n'allaient plus tarder à entrer.

Maggie se réfugia donc dans la baignoire, en position fœtale, couvrant son ventre de ses bras. Cela ne suffirait certainement pas à protéger son bébé ni elle-même. Mais elle n'avait pas de meilleure idée.

D'un coup de pied, l'individu finit par détruire la serrure et faire irruption dans la salle de bains.

Mais Maggie n'osa pas lever les yeux vers l'intrus. Pour ne pas risquer de reconnaître l'un des bandits. Quand en finirait-elle avec le danger ?

Elle aurait voulu que Blaine Campbell soit là pour la protéger. Mais il était loin.

— Je vous en prie, laissez-moi tranquille, gémit-elle. Ne me faites pas de mal. Je ne sais rien sur les hold-up. Et je m'en moque…

Elle ne se souciait que de son bébé. Elle n'avait pourtant pas sauté de joie en apprenant qu'elle était enceinte. Mais quand Andy était mort, elle avait été soulagée qu'il reste quelque chose de lui avec cet enfant.

Mais là, elle allait perdre ce que Andy avait laissé de lui… ainsi que sa propre vie.

8

Blaine courba les épaules sous le poids de la culpabilité. Mais peut-être s'était-il simplement fait mal en défonçant la porte de la salle de bains.

— Maggie, c'est moi, dit-il.

Mais elle restait prostrée dans la baignoire, en position fœtale, tremblant comme une feuille, cherchant à se protéger du mieux possible. Elle semblait toute petite, vulnérable, terrifiée.

En frappant le battant de bois, il n'avait pas osé s'annoncer parce qu'il ne savait pas ce qu'il allait trouver derrière la porte. Maggie aurait pu ne pas être seule. L'un des hommes armés avait peut-être réussi à s'emparer d'elle et à se barricader avec elle dans la salle de bains.

Ou Blaine aurait pu tomber sur l'un des malfrats, Maggie étant déjà loin.

Blaine n'était pas arrivé à temps. Le policier en faction devant la porte avait été pris pour cible. Peut-être avait-il été mortellement blessé…

Des sirènes de pompiers retentirent à l'extérieur. *Enfin !* songea Blaine.

Maggie avait-elle besoin de soins médicaux, elle aussi ? L'un des projectiles qui visaient le policier l'avait-il touchée ?

Blaine observa de nouveau la baignoire mais il n'y avait aucune goutte de sang. Seulement les boucles brunes de Maggie qui tranchaient sur la porcelaine blanche.

— Maggie ! cria-t-il en se précipitant vers elle.

Mais elle tendit la main pour le tenir à distance.

— Laissez-moi ! Laissez-moi tranquille !

Il souleva son corps transi pour la prendre dans ses bras.

— Maggie ! C'est moi ! Blaine !

A la fin, elle leva les yeux vers lui, des yeux qui le reconnurent et s'écarquillèrent, émerveillés.

— Blaine ! s'exclama-t-elle en lui sautant au cou.

Comme elle se pressait contre lui, la culpabilité de Blaine grimpa d'un cran. Il n'aurait jamais dû la laisser sous la protection de quelqu'un d'autre. Le jeune policier avait été blessé et il s'en était fallu d'un cheveu que Maggie se fasse enlever…

Heureusement, le malheureux agent avait retardé les malfrats, donnant à Blaine le temps de débarquer.

En arrivant sur les lieux, Blaine avait fait feu à son tour. Cela dit, il ne pensait avoir touché personne. Et il avait vu une camionnette démarrer et quitter le parking sur les chapeaux de roue.

Pendant un horrible moment, il avait cru que Maggie se trouvait à l'intérieur de ce fourgon, qu'il arrivait trop tard pour la sauver.

Puis il avait découvert la porte de la salle de bains fermée de l'intérieur et il avait espéré qu'elle s'y était réfugiée. Mais il exerçait ce métier depuis trop longtemps pour être optimiste. Aussi s'était-il préparé au pire. Il avait imaginé que les malfrats avaient laissé l'un des leurs barricadé avec Maggie à l'intérieur.

Mais rien de tout cela ne s'était vérifié et, repoussant ses sombres scénarios, Blaine enlaça Maggie. Elle tremblait comme une feuille, dans ses bras. De toute évidence, elle était en état de choc.

— Je suis désolé, dit Blaine.

Mais il dut s'écarter et la laisser de nouveau, le temps de s'assurer que les secours arrivaient pour le jeune policier et pour elle. Il voulait qu'un médecin l'examine, il voulait être sûr qu'elle allait bien. Y avait-il une dose de peur maximale qu'elle et son bébé pouvaient endurer ?

Il n'y avait qu'une façon de la protéger efficacement, il en était conscient. Il lui fallait découvrir qui avait tellement envie de l'enlever ou de la tuer.

Qui étaient les braqueurs de banque ?

L'un des urgentistes rassura Maggie sur son état de santé. Apparemment, elle était trop jeune pour mourir de peur.

Et de gêne ?

Elle s'était ridiculisée en se jetant au cou de Blaine. Elle s'était comportée comme si elle était sa petite amie alors qu'il la suspectait d'être de mèche avec les braqueurs.

A moins qu'il n'ait changé d'avis à ce sujet ?

Il la conduisit chez lui. Enfin, là où il dormait. Le bungalow appartenait manifestement à un homme seul. Les murs étaient nus. Pas une photo ni le moindre bibelot ne traînaient sur les étagères. Et il n'y avait ni livre ni magazine sur la table basse.

L'ensemble semblait vraiment spartiate. Le salon était meublé d'un canapé, la salle à manger d'un bureau, la cuisine d'une table et de trois chaises. Chacune des deux chambres était équipée d'un placard et d'un lit.

Blaine lui en proposa une et s'installa dans l'autre.

Maggie dormit vaguement, somnola plutôt, et fut réveillée par la sonnerie d'un téléphone.

Dans la pièce d'à côté, Blaine décrocha et parla un long moment, mais Maggie ne parvint pas à comprendre ce qu'il disait.

Puis la conversation parut s'achever et Blaine sortit de sa chambre.

Il se rendit certainement à la cuisine, car, quelques minutes plus tard, des odeurs de bacon et de café vinrent titiller les narines de Maggie.

Son estomac se mit à crier famine, mais elle resta au lit,

craignant d'affronter Blaine. Elle rougit en se remémorant la manière dont elle s'était comportée avec lui, la veille au soir.

Comme sa petite amie…

Blaine Campbell n'était pas son amoureux mais un agent du FBI qui effectuait son travail. Il avait sans doute une fiancée quelque part. Un homme aussi séduisant ne pouvait être seul dans la vie. A moins que Blaine n'ait voulu ne s'engager que professionnellement…

Elle devait cesser de l'appeler par son prénom. Il était un agent du FBI, l'agent Campbell. Voilà tout ce qu'il était et serait à jamais pour elle.

Le bébé donna un coup de pied. Apparemment, lui aussi avait faim. Aussi, Maggie repoussa les couvertures et se leva. Le T-shirt que lui avait prêté Blaine pour la nuit s'était retroussé, dévoilant ses cuisses. Elle tirait dessus quand quelqu'un se racla la gorge sur le seuil de sa porte. Elle se retourna.

— Désolé, fit Blaine comme la veille au soir.

C'était pourtant à elle de s'excuser. Elle s'était comportée avec lui comme une idiote. Elle était responsable de la mort d'un ami, de Sarge. Elle lui compliquait son travail.

Mais pour une fois, elle qui était en général un vrai moulin à paroles ne parvint pas à trouver les mots pour exprimer sa gratitude à Blaine, pour le remercier de l'avoir tant de fois sauvée.

— Je passais juste voir si vous étiez réveillée, expliqua-t-il. J'ai demandé à l'épicier du coin de nous livrer et j'ai préparé le petit déjeuner.

Cet homme savait cuisiner ? Il était vraiment parfait.

Mais l'homme parfait ne se destinait certainement pas à Maggie dont la vie était une catastrophe.

De nouveau, elle tira sur son T-shirt. En vain. Le vêtement ne pouvait couvrir ses cuisses. Et Blaine semblait promener son regard sur ses jambes comme une caresse.

Bien sûr, il ne s'agissait que d'une illusion, d'un tour

de son imagination. L'agent du FBI ne s'intéressait certainement pas à elle. Il n'attendait qu'une chose d'elle : des renseignements…

Il lui en apporta la preuve un peu plus tard lorsque, après s'être restauré avec elle, il ramassa les assiettes pour les déposer dans l'évier. Il commença alors à l'interroger.

— Etes-vous sûre de n'avoir reconnu aucun des braqueurs de la banque ?

— Sûre et certaine. Je n'ai reconnu que ces horribles masques derrière lesquels ils dissimulaient déjà leurs visages à Sturgis, là où se trouvait la succursale où je travaillais avant.

En se remémorant ces masques monstrueux, Maggie frissonna. Ils auraient pu sortir tout droit du film qu'elle avait vu au collège avec Andy et son frère.

— A cause de ces masques et de ces imperméables sombres, je ne voyais ni leurs traits ni même leurs silhouettes.

— Vous ne protégez donc personne ? lança Blaine.

Maggie secoua la tête mais ses mains se posèrent sur son ventre rebondi. Le bébé avait cessé de bouger. Peut-être le petit déjeuner l'avait-il rassasié. Les œufs brouillés, le bacon cuit à la perfection et les toasts tièdes avaient été délicieux. Elle s'était régalée sans doute plus qu'il ne l'aurait fallu.

Cela dit, elle ne parvenait pas à se remémorer la dernière fois qu'elle s'était octroyé un vrai repas. Elle avait grignoté quelques biscuits à l'hôpital et, avant de se rendre à la banque pour travailler, elle avait pris un petit déjeuner chez elle. Mais elle avait noyé les flocons d'avoine dans du lait et trop sucré son décaféiné. Elle devait apprendre à cuisiner pour le bébé. Si elle vivait assez longtemps pour avoir à le nourrir…

— Je cherche à protéger mon enfant, reprit-elle. Personne d'autre.

Mais elle craignait d'échouer comme elle avait échoué à protéger Andy.

— Donc, si je connaissais l'un des braqueurs, je vous le dirais. N'en doutez pas.

Blaine lui posa tout de même d'autres questions.

— Ces derniers temps, vous n'avez remarqué personne traînant dans l'agence, espionnant les lieux, faisant des repérages ?

De nouveau, Maggie secoua la tête.

— Je ne sais pas comment on fait des repérages, donc je ne peux pas dire si quelqu'un les a faits devant moi.

Mais cela avait certainement été le cas. Sinon, les braqueurs ne seraient pas entrés si facilement dans la succursale. Si Blaine n'avait pas surgi en plein milieu du hold-up, celui-ci se serait déroulé à la perfection. Mais l'agent du FBI les avait gênés. Quel dommage qu'il n'ait pas pu empêcher la mort de Sarge…

Blaine se pencha vers elle.

— Vous n'avez vu personne présent dans les deux banques ?

Maggie fit non de la tête.

— Les deux succursales sont très éloignées l'une de l'autre, elles ont des clientèles différentes. Je connaissais la plupart des clients de la succursale de Sturgis pour y avoir travaillé depuis la fin de mes études. Mais je commence à peine à faire la connaissance des clients de cette ville.

Devait-elle encore s'en aller ? Emménager dans un autre Etat, s'employer dans une autre banque ?

Comment pourrait-elle continuer à travailler dans cette agence sans se remémorer les braqueurs et leurs horribles déguisements chaque fois qu'elle se rendrait à son travail ?

Elle avait quitté Sturgis pour cette raison. Mais il y avait pire que son sort. Sarge avait été abattu, il était mort.

— Et vos collègues ? reprit Blaine. Susan travaillait-elle aussi dans l'autre succursale ?

— Non, je suis la seule à avoir travaillé dans deux succursales braquées.

Voilà pourquoi il la soupçonnait d'ailleurs d'être de mèche avec les bandits. Elle ne pouvait le lui reprocher.

— Mais je n'ai vraiment rien à voir avec les hold-up.

Il ne la regardait plus comme il l'avait dévisagée plus tôt, quand il en doutait.

L'espoir souleva la poitrine de Maggie.

— Vous me croyez ?

Blaine poussa un soupir résigné.

— Je crois que vous n'êtes pas sciemment mêlée à ces hold-up.

Maggie aurait dû se réjouir qu'il ne la prenne pas pour le cerveau du gang mais son commentaire froissa son amour-propre. Visiblement, il la prenait pour une idiote, une pauvre fille qui renseignait des malfrats sans s'en douter.

— Je ne suis pas impliquée, même malgré moi, assura-t-elle.

— Vous n'avez jamais parlé de votre travail à quiconque ?

— La plupart des gens savent que je travaille dans une banque, répondit-elle. Sauf M. Simmons.

— Parce que vous ne voulez pas l'inquiéter, commenta Blaine avec un petit sourire désabusé.

Maggie soupira.

— Cela n'a servi à rien puisque vous avez appelé la police à propos de Susan. Maintenant, il est sans doute au courant de tout. Bref… les gens savent que je travaille dans une banque. Mais c'est tout ce qu'ils savent.

— Vous n'avez donc donné à personne les détails qui auraient pu les aider à mettre au point un hold-up, insista Blaine. Par exemple, les jours où il y a le plus de cash dans les coffres, les jours où des clients déposent l'argent…

Il la prenait vraiment pour une idiote !

— Non, répondit-elle, furieuse.

Il n'était pas le seul à la considérer comme stupide. Puisqu'elle parlait beaucoup, qu'elle avait la langue bien pendue, beaucoup de gens voyaient en elle une fille superficielle, irresponsable. Mais ils avaient tort. Elle parlait beaucoup parce qu'elle ne supportait pas le silence. Le silence la mettait mal à l'aise. Alors elle le comblait en parlant, parlant encore, parfois pour ne rien dire.

— Vous ne discutez pas de votre métier avec votre famille ? demanda Blaine d'un ton sceptique. Vous ne faisiez pas la moindre allusion à ces détails devant eux ?

Prenait-il les membres de sa famille pour des criminels ?

— Mes parents se sont installés à Hong Kong il y a plusieurs années, pour raisons professionnelles.

Et depuis la mort d'Andy, quand elle les avait au téléphone, ils ne parlaient que de la météo et de leur santé. Leurs échanges n'allaient jamais plus loin. Ils avaient sans doute peur qu'elle ne fonde en larmes s'ils évoquaient quelque chose qui lui rappelait Andy. Ou ne les fasse pleurer, eux, parce qu'ils avaient aimé Andy comme un fils.

— Vous n'avez pas de frère et sœur ?

— Non, répondit Maggie.

Et parce qu'elle en avait assez de cet interrogatoire, d'être la seule à le subir, elle décida de poser elle aussi la question.

— Et vous ?

— J'ai trois sœurs aînées, indiqua Blaine avec un sourire qui prouvait qu'il les adorait.

Maggie avait toujours rêvé d'avoir des sœurs. Mais son père ne s'intéressait qu'à sa carrière, et sa mère n'avait pas eu envie d'élever plus d'un enfant.

Refusant de se prendre en pitié, Maggie relança la conversation.

— Pas de frères donc ?

— Que des frères d'armes.

Ses copains des marines. Andy aussi les considérait comme des frères, se souvint Maggie avec un soupir.

— Avez-vous des amies ? la questionna Blaine. Des proches à qui vous pourriez vous confier sans même en prendre conscience, dire des choses sans y faire attention ? Des gens à qui vous auriez pu donner des renseignements par inadvertance ?

Il la prenait vraiment pour une imbécile.

Mais peut-être avait-il raison parce que oui, en effet, elle s'était confiée plus qu'elle ne l'aurait dû à quelqu'un.

Blaine l'avait manifestement deviné, car il la scrutait.

— Il y a quelqu'un. Qui ?

— Cela n'a plus d'importance.

— De qui s'agit-il ? insista Blaine d'un ton dur comme s'il pensait qu'elle protégeait un complice.

— D'Andy… Je disais tout à Andy.

Depuis qu'ils étaient enfants, il avait été son meilleur ami, son confident.

Blaine hocha la tête.

— Bien sûr…

Mais en fait non, réalisa Maggie. Elle ne disait pas tout à Andy. Sinon, elle lui aurait dit qu'elle ne l'aimait pas ou plutôt qu'elle l'aimait d'amitié et non d'amour. Peut-être lui avait-elle dit trop de choses à propos de la banque parce qu'elle préférait lui parler de son métier plutôt que de ses sentiments ou de leur avenir. Elle ne se projetait pas dans le futur avec Andy, même si elle n'aurait jamais imaginé qu'il allait mourir si jeune.

— Mais Andy est mort, rappela-t-elle. Il n'a donc forcément aucun lien avec les braqueurs.

Blaine parut hésiter.

— Puis-je vous demander… comment il est mort ?

— Il conduisait un camion de ravitaillement. Une bombe a explosé sur la route, à leur passage, tuant tous les hommes du convoi.

— Je suis désolé.

Elle hocha la tête comme elle le faisait par automatisme chaque fois que quelqu'un lui présentait ses condoléances. Elle n'avait pas le sentiment de les mériter. Comme elle n'avait pas mérité Andy, non.

— Andy aurait-il pu répéter à quelqu'un ce que vous lui racontiez ? suggéra Blaine.

— Pourquoi l'aurait-il fait ?

Andy ne l'écoutait que d'une oreille, il ne semblait pas passionné par ce qu'elle lui disait sur son métier. Il s'en moquait. Il avait été fier qu'elle aille à l'université, qu'elle décroche un master en finance mais il lui avait souvent répété que, dès qu'ils se marieraient, elle démissionnerait pour élever leurs enfants.

Andy ne l'avait jamais vraiment connue. Sinon, il aurait compris qu'elle ne l'aimait pas d'amour. Et peut-être ne l'avait-elle pas bien connu non plus.

— Il aurait pu en parler à quelqu'un pour des centaines de raisons, avança Blaine.

— Andy se moquait de l'argent, il n'était pas intéressé, répondit Maggie, sur la défensive.

— Mais il vous a acheté une bague de fiançailles somptueuse…

Il ne l'avait pas payée qu'avec de l'argent mais de sa vie aussi.

— Il l'a achetée avec la prime qu'il a reçue lorsqu'il s'est enrôlé pour le Moyen-Orient.

Blaine hocha la tête.

— Peut-être qu'il ne se rendait pas compte qu'il révélait quelque chose en parlant de votre travail à des collègues.

Alors elle non plus, songea Maggie. Elle n'avait pas eu conscience que ce qu'elle disait pouvait mener à ces hold-up, à la mort de Sarge. Il fallait que Blaine se trompe parce qu'elle était déjà rongée par la culpabilité. Elle ne supporterait pas de s'en vouloir davantage.

9

Maggie demanda avec tant d'insistance à retourner à la banque que Blaine donna son accord. Cela dit, l'établissement n'était pas rouvert au public. Pas encore. Des ouvriers changeaient les fenêtres cassées, repeignaient les murs criblés de balles et remplaçaient les meubles endommagés. Aussi Blaine contourna-t-il le bâtiment avec Maggie pour entrer par l'arrière, par l'issue de secours que les braqueurs avaient empruntée pour s'enfuir.

A chaque pas, Maggie se décomposait un peu plus, et Blaine en fut profondément ému. Maggie avait sans doute cru qu'elle ne s'en sortirait pas, que les malfrats allaient réussir à l'embarquer ou à la tuer. Et, pendant un moment, Blaine avait douté de parvenir à arracher la jeune femme des griffes de ses ravisseurs.

Tandis qu'il se remémorait l'horrible scène, il l'enlaça sans y penser, puis finalement laissa son bras posé sur ses frêles épaules.

— C'était peut-être une mauvaise idée, murmura-t-il.

— J'ai besoin de me rendre à mon bureau, dit-elle. Et de m'assurer que je n'avais rien laissé en plan.

— Le directeur a fermé la succursale en partant hier, indiqua Blaine. Je suis certain qu'il a mis sous clé les dossiers sur lesquels vous travailliez.

Blaine n'avait pas envie que Maggie aille dans son bureau. Comme les cloisons étaient vitrées, la pièce avait souffert au cours du hold-up. Et dans le hall, les traits à la craie indiquant où Sarge était tombé n'avaient pas encore été effacés. Ce triste spectacle ne ferait aucun bien à Maggie et à lui non plus.

Elle secoua la tête.

— M. Hardy ne l'aurait certainement pas fait lui-même. Il a sans doute laissé Susan s'en charger et c'est ainsi qu'elle a récupéré mon sac.

Le directeur de l'agence n'avait pas fait bonne impression à Blaine. Ce jeune blanc-bec n'avait cessé de bombarder Maggie de questions alors qu'elle était encore sous le choc et que les urgentistes s'efforçaient d'évaluer son état. Et il était évident que le travail administratif au quotidien reposait intégralement sur Maggie.

— Susan a pris votre sac, vos clés et vos cartes de crédit, rappela Blaine.

Maggie soupira.

— J'aurais dû faire opposition.

— Trop tard, elle les avait déjà utilisées.

Pendant que Maggie était à l'hôpital, cette femme sans scrupule avait tiré de l'argent avec les cartes de crédit.

— Comment avez-vous pu partager votre appartement avec elle ? ajouta Blaine.

Maggie haussa les épaules, se libérant du même coup de son emprise, et elle s'écarta. Peut-être l'avait-il offensée.

— Lorsque j'ai commencé à travailler dans cette succursale, Susan a été vraiment très sympa avec moi. Alors, quand son petit ami a rompu, la virant de chez lui du jour au lendemain, je lui ai ouvert ma porte.

Blaine tiqua. Se serait-il agi d'une ruse de la part de Susan Iverson ?

Peut-être avait-il sous-estimé l'intelligence de cette blonde. Il devrait la revoir.

Mais d'abord, il tenait à ce que Maggie regarde quelque chose. C'était d'ailleurs pour cette seule raison qu'il avait accepté de la laisser revenir à son bureau.

En vérité, il avait aussi voulu quitter la petite maison d'Ash avant de perdre toute objectivité à propos de Maggie Jenkins. Elle était beaucoup trop belle pour la paix de son esprit.

De nouveau, Maggie poussa un gros soupir.

— J'ai vite compris pourquoi son petit ami avait viré Susan de chez lui.

— Il n'est pas possible de faire confiance à cette femme, résuma Blaine.

Mais Maggie Jenkins était-elle davantage digne de confiance ? Blaine avait envie de le croire, de se convaincre de son innocence. Elle était si ravissante.

Mais il ne pouvait exclure d'éventuels suspects à ce stade de l'enquête. Et Maggie faisait partie des suspects possibles, même si sa vie était en danger. Peut-être même *parce qu'elle* faisait l'objet de menaces. Ses complices essayaient peut-être de l'empêcher de les dénoncer.

Blaine conduisit Maggie dans un bureau au fond de l'agence, près de l'issue de secours, là où étaient entassées les vidéos enregistrées par les caméras de surveillance. Sarge s'était chargé de les étiqueter, de les classer.

Comme Blaine s'emparait de la télécommande, Maggie demanda.

— De quoi s'agit-il ?

— Des images des caméras de surveillance. J'aimerais que vous les regardiez.

— En entier ? demanda-t-elle, l'air paniqué.

Les six moniteurs étaient peut-être un peu intimidants, pensa Blaine.

Lui, il en avait l'habitude. Lorsqu'il enquêtait sur des hold-up, il passait souvent des jours, des semaines, parfois des mois à visionner des images enregistrées par des caméras de surveillance.

Mais cette fois-ci, pendant qu'ils visionnaient les films en accéléré, il fut incapable de s'intéresser à autre chose qu'à Maggie… à ses seins rebondis, à son ventre, à ses longues jambes fuselées…

Il l'imagina les nouant autour de lui tandis qu'il allait et venait entre ses cuisses.

Il secoua la tête, s'interdisant de laisser son esprit s'aventurer dans cette direction. A quoi bon fantasmer sur de telles choses ? Elles ne se produiraient jamais. Maggie n'était pas seulement enceinte de l'enfant d'un autre. Elle était surtout amoureuse de cet homme. Qu'Andy soit mort n'avait pas d'importance. Un amour comme le leur était puissant, éternel. Ne lui avait-elle pas raconté qu'elle disait tout à son fiancé ?

Blaine n'avait jamais eu quelqu'un dans sa vie à qui il disait tout. Il avait appris très jeune que ses sœurs répétaient au monde entier ce qu'il leur confiait. Et il valait mieux qu'il n'ait pas de confident parce qu'il n'avait pas l'intention de partager avec quiconque les pensées qu'il nourrissait pour Maggie. En fait, il préférait les oublier.

Aussi se focalisa-t-il sur les images vidéo qui passaient sur les moniteurs dans le bureau de Sarge.

Des jours et des jours d'enregistrement défilèrent sous leurs yeux dans une sorte de brouillard, assez lentement pour repérer des visages mais assez rapidement pour que les heures paraissent des minutes.

Blaine en eut un début de migraine. Peut-être parce qu'il n'avait pas assez dormi depuis plusieurs jours.

Si visionner ces images l'affectait, cela devait être pire pour Maggie.

— Ça va ? s'enquit-il.

— Ça va.

Mais elle se frottait les tempes et fermait les paupières.

— Nous pouvons faire une pause, proposa-t-il.

— En fait, je ne comprends pas l'intérêt de regarder ces vidéos, confia-t-elle en désignant l'écran. Elles ont enregistré tout ce qui s'est passé la semaine dernière.

Avait-elle espéré visionner les images du hold-up de la veille ? s'étonna Blaine. Cela aurait pourtant été très dur pour elle de revoir ces moments terrifiants, de revoir Sarge se faire abattre…

Il le lui avait peut-être déjà dit. Mais tant de choses s'étaient passées en vingt-quatre heures qu'il n'en aurait pas mis sa main au feu. Aussi demanda-t-il.

— Savez-vous pourquoi je suis arrivé ici en plein milieu du hold-up, hier ?

— Parce que vous travaillez sur des braquages de banques, c'est votre métier.

C'était en effet ce qu'il avait dit aux policiers dans la ruelle.

— En fait, Sarge m'avait appelé. Il était certain que la banque allait bientôt être attaquée et il voulait me prévenir.

Maggie poussa un cri de surprise.

— Il le savait ?

— Il avait dû remarquer un individu en train d'effectuer des repérages.

Et, avec un peu de chance, ce quelqu'un avait été filmé par les caméras de surveillance.

Maggie haussa les épaules.

— Mais je ne sais pas comment reconnaître que quelqu'un fait des repérages.

— Moi, oui.

S'il travaillait pour le FBI depuis plusieurs années, Blaine s'était spécialisé ces derniers temps dans les hold-up. Jusque-là, ses résultats avaient forcé l'admiration. Il avait toujours démasqué les braqueurs, les coupables.

Toujours…

Et cette fois, il était motivé par autre chose que sa carrière et ses succès précédents. La mort de Sarge et la peur de Maggie le poussaient plus que d'habitude à arrêter les malfrats qui en étaient la cause.

— Alors qu'est-ce que je dois chercher ? demanda Maggie.

— Quelqu'un que vous connaissez.

Elle éclata de rire comme s'il avait dit quelque chose de ridicule.

— Je connais la plupart des personnes qui fréquentent la banque.

Blaine l'avait remarqué sur les images enregistrées par

les caméras. Même si elle n'était arrivée que peu de temps auparavant dans cette succursale, Maggie sortait souvent de son bureau pour discuter avec des clients, leur souriant pour leur souhaiter la bienvenue. Tous ces gens lui rendaient ses sourires, charmés par sa personnalité chaleureuse, sympathique.

Mais en remarquant un homme qui lui souriait plus largement que les autres, Blaine fit un arrêt sur image. Le grand brun ne s'était pas contenté de lui sourire, il l'avait également embrassée. Mieux, il l'avait soulevée de terre pour pouvoir le faire. Cela dit, Maggie ne paraissait pas très contente de ces effusions, plutôt mal à l'aise, gênée.

— Qui est-ce ? s'enquit Blaine.

Maggie fixa l'écran, les yeux écarquillés, le visage pâle, comme si elle voyait un fantôme.

— J'oublie toujours à quel point il ressemble à Andy…

— Qui est cet homme ?

Elle poussa un soupir.

— Mark, le frère aîné d'Andy.

— Il est client de cette banque ?

Maggie secoua la tête.

— Non, il était passé juste pour me voir. Pour s'assurer que j'allais bien.

A ces mots, un frisson parcourut l'échine de Blaine. Il savait reconnaître un suspect quand il s'en présentait un.

— Est-ce qu'il venait aussi vous voir quand vous travailliez dans l'autre succursale ?

— Parfois.

Détachant les yeux des écrans, Maggie se tourna vers lui.

— A quoi pensez-vous ?

Pouvait-il seulement le lui dire ? Sur les images vidéo, ce Mark ne regardait pas Maggie avec inquiétude ou avec affection. Il la reluquait, il la désirait. Comme Blaine la reluquait et la désirait…

En revanche, Maggie, elle, ne regardait pas du tout Mark. Comme pour la bague de fiançailles, elle donnait l'impression de ne pas supporter de voir le frère d'Andy. Parce qu'il ressemblait trop à feu son fiancé ?

Mark était séduisant. Blaine ne pouvait le nier. Ses sœurs auraient dit qu'il était canon avec ses cheveux bruns et ses yeux bleus.

Et Andy lui ressemblait donc ?

Une étrange émotion souleva Blaine. De la colère ? Du ressentiment ? De la jalousie ?

Il était jaloux d'un mort…

Tu deviens pathétique, se dit-il.

— A quoi croyez-vous que je pense ? lança Blaine à Maggie, d'un air de défi, comme s'il lui semblait impossible qu'elle devine ses pensées.

Certes, il était très réservé. Mais il avait baissé la garde, brièvement, lui laissant voir à quel point il était affecté par la mort de son ancien instructeur et ami.

— Vous pensez que Mark est impliqué dans les hold-up, lui répondit-elle. Et c'est ridicule.

Blaine reporta son attention sur l'écran et fixa l'image de Mark la soulevant de terre. Il serrait les mâchoires, remarqua Maggie. Cela paraissait l'ennuyer qu'un autre homme la prenne dans ses bras.

— Pourquoi ridicule ? demanda-t-il.

— Parce que Mark est le frère d'Andy.

Blaine fronça les sourcils comme si leurs liens de sang le rendaient plus suspect encore. A cause de ce qu'elle avait raconté à Andy ? songea Maggie. Si seulement elle avait su tenir sa langue…

Sa mère avait sans doute raison. Elle parlait trop. Ou, dans ce cas précis, elle écrivait trop.

De nouveau, elle prit la défense de son fiancé.

— Andy était l'homme le plus honnête, le plus intègre, que je n'aie jamais connu.

— Ça ne signifie pas que son frère est également quelqu'un d'honnête, nuança Blaine.

— Je comprends, leurs personnalités sont différentes. Mais fondamentalement, ils ont la même mentalité. Ils ont été élevés par les mêmes parents, avec les mêmes principes, les mêmes valeurs. Comment pourraient-ils être différents ?

Blaine éclata de rire.

— Manifestement, vous n'avez pas de frères et sœurs. J'ai trois sœurs et elles sont radicalement différentes les unes des autres.

— En quoi sont-elles différentes ?

Maggie avait toujours regretté de ne pas avoir de frères et sœurs. Mais la carrière de son père était trop prenante et il n'aurait pas été assez présent pour aider sa mère. Aussi ses parents avaient préféré s'en tenir à une enfant unique.

Blaine rit encore.

— Sarah est vendeuse de voitures et elle est dotée d'une personnalité très pétillante. Erica est bibliothécaire, calme et introspective. Quant à Buster…

— Buster ? Je croyais que vous n'aviez que des sœurs ?

— Elle se prénomme Becky officiellement et elle travaille dans la police, elle aussi. Donc mes sœurs sont toutes trois très différentes.

— D'accord, Mark et Andy étaient également différents. Mark est un bon vivant, il a toujours aimé rire et plaisanter alors qu'Andy était un homme très sensible et grave. Mais moralement, dans le domaine de l'éthique…

— Sarah vend des voitures, répéta Blaine. Alors, pour l'éthique, il faudra repasser…

Maggie éclata de rire.

A l'éclat de ses yeux quand Blaine parlait d'elles, il était évident qu'il adorait ses sœurs, y compris celle qui vendait des voitures.

— Mark vient régulièrement me voir parce qu'Andy le lui avait fait jurer s'il disparaissait.

Blaine fit la moue.

— Et comment il s'y prend ?

Pensait-il que…

En proie à une vague de répulsion, Maggie frissonna.

— Non, pas comme ça ! Mark est un frère pour moi. Nous avons tous les trois grandi ensemble.

Blaine cliqua sur la télécommande et Mark réapparut à l'écran. Le frère d'Andy continuait à sourire à Maggie… jusqu'au moment où Susan surgit dans le champ de la caméra et commença à flirter avec lui.

— Et avec elle ? lança Blaine. Avait-il aussi une relation *fraternelle* avec Susan Inverson ?

Maggie espérait que non.

— Mark est marié. Susan ne l'intéresse pas.

Mais, face à ces images, elle se le demanda.

— Peut-être que oui, il flirte un peu avec elle.

Parfois, elle avait eu l'impression qu'il la draguait, elle aussi, ce qui la mettait très mal à l'aise. Parce qu'elle ne voyait Mark que comme un grand frère et seulement comme un grand frère.

— J'ai besoin de m'entretenir avec Mark, dit Blaine. Où puis-je le trouver ?

— Je dois avoir son adresse quelque part dans mon bureau. Sa femme et lui m'avaient invitée à dîner, il y a peu de temps.

Mais elle avait poliment décliné parce qu'elle avait du mal à passer du temps avec Mark.

Elle préférait lui téléphoner que le voir.

Blaine secoua la tête.

— Je vais prendre l'adresse que vous allez me donner puis je vous mettrai en détention protectrice.

— Avez-vous trouvé que cette « détention protectrice » avait été très efficace, la dernière fois ? releva Maggie. Pas moi. A ce sujet, comment va le jeune policier ?

— Il est toujours dans un état critique, d'après l'hôpital.

— Alors laissez-moi appeler Mark, supplia presque Maggie.

Etre de nouveau séparée de Blaine l'effrayait.

— Vous pourrez lui parler et vous comprendrez qu'il n'a rien à voir avec les hold-up.

— Non, fit Blaine. Je veux le rencontrer.

Maggie déglutit avec peine. Blaine allait l'abandonner une fois de plus. Et chaque fois qu'il la laissait, quelqu'un tentait de l'enlever. Il était probable que, tôt ou tard, l'une de ces tentatives de rapt réussirait.

Serait-ce cette fois-ci ?

10

Chaque fois qu'il la laissait seule ou sous la protection de quelqu'un d'autre, Maggie Jenkins était en danger. Blaine ne voulait pas qu'il lui arrive de nouveau quelque chose. Mieux valait qu'elle reste avec lui. Aussi l'aida-t-il à prendre place à l'avant du 4x4 mis à sa disposition par le FBI et qui remplaçait la voiture de location. Il mit alors le cap sur la maison de celui qui avait failli devenir le beau-frère de Maggie.

Mais ce faisant, il l'exposait peut-être à un autre danger. En même temps, il ne pouvait risquer qu'un coup de fil mette la puce à l'oreille de Mark Doremire. Si ce type faisait partie des braqueurs, il avait certainement les moyens de fuir les Etats-Unis vers un pays qui ne pratiquait pas l'extradition.

Peut-être même était-il déjà loin.

Mais alors qui tentait en permanence d'enlever Maggie ou de la tuer ? Et pourquoi ? Si les braqueurs craignaient qu'elle ne les identifie, pourquoi ne décampaient-ils pas ? Il était plus simple de disparaître dans la nature que de rester dans le coin à essayer de kidnapper Maggie, non ?

— On perd notre temps, fit-elle remarquer. Mark ne pourra pas vous aider. Pas plus que moi.

Elle l'avait aidé, rectifia Blaine intérieurement. Grâce à elle, il avait repéré un suspect potentiel. Maggie n'imaginait simplement pas que le frère de son fiancé puisse être suspect.

D'une voix rauque de frustration, elle reprit.

— J'ai visionné toutes ces vidéos enregistrées par les caméras de surveillance et je n'ai remarqué personne effectuant des repérages dans la banque. Pas plus que dans la première banque où j'étais quand elle s'est fait braquer.

Blaine aurait dû demander les vidéos de ce hold-up-là. Cela dit, Maggie avait déjà reconnu que Mark Doremire était venu aussi dans l'autre succursale. Or, les deux banques avaient été braquées. Et Blaine ne croyait pas aux coïncidences. Aussi dit-il avec regret.

— Vous ne devriez pas vraiment m'accompagner, Maggie.

— Non, reconnut-elle. D'autant que je n'ai aucune envie de voir Mark. Mais si vous me laissez seule, je risque d'être enlevée…

Elle soupira lourdement.

— J'ai peut-être intérêt à aller à Hong Kong et vivre avec mes parents.

Cette perspective déplut immédiatement à Blaine. Là-bas, il ne pourrait plus protéger Maggie. Il ne pourrait plus la voir.

— Vous ne pouvez pas quitter le pays actuellement, assura-t-il.

— Pourquoi ? demanda-t-elle avec colère. Je suis toujours sur la liste des suspects ?

Blaine n'en savait rien. En tout cas, Maggie était trop belle, trop séduisante…

Il était incapable de la laisser partir.

— Pour le moment, vous êtes un témoin important.

— Un témoin…, répéta-t-elle. Mais important en quoi ? Je ne peux pas vous aider. Je n'ai rien remarqué d'utile sur ces vidéos. Et au cours des braquages, je n'ai vu que ce que tout le monde a vu : des masques de zombie et des longs imperméables.

A l'évocation des déguisements des malfrats, elle se mit à trembler.

Manifestement, elle détestait ces horribles masques.

— Vous en avez entendu un parler, rappela Blaine.

Maggie haussa les épaules.

— Je n'ai pas reconnu sa voix.

Il y avait donc fort à parier qu'il ne s'agissait pas de Mark

Doremire, conclut Blaine. Mais cela aurait pu être l'un de ses amis.

— Si vous le réentendiez, vous le reconnaîtriez peut-être.

— C'est vrai, admit Maggie. Je crois que je ne suis pas près d'oublier le moment où il a crié « C'est un hold-up ! » lorsqu'ils ont fait irruption dans la banque.

De toute façon, les armes et les déguisements ne laissaient pas beaucoup de doute sur leurs intentions. Qu'ils aient jugé utile d'annoncer le hold-up prouvait qu'ils étaient des bleus, songea Blaine. Un loup n'avait pas besoin de dire qu'il en était un. Ces types ne braquaient pas des banques depuis très longtemps. Depuis six mois à peine.

Blaine comptait les arrêter avant qu'ils n'aillent plus loin. Il ferait tout son possible pour qu'il n'y ait pas d'autre agence braquée.

Il s'engagea dans la rue de Mark Doremire.

— Où se trouve sa maison ? s'enquit-il.

Le 4x4 trahirait sans doute les liens de Blaine avec le FBI mais, pour ne pas en rajouter, il dissimula son badge sous son pull.

— Je n'en sais rien, répondit Maggie. Je ne suis jamais venue ici.

Elle se pencha en avant pour observer les maisons et repérer leurs numéros.

— Celle-ci…

Le quartier était très différent de celui d'Ash, remarqua Blaine. Personne ne regardait par les fenêtres. Quand une voiture arrivait, les gens détournaient sans doute la tête. Les maisons étaient en mauvais état, la plupart des façades avaient besoin d'être ravalées. Par endroits, il manquait des volets ou il aurait fallu changer une fenêtre cassée. Si Mark avait volé de l'argent, il ne l'avait pas utilisé pour retaper sa maison, pensa Blaine. Pas encore, en tout cas.

— Je vais rester dans la voiture, proposa Maggie.

Blaine se tourna vers elle. Elle était pâle comme si elle avait déjà vu un fantôme.

— Je ne peux pas vous laisser seule dans ce véhicule.

— Pourquoi non ?

— Quelqu'un nous a peut-être suivis.

Elle jeta un regard inquiet autour d'elle.

— Est-ce le cas ?

Blaine en doutait, il avait été très prudent.

— Je n'en sais rien. Mais je préfère que vous restiez à portée de vue.

Il ne voulait pas non plus qu'elle s'expose en première ligne. Aussi lui tendit-il son téléphone portable.

— Appelez Mark.

— Mais nous sommes devant chez lui…

Si, prévenu de leur arrivée, Mark tentait de s'enfuir, Blaine n'aurait pas trop de mal à l'intercepter. Par radio, il avait transmis à ses supérieurs son intention de se rendre chez le principal suspect de l'affaire. D'autres agents et la police locale savaient où il était.

— Appelez-le, répéta-t-il.

Maggie soupira puis tira un bout de papier sur lequel elle avait noté l'adresse de Mark et son numéro de téléphone. Mais, très vite, elle raccrocha.

— Son appareil n'a même pas sonné, je suis tombée directement sur sa boîte vocale et une voix suave m'a annoncé qu'elle était pleine et que je ne pouvais pas laisser de message.

Directement sur sa boîte vocale ? Ce n'était pas bon signe, estima Blaine. D'autant que la maison semblait déserte. Peut-être Mark avait-il déjà pris la poudre d'escampette.

Une vieille voiture, cabossée et rouillée par endroits, surgit alors et se gara devant le portail.

Comme une rouquine sortait du véhicule, Maggie s'exclama.

— C'est sa femme, Tammy.

Personne d'autre ne se trouvant dans l'habitacle, aucune menace apparente ne visant la sécurité de Maggie, Blaine ouvrit sa portière.

— Madame Doremire ?

Elle sursauta et regarda autour d'elle d'un air effrayé. A sa décharge, dans ce genre de quartier, il était sans doute rare qu'un voisin l'appelle par son nom. Il était même probable que personne ne le connaissait dans le coin.

Elle se retourna lentement et dévisagea Blaine avec circonspection.

— Oui ?

— Tammy ? cria Maggie.

La jeune rousse découvrit alors Maggie dans le 4x4. Elle la salua d'un geste en souriant.

— Bonjour, Maggie. Mark va être ravi que tu te décides enfin à nous rendre visite.

— Il est là ? demanda Blaine.

Tammy reporta son attention sur lui et fronça les sourcils.

— Excusez-moi, je n'ai pas retenu votre nom. Vous êtes…

— Blaine.

Il se présenta par son seul prénom. Si elle avait lu les journaux concernant les hold-up, elle n'avait entendu parler que de l'agent Campbell.

— Un ami de Maggie, ajouta-t-il.

Et vraiment, l'amitié était tout ce qu'il était en droit d'attendre de Maggie, même s'il rêvait de bien davantage. Il la désirait.

— Je suis désolée, répondit Tammy. Mark n'est pas encore rentré.

— Où est-il ?

Elle fit la moue.

— Chez l'un de ses parents, sans doute chez son père.

— Son père ? répéta Maggie. M. et Mme Doremire ne sont plus ensemble ?

— Ils se sont séparés après la mort d'Andy, expliqua Tammy. Mark veille sur eux comme il veille sur toi, Maggie. Depuis la mort de son frère, il se démène pour prendre soin de tout le monde.

— Je suis navrée, je l'ignorais, dit Maggie d'une voix brisée.

Ce n'était pas sa faute si Andy était mort, pesta Blaine

intérieurement. Le seul responsable était le salopard qui avait posé une bombe sur la route du convoi. Mais la femme de Mark n'avait manifestement pas l'intention de l'absoudre de sa culpabilité. Elle haussa les épaules.

— Parfois, il passe la nuit chez son père. Alors vous avez sans doute intérêt à revenir demain.

Maggie hocha la tête.

Blaine, lui, n'avait pas l'intention d'attendre le lendemain pour discuter avec Mark. Mais il se réinstalla au volant et lança.

— J'ai été ravi de faire votre connaissance, madame Doremire.

Elle fronçait toujours les sourcils comme si elle prenait conscience qu'elle n'avait pas vraiment *fait sa connaissance*. Il ne lui avait dit que son prénom.

— Nous reviendrons demain, mentit Blaine.

Tammy rentra chez elle et Blaine redémarra.

— Pourquoi revenir demain ? demanda Maggie. Vous voyez bien que Mark n'a rien à voir avec les hold-up. Il est trop occupé à veiller sur les uns et les autres.

— Où vit le père d'Andy ?

Maggie haussa les épaules.

— Je n'en sais rien. J'ignorais même que ses parents avaient divorcé !

— Peut-être que l'un d'eux habite toujours là où ils vivaient ensemble avant la mort d'Andy, suggéra Blaine. Dans ce cas, vous savez où.

C'était sans doute dans cette maison qu'Andy avait grandi, que Maggie et Andy avaient partagé des souvenirs, et elle trouverait certainement douloureux d'y retourner, supposa Blaine.

— Oui, bien sûr, reconnut-elle. Mais je n'ai pas envie d'y aller, ajouta-t-elle, confirmant son intuition.

Lui aussi, il aurait préféré ne pas avoir à l'y conduire. Mais il lui fallait absolument trouver Mark avant que sa femme ne le prévienne qu'un ami de Maggie le cherchait.

Parce qu'alors Mark n'attendrait pas pour s'enfuir, Blaine en était certain…

Blaine Campbell s'intéressait uniquement à son travail. Pas à elle. Maggie en était désormais convaincue. S'il se souciait d'elle, il ne lui aurait pas demandé de lui indiquer où se trouvait la maison où Andy avait grandi. Il ne l'aurait pas obligée à l'accompagner dans le sud du Michigan, à replonger dans le passé et dans sa culpabilité.

Depuis la mort d'Andy, tout partait en vrille. Et tout était sa faute à elle.

Si elle lui avait dit la vérité plus tôt, il ne serait pas retourné se battre au Moyen-Orient. Il n'aurait pas eu besoin de l'argent pour lui acheter une bague, cette bague dont elle n'avait jamais voulu. Il n'aurait pas eu besoin de la prime offerte par l'armée pour les combattants.

Blaine Campbell avait pris la bague qui prouvait la tentative de vol de Susan Iverson. Maggie espérait bien ne jamais la récupérer.

Tandis qu'ils roulaient sur la voie express, Maggie se mit à admirer les rives du lac Michigan. Elle avait toujours aimé cette route, jusqu'au jour maudit où elle l'avait empruntée pour se rendre aux obsèques d'Andy. Elle s'était alors juré de ne jamais y revenir.

Elle n'avait aucune envie de retourner dans la maison familiale des Doremire. Sans Andy, sans son meilleur ami, elle ne s'y sentirait pas chez elle. Elle devait trouver un autre foyer pour elle et son enfant. Mais elle avait peur de ne pas l'avoir encore trouvé, en tout cas pas un foyer où elle pourrait être en sécurité.

— Andy est mort depuis un moment, remarqua Blaine.

— Six mois, précisa Maggie.

Mais elle n'en était pas encore complètement persuadée. Parfois, elle se surprenait à guetter ses messages dans sa boîte e-mail et ses lettres dans son courrier…

— Saviez-vous que vous étiez enceinte quand vous avez appris sa mort ?

Elle hocha la tête. Ses cycles étant toujours réguliers, elle avait passé un test de grossesse dès son premier jour de retard. Le résultat ne l'avait pas réjouie parce qu'elle se doutait qu'Andy allait insister pour l'épouser. Il avait toujours été si vieux jeu. Il voulait toujours être correct, à la hauteur, responsable. Désormais, il était mort…

Maggie s'éclaircit la voix.

— Oui, je venais de l'apprendre.

— Vous avez fait preuve de beaucoup de force, commenta Blaine.

Elle faillit éclater de rire. Avait-il oublié qu'elle avait hurlé de peur comme une folle lors du hold-up ? A s'en casser la voix. Elle n'était pas forte, même si elle aurait aimé l'être. Si elle avait été forte, elle aurait pu sauver Sarge.

— Pourquoi dites-vous ça ?

— Certaines femmes auraient perdu le bébé, avança Blaine. A cause du stress.

— Non, j'allais bien.

Sa grossesse s'était déroulée sans problème, elle n'avait même pas eu beaucoup de nausées matinales. Elle avait plus peur de perdre l'enfant depuis ce second hold-up.

Comme si Blaine lisait dans ses pensées, il prit sa main.

— Je veillerai sur vous. Je vous protégerai, le bébé et vous.

Andy s'y était engagé, lui aussi. Il lui avait juré qu'il reviendrait…

Maggie pouvait donc légitimement douter. Blaine, apparemment pas. Ses yeux verts brillaient de sincérité et de certitude.

Mais, comme il reportait son attention sur la route et le rétroviseur, il fronça les sourcils.

Il se tendit, lâcha Maggie et s'agrippa au volant.

— Accrochez-vous ! dit-il avant d'appuyer sur le champignon.

D'instinct, Maggie chercha la poignée de la portière et la serra de toutes ses forces.

— Que se passe-t-il ? Pourquoi allez-vous si vite ?

— Accrochez-vous ! répéta Blaine en accélérant encore.

— Mais que faites-vous ? lança Maggie avec angoisse.

Un bruit de métal froissé explosa à ses oreilles. Un véhicule venait de les heurter avec force à l'arrière.

Sous la violence du choc, le 4x4 sortit de la route et dériva à vive allure vers la falaise rocheuse qui tombait à pic dans le lac. Personne n'avait rompu de promesse plus vite que Blaine.

Maggie hurla.

11

Avec un juron, Blaine braqua le volant de toutes ses forces pour tenter d'éloigner le 4x4 du précipice. Les pneus crissèrent sur les graviers tandis que la voiture pivotait sur elle-même dans un dangereux tête-à-queue. Mais, alors qu'il était sur le point de reprendre la maîtrise de la situation, l'autre véhicule — un fourgon noir — le heurta de nouveau, défonçant la porte arrière, côté passager.

Trop près de Maggie et de son bébé. Beaucoup trop près, jugea Blaine.

Il venait de lui promettre de les protéger. Rien ne l'y obligeait. Avec son expérience de marine, il ne le savait que trop : certaines promesses ne pouvaient être tenues. Par exemple, beaucoup de ses amis étaient tombés au combat après avoir juré à leurs familles qu'ils reviendraient à la maison. Le fiancé de Maggie s'y était sans doute engagé, lui aussi, en lui offrant cette bague de fiançailles.

Blaine n'avait pas l'intention de trahir sa parole. En tout cas, pas tout de suite.

Il parvint à remonter sur la route et fonça en avant, négociant le virage à une telle vitesse que ses pneus quittèrent un instant l'asphalte.

Derrière lui, la camionnette dérapa sur les graviers. Si près de la falaise, si près du danger, le fourgon fut obligé de ralentir et Blaine en profita pour accélérer encore et creuser la distance entre eux.

Par chance, il avait appris à conduire dans le New

Hampshire sur des routes similaires, sur des routes aux virages en épingle à cheveux qui serpentaient au-dessus de lacs ou à flanc de montagnes. Aussi ne fut-il pas déstabilisé par la situation. Malheureusement, le conducteur de la fourgonnette ne semblait pas l'être non plus. Il reprit rapidement la maîtrise de son véhicule et se rapprocha dangereusement.

Blaine fut tenté de s'emparer de son arme, de tirer sur les pneus de la camionnette ou sur son pare-brise.

Il avait envie de faire quelque chose, n'importe quoi, afin d'empêcher ses poursuivants de l'emboutir de nouveau. Mais il avait besoin de ses deux mains sur le volant pour ne pas risquer une nouvelle sortie de route et pour empêcher le 4x4 de dégringoler la falaise.

Maggie aurait peut-être pu se servir de son arme de service, mais il ne préférait pas. Il voulait que Maggie ne fasse rien d'autre que s'accrocher, d'autant que leurs poursuivants les heurtaient une nouvelle fois.

Le 4x4 fit une embardée, percuta un poteau mais parut absorber l'impact plus facilement que la camionnette.

Blaine jeta un coup d'œil dans le rétroviseur. Une épaisse fumée noire s'échappait du capot du fourgon. Le pare-chocs arrière du 4x4 avait sans doute souffert de la collision mais celui de leurs poursuivants avait été arraché et pendait lamentablement.

Si leur radiateur avait explosé, leurs agresseurs n'iraient plus très loin. Blaine pouvait attendre que la camionnette tombe en panne pour arrêter le conducteur, quel qu'il soit. Mais combien de personnes se trouvaient dans l'habitacle ? Et étaient-elles armées ou non ?

Indépendamment de la promesse qu'il venait de faire à Maggie, il ne pouvait exposer la jeune femme et le bébé. Aussi accéléra-t-il encore.

Comme il prenait un virage à une vitesse vertigineuse, Maggie, toujours accrochée à la portière, protégea son ventre de l'autre main.

Mais cette fois, le fourgon ne les rattrapa pas.

Blaine ralentit enfin et s'empara de son téléphone portable pour appeler ses collègues et les mettre au courant de la tentative de meurtre à laquelle ils venaient d'échapper.

Il communiqua à son correspondant le numéro d'immatriculation du fourgon puis lui demanda.

— Où se trouve l'hôpital le plus proche ?

Maggie se retourna pour regarder derrière eux.

— Vous pensez que l'un d'eux a été blessé ?

Blaine faillit sourire.

— C'est vous que je veux conduire à l'hôpital, Maggie.

Elle secoua la tête.

— Pourquoi ? Je vais très bien.

Non. Elle était d'une pâleur mortelle et semblait avoir du mal à respirer.

Tout en écoutant les indications de son correspondant, Blaine répliqua :

— Je ne veux plus prendre aucun risque, Maggie !

S'il lui arrivait quelque chose ou au bébé, ce serait sa faute. Il n'aurait jamais dû l'emmener. Il n'avait pas été plus efficace pour la protéger que le jeune policier, la veille, au motel. Maggie était enceinte. Même avec ce fourgon à leurs trousses, il aurait dû conduire plus précautionneusement.

En approchant de l'hôpital, il ralentit. Il tenait à ce qu'un médecin examine la jeune femme et le bébé.

Ensuite, il les quitterait définitivement…

A l'hôpital, Maggie fut prise en charge par des médecins et deux policiers furent postés devant la porte de sa chambre. Blaine avait accompli son devoir et, comme Maggie était examinée par les urgentistes, il se dirigea discrètement vers la sortie. Mais un homme s'avança vers lui, brandissant son badge.

— Agent Dalton Reyes, se présenta-t-il, la main tendue.

Il ne ressemblait pas beaucoup à un agent du FBI : il

était habillé d'un jean et d'un blouson de cuir et non d'un costume noir.

Mais Blaine non plus ne portait pas de costume cravate. Depuis qu'il était entré dans la succursale en plein milieu d'un hold-up, il n'avait pas eu la possibilité de défaire sa valise.

Ash lui avait déjà parlé du jeune homme.

— Reyes ? Vous travaillez dans la section du crime organisé, non ?

— Oui. J'enquête actuellement sur une affaire de trafics de voitures volées. Le fourgon qui a tenté de vous sortir de la route a été retrouvé, abandonné dans une impasse. Il a été volé hier. Ces trafiquants sont bien organisés et très professionnels. Vous passez commande et ils vous trouvent le véhicule demandé dans les vingt-quatre heures.

— Merci de vous être déplacé pour me tenir au courant de l'avancée du dossier, dit Blaine. Mais vous auriez pu vous contenter de me passer un coup de fil…

Reyes sourit.

— J'aurais pu mais je ne voulais pas perdre l'occasion de faire la connaissance du célèbre Blaine Campbell. Vous jouissez d'une solide réputation, non ?

— Et vous ? demanda Blaine, orientant la conversation sur le seul sujet qui lui importait : l'affaire. Etes-vous capable, par exemple, d'obtenir de ces trafiquants de voitures volées les noms de ceux qui leur ont commandé ces fourgons ?

— J'ai réussi à infiltrer un agent dans leur organisation, répondit Dalton. J'ai donc obtenu confirmation que les braqueurs ont payé — et cher — pour disposer de véhicules pour les hold-up.

— Qui sont-ils ? insista Blaine. Qui sont ces braqueurs ?

Dalton haussa les épaules.

— Ces gars préfèrent ignorer l'identité de leurs clients. Seul l'argent compte pour eux.

Blaine jura. Il se sentait frustré. Il lui fallait une piste, des indices, des preuves. Il avait besoin d'avancer.

— Votre agent pourrait-il au moins me donner une description physique du malfrat qui a commandé les camionnettes ?

— Un beau brun aux yeux bleus, très séduisant…, indiqua Dalton. Il faut vous dire que mon indic est une femme…

Blaine réfléchit à toute vitesse. Cette description correspondait à l'homme dont le visage avait été filmé par les caméras de surveillance de la banque, à l'homme qui avait soulevé Maggie pour l'embrasser. Mark Doremire.

Blaine se pencha vers Dalton.

— Je vais vous envoyer une photo pour que votre agent me dise s'il s'agit du même lascar.

Blaine lui ferait suivre une capture d'écran extraite des images des caméras de surveillance et un portrait plus classique, extrait de sa carte d'identité. Si Mark était bien le type qui commandait les fourgons, Maggie devrait accepter l'implication du frère de son fiancé défunt.

Mais pour elle, ce serait comme perdre Andy une nouvelle fois. Comprendre que Mark était un criminel lui causerait un choc terrible, songea Blaine.

Mark n'avait pas veillé sur elle comme son frère le lui avait demandé, comme Maggie l'avait imaginé. Il avait fait des repérages dans les banques où elle travaillait pour y organiser des hold-up.

Dalton opina.

— Envoyez-moi la photo. Je la ferai suivre à mon agent. Si vous avez besoin de quoi que ce soit pour coincer ces fumiers, dites-le-moi. Je serais ravi de vous donner un coup de main.

Blaine soupira.

— Ash a dû vous parler de la mort de Sarge.

Dalton hocha de nouveau la tête.

— Il m'a dit que l'affaire avait un caractère personnel pour vous deux.

Et pas uniquement à cause de Sarge, pensa Blaine. A cause de Maggie aussi.

— Il croit qu'elle est encore plus personnelle pour vous, confia justement Dalton. A cause du témoin.

Il jeta un coup d'œil vers les urgences.

Blaine déglutit. Maggie et son bébé allaient-ils bien ?

— Ash parle vraiment trop…, commenta-t-il.

Dalton se mit à rire.

— Il s'inquiète pour vous. Il m'a demandé de vous raconter l'histoire d'un agent qui travaille au Bureau de Chicago, l'agent Bell. Il s'est spécialisé dans les affaires de tueurs en série.

— Maggie n'est pas une tueuse en série, objecta Blaine. Mais une victime.

— Lors d'une enquête, Bell s'était impliqué trop personnellement avec la sœur d'une victime, continua Dalton. Il en était tombé raide amoureux. C'est la seule affaire que Bell n'a jamais résolue. Le seul tueur en série qu'il n'ait jamais démasqué.

Les braqueurs ne seraient-ils donc jamais arrêtés parce que Blaine se souciait trop de Maggie ?

Dalton le salua et s'éloigna, laissant Blaine sceptique. Que devait-il faire ?

Il n'eut pas le temps de répondre. Maggie apparut dans le couloir, courant vers lui.

— Vous ne pouvez pas partir !

Maggie s'accrocha au bras de Blaine, paniquée à l'idée d'être séparée de lui.

Depuis l'instant où elle l'avait rencontré, elle le prenait pour un super-héros, et cette conviction s'était renforcée chaque fois qu'il lui avait sauvé la vie.

— Il y a des policiers dans le couloir, dit-il en lui montrant d'un geste les deux hommes en uniforme qui montaient la garde devant sa chambre. Vous ne risquez rien.

Elle secoua la tête pour protester. Il ne pouvait la confier à d'autres. Il n'avait pas le droit de l'abandonner. Sans lui, elle craignait de ne pouvoir protéger son bébé.

— Je ne suis en sécurité nulle part. Sauf avec vous.

— Pas même avec moi.

— Ce n'est pas vrai, répliqua-t-elle. Ils essayaient de nous sortir de la route. Nous aurions été tués si vous n'aviez pas réagi comme vous l'avez fait.

D'une voix rauque, Blaine repoussa sa gratitude.

— Pour leur échapper, j'ai dû accélérer. Je conduisais trop vite. C'était dangereux. J'aurais pu vous blesser, vous êtes enceinte…

— Le médecin a dit que le bébé et moi, nous allions très bien. Je peux m'en aller maintenant. Ils n'ont pas besoin de me garder en observation.

Blaine était le seul à vouloir qu'elle reste à l'hôpital avec des policiers pour veiller sur elle.

— J'aimerais partir avec vous.

Il évita son regard.

— Je ne pense pas que ce soit une bonne idée.

— Pourquoi ? Où comptez-vous aller ? Est-ce qu'ils ont retrouvé le fourgon ?

Elle avait vu la fumée s'échapper du capot. Leurs poursuivants n'avaient pas dû aller très loin.

— Oui, il a été retrouvé. Vide. Et il avait été volé.

— Alors où comptez-vous aller ? répéta-t-elle.

Blaine ne voulait pas qu'elle l'accompagne. Avait-il une autre piste ? Allait-il s'exposer au danger ?

Cette éventualité la terrifiait davantage encore que de rester sans protection. Elle ne voulait pas qu'il lui arrive quoi que ce soit. Peut-être était-ce le danger et la peur qui l'avaient poussée à s'attacher à lui mais elle n'avait jamais éprouvé un lien aussi fort.

— J'ai l'intention de me rendre chez le père d'Andy, répondit Blaine. Il vit toujours dans la maison familiale où votre fiancé a grandi, j'en ai eu confirmation.

Elle n'avait pas envie de retourner dans cette maison puisque Andy était mort.

— Je croyais que vous vouliez que je vous accompagne.

— J'avais tort, riposta Blaine. C'est trop dangereux.

— Le père d'Andy ne représente aucun danger !

— Le frère d'Andy est peut-être avec lui.

Si Tammy avait dit vrai…

Maggie n'en était pas convaincue. Si Mark se montrait toujours amical et chaleureux, parfois un peu collant, Tammy avait toujours été froide avec elle, y compris aux obsèques d'Andy. Peut-être justement parce que Mark était trop amical.

— Ils ne me feront aucun mal, reprit-elle. Je connais son père depuis des années.

En réalité, elle n'avait pas bien connu les parents d'Andy.

— Le père d'Andy ne vous fera peut-être pas de mal, concéda Blaine. Mais son frère… La description du type qui avait commandé les fourgons correspond au portrait de Mark.

— Un brun aux yeux bleus ?

Elle haussa les épaules.

— Beaucoup d'hommes sont ainsi.

Mais pas Blaine. Elle n'avait jamais rencontré d'homme aussi séduisant que lui et elle n'était pas uniquement sensible à ses charmes physiques. Son côté protecteur, son courage, son intelligence lui plaisaient beaucoup. Il l'attirait plus que tout.

— J'ai envoyé à quelqu'un une photo de Mark pour une identification fiable.

— Cela ne confirmera pas sa culpabilité, fit-elle remarquer.

Le frère d'Andy ne pouvait être un braqueur de banque.

— Mark ne me fera aucun mal, je le sais.

Il avait promis à Andy qu'il veillerait sur elle. Il ne trahirait jamais sa promesse à son frère.

Blaine poussa un soupir exaspéré. Peut-être était-ce pour cette raison qu'il voulait qu'elle reste à l'hôpital. Elle l'agaçait.

— Vous ne trouvez pas étrange que nous ayons été victimes de cette sortie de route en quittant sa maison ? lança-t-il.

Le cœur de Maggie se remit à battre la chamade.

— Ce fourgon nous suivait peut-être depuis la banque.

Elle ne voulait vraiment pas que Mark soit mouillé dans cette histoire.

— J'en doute, rétorqua Blaine. Je surveillais nos arrières. Je n'ai remarqué personne qui nous filait. Soit Mark était dans la maison, soit sa femme l'a appelé pour lui dire où nous allions.

— Mais vous ne lui aviez pas dit où nous allions, rappela-t-elle à Blaine. Vous avez prétendu que nous reviendrions demain. S'ils étaient impliqués, ils nous auraient simplement attendus.

— Ou ils prenaient la tangente avant notre prétendu retour. Ils sont peut-être déjà loin. Je dois y aller.

Elle ne le lâcha pas.

— Vous ne pouvez pas y aller sans moi.

Elle n'avait pas envie de retourner dans la maison d'Andy, de revivre le passé. Mais elle avait encore plus peur de l'avenir. Elle refusait d'être séparée de Blaine et pas uniquement parce qu'elle était terrorisée.

— Vous vous exposeriez au danger là-bas, dit-il.

— Il n'y a aucun danger ! C'est la famille d'Andy. Je porte l'enfant d'Andy. Ils ne me feront pas de mal.

Blaine sourit.

— Et moi ?

— Ce ne sont pas de mauvaises personnes, assura-t-elle. Ni son père ni son frère ne vous feront de mal.

— Ce n'est pas ce que je voulais dire. Je m'inquiétais de vous faire du mal, *moi*, précisa-t-il d'un ton désolé.

— Vous n'avez cessé de me sauver la vie depuis que je vous connais !

Elle n'oublierait jamais ce qu'il avait fait pour elle et son bébé. La gratitude infinie qu'elle éprouvait à son égard expliquait qu'elle ne supportait pas qu'il s'éloigne d'elle.

— Vous n'allez pas me faire du mal !

Physiquement, il en serait incapable. Elle le savait. Il la protégerait. Il l'avait prouvé des milliers de fois.

Mais il faisait son travail, voilà tout. Quand il arrêterait les braqueurs, Blaine passerait à une autre affaire et il la laisserait. Pour de bon.

Il lui ferait donc du mal. Si elle s'autorisait à tomber amoureuse de lui…

Mais elle se l'interdirait. Elle ne risquerait pas son cœur pour un homme. L'amour qu'elle avait en elle, elle le réservait à son enfant.

12

Assise près de lui dans le 4x4, Maggie le perturbait comme personne n'avait jamais réussi à le perturber. Blaine ne parvenait même plus à respirer normalement.

Pourquoi donc lui avait-il proposé de l'accompagner ? C'était de la folie.

— Je n'aurais pas dû vous emmener…

— Je vous ai dit que je ne risquais rien. Le père et le frère d'Andy ne représentent aucun danger pour moi.

Peut-être, oui. Mais il craignait d'être lui-même en danger. En danger de tomber amoureux d'elle. Et ce serait la plus grosse erreur de sa vie.

Il ne la voyait plus comme une suspecte dans l'affaire des hold-up. Mais il aurait été irresponsable d'en écarter totalement la possibilité.

Certes, elle avait été victime de tentatives de meurtre mais peut-être avaient-elles pour objectif de la faire taire, pour que Maggie ne révèle pas le nom de ses complices à la police.

Pourtant, Blaine n'y croyait pas vraiment. Si Maggie avait eu des informations sur les braqueurs, elle les lui aurait déjà données. Elle était trop terrifiée pour garder des secrets plus longtemps.

Blaine retint un soupir.

Tomber amoureux de Maggie Jenkins serait une erreur majeure parce qu'elle était amoureuse d'un autre. Manifestement, elle vouait un amour éternel à son fiancé défunt.

Voilà pourquoi elle avait insisté pour venir avec Blaine. Pour protéger la famille d'Andy de son enquête.

— Ils ne sont pas impliqués, j'en suis certaine, insista-t-elle.

Essayait-elle de s'en convaincre ou de l'en persuader ? Blaine ne savait plus trop.

— Andy aurait pu leur rapporter ce que vous lui racontiez sur les habitudes de la banque, objecta-t-il. Que lui aviez-vous dit exactement ?

Et comment lier ces confidences aux hold-up ?

— Je cherchais surtout à faire la conversation, répondit Maggie. Je me plaignais de travailler davantage que le directeur de l'agence. Je détaillais à Andy mes tâches quotidiennes, je lui expliquais comment je gérais les livraisons et les collectes d'argent liquide. Sans doute ai-je placé que je connaissais le code d'entrée de la porte arrière et celui de la chambre forte. Mais, bien sûr, je ne lui ai jamais communiqué ces codes.

Ces renseignements avaient été utilisés par les bandits, Blaine n'en avait plus aucun doute. Même dans les autres banques braquées, les malfrats avaient menacé les adjoints des directeurs au lieu de s'en prendre aux directeurs.

— Apparemment, Andy avait transmis ces informations à son frère.

Et Mark s'en était servi pour attaquer des banques.

Maggie secoua la tête, faisant voler ses boucles.

— Andy n'aurait parlé de mon travail à personne.

— Pourquoi non ?

Elle haussa les épaules.

— Mon métier n'est pas très intéressant. La plupart du temps, il est même rasoir comme la pluie.

— Malgré tout, vous parliez à Andy de ce que vous faisiez ?

— Surtout par écrit, indiqua-t-elle. Quand je lui écrivais, c'était un peu comme si je rédigeais mon journal. Je me plaignais des procédures et des politiques bancaires que nous étions tenus d'appliquer. Je lui expliquais pourquoi elles étaient toutes plus stupides les unes que les autres.

— Vous lui écriviez des lettres ? s'étrangla Blaine.

— Oui. Oh… Je ne vous l'avais pas dit ?

— Vous ne m'aviez pas parlé de cette correspondance, uniquement d'Andy à qui vous ne cachiez rien.

Elle lui avait confié qu'elle disait tout à son fiancé. Mais il avait cru qu'elle le faisait de visu.

— Où sont passées ces lettres ? reprit-il. Est-ce qu'on vous les a rendues ?

Maggie secoua la tête.

— Non, je ne sais pas du tout qui les a récupérées quand Andy a… est…

Elle semblait incapable de prononcer le mot « mort ».

— L'armée a dû remettre ses affaires personnelles à sa famille, supposa Blaine.

Ce qui confortait son opinion à propos des proches d'Andy. Ils étaient forcément impliqués dans ces hold-up.

Maggie retint son souffle comme si elle venait de le comprendre, elle aussi.

— Mais ni son frère ni ses parents n'auraient lu son courrier !

— S'il leur manque comme il vous manque, ils l'ont peut-être fait.

— Mais ce sont *mes* lettres, celles que je lui ai écrites, répliqua-t-elle d'une voix tremblante d'émotion. Elles ne parlaient pas d'Andy mais de *moi*.

— Je suis désolé, fit Blaine.

Elle avait le droit d'être en colère.

— Elles auraient dû vous être rendues à vous, poursuivit-il. Elles contenaient vos sentiments et vos opinions. Vous étiez sa fiancée.

Elle fit non de la tête.

— Nous n'étions pas mariés. Il est normal que sa famille ait récupéré ses affaires.

— Vous êtes sa famille, vous et son bébé, rétorqua Blaine. Ses parents et son frère auraient dû au moins vous remettre ces lettres.

— Peut-être qu'ils n'en ont pas eu le temps…

Elle continuait à les défendre.

Comme elle était naïve ! songea Blaine. Peut-être s'efforçait-elle de voir ce qu'il y avait de meilleur chez les autres mais à force, elle s'était retrouvée avec une colocataire comme Susan Iverson. Elle avait besoin d'être protégée parce qu'elle était trop gentille, trop généreuse. Sa bonté la perdrait.

— Le frère d'Andy s'était engagé à veiller sur vous, rappela Blaine, se remémorant les images du dénommé Mark embrassant Maggie avec effusion. Et il vous rendait souvent visite à la banque. Depuis six mois, il a donc eu mille fois l'occasion de vous apporter ces lettres.

A moins qu'il n'ait préféré les garder pour lui et s'en servir en vue de ces hold-up.

— Nous y sommes, indiqua Maggie avec un soupir de soulagement.

Elle désigna une maison de brique du Cap Cod.

Bien sûr, elle n'avait aucune envie de revenir là. Blaine le devinait. Elle voulait lui prouver que la famille d'Andy n'était pas impliquée. Mais plus l'enquête avançait, plus ses soupçons à leur égard grandissaient. Il n'avait même pas besoin de la confirmation par Dalton Reyes : Mark Doremire était le commanditaire des vols de fourgons.

Il était tellement persuadé de la culpabilité de Doremire qu'il avait envoyé un policier surveiller leur maison familiale jusqu'à leur arrivée. La voiture de patrouille était garée un peu plus bas dans la rue. Trop loin si Doremire et son père étaient armés, jugea Blaine. Les autres braqueurs étaient peut-être là, eux aussi.

Comme Maggie s'apprêtait à ouvrir la portière, Blaine la retint par le bras. Il prit son téléphone portable pour appeler le policier en faction.

— Personne n'est entré ou sorti de la maison, agent Campbell, lui assura l'officier.

— D'accord, merci.

Blaine éteignit son appareil et se tourna vers Maggie.

— Je veux que vous restiez ici jusqu'à ce que j'aie jeté un coup d'œil à l'intérieur.

— M. Doremire ne vous laissera pas entrer si je ne suis pas avec vous, le prévint-elle. Les parents d'Andy ne voient jamais personne, ils n'ont aucune vie sociale. Le père d'Andy n'ouvrira pas sa porte à un inconnu.

Blaine sortit son badge de sa poche. Il ne le cachait plus, cette fois.

— Avec cet insigne, il m'ouvrira.

Ou je forcerai sa porte.

— Vous attendez ici, Maggie, jusqu'à ce que je sois certain que cette maison est sûre.

Elle hocha la tête à contrecœur et Blaine quitta l'habitacle.

Mais quand il frappa à la porte, les propos de Maggie se confirmèrent. Le vieil homme cria.

— Fichez le camp !

— Je suis l'agent Campbell du FBI, s'identifia Blaine. J'ai besoin que vous m'ouvriez, monsieur. Je dois vous parler au sujet de votre fils.

— Il est trop tard !

Blaine avait craint que Mark ait déjà pris le large, qu'il se soit envolé pour un pays qui ne pratiquait pas les extraditions vers les Etats-Unis. Mais dans ce cas, qui avait essayé de les sortir de la route ? Seul Mark pouvait savoir qu'ils le cherchaient. Seul Mark savait où ils se rendaient.

— Allez-vous-en ! répéta le vieillard.

Maggie rejoignit Blaine devant la porte.

— Laissez-moi essayer…, murmura-t-elle.

— Je vous avais dit de rester dans le 4x4 !

Même si la voiture de patrouille n'était pas loin, la jeune femme n'était pas en sécurité. Quelqu'un pouvait la prendre pour cible pendant qu'elle traversait la rue.

Sans écouter Blaine, elle frappa à la porte.

— Monsieur Doremire, c'est moi, c'est Maggie. Je vous en prie, laissez-nous entrer…

Dans la maison, des bruits de pas lourds s'approchèrent.

La porte s'entrouvrit. Un homme aux cheveux gris apparut et les regarda, les yeux injectés de sang. Il puait l'alcool.

— Mark est passé me voir, dit Maggie. A la banque. Il est ici ?

— Mark ? répéta le vieux comme s'il ne reconnaissait qu'à peine le prénom de son fils aîné. Je ne parlais pas de Mark.

L'homme avait-il d'autres fils ? se demanda Blaine. Peut-être y avait-il plus de Doremire impliqués que Blaine ne l'avait d'abord soupçonné. Le gang entier était peut-être composé de membres de cette famille.

Mais Maggie fronça les sourcils.

— De qui parlez-vous ?

— D'Andy, répondit M. Doremire comme si elle était idiote. Vous n'avez jamais entendu parler de lui ?

Elle entra et prit le vieillard dans ses bras.

— Je suis désolée, monsieur Doremire, fit-elle en l'invitant à se rasseoir sur son fauteuil.

Une bouteille de whisky cassée traînait par terre. Mais aucune goutte n'était répandue sur le plancher, nota Blaine. M. Doremire l'avait certainement brisée après l'avoir vidée.

Maggie s'agenouilla près de lui et murmura avec une infinie gentillesse.

— Andy est mort, il est mort en Afghanistan.

— Non ! cria le vieil homme. Il n'est pas mort. Il a fait croire qu'il était mort mais, en vérité, il est vivant.

Maggie secoua la tête, les yeux brillants de sympathie et de tristesse.

— Non…

— Je l'ai vu, insista-t-il, refusant d'en démordre. Il est vivant !

— Non, répéta-t-elle. Ce n'est pas possible. Tous les soldats qui faisaient partie de son convoi sont morts, ce jour-là. L'attentat à la bombe a été particulièrement meurtrier. Personne n'a pu échapper à la mort.

— Ce garçon n'était pas assez solide pour intégrer le corps des marines. Il a eu tort de s'enrôler. En débarquant au Moyen-Orient, il a eu peur et il a déserté. Il ne faisait pas partie de ce convoi.

Blaine fronça les sourcils. Pourquoi le père d'Andy inventait-il une histoire pareille ? Etait-ce uniquement parce qu'il ne supportait pas la mort tragique de son fils ?

— L'armée ne nous aurait pas dit qu'il était mort si ses supérieurs n'en étaient pas certains, rétorqua Maggie avec patience. Ils ne joueraient pas avec notre chagrin.

— Rien ne prouve qu'Andy faisait partie du convoi. Ils n'ont pas retrouvé sa plaque d'identité militaire.

— Ils travaillent encore sur les ADN, reconnut Maggie. Mais ils savent qu'Andy est mort…

Et, au ton de sa voix, il était clair qu'elle le savait aussi.

Blaine aurait voulu lui épargner d'avoir à revivre les derniers moments d'Andy. Mais était-ce le cas ? Et si le père d'Andy avait raison ? Et si le fiancé de Maggie était encore en vie ? M. Doremire prétendait l'avoir vu.

Dans ce cas, Blaine avait un autre suspect pour les hold-up. Andy avait lu les lettres de Maggie. Il connaissait donc les habitudes et les procédures bancaires, il n'ignorait rien des devoirs et des responsabilités d'un adjoint du directeur.

— Cela vous ennuie que je vous laisse un petit moment ici ? demanda Blaine à Maggie.

— Bien sûr que non.

Mais elle le regardait d'un air interrogateur.

— Je dois passer un coup de fil, ajouta-t-il.

Après avoir servi des années dans les marines, il y avait des relations, il y connaissait des gens qu'il pouvait contacter pour vérifier qu'Andy Doremire avait fait partie du convoi et avait bien trouvé la mort dans un attentat à la bombe. Les victimes n'avaient peut-être pas été immédiatement identifiées mais, après six mois, quelqu'un connaissait forcément la vérité.

Blaine ne pouvait croire sur parole un vieil alcoolique. Mais peut-être Andy était-il le cerveau des braqueurs de banque. Et bien vivant.

Maggie se mordilla les lèvres pour s'interdire de retenir Blaine mais en réalité, elle n'avait aucune envie de rester seule avec le père d'Andy et son histoire extravagante.

Dustin Doremire était ivre. Voilà sans doute pourquoi il proférait de telles absurdités.

— Il va appeler quelqu'un de l'armée, avança-t-il. Il va parler à des marines.

— Oui, sans doute, répondit Maggie. Il perd son temps, cela dit.

Andy était mort et, de toute façon, il n'avait rien d'un braqueur.

— Ils ne lui diront rien, répliqua le vieillard avec mépris. Ils nous cachent des choses, ils cherchent à étouffer l'affaire.

Il était donc ivre et paranoïaque, conclut Maggie.

— Que camoufleraient-ils ?

Elle ne savait même pas qui étaient « ils ». A entendre M. Doremire, Andy avait fait croire qu'il était mort et quelqu'un cherchait à étouffer l'affaire. Cela n'avait aucun sens.

— Vous le savez très bien, répondit-il d'un ton accusateur en se tournant vers elle.

Elle recula, ne voulant pas être trop près de lui.

— Je ne sais pas de quoi vous parlez, non.

Et c'était la stricte vérité.

— Andy vous disait tout. Vous le savez donc très bien…

Soudain, elle se le demandait. Andy lui avait-il réellement tout dit ? Il ne lui avait jamais avoué que son père buvait. Peut-être avait-il commencé à lever le coude après sa mort. Mais elle se posait la question…

Peut-être n'avait-elle pas été la seule raison du départ d'Andy chez les marines. Certes, Andy estimait qu'un homme devait nourrir sa famille. Mais peut-être avait-il eu aussi envie d'échapper à l'emprise de son père, peut-être avait-il voulu fuir son alcoolisme.

— Ce garçon vous aimait tant, poursuivit M. Doremire. Il était fou de vous.

Andy l'avait aimée. Si seulement elle avait pu l'aimer d'amour, elle aussi…

Le vieillard eut un rire amer.

— Il était tellement amoureux qu'il ne voyait pas que vous ne l'aimiez pas.

— Je l'aimais beaucoup, protesta-t-elle. Il a toujours été mon meilleur ami.

Il lui manquerait la vie durant, et elle regrettait que l'enfant qu'elle portait ne sache jamais qui il était, ne sache jamais quel homme adorable il avait été.

— Vous ne l'aimiez pas ! cria le vieillard d'un ton accusateur comme si elle avait commis un crime. Tout est votre faute ! C'est votre faute s'il a rejoint les marines, s'il cherchait ainsi à prouver qu'il était un homme, à *vous* le prouver. Il a perdu son temps. Vous ne l'avez jamais regardé comme vous regardez ce type, dit-il en désignant d'un mouvement de menton Blaine qui téléphonait dans la pièce voisine.

— Ce « type », comme vous dites, est un agent du FBI ! Il enquête sur les hold-up qui ont été perpétrés dans les banques où j'ai travaillé.

M. Doremire avait dû entendre parler des braquages. L'information faisait la une des journaux.

Mais le vieil homme posa sur elle ses yeux injectés de sang. Avait-il su qu'elle travaillait dans une succursale bancaire ?

— Je me moque de ce qu'il fait dans la vie, rugit-il. Il n'élèvera pas mon petit-fils !

Terriblement gênée, Maggie se mit à rougir.

— L'agent Campbell ne va pas élever l'enfant que je porte, assura-t-elle au vieillard. Il n'en a jamais été question.

Une fois les braqueurs démasqués, arrêtés, il s'intéresserait à une autre affaire et il la quitterait. Pour lui, elle n'était qu'un témoin, et peut-être même un suspect.

— Je l'interdis ! C'est le fils d'Andy ! cria M. Doremire en se levant de son fauteuil comme s'il voulait lui arracher le bébé du ventre.

Maggie recula pour protéger l'enfant. Elle ne voulait pas

qu'il la touche, elle ne voulait pas qu'il fasse du mal au bébé, ni avant sa naissance ni après, comme il avait fait du mal à Andy en lui parlant comme il lui parlait en cet instant.

— Je vous en prie. Calmez-vous, monsieur.

Et cessez de boire.

— Andy ne laissera pas un autre homme s'occuper de son fils, la prévint le vieillard avec cruauté. Vous verrez. Il se montrera alors comme il s'est montré à moi.

Combien de bouteilles avait-il vidées quand il avait cru voir Andy ? Beaucoup. Maggie en était certaine.

— Andy est mort, monsieur Doremire. Il est mort.

Levant la main, il la gifla avec violence. Des larmes jaillirent de ses yeux alcoolisés.

— C'est ce que vous aimeriez, cria-t-il. Cela vous arrangerait bien qu'il soit mort. Mais il ne l'est pas. Il est vivant !

— D'accord, d'accord, dit Maggie pour tenter de le calmer. Il est vivant, vous avez raison.

Il n'imaginait pas à quel point elle aurait rêvé qu'il soit effectivement en vie. Elle n'aurait pas perdu son meilleur ami, elle ne se sentirait pas seule au point de s'accrocher pathétiquement à un agent du FBI qui ne cherchait qu'à effectuer son travail.

Peut-être était-elle aussi folle que le père d'Andy ! Elle imaginait que Blaine s'intéressait à elle pour d'autres raisons que l'enquête sur les hold-up…

Le vieillard explosa en bruyants sanglots.

— S'il est mort, c'est votre faute ! Tout est votre faute !

Elle hocha la tête, accablée. Peut-être, oui…

S'il n'avait pas voulu lui acheter cette bague…

S'il n'avait pas voulu prendre soin d'elle…

— C'est vous qui devriez être morte ! hurla le vieil homme.

Il était non seulement ivre, mais fou. Allait-il la tuer ? s'alarma Maggie.

13

Le hurlement de Maggie glaça le sang de Blaine. Laissant tomber son téléphone, il retourna au pas de course à l'intérieur, craignant le pire.

Pourquoi donc l'avait-il laissée seule ?

Il n'avait même pas fouillé la maison. Mark Doremire se cachait peut-être quelque part, attendant la première occasion pour attaquer Maggie.

Mais quand Blaine fit irruption dans le salon, il n'y avait que le vieux Doremire et la jeune femme. Elle reculait, cherchant à se protéger des gifles que lui envoyait le vieillard.

Blaine se jeta sur celui-ci et lui tordit le bras pour le neutraliser.

— Dustin Doremire, vous êtes en état d'arrestation pour violence sur personne vulnérable !

— Non ! intervint Maggie. Ce n'est pas la peine de l'arrêter.

Mais elle portait la marque de la main de M. Doremire sur sa joue.

Blaine accentua son emprise. Il avait envie de faire mal à ce vieux soudard comme il avait fait mal à Maggie. Après avoir ingurgité tant de whisky, ce pauvre type ne devait plus ressentir la moindre douleur. Mais il était toujours capable d'en infliger…

— Il vous a frappée, Maggie.

Et une fois de plus, Blaine se reprocha de l'avoir laissée seule.

— Il souffre, assura-t-elle. Son fils lui manque.

Blaine tiqua. Il avait pu passer quelques coups de fil. Mais personne n'avait répondu à ses interrogations sur Andy Doremire. En fait, ses contacts estimaient que Dustin était fou de se poser la question. Bien sûr, qu'Andy était mort.

M. Doremire n'aurait pas reçu d'avis de décès si l'information n'avait pas été confirmée.

Blaine le savait mais il voulait penser le pire d'Andy Doremire. Il aurait aimé démontrer à Maggie que son fiancé défunt n'avait pas été un saint, contrairement à ce qu'elle imaginait, qu'il avait fait croire qu'il était mort, qu'il ne méritait pas qu'elle lui reste fidèle sa vie durant.

— Ça va ? demanda-t-il à Maggie. Est-ce que ce vieux fou vous a blessée ?

Elle passa la main sur sa joue rougie, mais minimisa l'agression.

— Non, ce n'est rien. Il ne m'a pas vraiment fait mal.

De toute évidence, elle mentait. La douleur perçait sa voix. Elle n'était revenue dans la maison familiale d'Andy qu'à reculons. Désormais, Blaine comprenait pourquoi.

— M. Doremire va devoir s'expliquer avec les autorités. Je vais le faire arrêter.

Il n'avait qu'à demander au policier chargé de surveiller la maison de lui passer les menottes et de l'embarquer.

Mais Maggie jeta un regard implorant à Blaine.

— Non, je vous en prie, ne faites pas ça !

— Vous ne voulez jamais que j'arrête qui que ce soit, remarqua-t-il. Avec vous, j'ai du mal à faire mon métier.

Cela dit, ignorant ses prières, il avait arrêté Susan Iverson. Il était tenté d'infliger le même sort à M. Doremire.

— J'ai besoin de l'interroger.

— Laissez-*moi* m'en charger, insista Maggie.

Le vieil homme s'était rassis dans son fauteuil. Sans laisser le temps à Blaine de réagir, Maggie se pencha vers lui.

— Quand avez-vous vu Mark pour la dernière fois ?

— Mark ? répéta le vieillard comme s'il n'avait pas la moindre idée de qui elle voulait parler.

— Mark, votre fils aîné, précisa Maggie. Sa femme, Tammy, a dit qu'il était ici, qu'il était passé vous rendre visite.

Dustin Doremire secoua la tête.

— Je n'ai pas vu ce garçon depuis des mois. Il n'est pas comme Andy. Andy vient régulièrement prendre de mes nouvelles.

Avait-il confondu ses fils ? s'interrogea Blaine. Même Maggie trouvait que les deux frères se ressemblaient beaucoup.

Ils échangèrent un regard entendu, tous deux parvenant manifestement à la même conclusion.

— Quand est-ce qu'Andy est venu pour la dernière fois ? reprit Maggie. Quand est-ce qu'il est passé vous voir ?

Les yeux alcoolisés de Doremire se posèrent sur elle, brillant de haine.

— Je vous interdis de prononcer son nom ! Vous n'en avez pas le droit.

Et, de nouveau, il bondit avec une vigueur étonnante de son fauteuil pour se jeter sur Maggie. Blaine s'interposa sans ménagement, prit le vieil homme par les épaules et l'obligea à se rasseoir.

— Elle a tout à fait le droit de prononcer son nom, rappela Blaine. Ils étaient fiancés.

Le vieillard secoua la tête.

— Elle ne l'aurait jamais épousé. Elle se moquait bien de lui. Elle ne l'aimait pas…

— Ce n'est pas vrai, protesta Maggie, mais d'une voix si faible qu'elle en devenait inaudible.

— Elle l'aimait, renchérit Blaine. Vous le savez. Vous avez eu entre les mains les lettres qu'elle écrivait à votre fils. Où se trouvent ces lettres ?

L'ivrogne battit des paupières, manifestement perdu.

— Les lettres ? Quelles lettres ?

— Mes lettres, répondit Maggie. Celles que j'ai écrites à Andy lorsqu'il était au Moyen-Orient. Vous les avez ?

Il secoua la tête.

— Sa mère a dû les prendre. Elle a tout pris en partant.

En effet, elle avait emporté une grande partie du mobilier, remarqua Blaine. Et il ne pouvait le lui reprocher. Elle avait fui un homme violent et alcoolique…

— Où est partie Mme Doremire ? demanda Maggie.

— Elle s'est approprié les économies d'Andy, son assurance vie, et elle s'est offert un studio.

Blaine retint un soupir. Cet argent aurait dû revenir à Maggie et à son bébé. Mais Andy n'avait peut-être pas eu le temps d'inscrire Maggie comme bénéficiaire de son assurance vie. Cela dit, les Doremire auraient pu la lui reverser. Cela n'aurait été que justice.

Mais, manifestement, cette famille se moquait d'être juste, ou de se comporter de façon honorable.

Blaine devait retrouver Mark Doremire, le rattraper avant qu'il ne quitte les Etats-Unis.

— Où est ce studio ? reprit Maggie.

Le père d'Andy lui donna le nom d'une résidence et elle hocha la tête, comme si elle connaissait l'endroit.

— Ce n'est pas loin, indiqua-t-elle. Nous pouvons y aller maintenant.

Blaine n'avait pas l'intention de l'emmener ailleurs que dans un lit. Pour qu'elle se repose…

Mais la pensée d'un lit lui rappela la façon dont il l'avait découverte, le matin même, tirant sur son T-shirt pour masquer ses cuisses. Elle n'avait pu masquer ses courbes voluptueuses.

— Dites à mon ex-femme, à cette salope, qu'elle ne m'a pas brisé, s'emporta M. Doremire. Que je vais très bien.

Il n'allait pas bien du tout, rectifia Blaine intérieurement. Mais son ex-femme le savait certainement déjà.

— J'espère que, très prochainement, vous irez mieux, lui souhaita Maggie.

Vu la manière dont l'homme l'avait traitée, comment pouvait-elle dire ça ?

Blaine avait rencontré peu de femmes aussi adorables que Maggie Jenkins.

Mais le vieillard la dévisagea avec haine.

— J'espère que vous finirez comme vous le méritez.

Le plus insupportable était le ton sur lequel il proférait ses menaces. Blaine protesta.

— Monsieur Doremire…

— Et vous aussi allez au diable, monsieur l'agent du FBI. Vous ne valez pas mieux l'un que l'autre…

Ce n'était pas vrai et Blaine le savait. Maggie valait mieux que lui, beaucoup mieux. Il aurait dû la protéger.

Finalement, il la guida vers la porte.

— Mais n'imaginez pas que vous allez élever cet enfant, lança M. Doremire. Andy viendra récupérer son fils, il s'en occupera lui-même.

Maggie soupira.

— Andy est mort…

— Il n'est pas mort, rétorqua le vieillard. Vous le verrez le jour où il viendra chercher son fils.

Peut-être n'était-il pas mort… dans le cerveau alcoolisé de son père ou dans le cœur de Maggie. Blaine aurait surtout aimé être à la hauteur de cette femme, connaître l'amour qu'elle portait en elle. Mais il n'avait rien à espérer de ce côté-là, il en était persuadé.

— Il est trop tard pour se rendre chez Mme Doremire, estima Blaine, de retour dans le 4x4.

Maggie préféra ne faire aucun commentaire. Fermant les paupières, elle fit semblant de s'assoupir dans le fauteuil passager. Elle n'avait pas envie de parler à Blaine. Elle n'avait même pas envie de le regarder. Ses joues la brûlaient, et pas uniquement à cause des gifles de M. Doremire. Elle se sentait affreusement gênée des horreurs que le vieil ivrogne avait proférées devant Blaine.

Peut-être n'avait-il pas tout entendu, peut-être avait-il été dehors quand le pire avait été prononcé. Mais il était revenu en courant quand elle avait hurlé. Il l'avait sauvée. Comme il ne cessait de le faire depuis vingt-quatre heures.

M. Doremire avait deviné les sentiments qu'elle éprouvait pour l'agent du FBI. Même si elle ne l'avait pas voulu, elle était tombée amoureuse de Blaine. Elle avait plus d'amour à donner qu'elle ne l'avait mesuré. Mais Blaine ne voulait pas de son amour. Dès que les braqueurs auraient été arrêtés, il la quitterait.

Blaine se gara et coupa le moteur. Une portière claqua, une autre s'ouvrit.

Maggie rouvrit péniblement les yeux. Blaine était à quelques centimètres d'elle et glissa un bras sous ses jambes, un autre autour de son dos pour la soulever comme il aurait soulevé un enfant endormi. Elle frissonna.

— Désolé, dit-il. Je vous ai fait mal ?

— Pas du tout.

Mais il ne recula pas. Il ne s'effaça pas pour lui permettre de descendre seule du véhicule. Il était trop proche, ses yeux verts étaient trop brillants.

Maggie déglutit avec peine.

Blaine caressa sa joue meurtrie.

— Je ne pense pas que vous garderez un bleu, remarqua-t-il.

Elle haussa les épaules. Elle se moquait bien d'un hématome. Les paroles du vieil homme lui avaient fait beaucoup plus mal que la gifle.

— Ça ira.

— Je suis désolé, répéta Blaine. Je n'aurais jamais dû vous laisser seule avec lui.

Il lui passa la main dans les cheveux.

— Je savais qu'il était en état d'ébriété. J'ai eu tort de quitter la pièce.

— Vous étiez sorti appeler quelqu'un à propos d'Andy.

Ce n'était pas une question, elle savait ce qu'il avait fait. Elle avait compris les soupçons qu'il nourrissait.

— Pour vous assurer qu'il était vraiment mort…

Finalement, il recula et l'aida à descendre du 4x4.

Puis il l'escorta jusqu'au bungalow d'Ash où ils avaient passé la nuit précédente. Il ne l'avait pas conduite à l'hôpital ni au motel, constata-t-elle avec un soupir de soulagement.

— Voulez-vous savoir ce que ces coups de fil m'ont appris ? demanda-t-il en ouvrant la porte de la petite maison.

Elle secoua la tête.

— Non.

— Vous êtes donc certaine qu'il est mort ?

— Je le sais.

Avant même que Mark ne l'appelle pour la mettre au courant de la tragédie, elle l'avait su. Elle avait vu le journal télévisé, le reportage concernant cet attentat à la bombe et elle avait eu l'intuition qu'Andy faisait partie des victimes.

— Mais ils n'ont même pas retrouvé sa plaque d'identité militaire, rappela Blaine.

Maggie haussa les épaules.

— J'ignore ce qu'ils ont retrouvé ou pas. Je ne sais même pas si mes lettres ont été renvoyées. Vous auriez dû me laisser parler à Mme Doremire.

— La journée a déjà été dure pour vous, fit remarquer Blaine en actionnant l'interrupteur. Nous sommes retournés à la banque, nous avons regardé les images enregistrées par les caméras de surveillance, nous avons vu la femme de Mark et nous avons manqué de peu de mourir, poussés vers la falaise.

Elle frémit en se remémorant qu'ils avaient en effet échappé de peu à une mort terrible, quand le 4x4 avait été sorti de la route et avait failli s'écraser sur le rivage.

— Et, comme si cela ne suffisait pas, vous avez été agressée par un vieil ivrogne, ajouta Blaine.

— Il est fou. Comment peut-il imaginer qu'Andy est en vie ?

— Il n'arrive pas à accepter la mort de son fils.

— En effet, je pense qu'il gère ainsi son chagrin : dans l'alcool et le déni.

— Et vous ? s'enquit Blaine.

Elle se tourna vers lui, un peu perdue. Elle avait géré son chagrin sans faire appel à l'alcool ou au déni.

— Que voulez-vous dire ?

— Allez-vous accepter la mort d'Andy ? Et continuer à vivre ?

— J'ai accepté sa mort depuis longtemps, confia Maggie. Je ne pense pas qu'il soit encore en vie. Je ne le vois pas partout.

En revanche, elle tombait sans cesse sur des malfrats déguisés en zombie sur son lieu de travail. Elle aurait préféré croiser des fantômes.

— Ce n'était pas ce que je voulais dire, rectifia Blaine.

— Que vouliez-vous dire alors ?

Au lieu de s'expliquer, il secoua la tête.

— Cela n'a pas d'importance.

Au contraire, cela en avait pour elle. Souhaitait-il qu'elle accepte la mort d'Andy et tourne la page ? Ou, comme son presque beau-père, Blaine n'était-il pas totalement convaincu de la mort d'Andy ?

— Que vous ont dit les gens que vous avez appelés ? demanda-t-elle.

Elle le savait déjà mais elle ne voulait pas que Blaine aille se coucher, pas encore. Même si elle tombait de sommeil, elle n'avait pas envie de monter à l'étage ni de se mettre au lit. Seule.

— Ils pensent que le père d'Andy est fou. L'armée n'a rien caché…

— M. Doremire dit beaucoup de bêtises.

Espérant dissiper sa propre gêne, elle poursuivit.

— Comme ce qu'il a raconté à propos de nous deux…

— Vous estimez qu'il s'agissait de bêtises ?

Maggie s'empourpra malgré elle.

— Bien sûr. Ce n'était que des élucubrations d'ivrogne. C'était de la folie…

— Qu'y avait-il de fou dans ces propos ?

Maggie prit une profonde inspiration.

— Il est absurde d'imaginer que vous pourriez être attiré par moi.

— Pourquoi ?

Les yeux verts de Blaine étincelaient en se promenant sur son visage, sur son corps.

— Vous le savez bien ! Je suis grosse, pas du tout attrayante…

Et lui était l'homme le plus séduisant qu'elle n'ait jamais rencontré.

— Vous êtes enceinte. Et vous êtes très belle.

Elle secoua la tête, tant ses propos étaient ridicules, aussi déments que ceux de M. Doremire.

— Je ne cherchais pas les compliments. Vraiment. Je sais très bien que je ressemble à… une baleine.

Il se mit à rire comme si elle essayait d'être drôle. Elle avait été sincère.

Il susurra.

— Je ne serais pas tombé sous le charme d'une baleine.

— Vous n'êtes pas attiré par moi.

Elle aurait aimé qu'il le soit mais ce n'était pas possible. Même si elle n'était pas enceinte, il n'aurait jamais regardé une femme comme elle, une femme qui parlait trop et qui ne savait pas s'entourer.

Il se rapprocha, la dévorant des yeux.

— Non ?

Elle voulut se détourner, mais il lui prit le menton et se baissa légèrement vers elle. Pour capturer ses lèvres.

Elle lui rendit ses baisers avec fièvre.

Nouant les bras autour de son cou, elle l'attira étroitement contre elle. Quand leurs langues entamèrent une danse sensuelle, il approfondit leur baiser et la passion s'enflamma.

Maggie se surprit à désirer plus encore…

14

Blaine avait envie de prendre Maggie dans ses bras, de la porter à l'étage, jusqu'à la chambre, et de lui faire l'amour toute la nuit.

Mais ce n'était pas possible. Il devait garder la tête froide, protéger Maggie.

Mobilisant toute sa volonté, il prit une profonde inspiration et allait repousser Maggie quand son téléphone portable sonna fort opportunément.

C'était son supérieur, l'agent Lynch. Il le convoquait au Bureau pour faire le point sur l'affaire.

A contrecœur, Blaine confia Maggie aux deux agents chargés de surveiller la maison d'Ash, l'un vadrouillant dans le quartier, l'autre montant la garde devant sa chambre. Truman Jackson avait fait partie des Forces spéciales et Octavio Hernandez avait travaillé dans l'antigang avec Reyes. Blaine pouvait partir tranquille.

Mais il ne l'était pas…

Même en arrivant dans le bureau de Lynch, il restait préoccupé par Maggie.

— Vous avez perdu toute objectivité ! lui lança son chef sans préambule.

Blaine en bafouilla presque.

— Quoi ? Pourquoi ?

— A cause du témoin, répondit Lynch.

— Pas du tout, protesta Blaine tant bien que mal. Le témoin est en danger et je dois justement veiller sur elle.

J'en ai eu la preuve aujourd'hui… ou plutôt hier, corrigea-t-il en consultant l'horloge murale. Quelqu'un a tenté de nous envoyer dans le décor et…

— La camionnette qui vous a agressés a été examinée, l'interrompit Lynch.

Quelle rapidité ! songea Blaine.

— Des indices ?

— Aucun. Pas de sang. Nous avions eu plus de chance avec le premier fourgon.

— Vous avez déjà identifié des correspondances d'ADN ?

Le chef secoua la tête.

— Non, mais nous allons les confronter à d'autres banques de données pour voir si nous parvenons au moins à des similitudes partielles.

— Bien, très bien.

— Quelles pistes avez-vous ? reprit son supérieur. A moins que vous ne soyez trop occupé à protéger le témoin pour en chercher…

— Maggie Jenkins est notre meilleure piste.

— Votre meilleure piste ? rétorqua son chef d'un ton dubitatif. Vous avez obtenu confirmation que son fiancé était bien mort. Cette femme vous a donc mis sur la piste d'un suspect qui n'est plus de ce monde.

— Elle ne pensait pas qu'il était encore en vie. C'est le père de cet homme qui doutait de la réalité de sa mort.

— Vous croyez que la famille du fiancé est impliquée dans les hold-up ?

Blaine soupira.

— Le frère de son fiancé est un suspect sérieux. Reyes a même confirmé que Mark Doremire avait bien acheté le fourgon utilisé pour le braquage, celui dans lequel on a retrouvé du sang.

Quelqu'un d'autre avait commandé la camionnette noire qui les avait emboutis. Pourquoi ? Mark avait-il déjà quitté le pays ?

— Où est-il ? demanda Lynch comme s'il lisait dans les

pensées de Blaine. Pourquoi vous n'avez pas encore interrogé Mark Doremire ?

— Parce que nous ne l'avons pas encore retrouvé.

— Nous ? Voulez-vous dire que le témoin vous aide à effectuer votre travail ?

— J'ai lancé un avis de recherche, répondit Blaine. Le témoin m'aide à lister les lieux où l'homme pourrait se cacher. Nous avons déjà vérifié qu'il n'était pas chez son père.

Son supérieur l'observa un moment, les yeux plissés.

— Si je vous comprends bien, vous vous servez de Maggie Jenkins dans l'espoir qu'elle vous mènera à une piste, à un suspect ?

La colère s'empara de Blaine.

— Je ne me sers pas d'elle ! J'essaie de l'empêcher de se faire tuer.

— Est-ce sa grossesse qui vous trouble ?

Si son nouveau chef dirigeait ce Bureau avec une mentalité pareille, Blaine n'était pas certain de vouloir y faire carrière. Pourtant, il avait vraiment songé s'enraciner dans le coin. Chicago n'était pas très loin de là où vivait sa sœur Buster qui possédait un ranch dans le Michigan.

— Quoi ? demanda-t-il, vexé que son professionnalisme puisse être mis en doute.

— J'ai lu votre dossier. Vous avez des sœurs dont vous êtes proches. Ceci explique-t-il cela ?

Blaine n'éprouvait aucun sentiment fraternel pour Maggie Jenkins. Et Mark Doremire non plus, il en était certain.

— Les braqueurs ne cessent d'essayer de l'enlever. Nous allons en profiter pour les coincer.

— Elle va vous servir d'appât…

Blaine se tendit de nouveau. Furieux et offensé.

— Vous avez peut-être lu mon dossier mais vous ne me connaissez pas, monsieur.

— Ash Stryker vous connaît, répliqua son chef. Il vous encense. Pour lui, vous êtes le meilleur.

Même si Blaine appréciait les compliments de son ami, il ajouta.

— Mon dossier est là pour en attester.

— Je m'inquiète pour le témoin.

— Moi aussi, reconnut Blaine.

— Vous ne croyez donc plus qu'elle soit impliquée dans cette affaire, qu'elle soit de mèche avec les braqueurs ? demanda son chef comme si lui-même n'en était pas convaincu.

— Elle n'a pas organisé les hold-up, j'en suis sûr, et elle n'a pas recruté les autres braqueurs.

— Quelle preuve en avez-vous ? Sa parole ?

— Les tentatives de meurtres dont elle fait l'objet, répondit Blaine.

— N'est-il pas fréquent que des complices essaient de s'entretuer ? rétorqua son chef. Vous faites ce métier depuis assez longtemps pour le savoir.

— Les voleurs n'ont aucun sens de l'honneur, confirma Blaine.

— Et aucun sentiment de loyauté ne les anime.

— Si Maggie Jenkins savait qui ils étaient, le meilleur moyen de les arrêter serait de me dire qui ils sont.

— Vous croyez vraiment qu'elle n'en a aucune idée ?

— J'en suis sûr. Mais les braqueurs n'ont pas conscience qu'elle ne sait rien. Ils sont persuadés qu'elle peut les identifier, d'une façon ou d'une autre. Voilà pourquoi elle est ma meilleure piste vers eux. Et aussi la raison pour laquelle elle est en danger.

— Mais vous avez mieux à faire que d'assurer sa protection, tonna le chef. J'aimerais que vous mettiez vos talents et votre temps au service de l'enquête. Et que vous demandiez à Jackson et à Hernandez de veiller sur Maggie Jenkins.

Blaine avait l'habitude de recadrer les policiers qui essayaient de mener l'enquête à sa place ou qui voulaient lui apprendre son métier. Mais en général, le Bureau respectait sa façon de gérer une affaire.

Cela dit, son chef avait peut-être raison. Peut-être avait-il perdu tout bon sens dès lors qu'il s'agissait de Maggie Jenkins.

Peut-être valait-il mieux faire confiance à d'autres pour la protéger parce qu'en réalité, il ne pouvait se fier à lui dès lors qu'il s'agissait de Maggie Jenkins.

Blaine était parti depuis si longtemps — toute la nuit et toute la matinée — que Maggie finissait par douter le revoir un jour. Et cette éventualité la rendait malade. Voilà peut-être pourquoi le bébé semblait si agité. Blaine lui manquait probablement, à lui aussi.

A cette idée, Maggie se ressaisit. Elle n'éprouvait rien du tout pour Blaine Campbell. Absolument rien du tout.

Certes, elle l'avait désiré, la veille au soir, lorsqu'il l'avait embrassée comme un fou.

Mais, quand il s'était détaché d'elle et qu'elle avait recouvré ses esprits, elle avait reconnu ce baiser pour ce qu'il était. Un baume pour son ego meurtri. Dommage…

Voilà pourquoi elle ne désirait plus Blaine Campbell. Elle souhaitait uniquement mettre au monde un bébé en bonne santé. Et elle n'y parviendrait pas si quelqu'un essayait encore de la tuer.

Aussi prit-elle son courage à deux mains et s'empara-t-elle du téléphone que l'un des agents lui avait prêté.

Elle composa le numéro qu'elle avait trouvé dans l'annuaire. Celui de la mère d'Andy.

— Allô ? répondit une voix féminine et sympathique.

— Madame Doremire ?

— Maggie ? C'est bien toi ? Tout va bien ? Le bébé va bien ?

— Oui, oui.

Pour le moment…

La femme au bout du fil poussa un gros soupir de soulagement.

— Oh ! Merci, mon Dieu ! Que puis-je faire pour toi, ma chérie ?

Ma chérie. Contrairement à son ex-mari, Mme Doremire ne la détestait pas.

— Je suis passée à votre ancienne adresse hier…

Son interlocutrice laissa échapper un gémissement.

— J'en suis désolée pour toi. Cette visite a dû être… désagréable.

La joue de Maggie n'avait pas gardé la trace de la gifle mais elle était encore sensible sous ses doigts.

— Il m'a paru bouleversé par la mort d'Andy.

— Quelle mort ?

Le ventre de Maggie se serra. Toute la famille d'Andy avait-elle perdu la tête ?

— Mon ex-mari refuse d'accepter la mort d'Andy, poursuivit Janet Doremire.

— Est-ce la raison pour laquelle il a sombré dans l'alcool ?

— Disons que c'est sa nouvelle excuse pour boire, répondit Janet. Mais il en a toujours eu une.

Ces mots laissèrent Maggie perplexe. Pourquoi Andy ne lui avait-il jamais dit ce qui se passait chez lui ? N'avaient-ils pas été amis ?

Mais elle-même… Lui confiait-elle tous ses sentiments à l'époque ?

— Je suis désolée…, reprit-elle.

Janet Doremire souffla de nouveau à l'autre bout de la ligne.

— Mon ex-mari refuse d'accepter la mort d'Andy parce qu'il lui faudrait alors admettre qu'il en est responsable.

— Responsable ? répéta Maggie.

Elle n'était donc pas la seule à culpabiliser ? A se reprocher la mort d'Andy ?

— C'est à cause de lui qu'Andy a rejoint les marines, expliqua Janet. Dustin lui avait dit que l'armée ferait de lui un homme.

Mais Andy n'avait pas le tempérament nécessaire pour

s'enrôler, songea Maggie. Il n'était pas comme Blaine Campbell qui n'hésitait pas à se servir de son arme ou à risquer sa vie.

— Au lieu de quoi, l'armée l'a tué, rappela Janet Doremire.

Etait-ce la raison pour laquelle la mère d'Andy avait quitté son mari ? Parce qu'elle culpabilisait, elle aussi ? Ou parce que Dustin buvait ?

Maggie refusait de spéculer.

Mais Mme Doremire avait manifestement envie de se répandre sur le sujet.

— La mort d'Andy m'a montré à quel point la vie était fragile et brève. J'ai perdu trop d'années dans ce mariage désastreux. Andy aurait voulu que je sois heureuse.

— Oui, reconnut Maggie.

Il avait tellement aimé sa mère, se souvenait-elle. Et si peu parlé de son père…

— Et que tu sois heureuse, toi aussi, poursuivit Janet.

Les larmes brûlaient les yeux de Maggie mais elle les refoula. Andy aurait souhaité son bonheur parce qu'il avait été un homme généreux.

— Je sais que tu portes son bébé mais tu as besoin d'avancer, de tourner la page, Maggie, reprit Janet Doremire. Andy et toi étiez beaucoup trop jeunes pour sortir ensemble. Il est temps pour toi de vivre, d'aimer. Enfin, quand le bébé sera né, ajouta-t-elle en riant.

— Madame Doremire, je ne peux pas…

Maggie refusait d'avoir cette discussion avec la mère d'Andy. Elle ne pouvait pas envisager devant elle de sortir avec quelqu'un d'autre.

— Je ne vous appelais pas pour cette raison…

— Désolée, chérie. Pourquoi m'appelais-tu ?

— Je me demandais si vous aviez récupéré les lettres que j'avais écrites à Andy… si on vous les a rendues avec ses affaires personnelles ?

— Je n'en sais rien, répondit-elle. Je n'ai jamais vu ses affaires. Je les ai laissées avec tout le reste dans mon ancienne maison. Je ne veux pas ressasser le passé. Toi non plus, tu ne le dois pas, Maggie. Tu n'as pas besoin de ces lettres, chérie. Oublie-les, laisse Andy s'en aller. Tourne la page.

Le bébé donna un coup de pied, comme pour protester. Mme Doremire aurait-elle envie de voir son petit-fils quand il serait né ? se demanda Maggie. Ou préférait-elle oublier tout ce qui concernait Andy ?

Elle tentait manifestement de canaliser ainsi son chagrin. Et le père d'Andy avait, lui, choisi de sombrer dans l'alcool. Comme son ex-femme n'avait rien pris, contrairement à ce qu'il affirmait, il avait dû casser ou vendre le mobilier. Mais qu'avait-il fait des lettres ?

— Merci, madame Doremire. Mais j'ai vraiment besoin de cette correspondance.

Malheureusement, la vieille femme avait déjà raccroché.

— Nous avons seulement besoin de savoir qui les a, dit une grosse voix derrière elle.

Elle se retourna. Blaine se tenait sur le seuil. Elle ne l'avait même pas entendu ouvrir la porte. Depuis combien de temps était-il là ?

— D'après elle, c'est son ex-mari, répondit Maggie avec un soupir. Je n'ai aucune envie d'y retourner mais je tiens vraiment à remettre la main sur ces lettres.

— Je vais envoyer un agent avec un mandat pour les affaires d'Andy, annonça Blaine. Nous allons les récupérer.

Maggie se mit à rougir.

— J'espère que personne n'a lu ou ne lira cette correspondance.

— On ne se soucie pas des passages personnels, assura Blaine. Seule la description des habitudes et des procédures bancaires nous intéresse.

— J'ai été folle d'écrire ce genre de choses, confia Maggie. Je vais sans doute me faire renvoyer quand mes supérieurs l'apprendront. Tout est ma faute.

— Nous n'en savons rien, la rassura Blaine. Si ça se trouve, personne n'a lu ces courriers. Et, comme vous le faisiez remarquer, d'autres banques ont été braquées.

Maggie soupira.

— D'autres banques qui suivent sans doute les mêmes procédures que nous. Si je perds mon travail, aucune banque ne voudra plus m'embaucher. Comment je vais gagner ma vie et celle de mon bébé ?

— Ne commencez pas à paniquer, lui conseilla Blaine. Nous allons trouver une solution.

Mais il n'en ferait rien. Quand les malfrats auraient été arrêtés, il partirait.

— Où étiez-vous ? demanda-t-elle.

Puis elle rougit. Ne se comportait-elle pas comme une épouse ou une petite amie ?

— Mes chefs voulaient faire le point avec moi sur l'enquête, répondit Blaine.

Apparemment, il n'était pas choqué par la question.

— Vous êtes parti longtemps, observa-t-elle. Vous aviez donc beaucoup à leur raconter.

Il avait sans doute parlé à ses supérieurs des lettres et du père et du frère d'Andy.

— Mon supérieur aussi avait beaucoup à me dire…, maugréa Blaine. Il estime que je ne suis pas objectif en ce qui vous concerne.

— Il pense que vous devriez me considérer comme suspecte ?

Blaine le faisait peut-être, d'ailleurs. Il ne lui avait jamais dit qu'il ne la soupçonnait plus.

— Mon chef pense que je ne devrais pas me charger de votre protection.

Voilà pourquoi deux autres agents veillaient sur elle jour et nuit, comprit Maggie. Mais elle vivait mal l'éloignement de Blaine. Elle n'avait pas seulement peur pour sa survie et pour celle du bébé. Ne plus revoir Blaine la terrifiait.

— Je ne comprends pas. Vous m'avez sauvée.

— Mon chef a raison. Je ne devrais pas vous protéger. J'ai perdu ma concentration.

— Alors vous allez me renvoyer ailleurs, quelque part où je serai soi-disant en sûreté…

Elle avait déjà perdu Blaine. Elle avait bien fait de ne pas tomber amoureuse de lui. Mais, malgré ses bonnes résolutions, il était peut-être déjà trop tard.

— Pas encore, dit-il.

Il entra dans la chambre et ferma la porte derrière lui.

— Pas tout de suite…

— Blaine…

— Voilà pourquoi je ne devrais pas assurer votre protection, Maggie. Parce que je vous désire. Parce que vous m'attirez tellement que, quand je suis avec vous, je n'arrive pas à réfléchir et encore moins à veiller sur vous.

Elle avait dû s'endormir, elle devait être en train de rêver… Elle ne parvenait pas à croire ce qu'elle entendait.

Pour s'assurer qu'elle ne s'illusionnait pas, elle caressa le visage de Blaine. Une barbe bleutait ses mâchoires, la chatouillant au niveau des doigts.

— Vous êtes attiré par moi ?

— Je vous l'ai montré hier soir. Ce baiser…

— Vous m'avez embrassée par pitié.

Il se mit à rire.

— Pas du tout.

— Alors pourquoi vous êtes-vous arrêté ? Pourquoi vous n'avez pas continué ?

Toute la nuit, elle avait pensé à lui, emplie de désir.

— J'aurais eu l'impression de profiter de vous, de votre vulnérabilité.

Maggie secoua la tête.

— Vous ne…

— Je vous désire comme un fou.

Elle aussi le désirait. Aussi l'attira-t-elle vers le lit où elle roula avec lui. Et elle l'embrassa avec toute la passion dont elle brûlait pour lui.

Il lui rendit ses baisers et, quand leurs langues se mêlèrent, elle comprit : Blaine n'était pas animé par une quelconque pitié mais uniquement par le désir. Il la touchait aussi, caressant fiévreusement son corps de femme.

Le cœur de Maggie s'accéléra dans sa poitrine. Elle avait envie que Blaine lui arrache ses vêtements mais il prenait son temps comme s'il voulait lui laisser la possibilité de changer d'avis.

Elle n'avait jamais eu plus envie de quoi que ce soit que faire l'amour avec lui.

Elle ne lui retira pas ses vêtements doucement, elle les lui arracha tant elle avait hâte de goûter la saveur de sa peau.

Il embrassa sa bouche, ses joues, sa nuque avant de s'aventurer plus bas et de goûter ses seins.

Quand il en fit dresser la pointe, elle gémit de plaisir, son corps se tordant déjà sous l'emprise de la passion.

Ils roulèrent dans le lit et elle le guida en elle.

— Tout va bien ? murmura-t-il. Le bébé…

Elle hocha la tête. Son médecin lui avait assuré que les relations sexuelles ne mettraient pas en danger sa grossesse.

— Tout va bien.

Il la pénétra alors et, quand il se mit à aller et venir entre ses cuisses, elle frémit de nouveau.

— Encore, encore !

Il l'entraîna vers le ciel. Rapidement, ils le touchèrent ensemble. Quand l'orgasme la foudroya, il s'effondra sur elle avec un cri rauque.

Il la tint serrée contre lui, tendrement. Son cœur battait la chamade et il avait apparemment du mal à respirer. Finalement, les battements de son cœur se calmèrent, son souffle redevint régulier.

Maggie leva légèrement la tête : Blaine s'était endormi, le nez dans son cou.

Elle aurait pu en prendre ombrage mais il n'avait pratiquement pas dormi depuis deux jours. Elle non plus. Aussi se mit-elle à somnoler.

Mais, soudain, elle fut prise d'une quinte de toux. L'air était irrespirable et ses yeux la brûlaient.

Elle comprit brusquement pourquoi.

Une épaisse fumée avait envahi la pièce. Quelqu'un avait mis le feu à la maison.

15

— Blaine !

Son prénom, crié avec un tel sentiment d'urgence et de peur, le tira des bras de Morphée. D'un bond, il se redressa.

— La maison est en feu ! annonça Maggie. Nous devons sortir d'ici !

A la hâte, ils s'habillèrent dans le noir et Blaine s'empara de son arme. Il ne parvenait pas à y croire : il s'était endormi profondément.

L'incendie avait dû démarrer depuis un moment parce qu'il y avait beaucoup de fumée… au point qu'il était difficile de respirer.

Et la chaleur était insupportable. Le bungalow d'Ash était devenu une véritable fournaise.

Une quinte de toux plia Blaine en deux. L'instinct de survie le poussait à quitter les lieux au plus vite mais la fumée était peut-être une ruse de leurs agresseurs pour les pousser à sortir de la maison. Il leur serait alors plus facile de capturer Maggie. Et de la tuer.

Elle ne soufflait mot. Sans doute était-elle trop terrifiée.

Blaine avait peur d'avoir raté sa mission, d'avoir été incapable de tenir sa promesse de les protéger, le bébé et elle. Comment avait-il pu laisser son désir le distraire de son devoir ? Il n'aurait jamais dû franchir la ligne jaune.

— Il faut rester près du sol, dit-il en aidant Maggie à s'allonger par terre. L'air y est plus respirable.

Il rampa vers la porte : elle n'était pas brûlante, en tout cas, pas autant que le plancher.

Maggie dut le sentir aussi parce qu'elle commença à se redresser. Mais Blaine l'obligea à demeurer au sol. Elle se remit à tousser.

Sortir de là ne serait pas simple, surtout si le premier étage était entièrement enfumé comme il le craignait. Mais il n'avait pas le temps de mettre au point un plan B. Il leur fallait déguerpir au plus vite, avant que la maison ne s'effondre.

Il ouvrit la porte : il y avait encore plus de fumée dans le couloir que dans la chambre. Il se rendit rapidement dans la salle de bains, s'empara de serviettes qu'il passa sous l'eau. Maggie l'attendait, pétrifiée. Peut-être ne voyait-elle pas assez pour se diriger. Il lui couvrit le visage et les épaules des linges mouillés, puis la prit dans ses bras.

— Blaine…

Il ne cessait de tousser et la fumée brûlait ses yeux. Mais il n'y avait pas un instant à perdre. Et peut-être était-il déjà trop tard pour gagner la sortie. Peut-être n'y avait-il plus d'issue, plus d'échappatoire. Il ne pouvait sauter par la fenêtre, pas avec Maggie enceinte jusqu'aux yeux. Aussi l'entraîna-t-il vers le corridor. Par chance, les flammes n'avaient pas encore atteint la cage d'escalier. Ils dévalèrent les marches.

Dévorée par le feu et l'intense chaleur, la maison craquait et gémissait autour d'eux. Et la fumée, de plus en plus sombre, de plus en plus épaisse, les enveloppait comme un linceul, les empêchant de voir. Heureusement, Blaine avait bien mémorisé les lieux et était capable de se diriger dans le noir vers la porte d'entrée.

Mais avait-elle été barricadée ? Les tueurs avaient peut-être veillé à ce qu'ils ne puissent s'échapper…

Alors qu'il entraînait Maggie, la porte s'ouvrit avec fracas et des hommes casqués firent irruption. Blaine lâcha un juron. Il ne s'agissait pas de ces horribles masques de zombie. Mais de casques, de casques de pompiers. Quelqu'un avait dû les prévenir et appeler la police. Les voisins d'Ash avaient sans doute remarqué les flammes, contrairement à Blaine.

Il avait eu tort de donner congé pour la soirée aux deux agents chargés de la sécurité de Maggie, il n'aurait pas dû leur dire de s'en aller. Mais il avait eu envie de passer une nuit seul avec elle. Ce désir égoïste aurait pu lui coûter sa vie et celle de son bébé, se reprocha-t-il. Elle était molle comme une poupée de chiffon contre lui.

L'un des pompiers la lui prit alors des mains et la porta dehors.

Un doute saisit Blaine : s'agissait-il vraiment d'un pompier ? Cela pourrait-il être un malfrat déguisé en soldat du feu ?

Blaine voulut se précipiter derrière lui mais la fumée était si épaisse qu'il ne parvenait plus à recouvrer son souffle. Plié en deux, il toussait, toussait, à n'en plus finir. Il n'arrivait plus à respirer.

Et soudain, d'énormes craquements secouèrent le bungalow. Le toit s'effondra brutalement…

La gorge de Maggie était irritée à force de crier. Sans doute avait-elle aussi inhalé trop de fumée. Un pompier la transportait dehors alors que le toit s'affaissait et que le bungalow s'écroulait sur lui-même. Maggie hurla de terreur.

Elle frappa les épaules du soldat du feu mais il continua à courir, sans la lâcher. L'angoisse la saisit : était-ce bien un pompier ? Ou un truand ?

Mais elle était trop faible pour vérifier, trop faible pour lutter contre cet homme qui l'emportait. Il l'allongea à l'arrière d'un véhicule, l'y enferma avant de repartir en courant. Les sirènes hurlaient, les gyrophares jetaient des éclairs bleus dans la nuit mais Maggie était la proie d'une sourde crainte. Où la conduisait-on ?

Une jeune femme en blouse blanche lui colla un masque à oxygène sur le visage, mais cela ne la rassura pas. Cette inconnue ne lui inspirait pas confiance. Rien ni personne ne lui garantissait qu'elle ne lui faisait pas respirer une drogue ou un gaz toxique qui la rendrait incapable de se défendre. Elle tenta de lutter mais n'en avait plus la force.

Quand les portes du véhicule se rouvrirent, elle avait recouvré un peu d'énergie. Elle était prête au combat. Prête à s'enfuir en courant. Mais elle reconnut alors le hall de l'hôpital, des urgences. Elle n'était pas tombée dans un traquenard, comprit-elle, soulagée.

Retirant son masque, elle demanda.

— Où est Blaine ?

L'ambulancier qui l'installait sur un brancard fronça les sourcils.

— Qui ?

Une quinte de toux la saisit et elle essaya de se redresser pour recouvrer son souffle.

— L'agent Campbell, dit-elle. Il était dans la maison en feu… On a pu le sauver ?

— Je n'en sais rien, reconnut l'ambulancier. On nous a dit de vous conduire en priorité à l'hôpital parce que vous êtes enceinte.

Maggie posa la main sur son ventre, espérant un coup de pied du bébé. Avait-il souffert à cause de cette nouvelle mésaventure ? Elle songeait avec inquiétude aux dégâts que pouvait provoquer la fumée sur le cœur, sur le cerveau d'un petit être en gestation.

— Oui, il faut s'assurer que mon bébé va bien.

— Et vous aussi, ajouta le jeune homme.

Mais Maggie lui prit le bras.

— Y avait-il une autre ambulance ? D'autres médecins ? Où est Blaine à la fin ?

Le jeune home n'eut pas la possibilité de lui répondre. Des internes se précipitaient déjà vers elle. Ils lui redonnèrent de l'oxygène, ils la mirent sous transfusion et lui firent passer une échographie.

En reconnaissant les battements de cœur rapides, caractéristiques du bébé, Maggie poussa un soupir de soulagement.

— Il est vivant…

— Et il a l'air vif, confirma le radiologue.

— Et ses poumons ?

— Avez-vous perdu connaissance ? Vous êtes-vous évanouie à cause de la fumée ?

Maggie secoua la tête.

— Alors tout va bien.

Mais pour Maggie, rien n'irait vraiment bien tant qu'elle n'aurait pas des nouvelles de Blaine.

Puis tout devint flou.

Sa perfusion devait contenir un sédatif parce qu'elle s'endormit.

Quand elle se réveilla, elle n'était plus aux urgences mais dans une chambre plongée dans la pénombre. Un homme montait la garde devant sa porte.

L'espoir s'empara d'elle.

— Blaine ?

L'homme s'avança vers elle. Ses cheveux n'étaient pas blonds mais bruns et ses yeux n'étaient certainement pas vert émeraude. Plutôt bleus.

Une profonde déception envahit Maggie.

— Vous n'êtes pas Blaine.

Très séduisant, il correspondait à la description qu'elle aurait pu donner de Mark Doremire.

S'agissait-il de l'un des braqueurs ?

— Qui êtes-vous ? lança-t-elle avec angoisse.

— Ash Stryker. Je suis un agent du FBI et un ami de Blaine.

— Comment va-t-il ? Est-ce qu'il est ici ? Dans cet hôpital ?

— Non, il n'est pas ici. Voilà pourquoi il m'a demandé de veiller sur vous.

— Mais comment va-t-il ? répéta-t-elle, en proie à une panique croissante. Il s'en est tiré ?

Blaine avait-il demandé à Ash de veiller sur elle avant de pousser son dernier soupir ? Etait-ce la raison de son absence ? Parce qu'il était mort ? Mort et enterré ?

Ash hocha la tête mais il serrait les mâchoires. Lui mentait-il ?

— Non ! dit-elle, au bord de l'hystérie. Je ne vous crois pas. J'ai vu le toit s'effondrer. Il n'a pas pu s'en tirer indemne. Il a forcément été blessé.

Gravement blessé.

Mortellement blessé.

— Il souffre de quelques égratignures, reconnut Ash. Et de quelques brûlures. Mais il va bien. Sinon, je ne serais pas ici.

Même si Blaine le lui avait demandé ? Mais il aurait sans doute été trop bouleversé par la mort de son ami pour pouvoir s'inquiéter pour elle.

Blaine n'était peut-être pas mort.

Le brun soupira.

— Cela dit, je n'ai plus d'endroit où aller, où dormir.

— Nous étions chez vous, c'est votre bungalow qui a brûlé, comprit-elle.

Blaine aurait dû l'emmener à l'hôtel. Elle n'aurait peut-être pas été aussi bien protégée mais au moins Ash n'aurait pas tout perdu.

— Je suis désolée…

— Ce n'est pas votre faute, assura-t-il.

— Quel que soit l'incendiaire, c'est moi qu'il voulait tuer. Voilà pourquoi je me sens responsable.

Elle se sentait responsable pour la maison d'Ash réduite en cendres et pour Blaine. Etait-il gravement blessé ?

Ash se rapprocha du lit.

— Vous n'y êtes pour rien.

— J'aimerais m'en convaincre. Je n'aurais pas dû me réfugier chez vous, je n'aurais pas dû non plus rester avec Blaine.

Ni tomber amoureuse de lui, ni faire l'amour avec lui.

Ash se mit à rire.

— Blaine m'a dit que vous ne pouviez pas être de mèche avec les braqueurs parce que vous aviez trop bon cœur pour être impliquée dans une entreprise criminelle.

Blaine trouvait qu'elle avait bon cœur ?

— Il m'a dit aussi que vous étiez très jolie.

— Où est-il ? demanda-t-elle.

Ash soupira.

— Blaine est déterminé à en finir avec cette histoire. Il veut coincer ces types.

— Et venger la mort de Sarge, poursuivit-elle. Sarge est…

Ash l'interrompit.

— Je connaissais Sarge, moi aussi. Il a été mon instructeur.

— Je suis désolée.

— Cessez de vous excuser, Maggie. Rien de tout cela n'est votre faute. Blaine va en apporter la preuve. Il va découvrir les coupables et les traduire en justice.

Il allait bien alors, comprit-elle avec soulagement. Il fallait de la force pour se venger. Mais cela voulait dire aussi s'exposer de nouveau au danger…

— Vous devriez aller le rejoindre, dit-elle à Ash. Pour être sûr qu'il va bien. Les médecins ont voulu me garder en observation parce que j'avais inhalé trop de fumée.

Blaine n'avait personne pour lui donner de l'oxygène. Il pourrait en mourir.

Il était en danger non seulement parce que des gens avaient essayé de le tuer. Mais aussi parce que son corps avait souffert dans l'incendie et risquait à tout moment de le lâcher.

Ash serra les mâchoires, remarqua Maggie. Sans doute s'inquiétait-il aussi pour son ami. Il regrettait probablement que Blaine ne se soit pas fait hospitaliser.

— Avez-vous de ses nouvelles ? demanda-t-elle pour la énième fois.

Ash secoua la tête.

Il était peut-être déjà trop tard pour venir en aide à Blaine.

16

Maggie allait bien, son bébé aussi. Blaine avait attendu d'en être certain pour quitter l'hôpital et il avait attendu aussi l'arrivée d'Ash. Il ne faisait confiance à personne d'autre pour la protéger. Il n'aurait certainement pas demandé à Hernandez ou à Jackson de s'en charger, vu qu'il ne savait pas comment les braqueurs avaient appris où se réfugiait Maggie.

Pourtant, il avait surveillé ses arrières, fait attention à ne pas être suivi pour éviter que quelqu'un ne découvre où il la cachait. Malgré cela, les malfrats avaient retrouvé sa trace. Blaine n'avait pas réussi à la protéger. Ash y parviendrait. Du moins Blaine l'espérait-il…

Maggie était en grand danger. Une fois encore, son bébé et elle avaient survécu. Mais la chance pouvait tourner.

Blaine devait se focaliser sur l'enquête. Il ne pouvait se permettre de songer à elle ou à ce qu'ils avaient fait avant que l'incendie ne ravage la maison. Il ne lui fallait penser à rien d'autre qu'aux braqueurs, qu'à l'affaire.

Pour commencer, il tenait à retrouver l'homme qui lui avait échappé jusque-là. Il retourna donc chez Mark Doremire.

Quand sa femme lui ouvrit la porte, elle écarquilla les yeux de surprise. A sa décharge, l'aube se levait à peine. Mais c'était lui que Tammy regardait fixement, pas le ciel.

— Ça va ? demanda-t-elle.

Avec sa peau brûlée et égratignée, il devait donner l'impression d'avoir reçu le ciel sur la tête. En réalité, un toit s'était effondré sur lui. Il avait eu de la chance de s'en tirer. Ses poumons le brûlaient pour avoir inhalé trop de fumée. Et voilà pourquoi le médecin aurait voulu le garder en observation quelques heures supplémentaires. Mais pour Blaine, le temps pressait parce que la dernière attaque dont Maggie avait été victime avait été plus violente encore que les précédentes. Tous deux avaient failli y laisser leur peau. Aussi avait-il signé une décharge pour sortir de l'hôpital immédiatement, malgré les conseils du médecin.

— Non, je ne vais pas bien, répondit-il. Je suis à deux doigts de vous arrêter pour obstruction à la justice. Alors je vous conseille de me dire où se cache votre mari, et tout de suite.

Tammy haussa les épaules mais continua à lui bloquer le passage, à l'empêcher d'entrer chez elle.

— Je l'ignore.

Il aurait pu l'écarter et fouiller la maison. Mais quelqu'un du FBI, spécialisé dans l'imagerie thermique, lui avait affirmé qu'une seule personne y vivait. Mark n'était vraiment pas là.

— Vous ne savez pas où se trouve votre mari ?

Tammy secoua la tête.

— Je pensais qu'il tournait autour de Maggie comme son frère le faisait autrefois mais apparemment, c'est vous qui vous intéressez à elle, à présent.

— Je ne fais que mon travail, répliqua Blaine.

C'était un mensonge. Il était tombé amoureux de Maggie.

Et comme Dalton Reyes et son patron le lui avaient dit, cette passion ébranlait ses capacités professionnelles. Il avait failli en perdre la vie et elle aussi. Il lui fallait mettre ses sentiments de côté et se focaliser sur cette affaire. Il n'était pas question que ces malfrats s'en tirent.

Tammy ricana.

— Ne vous racontez pas d'histoires. La douce Maggie vous a séduit comme les autres. Elle dégage quelque chose qui fait qu'en sa présence les hommes se sentent plus importants, plus virils. Cela a coûté la vie à Andy. Cet idiot rêvait de devenir un homme, un vrai. Pour elle, pour la séduire.

— Andy peut-être, oui, reconnut Blaine. Et qu'en est-il de son frère ? De votre mari ?

Il voulait énerver Tammy contre Mark et la pousser ainsi à le trahir, à dire où il se cachait.

— Cela n'a rien arrangé qu'avant de partir se battre, Andy ait demandé à Mark de veiller sur elle, répondit Tammy. Pourquoi croyez-vous que nous sommes venus vivre par ici ?

Blaine haussa les épaules même s'il aurait pu le deviner. Les hold-up…

— Parce qu'elle a décidé de s'installer ici, poursuivit Tammy. J'ai dû abandonner ma famille et mes amies pour que nous puissions nous rapprocher de Maggie.

— Vous la détestez.

Elle éclata de rire.

— C'est le problème avec Maggie. Il est impossible de la détester. Elle est trop gentille. Mais elle est aussi une manipulatrice de première. Elle ruine votre vie avec ses airs de ne pas y toucher.

— A-t-elle ruiné la vôtre ? demanda Blaine, s'interrogeant sur les raisons de ce profond ressentiment.

— Elle a ruiné mon mariage. Je n'ai pas vu Mark depuis des jours.

Elle reprochait à Maggie ses problèmes conjugaux au lieu de s'en prendre à son mari ou à elle-même.

— Je n'ai aucune idée de l'endroit où se cache mon mari, alors, si vous voulez, arrêtez-moi, faites-moi passer un interrogatoire, injectez-moi un sérum de vérité. Je ne pourrai jamais vous dire ce que j'ignore, quoi que vous fassiez.

— Est-ce que quelqu'un sait où il est ?

Avec un soupir, Tammy s'adossa au chambranle de la porte. Ses cheveux roux étaient ébouriffés et elle était vêtue d'un peignoir. Sans doute n'avait-elle pas bien dormi.

— Comme moi, Mark a laissé ses amis derrière lui en venant ici. Mais ses parents savent peut-être où il se trouve.

— Son père ne parle que d'Andy, objecta Blaine.

— Tout le monde aimait Andy, expliqua Tammy. Il était

adorable, comme Maggie. C'était un homme bon. Il est mort trop jeune.

— Et Mark ? Est-ce un type bien ? Pourrait-il être impliqué dans les hold-up ?

Tammy sursauta de surprise.

— Vous ne vous doutiez donc pas de la raison pour laquelle j'aimerais lui parler ? lança Blaine.

— Je ne savais pas du tout pourquoi vous le cherchiez. Je pensais que vous étiez un ami de Maggie.

Il était bien davantage qu'un ami pour Maggie.

— Je suis un agent du FBI et j'enquête sur les hold-up des banques, en particulier sur ceux menés par des hommes déguisés en zombie.

— Mark n'aurait jamais organisé un braquage tout seul, confia Tammy en riant. Dieu sait qu'il n'est certainement pas le cerveau du gang. Mais il a pu se laisser entraîner dans ce genre d'histoires si quelqu'un l'a manipulé.

Blaine avait une petite idée de la personne que Tammy allait incriminer, accuser d'être la marionnettiste entraînant son mari sur les chemins du crime, mais il devait poser la question.

— Qui ?

— Maggie, bien sûr.

— Vous pensez qu'elle est le cerveau d'une organisation criminelle ?

Cette idée lui donnait envie d'éclater de rire. Non que Maggie n'en ait la capacité. Elle était intelligente. Mais elle était trop honnête pour prendre quoi que ce soit à quelqu'un.

— Comme beaucoup de femmes célibataires, elle panique sans doute à l'idée d'élever seule l'enfant qu'elle porte, assura Tammy. Et elle a certainement commencé à braquer dans ce but, pour y parvenir.

Blaine ne pouvait imaginer Maggie comme une braqueuse de banque.

Tammy devina son doute parce qu'elle ajouta.

— Elle est tout à fait capable de voler. Elle m'a d'ailleurs volé mon mari.

Blaine en doutait également. Maggie prenait Mark pour un grand frère. Mais peut-être Mark, lui, ne la considérait-il pas comme une petite sœur. Plutôt comme une femme adorable, désirable… Blaine aussi.

Il tendit sa carte à Tammy.

— Si vous voyez votre mari, appelez-moi. J'ai besoin de lui parler.

— Si quelqu'un sait où il est, c'est Maggie. Vous devriez lui poser la question.

— Si Maggie savait où il était, je ne serais pas venu jusqu'ici…

Il avait perdu son temps.

Tammy regarda la carte qu'il venait de lui remettre. Comme il se dirigeait vers son 4x4, elle lança.

— Faites attention à vous, agent Campbell. Le plus grand danger qui vous menace s'appelle Maggie Jenkins.

Il ne répondit rien, elle avait raison. Maggie menaçait son cœur. Mais quelqu'un la menaçait, elle, et Blaine ne l'abandonnerait pas avant d'avoir démasqué cet individu.

— Si vous ne partez pas à sa recherche, je le ferai, menaça Maggie en essayant de sauter du lit.

Mais une perfusion à son bras la retenait prisonnière.

D'un geste, Ash la pria de demeurer allongée.

— Maggie, vous devez rester quelques jours ici, en observation.

— Mais pas vous ! Alors, allez l'aider !

— Je lui ai promis de veiller sur vous.

— Je n'ai pas besoin que vous veilliez sur moi. J'ai besoin de savoir que Blaine va bien. Et si vous ne voulez pas vous en assurer pour moi, je m'en chargerai moi-même.

— Blaine me tuera si je vous abandonne, dit Ash.

— Demandez à un policier de monter la garde devant ma chambre.

— Je vais plutôt ordonner à l'un d'eux de partir à la recherche de Blaine.

Maggie secoua la tête. Quelqu'un qui ne connaissait pas Blaine ne saurait pas où le chercher.

— Vous êtes son ami, vous vous souciez de lui. Je ne fais confiance qu'à vous pour le retrouver.

— Je suis son ami et voilà pourquoi il ne fait confiance qu'à moi pour vous protéger.

— Vous ne me protégez pas, pesta Maggie. Je suis bouleversée, ce qui augmente ma tension artérielle, ce qui n'est pas bon pour le bébé.

Les médecins lui avaient dit de faire attention.

— Ignorer où est Blaine et comment il va me rend malade.

— Maggie…

— Je vous en prie, partez à sa recherche. Trouvez-le.

Ash poussa un soupir résigné.

— S'il va bien, il me tuera parce que je vous ai laissée. Mais je vais m'assurer que celui qui va me remplacer pour veiller sur vous est quelqu'un de confiance.

Elle ne s'inquiétait pas pour elle dans l'immédiat, pas même pour son bébé. Les médecins lui avaient assuré qu'il allait bien. En revanche, elle voulait être sûre que Blaine aussi allait bien.

Qu'Ash parte à sa recherche la rassurait un peu, et elle finit par s'assoupir.

Blaine s'imposa alors dans son esprit.

Elle le voyait nu, sa peau dorée, son corps musclé. Elle n'avait jamais éprouvé avec tant d'intensité le désir, la passion et l'amour qu'il avait fait naître en elle.

Elle n'avait pas souhaité tomber amoureuse de lui mais il était trop tard. L'agent Blaine Campbell lui avait pris son cœur. Et voilà qu'elle l'avait perdu…

Il aurait dû rester à l'hôpital, là où des médecins auraient pu lui donner de l'oxygène, soigner ses brûlures. Mais il avait préféré partir traquer les tueurs. Ces hommes masqués, déguisés en zombie, étaient déjà dangereux quand Blaine était en mode super-héros. Mais là, il était blessé, affaibli…

En imaginant tout ce qui pouvait lui arriver, elle frémit. Mais elle se cramponnait à l'espoir qu'avaient fait naître leurs ébats amoureux.

Les yeux clos, elle revivait chaque baiser, chaque caresse.

Elle se réveilla en sursaut.

Mais une main se plaqua alors sur sa bouche, l'empêchant de crier. Pour lui interdire de signaler sa présence à quiconque ?

Dans l'obscurité, elle ne distingua qu'une ombre aux larges épaules penchée sur elle. Il ne s'agissait certainement pas de l'homme dont Ash lui avait parlé, de l'agent qu'il avait chargé de veiller sur elle. Un membre du FBI ou un policier ne se tiendrait pas ainsi dans le noir.

Qui était ce type ?

Que voulait-il ? L'étouffer à l'aide d'un oreiller ?

Elle se redressa, essayant de le repousser, de se battre. Une odeur de fumée lui emplit alors les narines. Les vêtements de cet homme en étaient imprégnés.

Lui aussi s'était trouvé sur les lieux de l'incendie…

17

— Je suis désolé, dit Blaine d'une voix rauque de fumée. Je ne voulais pas te faire peur, ajouta-t-il en retirant sa main de sa bouche.

Il avait envie de l'embrasser comme un fou.

Maggie se redressa et noua les bras autour de son cou.

— J'ai eu si peur, balbutia-t-elle en tremblant contre lui. Je craignais que tu n'aies pas réussi à sortir vivant de la maison d'Ash.

— Où est-il, d'ailleurs ? Je lui avais ordonné de ne pas quitter ta porte.

Dalton Reyes le remplaçait mais, si Blaine admirait le travail du jeune homme au sein du FBI, il n'était pas certain de pouvoir lui faire entièrement confiance.

— Je l'ai supplié de partir à ta recherche, expliqua Maggie.

Supplié ou manipulé ? Blaine repoussa cette question, que Tammy Doremire avait insinuée dans son esprit.

— Pourquoi ? demanda-t-il.

— Je voulais être sûre que l'incendie, la fumée en particulier, n'avait pas provoqué trop de dégâts sur ta santé.

— Je vais bien.

Mais ce n'était pas tout à fait vrai. Il était en danger, en grand danger. Il était tombé amoureux de Maggie.

— Où étais-tu pendant tout ce temps ? demanda-t-elle.

La culpabilité et le regret submergèrent Blaine. Il n'aurait pas dû la laisser seule. Après l'incendie, elle avait dû être terrifiée. Mais apparemment, elle avait été plus préoccupée à son sujet que pour elle-même. Sans quoi, elle n'aurait pas envoyé Ash à sa recherche, sans quoi elle ne se serait pas exposée au danger.

Il était toujours furieux contre Ash mais il ne pouvait pas reprocher à son ami d'être parti l'aider.

— Je travaillais sur l'affaire, dit-il. J'essayais de traquer un suspect.

— Mark ? avança Maggie.

A son ton, il était évident qu'elle ne croyait toujours pas à sa culpabilité. Pour elle, le frère d'Andy était au-dessus de tout soupçon.

— Je voulais rencontrer Tammy Doremire pour voir si elle avait des nouvelles de son mari.

Mark était l'un des malfrats, peut-être même le cerveau du gang, Blaine en était certain. Même si son épouse le prenait pour un imbécile.

— Et avait-elle de ses nouvelles ? s'enquit Maggie d'une voix plus inquiète que soupçonneuse.

Blaine secoua la tête.

— Mark est son mari, rappela Maggie. Comment peut-elle ignorer où il se trouve ?

— Leur mariage bat visiblement de l'aile, commenta Blaine.

Ses sœurs auraient tué leurs époux s'ils s'avisaient de partir des heures — ou pire, des jours — sans leur dire où ils se rendaient. Buster savait sans doute où était son mari à chaque instant de la journée.

— Est-ce qu'il fréquente une autre femme ? demanda Maggie.

— Peut-être, fit Blaine.

Il pensait à Susan Iverson mais il ajouta.

— Tammy est persuadée que tu sais où il se trouve.

— Quoi ? Je n'en sais rien.

— Elle pense que vous êtes amants, toi et lui.

Que Mark soit intéressé par Maggie, Blaine pouvait le

comprendre. En revanche, elle le considérait certainement comme un grand frère.

— C'est n'importe quoi ! Tu crois ça, toi aussi ?

— Non.

Il lui faisait confiance, il la croyait.

Mais finalement, ne serait-il pas un imbécile ?

Peut-être l'avait-elle manipulé comme Tammy le lui avait laissé entendre. Maggie avait peut-être joué les séductrices pour le faire tomber amoureux d'elle.

Cela dit, il avait peur parce qu'il était amoureux pour la première fois de sa vie et qu'il craignait qu'elle ne lui rende pas son amour. Que son cœur soit toujours à Andy.

Blaine se tenait toujours près d'elle, près de son lit d'hôpital mais il s'éloignait d'elle, Maggie le sentait. Quoi que lui ait dit Tammy, il en avait été affecté et il doutait apparemment de la sincérité de Maggie.

Il la considérait de nouveau comme un suspect.

— Si je savais où est Mark, je te le dirais, assura Maggie à Blaine.

Elle ne voyait pas Mark comme un coupable mais elle voulait justement lui donner la possibilité de prouver son innocence. Blaine pourrait ensuite se focaliser sur les vrais coupables, quels qu'ils soient.

— Tammy est certaine que tu le sais, insista Blaine.

— Elle est parano.

Tammy considérait toutes les filles d'Eve comme des rivales. Elle était incapable d'apprécier une autre femme. Maggie l'avait constaté à maintes reprises.

— Si elle croit que j'ai une liaison avec son mari, elle se trompe totalement.

— Peut-être que tu sais où se trouve Mark sans être consciente de le savoir, suggéra Blaine. Peut-être qu'il se cache dans un endroit où Andy aurait pu aller. Andy avait-il un appartement ou une maison à lui ?

De nouveau, Blaine ramenait tout à Andy et aux fichues lettres qu'elle lui avait envoyées. Maggie regrettait amèrement de lui avoir écrit au sujet de son travail. Elle l'avait fait parce qu'elle n'avait rien d'autre à lui dire…

Si seulement elle avait eu le cran de lui avouer ses sentiments, ses véritables sentiments…

Elle secoua la tête.

— Il aurait été stupide de la part d'Andy d'avoir une maison ou un appartement alors qu'il n'était jamais aux Etats-Unis. Quand il n'était pas au front, il restait chez ses parents mais il passait la plus grande partie de son temps au Moyen-Orient.

— Il n'était donc pas souvent chez lui ? releva Blaine.

Après avoir mesuré l'alcoolisme de son père, Maggie comprenait mieux pourquoi.

— Non.

Puis un souvenir remonta soudain à sa mémoire.

— En fait, parfois, c'est vrai, lorsqu'il était en permission, il séjournait ailleurs que dans la maison familiale.

Elle aurait dû y penser tout de suite mais sans doute avait-elle inconsciemment préféré l'oublier.

Blaine serra les mâchoires.

— Où ça ? Chez toi ?

— Non.

Même si son meilleur ami lui manquait lorsqu'il était au Moyen-Orient, elle n'avait jamais eu envie de vivre avec lui lorsqu'il revenait au pays. Elle ne voulait pas qu'il s'imagine qu'elle l'aimait. Elle aurait dû refuser de l'épouser, elle aurait dû refuser sa bague de fiançailles.

— Alors où allait-il ?

— Les Doremire possèdent un chalet près du lac Michigan. En tout cas, ils en avaient un quand Andy était encore en vie. Je ne sais pas s'ils l'ont gardé lorsqu'ils ont divorcé. Je peux appeler Mme Doremire pour lui poser la question…

Blaine secoua la tête.

— Non, il n'est pas question que quiconque prévienne Mark de mon arrivée.

— Je ne pense pas que sa mère le préviendrait.

Janet ne voulait plus aucun lien avec sa vie d'avant, d'avant la mort d'Andy. Et elle avait raison, songea Maggie. La vie était trop courte pour la gâcher. L'incendie l'avait prouvé à Maggie. Elle avait de la chance de ne pas avoir perdu son bébé. Ni Blaine.

— Je préfère ne pas courir le moindre risque, répliqua Blaine. Où se trouve ce chalet ?

— Près de Pentwater. Mais je ne me souviens pas du nom de la route. J'ai besoin d'y aller pour te montrer.

Blaine fit non de la tête.

— Je ne peux pas t'emmener. Je me débrouillerai pour dénicher l'endroit. Je connais le coin. Une de mes sœurs y vit.

— Laquelle ?

— Buster.

Maggie avait envie de faire la connaissance de toutes ses sœurs mais en particulier de Buster parce qu'il parlait d'elle avec le plus d'affection.

— J'adorerais avoir de la famille à moins de quatre heures de route, dit-elle.

Ses parents étaient trop loin pour la soutenir dans les épreuves.

— Peut-être que tu resteras ici quand tu auras arrêté les voleurs ? poursuivit-elle.

Blaine haussa les épaules.

— Je n'ai pas encore réfléchi à ce que je ferai quand cette enquête sera finie.

Il passerait sans doute à un autre dossier.

— J'ai besoin de trouver ce chalet, répéta-t-il.

— Il est dans un endroit reculé et difficile d'accès, le prévint Maggie.

Même si elle parvenait à le convaincre de l'emmener, elle n'était pas certaine de retrouver la maisonnette de rondins. Elle n'y était allée que deux ou trois fois dans le passé et quelques mois plus tôt avec Andy. Elle avait eu tort de s'y rendre. Elle aurait dû se douter qu'il lui demanderait sa main là-bas.

— L'idéal pour se cacher, commenta Blaine.

Peut-être Mark y était-il, oui.

— Mais retrouver Mark ne te donnera pas la preuve qu'il est coupable de hold-up.

— J'espère y découvrir aussi des armes, du cash, indiqua Blaine. Si ce chalet est situé loin de tout, il s'agit peut-être de leur repaire secret.

Et avec un peu de chance, il tomberait sur la bande entière, comprit Maggie.

— Tu ne peux pas y aller seul. C'est trop dangereux.

Blaine avait survécu à l'incendie mais il était toujours en danger, sa vie était menacée. Surtout s'il multipliait les risques.

Blaine ne pouvait l'emmener mais Maggie lui manquait quand elle n'était pas avec lui. Il se faisait du souci pour elle. Les médecins avaient assuré qu'elle allait bien, ils l'avaient d'ailleurs autorisée à quitter l'hôpital.

Pour sa part, il estimait cela prématuré.

Toutefois, la garder à l'hôpital n'aurait pas garanti sa sécurité. Quelqu'un avait failli l'enlever alors qu'elle se trouvait aux urgences. Et avait failli la brûler vive alors qu'elle était dans la maison d'un agent du FBI et… en compagnie d'un autre agent du FBI.

Maggie n'était en sécurité nulle part.

Blaine ne pouvait même pas la confier à un ami comme Ash. Elle avait réussi à le détourner de sa mission.

Aussi décida-t-il de confier Maggie à la seule personne qui ne se laisserait pas mener par le bout du nez, qui resterait insensible aux belles paroles et à toute tentative de manipulation.

Avec elle, Maggie ne risquait rien.

Mais, comme son 4x4 grimpait la route qui menait au

chalet, Blaine s'interrogeait sur sa propre sécurité. L'endroit était totalement isolé au milieu d'une immense forêt de sapins. Depuis des kilomètres, il ne croisait que des arbres. Le lieu idéal pour un tueur en série. Les victimes auraient beau hurler, personne ne les entendrait.

Blaine en frémit d'appréhension. Mais peut-être avait-il tort. Mark n'était peut-être pas impliqué. Peut-être avait-il pris quelques jours pour tenter d'oublier la mort de son frère, une femme jalouse et un père alcoolique.

Il était possible que cet homme n'ait rien à voir avec les hold-up, que l'indic de Dalton Reyes ait identifié le mauvais cheval. Comme Maggie l'avait fait remarquer, beaucoup de types ressemblaient à Mark Doremire. Andy, par exemple. Ou Ash.

Si Mark n'était pas coupable, Blaine s'assurerait au moins qu'il allait bien. Puis il pourrait retourner auprès de Maggie et soulager ses inquiétudes à propos des lettres écrites à Andy qui auraient inspiré les hold-up. Elle avait déjà tendance à se sentir coupable pour tout ce qui arrivait de fâcheux à ses proches.

Enfin, une cabane de rondins apparut. Aucun véhicule n'était garé à proximité.

Maggie avait peut-être raison, songea Blaine. Mark était ailleurs. Venir jusque-là avait sans doute été une perte de temps.

Pourtant, Blaine se gara et sortit de l'habitacle. Il allait profiter du silence, s'aérer, réfléchir…

Mais des coups de feu résonnèrent alors.

18

Maggie rêvait de faire la connaissance de Buster mais pas ainsi, pas à bord d'une voiture de patrouille de la police du Michigan. Heureusement, la sœur de Blaine l'avait laissée voyager à côté d'elle, sur le siège passager, et non à l'arrière comme elle l'aurait fait avec une criminelle.

Après s'être garée sur un parking, Buster se tourna vers Maggie pour l'observer, les yeux plissés, des yeux émeraude comme ceux de son frère. Elle était blonde, elle aussi, mais ses cheveux étaient dissimulés sous un grand chapeau brun à large bord, son chapeau d'uniforme.

Plus âgée que Blaine de trois ou quatre ans, elle se montrait encore plus distante que lui. Maggie, qui en général adorait faire la conversation, n'avait pas la moindre idée de ce qu'elle pourrait raconter à cette femme et un silence gênant tomba dans l'habitacle, seulement brisé par les grésillements de la radio.

Finalement, Buster s'éclaircit la gorge.

— Blaine ne m'avait encore jamais demandé de veiller sur quelqu'un pour lui.

— Je suis désolée du dérangement, s'excusa Maggie. Je sais que vous êtes très occupée et que vous avez mieux à faire que du baby-sitting.

— J'ai quatre enfants, répliqua Buster. Alors j'ai l'habitude du baby-sitting.

Maggie rougit. Paraître vulnérable et dépendante lui déplaisait fortement.

Mais Buster continua.

— Là, il ne s'agit pas de baby-sitting. Vous êtes en danger.

Pourtant, Maggie se sentait en sécurité avec la sœur aînée de Blaine. Comme lui, elle avait une autorité naturelle.

— C'est Blaine qui est en danger, répliqua Maggie, les mains sur son ventre. Il déploie beaucoup d'énergie pour traquer ces braqueurs.

— C'est son métier. Il l'exerce depuis des années et plutôt bien.

— Je suis quand même inquiète pour lui.

— Je vois ça…

A la façon dont elle la dévisageait, elle devait deviner beaucoup de choses. Et Maggie était de plus en plus embarrassée.

Buster poursuivit.

— J'ai l'impression que vous l'aimez.

Maggie poussa un profond soupir. Elle aurait pu mentir, prétendre que Buster faisait erreur. Mais elle n'était pas une menteuse. Et l'aveu de son amour allégerait peut-être la pression sur sa poitrine, sur son cœur.

— Oui…

— C'est à lui que vous devriez le dire.

Maggie secoua la tête.

— Je ne peux pas.

Jamais.

— Pourquoi non ?

— Parce que lui n'a aucun sentiment pour moi. Il ne m'aime pas. Si je lui déclarais ma flamme, cela le mettrait très mal à l'aise.

Elle l'avait d'ailleurs senti gêné à l'hôpital lorsqu'elle s'était accrochée à lui, en le suppliant pathétiquement de ne pas la quitter, de ne pas s'en aller.

— Il en faut beaucoup pour mettre Blaine mal à l'aise, observa Buster. Il a trois grandes sœurs, ajouta-t-elle en riant. Il est blindé.

Maggie se mit à rire, elle aussi, imaginant Blaine enfant subissant les moqueries et les tourments de ses aînées. Il avait dû supporter cela avec stoïcisme, le même avec lequel il gérait les événements récents.

Mais très vite, Maggie redevint grave.

— Il n'a jamais fait que son travail dans cette histoire…

— Il ne m'avait encore jamais demandé de protéger quelqu'un pour lui, répéta Buster comme si c'était un élément déterminant, la preuve par neuf.

Comme si cela signifiait quelque chose.

Etait-il possible que Blaine partage ses sentiments ?

Maggie secoua la tête.

— J'étais en danger, voilà tout. Des gens essaient de m'enlever et de me tuer.

— Des gens ? Qui ?

— Blaine pense qu'il s'agit du frère de…

Maggie ne savait pas comment présenter Andy. Son fiancé ? Elle avait accepté sa demande en mariage pour lui épargner du chagrin mais, en réalité, elle n'avait jamais eu envie de l'épouser.

— Du père du bébé ? proposa Buster.

Andy aurait été consterné d'être désigné ainsi, d'autant qu'il essayait depuis longtemps de convaincre Maggie de l'épouser. Il lui avait demandé sa main une première fois au lycée mais elle lui avait alors expliqué qu'elle tenait à faire des études, à aller d'abord à l'université. Lorsqu'elle avait décroché son diplôme, il était revenu à la charge. Mais elle avait de nouveau refusé, arguant qu'il lui fallait démarrer sa carrière.

Pauvre Andy…

Buster sourit à Maggie.

— Vous l'aimiez.

— Je l'aimais beaucoup. Nous étions amis depuis le collège. Ma famille venait d'emménager dans la région, je n'y connaissais personne et il a été le premier à être sympa avec la « nouvelle ».

Parce qu'il avait été gentil avec elle, elle s'était accrochée à lui, décrétant qu'il était son meilleur ami. Mais Andy n'avait jamais caché qu'il rêvait de davantage.

Buster hocha la tête comme si elle comprenait bien ce que voulait dire Maggie.

— Il a donc été le seul garçon avec qui vous soyez sorti ?

— Oui.

— Cela a dû être dur de le perdre et de vous retrouver seule. Qui plus est, avec un bébé en route.

Buster imaginait-elle que Maggie avait peur d'être seule ? D'élever seule un enfant ? Et qu'elle était tombée amoureuse de Blaine pour cette raison ?

— Ce n'est pas à cause du bébé que j'ai des sentiments pour votre frère, Buster.

— J'en suis certaine, oui.

— Cela dit, Blaine ne le croira sans doute pas, fit remarquer Maggie. Ou il pensera que je lui suis reconnaissante pour toutes les fois où il m'a sauvé la vie.

— Vous devriez dire à Blaine ce que vous éprouvez pour lui, conseilla Buster. Vous n'avez pas d'autre moyen pour savoir ce qu'il ressent pour vous.

Etait-il possible qu'il partage ses sentiments ? se demanda Maggie. Il lui avait fait l'amour, il l'avait désirée…

— Mon frère n'a jamais été facile à décrypter, poursuivit Buster. Il a toujours été impossible de deviner ses pensées ou ses sentiments. Lancez-vous. Qu'avez-vous à perdre ? Vous nourrissez déjà beaucoup de regrets, me semble-t-il. Inutile de vous en créer d'autres, non ?

— En tout cas, je ne regrette pas d'attendre cet enfant, confia Maggie, en proie à une soudaine colère.

— Je sais… Et je crois que tout arrive pour une bonne raison. Alors cessez de culpabiliser à propos du père du bébé.

La radio de la police grésilla, les interrompant.

— Coups de feu signalés lors d'un raid du FBI dans un chalet. Plusieurs victimes possibles…

Maggie prit la main de Buster et la broya. Plusieurs

victimes possibles ? Blaine en faisait-il partie ? Avait-il été blessé ? Ou pire ? Tué ?

— Les tireurs ont réussi à s'échapper, annonça l'un des policiers à Blaine.

Plusieurs collègues de Buster et quelques agents du FBI avaient été appelés en renfort. Mais tous s'étaient cachés dans les bois alentour. Si le chalet était bien le repaire des braqueurs, il était important qu'ils croient Blaine seul.

D'ailleurs, Blaine avait eu lui-même l'impression d'être seul au milieu de cette forêt. Les hommes du FBI étaient si doués qu'il n'en avait pas vu un avant que la fusillade n'éclate. Ils étaient alors sortis de leurs cachettes pour couvrir Blaine. Ils étaient si efficaces qu'aucune balle ne l'avait touché.

— Les malfrats avaient un véhicule garé sur un sentier forestier menant à un autre chalet, expliqua le policier. Et ils se sont enfuis avant que nous puissions les arrêter.

Blaine soupira. Les braqueurs lui avaient échappé tant de fois qu'il n'était même pas surpris.

— A bord d'un fourgon ?

— Oui.

Dalton Reyes se tourna vers lui.

— Encore un fourgon volé, confirma-t-il avec un juron. Par contre, celui qui l'a commandé n'était pas le beau brun aux yeux bleus que mon indic avait repéré. Elle prétend qu'il a disparu. En tout cas, elle ne l'a pas revu.

Blaine avait un mauvais pressentiment. Mark Doremire était sans doute déjà loin. Mais il ne voulait pas perdre espoir.

— Etes-vous sûr de votre indic ? demanda-t-il.

Mark était un séducteur. Peut-être avait-il embobiné cette jeune femme avec de beaux discours.

— Je ne fais confiance à personne, répliqua Dalton. Peut-être qu'elle m'a menti, oui. Tout est possible.

— L'un des types que vous poursuivez pour ces trafics de voitures volées pourrait être impliqué dans les hold-up ?

suggéra Blaine. Ils étaient cinq à la banque. Mais d'autres font peut-être partie du gang.

Il n'avait pas idée du nombre de gars qui l'avaient pris pour cible dans les bois.

Dalton haussa de nouveau les épaules.

— Je n'en sais rien. Je n'ai vu aucun des tireurs.

— Et le gars dans le chalet ? demanda Blaine en s'approchant de la maisonnette en rondins. Venez, il vous attend.

Avec un peu de chance, Dalton parviendrait à identifier le macchabée.

Dalton entra, inspecta la scène du crime d'un regard et jura. Le cadavre était affalé sur une chaise de bois, une mare de sang séché sous lui. Son treillis était également taché. Des pansements souillés jonchaient la table basse…

… à côté d'une pile de lettres liées par un gros élastique.

Les lettres que Maggie écrivait à son fiancé. Blaine ne les avait pas lues. Il s'en sentait incapable.

— Que lui est-il arrivé ? s'enquit Dalton.

— Je pense que je l'ai tué.

— Non, sûrement pas. Ce type est mort depuis plusieurs jours, c'est évident.

— Je lui ai tiré dessus au cours du hold-up, précisa Blaine. Alors qu'il s'enfuyait. D'ailleurs, nous avions trouvé du sang dans le premier fourgon.

Ash entra à son tour dans le chalet.

— C'est lui ?

Blaine opina.

— A mon avis, c'est lui qui a tué Sarge.

— Tu l'as eu ! le félicita Ash.

— Je n'en étais pas certain, reconnut Blaine. Ils portaient des gilets pare-balles.

Le gilet du gars était par terre près de lui avec un masque de zombie et un imperméable. Ce type avait bien fait partie du gang des braqueurs, le doute n'était plus permis. Mais était-ce lui qui avait tué Sarge ?

— Regardez, fit Dalton. Son gilet pare-balles était trop

petit pour lui. Peut-être qu'il s'est trompé, peut-être qu'il a pris celui d'un complice. Et du coup, la balle a pu passer, l'atteindre.

— L'un des braqueurs était plus petit que les autres, se souvint Blaine. Les gilets pare-balles ont sans doute été intervertis. J'ai eu de la chance.

— L'important, c'est que tu l'aies eu, dit Ash. Tu as vengé Sarge.

Mais qui était ce type ? Comme Blaine se rapprochait du cadavre pour l'examiner, il remarqua une plaque d'identité militaire à son cou. Il s'en empara et lut.

« Sergent Andrew Doremire »

— Qui est-ce ? demanda Ash.

— Un mort.

Blaine étudia le visage du macchabée. L'homme ressemblait beaucoup à celui qui embrassait Maggie sur les images prises par les caméras de surveillance de la banque. Mais Maggie avait indiqué que Mark et Andy pouvaient facilement être confondus.

— Je vois bien qu'il est mort…, soupira Dalton.

— Non, rectifia Blaine. Andrew Doremire était le fiancé de Maggie. Il était censé être mort au front.

Dalton jura.

— Vous croyez que Maggie savait qu'il n'avait pas été tué en Afghanistan ?

Effectivement, il ne faisait confiance à personne, songea Blaine.

— Non, certainement pas, répondit-il.

Maggie culpabilisait beaucoup à propos de la mort d'Andy. Elle n'avait pas été capable de le dissuader d'intégrer les marines ni de partir se battre au Moyen-Orient. Elle se sentait responsable de la tragédie. Alors qu'en réalité elle n'avait pas la mort d'Andy sur la conscience.

Contrairement à Blaine.

Apparemment, Dustin Doremire était peut-être un alcoolique mais, même sous l'emprise du whisky, il ne délirait pas. Ses propos étaient fondés. Andy n'était pas mort ou, en tout cas, pas avant que Blaine ne le prenne pour cible.

— Il faisait partie des recrues formées par Sarge, rappela Ash. Il a dû avoir peur que son ancien instructeur le reconnaisse lors du hold-up. Voilà pourquoi il l'a tué.

A moins que Sarge n'ait tenté de *le* tuer.

Blaine se passa la main dans les cheveux.

— C'est sans doute la raison pour laquelle ils essayaient d'enlever Maggie. Ils craignaient qu'elle ne l'ait reconnu, elle aussi.

Mais elle ne l'avait pas reconnu. Pour elle, il était déjà inconcevable que Mark, le frère de son fiancé, soit mêlé à des activités criminelles. Alors imaginer Andy impliqué lui était encore plus impossible.

Qui étaient les autres braqueurs ? se demanda Blaine. Le frère d'Andy, bien sûr. A moins que l'indic d'Ash n'ait fait erreur et ait confondu Andy et Mark sur les photos. Mais si Mark n'était pas complice, où était-il passé ?

Le père d'Andy était peut-être mouillé, lui aussi. Cela expliquerait qu'il boive autant. Il avait dû comprendre que, cette fois-ci, Andy ne survivrait pas à ses blessures.

Blaine l'avait tué. Maggie pourrait-elle le lui pardonner ? Se le pardonner ?

19

Il est vivant !

Blaine était en vie.

Le cœur de Maggie bondit de joie alors que Blaine entrait dans la maison.

Quand il l'avait confiée à Buster pour la protéger, il n'avait pas demandé à sa sœur de l'emmener chez elle, dans le ranch familial. Par prudence, certainement. Afin de ne pas mêler les enfants de Buster à cette affaire.

Mais pour attendre des nouvelles de Blaine, Buster avait insisté pour que Maggie vienne chez elle. Au cas où les nouvelles ne seraient pas bonnes, Buster avait sans doute préféré être avec les siens.

Ses enfants étaient là. Elle avait trois garçons et une petite fille, le contraire de sa famille d'origine qui comptait trois filles et un garçon, se dit Maggie.

Les garçons s'étaient rapidement désintéressés d'elles et ils étaient repartis jouer avec leurs petites voitures pendant que Maggie et Buster s'installaient dans l'immense cuisine.

La petite fille rampa jusqu'à Maggie pour poser ses mains potelées sur son ventre.

— Bébé ?

— Oui, répondit Maggie.

Son enfant donna alors un petit coup de pied et, de surprise, la fille de Buster bondit en arrière. Maggie éclata de rire.

Puis, Blaine apparut sur le seuil et un frisson parcourut Maggie. Un immense soulagement. Blaine était couvert d'hématomes, d'égratignures, de brûlures. Mais il était là. Vivant. Par miracle, il avait été épargné par la fusillade.

Maggie n'avait jamais été plus heureuse de voir quelqu'un de sa vie.

Mais elle n'osa pas se jeter à son cou. Il semblait distant, froid. Quelque chose clochait. Peut-être n'avait-il plus envie de quoi que ce soit avec elle et préférait-il désormais rester sur un terrain purement professionnel.

Buster embrassa son frère avec chaleur.

— Dieu merci, tu es entier. Nous nous faisions un sang d'encre à ton sujet.

— Pourquoi ?

— Nous avons entendu l'appel à la radio, expliqua Buster. Signalant une fusillade dans un chalet avec des victimes éventuelles.

Blaine se pencha pour prendre sa nièce dans ses bras.

— Salut, beauté…

— Bonjou', onc' Bane…

Buster se mit à rire.

Délaissant leurs jouets, les garçons se précipitèrent dans la cuisine et se jetèrent sur Blaine. Maggie aurait aimé en faire autant. Elle aurait adoré que Blaine l'étreigne contre lui comme il le faisait avec les enfants.

Quand ils le laissèrent un peu respirer, Blaine demanda.

— Carl n'est pas là ?

— Il est encore au travail, répondit Buster.

— Je ne me doutais pas du tout que tu entendrais parler de cette fusillade… mais j'aurais dû. Il y avait un policier parmi les renforts. Un de tes collègues, sans doute.

— Comme tu es sain et sauf, il faut croire que les policiers ne sont pas tous nuls, n'est-ce pas, monsieur l'agent du FBI ? lança Buster d'un ton moqueur.

Blaine haussa les épaules.

— J'avais deux ou trois collègues du FBI avec moi. Voilà pourquoi je m'en suis tiré.

Buster lui donna un coup de poing dans l'épaule. Puis elle se tourna vers Maggie.

Assise sur une chaise de la cuisine, Maggie regrettait de ne pas faire partie de cette famille aimante. Buster le sentit sans doute parce qu'elle tendit la main à Maggie et la tira de sa chaise.

— Vous êtes si belle enceinte. Si j'avais eu ce corps épanoui au lieu de ressembler à une baleine échouée, j'aurais peut-être eu un ou deux enfants de plus.

— Que Dieu nous vienne en aide ! s'exclama Blaine.

Dieu était déjà venu puisqu'il avait rendu Blaine à sa famille. Et à elle…, songea Maggie.

Mais en réalité, Blaine n'était pas à elle. Il ne l'avait même pas encore regardée. Peut-être était-il furieux qu'elle soit chez sa sœur, mettant ainsi en danger la famille de Buster.

— Je suis désolée, dit-elle. J'ai eu tort de venir ici. Nous pouvons partir à présent.

Buster la fixait avec de grands yeux comme pour l'encourager à déclarer sa flamme à Blaine. Mais Maggie secoua la tête. Il était évident que Blaine ne voulait pas de son amour. Buster ne voyait-elle pas à quel point il se montrait froid et distant avec Maggie ?

— Nous partirons dans un petit moment, répondit-il, lui adressant enfin la parole.

Mais il continuait à éviter son regard. Finalement, il se tourna vers Buster.

— Est-ce que je peux dire un mot à Maggie en particulier ?

— Bien sûr ! fit Buster. Allez dans la véranda, vous serez tranquilles.

Blaine prit le bras de Maggie et l'entraîna hors de la cuisine jusqu'à un petit salon équipé d'une véranda. Il ferma les portes. Le soleil était tombé. Il faisait sombre et presque frais.

Maggie frissonna.

— Si tu as froid…

— Non, non, ça va, assura-t-elle. Pourquoi voulais-tu me parler en tête à tête ?

Allait-il lui reprocher d'avoir mis sa famille en danger ?

— J'avais dit à Buster que me faire venir ici n'était pas une bonne idée, poursuivit Maggie.

— Buster n'écoute jamais rien ni personne. Elle n'en fait qu'à sa tête, soupira Blaine. Pauvre Carl…

Maggie pensait tout le contraire. Carl était un homme très chanceux. Même si elle plaisantait à propos de son mari, il était évident que Buster l'aimait passionnément.

Comme Maggie aimait Blaine.

— Pourquoi voulais-tu me parler en tête à tête ? répéta-t-elle.

Pour m'avouer ton amour ?

Mais elle repoussa cette folle perspective. A raison, car Blaine répondit.

— Pour te montrer quelque chose.

D'instinct, Maggie n'eut pas envie de voir ce « quelque chose ».

— Tu as retrouvé les lettres, c'est ça ?

Si elles étaient au chalet et si ce chalet servait de repaire au gang, alors elle était responsable des hold-up. Elle n'aurait pas dû écrire autant à propos de la banque. Sa mère avait raison. Elle avait toujours eu la langue trop pendue. Même si elle n'avait livré les codes secrets à quiconque, elle n'aurait pas dû détailler à ce point ses responsabilités d'adjointe du directeur de la succursale.

Et dire qu'en fait, Andy n'a jamais été intéressé par mon métier !

Il s'en moquait.

— Oui, j'ai découvert tes lettres, annonça Blaine.

Mais il ne les avait pas à la main et il ne les sortit pas de sa poche. Au lieu de quoi, il lui tendit une photographie.

Refusant de la prendre ou d'y jeter un coup d'œil, Maggie demanda.

— De quoi s'agit-il ?

— J'aimerais que tu me dises si l'homme sur ce cliché est Andy…

Le cœur de Maggie cessa de battre. Etait-il possible qu'Andy soit en vie ?

Elle considéra la photo puis secoua la tête. Le type photographié était mort. Et il ne s'agissait pas d'Andy.

— Pourquoi pensais-tu à lui ?

Blaine n'avait-il pas compris que M. Doremire était un ivrogne qui délirait totalement à propos de son fils ? Lorsqu'il leur avait raconté qu'Andy avait échappé à l'attentat à la bombe, il était en plein rêve.

Blaine s'expliqua.

— J'ai pensé ça parce que cet homme avait au cou la plaque d'identité militaire d'Andy.

La plaque d'identité militaire dont M. Doremire avait parlé pour dire qu'elle n'avait jamais été retrouvée, preuve selon lui que son fils était vivant, comprit Maggie. Voilà pourquoi Blaine avait cru qu'il s'agissait d'Andy.

De nouveau, Maggie secoua la tête.

— Il y a eu une erreur. La plaque d'identité militaire a dû être rendue à sa famille avec les lettres. Son frère a sans doute récupéré le tout.

— Tu crois que Mark a pris cette plaque ? avança Blaine.

Maggie tapota la photo.

— Cet homme est Mark. Et il portait la plaque de son frère.

— Tu es sûre qu'il s'agit de Mark ?

— Certaine. Et je suis étonnée que tu ne l'aies pas reconnu puisque tu as vu les photos enregistrées par les caméras de surveillance.

Mais mort, il était différent de l'homme souriant que Blaine avait repéré sur le moniteur. Maggie en convenait.

Blaine poussa un gros soupir comme s'il retenait son souffle depuis qu'il avait découvert le cadavre en croyant qu'il s'agissait d'Andy.

— C'est sans doute le braqueur sur qui j'ai tiré pendant le hold-up.

Maggie se remémora ce moment horrible, Blaine faisant feu sur le meurtrier de l'agent de sécurité.

— Tu crois que c'est lui qui a tué Sarge ?

Mark avait toujours été charmant et facile à vivre comme Andy et surtout, il avait adoré son petit frère. Comment avait-il pu descendre un homme qu'Andy aimait ? Un homme que Maggie aimait, elle aussi ?

Sarge avait été si gentil après la mort d'Andy. Il l'avait entourée, soutenue. Il n'avait cessé de veiller sur elle. Peut-être avait-il promis à Andy de le faire. Mark non. Ou s'il l'avait fait, il n'avait pas tenu parole.

Blaine hocha la tête.

— Il portait un gilet pare-balles trop petit pour lui et une balle l'a atteint sur le côté. Il s'est vidé de son sang.

— Et personne ne l'a aidé ? demanda Maggie, horrifiée. Ses complices l'ont laissé mourir ?

De nouveau, Blaine acquiesça.

— Ils l'ont conduit au chalet mais ils ne sont pas parvenus à juguler l'hémorragie.

— Ce n'est donc pas lui qui a essayé de m'enlever à l'hôpital, conclut Maggie. Mon ravisseur était fort et en bonne santé.

Elle était soulagée que Mark n'ait pas cherché à lui faire du mal.

— Non, confirma Blaine. Il s'agissait sans doute d'un de ses complices.

Ils avaient été cinq à braquer la banque. Quatre d'entre eux étaient encore dans la nature, compta Maggie. Quatre hommes déterminés à la tuer et à tuer l'agent Blaine Campbell.

Blaine entraîna Maggie hors de la maison de sa sœur et la conduisit dans un hôtel. Il s'inquiétait moins pour la famille de Buster que pour la vie de Maggie elle-même. Il tenait à la protéger.

— Nous serons en sécurité ici, dit-il en refermant la porte de la chambre d'hôtel derrière eux.

Il aurait pu la reconduire à Chicago. Mais la nuit était tombée et la jeune femme manifestement exténuée. Elle tremblait de fatigue, de peur et peut-être de froid. Il alluma le chauffage.

— Je croyais que tu ne voulais plus assurer ma protection, lança-t-elle. Ton patron ne t'avait pas recommandé de cesser de le faire ?

Blaine opina.

— Et mon chef avait raison.

— Tu me l'avais dit hier soir…

Avant de lui faire l'amour. Comment avait-il pu abuser ainsi de sa faiblesse ? se reprochait-il.

— Je suis désolé, fit-il. Pour hier soir…

— Ce n'est pas toi qui as mis le feu au bungalow d'Ash.

— Mais j'aurais dû être réveillé, en alerte. Tu serais plus en sécurité si quelqu'un d'autre veillait sur toi.

— Je me sens en sécurité avec toi, répliqua-t-elle en le dévisageant de ses grands yeux chocolat.

Elle était magnifique. Sans doute encore plus avec sa grossesse. Maggie avait une personnalité solaire, chaleureuse.

Blaine soupira.

— Maggie, je dois me concentrer sur cette affaire.

Elle devait le comprendre ! Il ne pouvait la laisser le distraire plus longtemps.

— Je dois creuser la vie de Mark et celles de ses associés.

— Je peux peut-être t'y aider.

— Tu connais ses amis ?

Elle secoua la tête.

— Mark était plus âgé qu'Andy et moi, alors je ne sais pas qui il voyait. En fait, je ne peux sans doute pas te servir à grand-chose, ajouta-t-elle en se mordillant les lèvres.

— Tu dois penser avant tout à toi et à ton bébé. A votre santé, à votre sécurité.

Maggie caressa son ventre d'une main tremblante.

— Oui.

— Je les démasquerai, promit Blaine. Je vais les arrêter.

Il espérait surtout y parvenir avant qu'ils ne s'en reprennent à Maggie. Manifestement, pour ces types, la vie humaine n'avait aucune valeur. Ils avaient laissé l'un des leurs mourir plutôt que de le conduire à l'hôpital. Ils avaient préféré sauver leur peau que la sienne… Même mort, Mark pouvait mener les policiers à ses complices. Voilà pourquoi ces truands n'avaient pas essayé de lui trouver un médecin et qu'ils s'étaient arrangés pour que le cadavre ne soit pas trop vite découvert.

— Merci, dit Maggie.

— Je n'ai encore rien fait…

— Tu m'as sauvé la vie, lui rappela-t-elle. Plusieurs fois. Merci !

Blaine haussa les épaules.

— C'est mon travail.

Mais il avait fait bien davantage et tous deux le savaient.

— Et merci pour hier soir, ajouta Maggie. De m'avoir fait me sentir désirable. Désirée…

Il la désirait de nouveau. Mais il s'interdit de céder à la tentation et il enfonça les mains dans ses poches. Il ne la toucherait plus.

Ce fut elle qui l'approcha. Nouant les bras autour de son cou, elle pressa son corps voluptueux contre le sien et, très vite, il fut incapable de résister à sa douceur, à sa passion.

Se hissant sur la pointe des pieds, elle pressa ses lèvres contre les siennes, attisant son désir. Il lui rendit son baiser avec fougue. Très vite, elle s'écarta pour lui déboutonner sa chemise. Il l'aida à lui retirer son holster et son jean… Quand il fut nu, elle poussa un cri d'émerveillement.

— Que tu es beau !

Les mots de Maggie le remplirent de fierté.

Elle caressa son corps couvert d'égratignures, de brûlures.

— Tu as été blessé hier soir.

— Ce n'est rien.

Elle frissonna.

— Lorsque le toit s'est effondré, j'ai cru que tu étais dessous. Et quand nous avons entendu l'appel radio, à propos de l'attaque au chalet… j'ai eu si peur.

Il l'attira à lui et l'étreignit.

— Je ne supporte pas que tu aies peur.

Mais il avait peur, lui aussi… D'être tombé amoureux d'elle.

— Fais-moi oublier mes craintes ! lança Maggie d'un ton de défi. Fais-moi oublier tout ce qui n'est pas toi. Fais-moi l'amour…

Il ne pouvait refuser une telle requête. Il l'aida à retirer ses vêtements puis il la rejoignit dans le lit. Là, il embrassa chaque parcelle de sa peau soyeuse. Chaque baiser, chaque caresse la faisait gémir de plaisir.

Elle fit courir ses mains douces sur son dos, ses hanches, son sexe.

Lorsqu'elle l'étreignit contre elle, il faillit perdre la tête mais il s'efforça de reprendre le contrôle. Il voulait absolument lui donner du plaisir.

Alors, il lui fit l'amour avec sa bouche. Elle se mit à hurler. Ces cris le ravirent. Il aimait tant sa jouissance !

Puis, avec mille précautions, il se glissa entre ses cuisses et la pénétra. Il veillait à bouger lentement, doucement. Mais elle s'arqua et se souleva, le tirant profondément en elle. Ils ne formaient plus qu'un. Et ils touchèrent le ciel en même temps.

Il s'écroula sur elle avec un cri rauque, la serra contre lui, le souffle court.

Puis la dure réalité le rattrapa. Il devait se ressaisir, se préparer à la prochaine attaque de ses assaillants. Cela arriverait, il le savait.

Comme il avait toujours su autre chose : qu'il allait tomber amoureux de Maggie Jenkins.

Elle avait pris son cœur. Désormais, il leur fallait rester en vie…

20

Maggie n'avait pas revu Blaine depuis quelques jours. Mais des semaines semblaient s'être écoulées. Il était occupé, elle le savait : il travaillait sur l'enquête, il cherchait à coincer les braqueurs. Il lui avait expliqué qu'il devait confier sa protection à quelqu'un d'autre pour pouvoir se concentrer sur son métier.

Le distrayait-elle ?

Elle aussi avait repris ses activités. Mais elle n'avait pas l'esprit à son travail. Blaine la hantait. Sa vie durant, elle ne cesserait jamais de songer à l'agent Blaine Campbell…

Quelqu'un frappa à la porte de son bureau et elle sursauta.

— Désolé, dit le directeur de la banque. Je ne voulais pas vous faire peur.

— Ce n'est pas votre faute.

Même si plus personne ne tentait de l'enlever ou de la tuer, elle était toujours sur les nerfs. Elle s'attendait à tout moment à ce que les braqueurs surgissent dans leurs horribles déguisements chez elle ou dans la banque.

— Tout va bien ? s'enquit le directeur.

Maggie hocha la tête pour ne pas avoir à mentir ouvertement. Parce qu'en réalité, rien n'allait. Sans Blaine, rien ne pouvait aller. Il lui manquait terriblement.

— Tout est revenu à la normale, poursuivit M. Hardy avec un soupir de soulagement en promenant les yeux autour de lui.

Les vitres avaient été changées, les murs réparés. Il était

difficile d'imaginer que la succursale avait été le théâtre d'un hold-up.

— Et, comme ils ont perdu un de leurs complices, les autres préfèrent sans doute rester cachés, se faire oublier.

— L'agent Campbell les rattrapera, assura Maggie avec une confiance inébranlable.

— Espérons-le, répondit le directeur d'un ton sceptique. J'ai entendu dire que celui qui a été tué au cours du braquage était de votre famille.

— Non.

— En tout cas, il aurait eu des liens avec votre fiancé défunt.

De toute façon, elle n'aurait pas épousé Andy. Même en se rendant compte qu'elle attendait un enfant de lui. Elle n'avait jamais eu envie de se marier avec un ami. Elle rêvait de passion, d'amour fou. D'être amoureuse, pas d'aimer bien quelqu'un.

Avec Blaine, elle avait trouvé ce qu'elle cherchait mais il ne voulait apparemment pas de la famille toute faite qu'elle lui proposait. Sans doute n'avait-il pas envie d'une véritable relation. Il était focalisé sur sa carrière. D'ailleurs, elle n'avait plus aucune nouvelle de lui. Il travaillait jour et nuit.

M. Hardy la dévisageait d'un air étrange. Et Maggie devina sa suspicion.

— Je n'ai jamais été impliquée dans ces hold-up, dit-elle. Je n'ai rien à voir avec ces types.

Même si les maudites lettres qu'elle avait écrites à Andy avaient donné de mauvaises idées à des gens malhonnêtes. Son patron le savait-il ? Etait-il au courant de toute l'histoire ?

M. Hardy hocha la tête.

— Bien sûr, bien sûr.

Mais le doute dans sa voix était manifeste.

— J'ai besoin de gagner ma vie, insista Maggie. Jamais je n'aurais mis mon métier en danger.

— Votre collègue Susan Iverson pense que vous étiez proche de cet homme.

— Susan l'était peut-être, mais pas moi, répliqua Maggie. C'était quelqu'un que j'ai connu autrefois.

Et, de toute évidence, elle ne le connaissait pas aussi bien qu'elle ne l'avait pensé.

— Comme Susan, il m'a prouvé que j'avais eu tort de lui faire confiance.

— Elle prétend que l'agent du FBI a mal interprété la situation quand il l'a surprise chez vous.

— Elle était en train de me voler ma bague de fiançailles…

— Elle assure qu'elle ne la dérobait pas et qu'elle ne faisait que chercher des preuves pour vous confondre, des indices qui prouveraient que vous étiez de mèche avec les braqueurs.

Maggie secoua la tête. Elle en avait assez des gens qui mentaient et qui cherchaient à l'escroquer.

— Susan a utilisé mes cartes de crédit. Si ce n'est pas du vol, c'est quoi ?

— Il paraît que vous lui deviez de l'argent. Un loyer, à ce que j'ai compris.

En proie à une brusque colère, Maggie se leva d'un bond.

— C'est un mensonge. Et si vous préférez croire ses mensonges plutôt que moi, mieux vaut peut-être que je cherche un autre travail.

Il leva les mains dans un geste d'apaisement.

— Calmez-vous, Maggie. Je sais que les temps sont difficiles pour vous. Susan aussi a besoin de gagner sa vie et, si vous retiriez votre plainte, vous pourriez travailler de nouveau ensemble, non ?

Blaine avait surpris cette femme en train de voler. Il avait dénoncé ses agissements. Ce n'était pas à Maggie de décider si Susan avait des comptes à rendre à la justice ou non. Mais elle n'avait pas la force de l'expliquer à son directeur.

— Pourquoi la défendez-vous ? demanda-t-elle.

Puis elle comprit et rougit. M. Hardy sortait avec Susan.

— Je ne sais pas à quoi vous pensez, dit-il avec effroi. Mais vous avez tort.

— Non, c'est vous qui avez tort.

De tromper sa femme, surtout avec une voleuse.

— Un agent du FBI l'a prise en flagrant délit de vol et elle va devoir répondre de ses actes devant la justice. Même si je le voulais, je ne pourrais pas retirer ma plainte et demander que Susan ne soit pas inquiétée.

Et puis, Susan avait peut-être été complice des braqueurs. Maggie n'en serait pas surprise. Cette femme était une manipulatrice de première. Elle se servait des gens. M. Hardy l'apprendrait à ses dépens.

Ecœurée, Maggie prit son sac.

— Je rentre chez moi.

— Oui, allez-vous reposer et réfléchissez à ce que je vous ai dit.

Maggie retint un juron. Devait-elle retourner dans la succursale où elle était auparavant ? Elle ne pouvait plus travailler pour M. Hardy, elle ne pouvait plus travailler avec Susan Iverson.

Peut-être avait-elle même intérêt à aller vivre avec ses parents à Hong Kong. De toute façon, elle ne manquerait pas à Blaine. Il n'avait pas donné de nouvelles depuis des jours et des jours. Il l'avait manifestement oubliée.

Comme elle gagnait la sortie, son nouveau protecteur lui emboîta le pas. Truman Jackson faisait partie des récentes recrues du Bureau. Puisque personne ne tentait plus de s'en prendre à Maggie, le FBI n'avait plus de raison de la confier aux meilleurs de ses agents. Elle avait eu de la chance que Blaine reste si longtemps près d'elle.

— Ça va, mademoiselle Jenkins ? demanda le jeune homme en l'aidant à prendre place dans un véhicule banalisé.

— Maggie, corrigea-t-elle. Et oui, merci, je vais bien.

— Mais vous partez tôt aujourd'hui…

— Je suis fatiguée.

Elle ne mentait pas, elle était exténuée. De regarder sans cesse derrière elle, de s'inquiéter. Et Blaine lui manquait.

— Vous voulez rentrer directement ?

— Oui, s'il vous plaît.

Soulagée qu'il soit au volant, elle ferma les paupières et se détendit.

— Vous pensez que j'ai encore besoin de protection ?

— Je n'en sais rien, Maggie.

— A votre avis, l'agent Campbell va bientôt arrêter les braqueurs ?

Elle avait envie d'en savoir plus sur l'avancement de l'enquête et surtout sur Blaine. S'était-il remis complètement de ses blessures ? Quelqu'un avait-il encore tenté de le tuer ?

Truman haussa les épaules.

— Je n'en sais rien. Vous avez son numéro ? Vous voulez lui passer un coup de fil et lui poser vous-même la question ?

Non, elle n'avait pas son numéro. Blaine l'avait à peine regardée en confiant son sort à quelqu'un d'autre.

— Je n'ai pas envie de l'ennuyer, dit-elle.

Il avait un métier à exercer, elle refusait de le perturber davantage.

Mais le jeune agent ne l'écoutait plus. Il se garait devant l'immeuble de Maggie. Une femme faisait les cent pas au pied des marches.

Truman s'empara de son arme.

— Vous la connaissez ? demanda-t-il à Maggie.

La visiteuse portait des lunettes noires qui dissimulaient une grande partie de son visage mais Maggie la reconnut à ses cheveux.

— Oui. C'est ma…

Sa quoi ? Sa *presque belle-sœur* ?

— Une amie.

En réalité, Tammy n'avait jamais été son amie, pas même quand elles étaient plus jeunes. Comme Maggie et Andy, Tammy et Mark étaient sortis ensemble au lycée. Tammy était là quand les deux frères avaient emmené Maggie voir ce film d'horreur rempli de zombies. Elle avait trouvé drôle la peur de Maggie. Et dernièrement, Tammy nourrissait beaucoup de sentiments négatifs envers Maggie. Elle la soupçonnait de coucher avec Mark.

Etait-ce la raison pour laquelle elle l'attendait devant son immeuble ? Pour la culpabiliser ? Lui reprocher ses souffrances ? Maggie n'était pas certaine de pouvoir le supporter.

Blaine se battit un instant avec sa cravate pour réussir à la dénouer. Il étouffait dans son nouveau bureau. Il se sentait prisonnier derrière les dossiers qui s'empilaient devant lui. Il aurait préféré être dehors, chercher des pistes sur le terrain plutôt que lire des tonnes de documents, coincé entre quatre murs.

Il aurait surtout préféré être avec Maggie, s'assurer qu'elle était en sécurité. Elle n'avait pas été la cible de nouvelles attaques dernièrement mais Blaine n'était pas stupide : les complices de Mark encore en liberté représentaient toujours une menace.

En revanche, il avait été assez stupide pour tomber amoureux de Maggie…

Il ne cessait de penser à elle mais, une fois de plus, il repoussa ses souvenirs et s'obligea à s'intéresser à l'enquête. Il attrapa une chemise cartonnée sur le haut de la pile et y lut les noms des amis de Mark Doremire et des membres de sa famille. Le vieux Doremire avait-il fait partie des braqueurs ?

Et Andy ? Peut-être n'était-il pas mort, en définitive.

Blaine soupira. Il perdait la tête. Andy était mort. Mais un autre nom lui disait vaguement quelque chose. Il farfouilla dans les dossiers pour retrouver le rapport de la responsable de la sécurité à l'hôpital.

Il parcourut des yeux la liste des employés qu'elle lui avait remise. Un des noms collait.

Le beau-frère de Mark Doremire travaillait comme agent de sécurité dans l'établissement. Tammy Doremire ne lui avait-elle pas assuré qu'elle n'avait ni ami ni famille dans le coin ? Pourquoi avait-elle menti ?

Avait-elle voulu protéger son frère, d'autant qu'elle devait déjà savoir qu'elle avait perdu son mari ? Si son frère avait fait partie du gang des braqueurs, elle avait forcément été mise au courant de la gravité des blessures de Mark.

Peut-être Tammy avait-elle fait partie du gang.

Blaine s'empara de sa tablette et se repassa quelques images enregistrées par les caméras de surveillance lors du hold-up. L'un des braqueurs était plus petit que les autres. C'était lui qui avait entraîné Maggie et qui l'avait poussée dans le fourgon.

Tammy Doremire n'était pas seulement la femme de l'un des bandits. Elle avait elle-même braqué les banques !

Il ne restait plus à Blaine qu'à identifier les deux autres malfrats. Peut-être des collègues du frère de Tammy. Ou…

Son téléphone retentit, l'arrachant aux dossiers.

— Campbell.

— Truman Jackson à l'appareil.

— Vous êtes chargé de protéger Maggie !

Le cœur de Blaine se mit à battre la chamade. Il s'était assuré que le jeune homme était quelqu'un de confiance, qui n'avait jamais été compromis dans des affaires louches. Ash Stryker l'avait chaudement recommandé. Mais était-il à la hauteur de la mission qui lui avait été confiée ?

— Elle va bien ? s'enquit Blaine avec angoisse. Elle a été de nouveau agressée ?

— Non, non…, répondit aussitôt son interlocuteur.

Mais il y avait de l'inquiétude dans sa voix.

Blaine attrapa ses clés à la hâte et quitta son bureau. Mais une fois dehors, il ne respirait pas mieux. La panique l'étouffait.

— Que se passe-t-il ? demanda-t-il à Truman.

Qu'est-ce qui avait poussé cet homme à l'appeler ?

— Quand elle a quitté son travail, j'ai reconduit Maggie chez elle, expliqua Truman. Une femme attendait devant sa porte.

— De qui s'agissait-il ?

— Maggie m'a dit que c'était une amie, mais…

— Mais quoi ?

— Je ne sais pas, mais… disons que leur amitié ne m'a pas sauté aux yeux. Comme Maggie voulait absolument lui parler en tête à tête, je les ai laissées toutes les deux dans l'appartement. Mais j'ai préféré vous téléphoner parce que… comment vous dire ? Je ne la sens pas, cette visiteuse.

Blaine bondit au volant de son 4x4.

— Vous vous êtes assuré qu'elle n'avait pas d'arme avant de les laisser ?

— Bien sûr. Elle n'était pas armée et elle est trop menue pour espérer avoir le dessus si elle voulait se battre avec Maggie.

Cela ne rassura pas Blaine.

— Qui est cette femme ?

— Une rousse, répondit Truman. Une certaine Tammy Doremire. J'ai demandé à voir son permis de conduire.

Blaine blêmit. Tammy voulait tuer Maggie, il en avait la certitude.

21

Maggie tendit à Tammy une tasse de thé. Le préparer lui avait donné un peu de temps pour réfléchir, vu qu'elle n'avait pas la moindre idée de ce qu'elle devait dire à la jeune veuve.

Mais Tammy n'avait sans doute pas soif parce qu'elle posa la tasse sur la table basse. Maggie garda la sienne à la main, espérant se réchauffer avec. Elle frissonnait, de nervosité autant que de froid.

— Tu as toujours un garde du corps, remarqua Tammy.

Maggie hocha la tête. Truman avait fouillé Tammy pour s'assurer qu'elle ne portait pas d'arme.

— Pourtant, tu ne subis plus d'attaques actuellement, continua Tammy. Je ne comprends pas que le FBI emploie des hommes à des tâches inutiles.

Maggie ne sut que répondre. Pourquoi Tammy se souciait-elle de son garde du corps ou des attaques dont elle avait été victime ?

A moins que…

Non, elle refusait de soupçonner le pire chez les uns et les autres. Elle n'allait pas se montrer aussi cynique que Blaine. Cela dit, Blaine avait eu raison à propos de Mark…

— L'agent Campbell a sans doute demandé que tu sois protégée, poursuivit Tammy avec colère. Je suis d'ailleurs surprise qu'il n'ait pas continué à assurer lui-même ce travail.

— Il est très occupé, rappela Maggie.

Elle tentait de s'en convaincre pour soulager son cœur brisé.

Tammy soupira.

— Cela n'a pas d'importance.

Mais cela en avait pour Maggie qui n'avait plus aucune nouvelle et qui ignorait ce qu'il faisait. Ou éprouvait.

Comme sa tasse refroidissait, Maggie la posa à côté de celle de Tammy sur la table basse. Mais elle ne s'assit pas à côté d'elle sur le canapé. Elle ne se sentait pas assez à l'aise avec sa belle-sœur pour s'installer près d'elle.

— Je suis contente que tu sois venue, mentit-elle.

— Vraiment ? demanda Tammy, l'air sceptique.

— Je voulais passer chez toi pour te dire à quel point j'étais navrée pour Mark.

En réalité, elle n'avait pas su comment exprimer sa sympathie à propos d'un homme qui avait trouvé la mort alors qu'il commettait un crime, un meurtre. Si seulement Mark n'avait pas fait partie du gang des braqueurs…

Sarge et lui seraient encore en vie…

Ignorant la réflexion, Tammy désigna du doigt une petite boîte sur la table basse. Elle était emballée d'un papier brillant orné de petits canards et joliment enrubannée.

— Qu'est-ce que c'est ? demanda-t-elle.

— Je n'en sais rien, reconnut Maggie.

Elle ne l'avait pas remarquée plus tôt. Et Tammy ne l'avait pas avec elle quand Truman l'avait fouillée.

— Elle n'était pas là ce matin.

— Peut-être qu'elle a été livrée aujourd'hui, suggéra Tammy.

Maggie secoua la tête.

— Dans ce cas, le livreur l'aurait laissée sur le seuil de la porte.

Pas sur la table basse.

— A moins que ton propriétaire ne l'ait réceptionnée et ne te l'ait apportée.

Un frisson parcourut Maggie. Tammy ne lui proposait pas une explication possible mais un fait. Tammy avait confié cette boîte à M. Simmons en le priant de la laisser chez Maggie. Pourquoi ?

— C'est toi qui l'as déposée pour moi ? demanda-t-elle.

Contrairement à ce qu'elle avait dit à Truman, elles n'étaient pas amies. Pourquoi Tammy lui donnerait-elle un cadeau pour le bébé ?

— Oui, mais laisse-moi le déballer pour toi.

Tammy tira sur le ruban, déchira le papier et ouvrit la boîte. Puis, avec un sourire, elle s'empara du revolver qui y était dissimulé.

— Maintenant, dis-moi à quel point tu es désolée pour Mark.

La peur submergea Maggie en fixant le canon de l'arme. Elle protégea son ventre de ses mains.

— Que fais-tu ?

— Ce que nous aurions dû faire dans la première succursale que nous avons braquée… Pour que tu ne puisses pas nous identifier et nous dénoncer au FBI. Je vais te tuer.

— Mais un garde du corps est devant ma porte, rappela Maggie. Il va entendre le coup de feu. Tu ne pourras pas t'en tirer. Il t'abattra.

— Je n'ai plus aucune raison de vivre, répliqua Tammy, le visage tordu de douleur et de haine. Mark est mort à cause de toi.

— Je ne l'ai pas tué.

— Non, ton agent du FBI s'en est chargé. J'espérais que c'était lui qui veillait sur ta sécurité. J'aurais pu vous descendre tous les deux en même temps.

— Eh bien, vos désirs sont exaucés, murmura une voix grave en entrant dans l'appartement. Je suis là.

Voilà plusieurs jours que Blaine manquait à Maggie. Mais son apparition la fit blêmir. Elle aurait préféré ne jamais le revoir que de le voir se faire tuer sous ses yeux.

Blaine s'attendait à ce que Tammy soit armée parce qu'il avait croisé le propriétaire de Maggie. Le vieil homme lui avait demandé de s'assurer que Maggie avait bien reçu le paquet qu'il avait déposé sur la table basse. Lorsque M. Simmons lui avait dit qu'il avait trouvé la boîte bien lourde pour un cadeau de bébé, Blaine avait compris la ruse de Tammy.

Il ne s'agissait pas d'un pyjama ou d'une peluche mais d'un revolver.

Tammy était intelligente, tellement intelligente qu'elle était certainement le cerveau du gang des braqueurs. Sans doute avait-elle lu les lettres de Maggie et compris ce qu'elle pouvait en faire.

— C'est parfait ! répondit la veuve avec un sourire en se levant, l'arme au poing.

Au moins dirigeait-elle son revolver vers lui et non plus sur Maggie qui était recroquevillée contre le mur.

— Vous êtes stupide de dévoiler ainsi votre jeu, poursuivit Blaine. Rien ne vous reliait aux hold-up. Rien ne prouvait que vous étiez au courant des crimes de votre mari et de votre frère. Vous auriez pu vous en sortir sans être jamais inquiétée.

Le sourire de la rouquine s'envola.

— Mon frère ?

Manifestement, elle se moquait de son propre sort puisqu'elle avait l'intention de tuer deux personnes à quelques mètres d'un agent du FBI. Mais sans doute se souciait-elle de son frère.

— C'est lui qui a essayé d'enlever Maggie lorsqu'elle était aux urgences, expliqua Blaine. Il est agent de sécurité à l'hôpital.

Tammy secoua la tête.

— Et alors ? Ça ne prouve rien.

— Son badge prouvera au contraire que c'est lui qui a ouvert à ses complices le vestiaire du personnel quand il a tenté d'embarquer Maggie.

En tout cas, Blaine l'espérait. Il avait besoin de preuves, pas uniquement de suspicions.

— Non, vous ne pourrez pas le relier aux hold-up.

Peut-être n'en serait-il pas capable mais Blaine n'avait pas l'intention de laisser Tammy le penser.

— J'ai une équipe qui travaille à démontrer sa complicité. Ils vont obtenir des mandats de perquisition, inspecter ses comptes bancaires, vérifier tous ses biens pour voir si on peut le relier aux hold-up. Je suis sûr qu'ils trouveront quelque chose. Pas vous ?

Le petit visage de Tammy se crispa de peur et de haine.

Elle savait que son frère ne se doutait pas de l'épée de Damoclès qui pendait au-dessus de lui, qu'il ne pourrait pas se débarrasser des preuves et encore moins de l'argent. Soudain, elle était tentée de l'appeler pour le prévenir de l'imminence des perquisitions. Blaine pouvait le lire sur son visage.

Il profita de son inattention pour s'approcher d'elle et essayer de s'emparer de son arme.

Mais elle s'en rendit compte et écarquilla les yeux de frayeur.

— Reculez ! cria-t-elle. Je vais la descendre. Vous ne m'en empêcherez pas, cette fois.

— Pourquoi voulez-vous la tuer ? demanda Blaine. Si vous n'aviez pas ordonné à votre frère de la kidnapper, jamais je ne vous aurais reliée aux crimes.

Blaine en était certain : son frère avait suivi ses ordres comme tous les hommes du groupe. Elle était le cerveau, le chef du gang.

— Tout est sa faute ! hurla Tammy. Si elle n'avait pas écrit ces sacrées lettres à Andy…

Maggie émit un petit gémissement.

— Qui les a lues ? demanda Blaine, pour gagner du temps, espérant distraire cette folle assez longtemps pour permettre à Maggie de s'enfuir.

Il avait laissé la porte de l'appartement ouverte. Truman pourrait peut-être tenter quelque chose.

— Moi, reconnut Tammy.

Comme il l'avait compris, elle était le cerveau du gang des braqueurs de banques.

Faisant mine d'être choqué, il tenta de nouveau de se rapprocher d'elle.

— Vous vous êtes permis de lire sa correspondance personnelle à son fiancé ?

— Personnelle ? Ces lettres ne contiennent rien de personnel. Il ne s'agit pas de lettres d'amour — pas comme celles que j'aurais écrites à Mark s'il s'était trouvé dans une zone de combats, ajouta Tammy d'une voix brisée.

Elle avait aimé son mari. Le chagrin et la douleur défiguraient son visage.

— Pourquoi n'avez-vous pas conduit Mark à l'hôpital quand il a été blessé ? demanda Blaine. Pourquoi avez-vous préféré l'emmener au chalet du lac ?

— Il voulait y aller. Il savait qu'il était en train de mourir… à cause de vous. Parce que vous l'avez tué ! hurla Tammy en brandissant son arme vers Blaine.

Il s'en félicita. Il s'était discrètement éloigné de Maggie. Peut-être parviendrait-elle à s'enfuir. Malheureusement, au lieu de prendre la poudre d'escampette, elle se mit à hurler de peur.

Et ce cri raviva la fureur de Tammy à son égard. La rousse braqua de nouveau son revolver vers Maggie.

— Rien ne serait arrivé sans elle. Mark ne supportait pas de rester éloigné de sa petite Maggie adorée. Elle a provoqué sa mort, comme elle a causé celle d'Andy.

— Votre raisonnement est stupide, commenta Blaine, voulant détourner son attention vers lui. C'est moi qui ai tiré sur Mark, pas Maggie. C'est moi qui ai appuyé sur la détente. Pas Maggie.

Tammy remit Blaine en joue, les yeux brillants de rage.

— Tout est votre faute !

— Et aussi la vôtre. J'ai tiré sur lui, mais son gilet pare-balles aurait dû le protéger. Cela n'a pas été le cas parce qu'il ne portait pas *son* gilet. Mais *le vôtre.*

Les larmes jaillirent des yeux de Tammy. Elle savait pourquoi son mari était mort. Mais elle ne pouvait pas accepter sa part de responsabilité. Il était plus facile de faire porter la faute à Blaine ou à Maggie.

Elle renifla. Comme elle tentait de se moucher, Blaine se rapprocha encore.

— Non, sanglota-t-elle. Il n'aurait pas dû mourir…

Elle ne remarquait pas que Blaine était dangereusement proche. Elle ne le regardait plus, reportant son attention — et son arme — sur Maggie.

— Mark avait tué un innocent, rappela celle-ci.

Bien sûr, elle le défendait comme elle défendait le monde entier.

— Pourquoi ? poursuivit Maggie. Pourquoi Mark et toi vous avez eu envie de voler et de tuer ?

— Nous avions besoin de cet argent, répondit Tammy. Nous en avions besoin pour fonder une famille.

— Il vous fallait des milliers de dollars pour élever un enfant ? ironisa Blaine.

Il voulait irriter Tammy, qu'elle tire sur lui et non sur Maggie. Il portait un gilet pare-balles alors que Maggie n'avait aucune protection.

— Je… je n'arrivais pas à tomber enceinte. Pour démarrer une grossesse, je devais suivre des traitements lourds et onéreux. Programmer une fécondation in vitro… Tout cela coûte très cher et Mark avait perdu son travail.

Tammy pointait son revolver sur Maggie, sur le ventre de Maggie. La jalousie se peignait sur son visage comme un masque horrible, plus affreux encore que les masques de zombie.

— Alors qu'elle, elle tombe enceinte sans même le vouloir !

Maggie posa les mains sur son ventre.

— Vous ne voulez pas faire du mal à cet enfant, intervint Blaine, luttant contre la terreur qui s'emparait de lui.

Parce qu'il aimait Maggie, il aimait le bébé qu'elle portait. Il ne supportait pas de perdre l'un ou l'autre.

— Elle ne mérite pas d'être mère ! tonna Tammy. Elle

n'a jamais voulu être enceinte, elle n'a jamais aimé Andy, pas comme j'ai aimé Mark. Ce n'est pas juste.

— La vie n'est pas juste, reconnut Blaine.

Mais la rousse ne l'entendait plus, ne le voyait plus. Elle se moquait que ce soit lui qui ait tué Mark, l'homme qu'elle aimait. Elle détestait Maggie plus que tout. Elle la haïssait de porter un enfant alors qu'elle n'aurait jamais cette chance. Et elle avait l'intention de tuer le bébé avant de tuer Maggie, comprit Blaine.

Il devait les protéger. Aussi envoya-t-il la table basse dans les jambes de Tammy avant de s'emparer de son arme.

Mais le coup partit. Et Maggie hurla.

22

Une vive douleur cisailla Maggie. Elle crut mourir. Mais comme elle passait une main angoissée sur son ventre, elle ne rencontra pas l'humidité poisseuse, caractéristique du sang.

En revanche, son ventre était dur. Elle était en travail !

Blaine se jeta à côté d'elle.

— Tu es touchée ?

Elle secoua la tête.

— Non, mais…

Blaine posa les mains sur son ventre, et ses yeux verts s'écarquillèrent.

— Tu es en train d'accoucher ?

— Non, non, c'est trop tôt ! répondit-elle tandis que des larmes inondaient son visage. Beaucoup trop tôt. Il faut arrêter le processus. Je ne peux pas mettre ce bébé au monde maintenant.

S'il naissait deux mois avant terme, il ne survivrait pas et Tammy Doremire aurait gagné, obtenu ce qu'elle voulait. Maggie perdrait l'enfant *qu'elle ne méritait pas*. Peut-être Tammy avait-elle raison. Maggie ne méritait sans doute pas son bébé. Mais elle le voulait. Elle l'aimait déjà de tout son cœur.

— Nous allons te conduire à l'hôpital ! lança Blaine. Ne t'en fais pas, tout ira bien.

Mais sa main tremblait en composant le 911. Il demanda une ambulance.

Il était inquiet, lui aussi. Quelque part, son angoisse rassura Maggie. Il se souciait d'elle. Ou en tout cas de son bébé.

Il insista pour monter avec elle dans l'ambulance, chargeant Truman d'emmener Tammy Doremire en garde à vue.

Il prit la main de Maggie, mêlant leurs doigts.

— Tout ira bien, répéta-t-il. Tout ira bien.

— Merci, réussit-elle à balbutier entre deux contractions. Merci.

Blaine fronça les sourcils.

— Pourquoi merci ?

— Tu m'as sauvé la vie, une fois de plus.

Et peut-être celle de l'enfant aussi.

Mais lorsqu'ils arrivèrent à l'hôpital, il était trop tard. Les médecins ne purent interrompre l'accouchement. Son petit garçon arrivait.

— C'est trop tôt !

— Ne t'inquiète pas, assura Blaine. Il est solide… comme sa maman.

Pourtant, Maggie ne s'était jamais sentie si vulnérable et si impuissante. Elle n'avait pas été capable d'empêcher le bébé de naître.

— Poussez ! ordonna la sage-femme.

— Non, je ne peux pas faire ça.

Elle ne voulait pas le mettre au monde, pas là. Il serait prématuré, il devrait vivre en couveuse. Peut-être garderait-il des séquelles…

Mais le besoin de pousser l'emportait. Une nouvelle contraction la plia en deux. Les médecins n'avaient pas eu le temps de lui administrer une péridurale et la douleur devenait insupportable. Cela dit, elle s'en moquait. Elle ne se souciait que de l'enfant.

— C'est trop tôt…

— Nous prendrons soin de lui, promit le médecin. Poussez…

Blaine prit son visage entre ses mains pour l'obliger à se tourner vers lui, à le regarder en face.

— L'accouchement a commencé, Maggie. Il n'est plus possible d'interrompre le processus. Tu as porté ce bébé le plus longtemps possible. Laisse l'équipe médicale prendre le relais maintenant.

Alors elle poussa et son petit garçon fit son entrée sur Terre avec un cri de protestation.

— Il a un bon cri, commenta Blaine. C'est bon signe. Il va bien, il ira bien.

Mais un médecin emporta le bébé pour l'examiner, le réchauffer. Ses poumons étaient-ils en état de respirer ? Etaient-ils assez développés ? Maggie avait des centaines de questions à poser au pédiatre. Mais elle ne voulait pas détourner de son fils l'attention du médecin. Aussi, elle se tut.

Blaine lui caressa la joue.

— Tout ira bien, répéta-t-il. Il est costaud, il est solide comme toi.

A cet instant, Maggie se sentait au contraire brisée, dévastée. Blaine dut le deviner parce qu'il la prit dans ses bras et l'étreignit avec force.

Et il resta à l'hôpital, à son chevet, s'assurant qu'elle et l'enfant allaient bien. Maggie tomba encore plus follement amoureuse de lui. D'un amour éternel.

Elle ne cherchait plus à l'oublier, à le tenir à distance, à s'efforcer de cesser de l'aimer. Elle avait envie d'être sa femme, que son fils soit également le sien.

Les médecins croyaient d'ailleurs qu'il était le père du petit garçon et Blaine ne les corrigea jamais. Mais sur le certificat de naissance, ce ne fut pas son nom qui fut inscrit mais celui d'Andy. Il méritait cet honneur. Il méritait d'être officiellement reconnu comme le père de son fils.

Andy était mort, Maggie l'avait accepté, mais elle voulait lui rendre hommage en donnant son nom au bébé.

Blaine était avec Maggie quand l'infirmière de l'unité néonatale apporta le nourrisson.

— Il respire de façon autonome, annonça-t-elle. Il n'a

plus besoin de rester en couveuse. Il peut dormir dans votre chambre.

— Il est minuscule, observa Blaine d'un ton émerveillé en regardant le nouveau-né endormi.

— Ne vous inquiétez pas. Drew va devenir un grand garçon, fort et en bonne santé, assura l'infirmière. Votre fils se porte remarquablement bien pour un prématuré.

Elle tendit le bébé à Maggie avant de quitter la pièce.

Quand le petit se blottit instinctivement contre elle, son cœur se gonfla d'amour. L'enfant la reconnaissait comme sa mère, même si elle ne l'avait pas porté les neuf mois réglementaires.

— Il est si petit, répéta Blaine.

— Il ira bien, assura Maggie.

— Drew ? demanda Blaine.

Peut-être aurait-elle dû solliciter son avis avant de donner ce prénom au nourrisson. Mais il ne lui avait jamais dit qu'il avait envie de partager sa vie avec elle et le bébé. Alors elle n'avait pas voulu présumer.

Elle hocha la tête.

— C'est un beau prénom, dit-il en la contemplant, Drew dans les bras.

— Je suis contente qu'il te plaise.

Elle avait envie qu'il fasse partie de leurs vies. Mais comme elle hésitait à lui poser la question, il commença à prendre des distances.

Il se leva.

— Maintenant que vous allez bien tous les deux, je dois retourner travailler sur l'enquête, sur l'affaire. Il me faut démasquer les braqueurs que je n'ai pas encore identifiés et m'assurer qu'ils n'essaieront plus de s'en prendre à toi ou à Drew.

Maggie frissonna et le bébé se réveilla. Mais il ne cria pas. Il ouvrit les yeux et se mit à regarder calmement sa mère.

Maggie avait été tellement en danger au cours de sa grossesse qu'elle appréciait que Blaine veuille assurer sa sécurité et celle de son fils. Mais partait-il seulement pour les protéger ?

Peut-être cherchait-il à prendre ses distances avec elle. Peut-être ne voulait-il pas que tout le monde le prenne pour le père du bébé. Peut-être n'avait-il pas envie de jouer les papas.

Avant de quitter la chambre, il se pencha vers elle et pressa ses lèvres sur les siennes puis sur le front du bébé.

— Un agent est posté devant la porte. Truman veillera sur toi, tu seras en sécurité.

— Et toi ?

Il se mit à rire.

— Tout ira bien pour moi.

Maggie déglutit. Andy lui avait promis la même chose quand il était parti pour sa dernière mission. Blaine connaîtrait-il le même sort ? La même fin tragique ?

Blaine en était certain : Tammy allait lui tendre un piège. Mais il était décidé à ne pas y tomber. Il l'interrogea en prison. En échange d'une peine plus douce, elle lui donna l'adresse de la planque de son frère et des deux autres complices mêlés aux hold-up. Tammy se moquait certainement de finir sa vie derrière les barreaux. Elle lui avait livré cette information cruciale pour qu'il se rende sur place et y trouve la mort. Elle tenait à ce que Blaine subisse le sort de son mari.

— Qu'a eu Maggie ? demanda-t-elle soudain comme si elle s'en souciait.

L'appréhension glaça le sang de Blaine. Mais des hommes veillaient sur Maggie et le bébé à l'hôpital. Pas des agents de sécurité. Depuis qu'il avait compris que certains étaient impliqués dans les hold-up, Blaine ne leur faisait plus confiance.

De plus, Truman était dans la chambre de Maggie, veillant sur elle. Le jeune homme se sentait si coupable d'avoir laissé Tammy s'en prendre à elle qu'il donnerait désormais sa vie pour empêcher quiconque de lui faire du mal ou à son bébé.

— Un garçon, répondit finalement Blaine. Maggie a eu un garçon.

— Bien sûr…, lâcha Tammy d'un air entendu. Les garçons pullulent dans la famille Doremire.

— Elle l'a baptisé Drew, ajouta Blaine.

Tammy haussa les épaules, et ses cheveux roux caressèrent sa combinaison de prisonnière.

— Peut-être qu'elle aimait Andy plus que je ne le pensais.

Oui, Maggie avait aimé son fiancé, Blaine en était certain. Cela se voyait sur son visage quand elle parlait de lui. Andy lui manquait.

Blaine pouvait-il remplir le vide qu'Andy avait laissé ? Il aimait tant Maggie qu'il avait envie d'essayer. Mais l'aimait-il assez pour deux ?

Il ignorait ce que Maggie éprouvait pour lui. Elle s'était tournée vers lui parce qu'elle avait besoin de protection. Et qui d'autre avait-elle dans la vie pour prendre soin d'elle et de l'enfant puisque Andy était mort ? A qui d'autre pourrait-elle faire confiance alors que la famille de son fiancé ne cherchait qu'à lui nuire ?

— Dommage pour vous, lança Tammy. Parce que vous l'aimez…

Blaine n'avait pas encore déclaré sa flamme à Maggie, il n'était pas question de s'épancher sur l'épaule de Tammy.

Il se leva et fit signe au policier de la reconduire en cellule.

Comme l'agent l'emmenait, Tammy se retourna pour décrocher à Blaine un petit sourire narquois.

Elle lui avait tendu un piège, il en avait la certitude. Aussi s'y était-il préparé. Il avait demandé à Ash Stryker et à Dalton Reyes de l'accompagner avec, en renfort, des policiers du Michigan.

D'après Tammy, son frère et ses amis étaient retournés au chalet parce que l'argent des braquages y était caché. Après avoir découvert le cadavre, la plaque d'identité militaire et les lettres de Maggie, Blaine n'avait pas pris le temps d'effectuer une fouille complète de la zone. Peut-être les sacs de billets étaient-ils bien dissimulés là-bas.

Mais il ne trouverait certainement pas que l'argent dans ce chalet. Ou que les braqueurs.

— Nous aurions dû demander plus de policiers en renfort, dit Ash en tirant son arme du holster.

Mais Blaine aurait alors dû faire appel à sa sœur et il ne voulait pas exposer Buster au danger. Il préférait qu'elle soit là, pour Maggie et Drew, s'il lui arrivait malheur, si lui-même ne pouvait se charger d'eux.

— Vous êtes confronté quotidiennement à des terroristes, rappela Dalton à Ash. Et vous avez peur de quelques braqueurs déguisés en zombie ?

— Au cours de ma carrière, les pires criminels avec qui j'ai eu maille à partir étaient des gens d'apparence ordinaire, terrés dans des endroits reculés comme celui-ci, les prévint Ash. Ils ont peut-être un arsenal à leur disposition.

Blaine soupira.

— Je suis sûr que c'est le cas.

A peine finissait-il sa phrase que des coups de feu retentirent dans le bois, faisant exploser les vitres du véhicule à bord duquel ils étaient venus.

D'un geste, Blaine intima à ses compagnons de contourner la maisonnette de rondins pendant que lui entrerait. C'était lui qu'ils voulaient, c'était lui dont Tammy Doremire avait ordonné la mort.

Maggie avait déjà perdu l'homme qui l'aimait. Elle n'avait probablement pas envie d'en perdre un autre. D'autant que Blaine n'avait pas encore eu le cran de lui avouer son amour. Il aurait dû le faire, le lui dire. Soudain, il craignait ne plus jamais en avoir la possibilité.

La fusillade faisait rage. Les malfrats se servaient d'armes automatiques, de projectiles de guerre. Le gilet pare-balles ne serait sans doute d'aucune utilité, songea Blaine avec effroi.

Mais il devait détruire les menaces qui pesaient encore sur

Maggie et sur Drew, s'assurer que ces bandits ne pourraient plus leur faire du mal.

Un homme vêtu d'un imperméable, le visage dissimulé derrière un masque de zombie, sortit du chalet. Blaine le prit pour cible mais, quand le type s'effondra, son arme automatique continua de tirer.

Blaine fut touché. Ignorant la douleur, il descendit un second braqueur. Mais la souffrance était trop intense. Il tomba en même temps que le zombie, heurtant lourdement le sol.

Au milieu de la fusillade, ses amis hurlèrent.

— Blaine ! Blaine !

— Vous avez été blessé ? s'enquit Dalton.

— Où ? cria Ash.

Il n'en savait rien. Il souffrait mais uniquement à la pensée de ne jamais revoir Maggie.

— Maggie... Dis-lui...

Mais il n'eut pas la force de finir sa phrase. Sans doute allait-il se vider de son sang au fond des bois, au milieu de nulle part. Comme Mark Doremire.

Il ne put que répéter dans un murmure.

— Maggie...

23

Avant même qu'Ash Stryker, accompagné d'un autre agent, n'entre dans sa chambre d'hôpital, Maggie craignait le pire. Mais devant leurs visages pâles, leurs vêtements couverts de sang, elle frémit carrément. Un malheur s'était produit, il était arrivé quelque chose à Blaine. Les deux hommes semblaient anéantis.

— Non ! cria Maggie, refusant d'apprendre de tragiques nouvelles.

Ce n'était pas possible que Blaine soit mort sans savoir à quel point elle l'aimait…

Il avait toujours été là quand elle avait eu besoin de lui. Pourquoi avait-elle failli quand lui avait eu besoin d'elle ?

Elle vacilla.

Truman dut deviner son malaise. Il lui tendit une main secourable pour la stabiliser.

Ash secoua alors la tête.

— Il n'est pas mort, Maggie. Il n'est pas mort.

— Mais il est blessé, comprit-elle. Gravement ?

— Je ne sais pas.

— Où a-t-il été blessé ? insista-t-elle. Combien de balles a-t-il reçues ?

— Que s'est-il passé, bon sang ? demanda Truman.

— Nous sommes retournés au chalet, expliqua l'autre agent. La rousse lui avait dit que les autres braqueurs s'y rendraient pour récupérer l'argent du dernier hold-up qu'elle et son mari y avaient caché.

— Mais Tammy n'aurait jamais dit quoi que ce soit pour aider Blaine, tempêta Maggie. Elle voulait sa mort. En lui donnant ce renseignement, elle cherchait certainement à le piéger.

— Il s'agissait en effet d'une embuscade, confirma l'agent.

— Mais Blaine s'y attendait, reprit Ash. Il avait anticipé l'attaque que nous avons subie. Nous les avons tous capturés. C'est fini, Maggie.

Mais Blaine allait peut-être mourir…

— Où a-t-il été blessé ? répéta-t-elle. Combien de fois ?

— Une seule fois. Au cou.

Avec Sarge et Mark, Maggie avait appris qu'il suffisait d'une balle pour tuer.

— Une artère a été touchée, poursuivit Ash. Il a perdu beaucoup de sang.

— Mais il est vivant, dit-elle, s'accrochant à cet espoir.

— Mais il a perdu beaucoup de sang…, répéta Ash.

— Les médecins réservent leur diagnostic, ajouta l'autre agent. Le pronostic vital est engagé. Dès que son état a été stabilisé, il a été transporté ici.

— Pourquoi ? Il y a des hôpitaux dans le Michigan, près du chalet. De bons hôpitaux.

— Parce que le dernier mot qu'il a murmuré avant de perdre connaissance était votre prénom, expliqua Ash.

Et ils en avaient déduit qu'il avait envie d'être avec elle ? Il craignait sans doute seulement que Tammy lui ait tendu un piège, à elle aussi. Tammy rêvait que tous deux trouvent la mort, puisque son mari avait été tué.

Mais Maggie ne se souciait pas de la raison qui les avait poussés à transférer Blaine dans cet hôpital. Elle tenait à le voir.

Elle se tourna vers Truman.

— Vous pouvez garder un œil sur Drew pendant que je me rends au chevet de Blaine ?

— Bien sûr, répondit-il.

Mais il regardait le bébé avec nervosité, visiblement effrayé à l'idée qu'il se réveille.

— Par ici, fit Ash en entraînant Maggie vers les ascenseurs.

Ils descendirent à l'étage des soins intensifs.

— Une seule personne à la fois, les prévint l'infirmière à l'accueil.

Ash l'invita à y aller la première et elle entra dans la chambre de Blaine. Son super-héros était si pâle qu'elle réprima un frisson. Des aiguilles piquaient son bras, il recevait du sang, sans doute pour remplacer celui qu'il avait perdu. Un bandage couvrait la blessure de son cou. Les médecins l'avaient soigné.

Désormais, il lui fallait se battre.

— Je t'en prie, implora-t-elle en lui prenant la main. Je t'en prie, ne m'abandonne pas.

Les larmes jaillirent de ses yeux et roulèrent sur ses joues.

— Je ne veux pas te perdre ! Bats-toi, Blaine. Il faut absolument que tu vives.

Sous l'effet de la peur, son cœur battait la chamade. Que pouvait-elle faire pour l'aider à lutter contre la mort ? Comment pouvait-elle lui insuffler de la force ? Elle ne survivrait pas sans lui. Même si les bandits étaient tous morts ou en prison, elle ne pouvait vivre sans lui.

— S'il te plaît, répéta-t-elle. Ne m'abandonne pas.

Il mêla leurs doigts.

Elle leva la tête. Ses yeux émeraude étaient rivés sur son visage. Il était conscient !

Gênée qu'il l'ait surprise en train de se ridiculiser, elle rougit.

— Je suis désolée.

— Désolée ?

— D'être là à pleurer devant toi et à me faire mon cinéma.

— Ton cinéma ?

— Je sais que tu m'as protégée uniquement parce que ton travail l'exigeait et rien de plus. Et que je suis stupide d'imaginer que tu aies des sentiments pour moi.

— Chut…

Il était blessé, épuisé, et elle le soûlait de paroles. Elle avait toujours trop parlé.

— Je suis désolée, répéta-t-elle.

Il secoua faiblement la tête.

— Tu te trompes.

Avant qu'il ne puisse lui dire en quoi elle se trompait, une infirmière entra.

— Monsieur Campbell, vous avez repris connaissance ! Formidable ! Je vais prévenir le médecin, s'exclama-t-elle avant de quitter la pièce à la hâte.

— Je dois y aller, moi aussi, annonça Maggie. Il faut que je prévienne Ash que tu es réveillé.

Ses amis s'inquiétaient pour lui, elle devait les rassurer au plus vite.

— Il a dû l'entendre, dit Blaine. L'infirmière est en train de crier dans les couloirs…

— Il voudra te voir, te parler.

Elle tira sur sa main, tentant de se libérer de son emprise pour filer avant de se ridiculiser davantage encore. Mais le médecin arriva.

— Vous avez beaucoup de chance ! déclara-t-il à Blaine.

Celui-ci ne lâchait pas Maggie. Elle adorait la chaleur de sa main sur la sienne, mais elle craignait le moment où, fatalement, elle se retrouverait de nouveau seule. Blaine n'était pas mort mais, tôt ou tard, il allait la quitter. Forcément.

Blaine rongeait son frein. Le médecin lui avait sauvé la vie, mais il avait hâte qu'il s'en aille avec l'infirmière. Il voulait être seul avec Maggie.

Malheureusement, l'homme en blouse blanche continuait.

— Vous allez devoir lever le pied pendant quelque temps et laisser votre corps se remettre de ses blessures. Vous avez souffert d'une importante hémorragie. Vous devrez rester quelques jours ici, vous avez besoin de vous reposer, de récupérer.

— Je vais te laisser, dit Maggie, essayant une nouvelle fois de s'écarter.

Mais il refusait de la lâcher. Il avait encore la force de la retenir. Elle lui donnait son énergie. Sa voix douce l'avait tiré des brouillards de l'inconscient. Elle lui avait donné envie de se battre. Envie de vivre.

Pour elle.

Avec elle.

— Non, fit-il. Ne pars pas. Je dois te parler.

Il fusilla des yeux le médecin et l'infirmière qui finirent par comprendre le message et par se retirer.

— Ça va, dit-elle. Tu n'as pas à m'expliquer que tu ne faisais que ton travail en me protégeant. Je sais que tu ne partages pas les sentiments dont je brûle pour toi.

Il posa un doigt sur ses lèvres.

— Chérie, tu as raison sur un point. Tu parles trop.

— Chérie ? répéta-t-elle, abasourdie.

— Mais, pour tout le reste, tu te trompes totalement.

Elle cessa alors de parler et attendit manifestement qu'il s'explique. Mais il n'avait jamais réussi à exprimer ses sentiments. Il les cachait depuis trop longtemps.

— Tu n'as jamais représenté mon métier et rien que mon métier, Maggie. Je ne t'aurais pas protégée moi-même sinon. J'aurais fait confiance à Truman ou à quelqu'un d'autre bien avant d'y être obligé.

— Mais tu l'as fait…

— Il le fallait ! Je devais me concentrer sur l'enquête, parvenir à démasquer les braqueurs pour garantir réellement ta sécurité et celle du bébé. Mais cela me tuait de ne pas être avec toi pendant si longtemps. Et je ne veux plus jamais vivre loin de toi et de Drew.

Les larmes montèrent aux yeux de Maggie.

— Blaine…

Il savait ce qu'il voulait dire mais il ignorait comment le dire.

— Je n'ai pas de bague…

Il ne pouvait oublier la taille du diamant qu'Andy lui avait offert. Mais Andy était mort. Elle l'avait accepté et Blaine devait l'accepter lui aussi.

— Et je ne peux pas mettre un genou à terre maintenant.

La retenir avait pris le peu d'énergie qu'il lui restait. S'il tentait de se lever, il s'effondrerait à ses pieds, il en était certain.

— Je n'ai pas besoin de bague, dit-elle. Je n'ai besoin que de savoir ce que tu ressens pour moi.

— Je ne suis pas doué pour exprimer mes sentiments, répondit-il d'un ton d'excuse.

— Dis-moi simplement…

— Je t'aime, Maggie. J'aime ta douceur, ta gentillesse et ton ouverture d'esprit. J'aime que tu t'inquiètes et te soucies pour tout et tout le monde.

— Tu m'aimes ?

— Je sais que tu aurais préféré en épouser un autre. Mais Andy est mort et je suis là. Et je promets de t'aimer aussi fort qu'il l'aurait fait et de prendre soin de Drew. Je l'élèverai et l'aimerai comme s'il était mon fils.

Les larmes débordaient des yeux de Maggie et roulaient sur ses joues.

— Je ne te mérite pas et je ne méritais pas Andy non plus. Tammy avait raison de le dire. Je ne l'aimais pas d'amour et je ne voulais pas l'épouser. Mais je ne savais pas comment refuser sa demande en mariage sans le blesser.

Et avec son grand cœur, elle aurait renoncé à son propre bonheur pour faire celui d'un autre. Il ne voulait pas qu'elle se sacrifie pour lui.

— Tu ne me blesseras pas si tu me dis non, mentit-il.

Mais il avait entendu ce qu'elle lui avait dit en le croyant inconscient. Elle ne refuserait certainement pas sa demande en mariage mais il voulait qu'elle accepte pour de bonnes raisons.

— Tu me ferais mal si tu acceptais sans m'aimer vraiment.

— Je t'aime, Blaine. Je t'aime d'amour, comme une femme aime un homme, passionnément. Pas comme un ami.

— Je t'aime comme ma vie, mais tu n'as pas répondu à ma question.

— Tu m'as demandé quelque chose ?

— Veux-tu m'épouser, Maggie Jenkins ? Veux-tu de moi comme mari et comme père de Drew ?

— Oui, agent Blaine Campbell, je serai ta femme.

Il l'attira alors à lui pour l'embrasser et sceller ainsi cette promesse.

Derrière eux, un homme se racla la gorge sans parvenir à calmer les cris du bébé qu'il portait.

— Excusez-moi, dit Truman, mais quelqu'un cherche sa maman.

Il tendit le nourrisson à Maggie qui le posa contre le torse de Blaine. L'enfant se calma aussitôt.

Levant la tête, il regarda Blaine comme s'il le reconnaissait.

— C'est ton papa, dit Maggie.

Blaïne avait une réputation exceptionnelle au FBI. Il avait résolu chaque affaire qui lui avait été confiée et il avait arrêté tous les criminels en cause. Mais sa famille signifiait bien davantage. Cette femme et leur enfant donnaient à sa vie les couleurs de l'amour.

RITA HERRON

Double révélation

Traduction française de
GAËLLE BRAZON

BLACK ROSE

HARLEQUIN

Titre original :
WARRIOR SON

Ce roman a déjà été publié en 2017.

1

Le shérif adjoint Roan Whitefeather n'avait pas sa place sur les terres des McCullen.

Et pourtant, il était là, en marge de la fête de mariage de Ray McCullen et de Scarlet Lovett, comme un intrus.

Même s'il était du même sang que les frères McCullen. Même si Joe McCullen était son père à lui aussi.

Il était seul. Et il ne ferait rien pour que cela change.

Maddox, Brett et Ray ignoraient qu'il était leur demi-frère. Lui-même ne l'avait découvert que quelques mois plus tôt, à la mort de sa mère, lorsqu'il avait trouvé ce fichu acte de naissance.

Étant donné les épreuves subies par les McCullen une semaine plus tôt — deux incendies sur la propriété, ainsi que la révélation choc que Joe avait eu un fils nommé Bobby avec sa maîtresse, Barbara —, Roan comptait garder le silence sur sa filiation.

En entendant un bruit provenant de la colline sur sa droite, il pivota, tous les sens aux aguets. Comme l'incendiaire n'avait toujours pas été arrêté, il devait se tenir prêt en cas de problème. Au milieu de cette ambiance festive, tous les membres de la famille avaient baissé la garde. Autrement dit, c'était l'occasion rêvée pour n'importe quel ennemi des McCullen de passer à l'attaque.

Maddox, le shérif de la ville et le supérieur de Roan, s'avança devant le groupe réuni sur la pelouse près de la rivière. Il leva sa coupe de champagne pour porter un toast aux jeunes mariés.

Pendant un instant, Roan éprouva une bouffée de jalousie. Il regarda Ray embrasser Scarlet, tandis que les autres frères et leurs femmes échangeaient félicitations et embrassades.

Ils avaient affronté bien des tempêtes, mais ils formaient désormais une grande famille soudée et heureuse.

Lui n'avait eu dans sa vie que sa mère et les gens de la réserve.

Il n'avait pas besoin d'une famille, ou de qui que ce soit d'autre, se répéta-t-il.

Il protégerait les McCullen, parce que c'était son travail. Et cela seul comptait à ses yeux.

Malgré tout, plusieurs questions le taraudaient. Si Joe McCullen avait été au courant pour Roan, aurait-il passé du temps avec lui ? L'aurait-il amené à Horseshoe Creek pour le présenter à ses demi-frères ?

Ou l'aurait-il caché comme il l'avait fait avec Bobby Lowman, son autre fils naturel ?

Le vent fit bruisser les feuilles des arbres, et Roan balaya de nouveau les alentours du regard. Le ranch s'étendait sur des centaines de kilomètres à la ronde. Bétail et chevaux allaient et venaient en liberté dans les pâturages. Joe McCullen avait transmis un bel héritage à ses fils, c'était indéniable. Et même si Ray et Brett étaient partis pendant des années, ils étaient revenus récemment et comptaient aider Maddox à gérer le ranch.

Mais quelqu'un ne voulait pas que les McCullen prospèrent. Quelqu'un qui avait peut-être une dent contre Joe à cause de sa maîtresse et de leur fils. À moins qu'il ne s'agisse d'un souci avec l'exploitation ou avec la façon dont Joe menait ses affaires…

Bon sang, si jamais Maddox, Brett ou Ray apprenaient que Roan avait un lien de parenté avec eux, ils risquaient de l'accuser *lui* de sabotage.

Raison de plus pour garder pour lui ses questions à propos

de la mort de Joe, décida-t-il, jusqu'à ce qu'il découvre si ses soupçons avaient lieu d'être.

Le Dr Megan Lail termina le rapport d'autopsie concernant Morty Burns. Cet ouvrier agricole avait été retrouvé mort, abattu par une arme à feu, à la sortie de Pistol Whip, dans le Wyoming. Pour le moment, la police ignorait qui lui avait tiré dessus, mais Megan avait fait son travail : elle avait déterminé l'heure et la cause du décès, et récupéré la balle.

Sa fascination pour les cadavres remontait au meurtre de sa sœur. Elle n'éprouvait aucun attrait pour le côté morbide de la mort, mais s'intéressait à l'histoire que ces corps racontaient.

À l'époque, elle avait brûlé de savoir qui avait tué Shelly. Comme elle, les proches des victimes méritaient d'avoir des réponses à leurs questions. Et les aider à faire leur deuil lui apportait une sorte de réconfort.

Mais elle avait déçu son père. Il s'était toujours extasié sur la beauté de Shelly, rappelant constamment à Megan qu'elle avait un physique quelconque et qu'elle n'avait que son intelligence pour trouver sa place dans la vie. Cela ne l'avait pas dérangée. La science l'avait toujours intéressée.

En écoutant les enquêteurs après l'assassinat de sa sœur, elle s'était rendu compte d'une chose : c'était le médecin légiste qui avait découvert l'indice menant au coupable. Alors qu'elle assistait au procès avec son père, elle avait décidé de suivre la même voie.

Elle ôta ses gants, rangea son rapport, puis ouvrit un site d'actualité. Elle y trouva un article sur la récente arrestation de Bobby et Barbara Lowman par le shérif et son adjoint Roan Whitefeather. L'affaire avait fait grand bruit à Pistol Whip, parce qu'elle concernait les McCullen de Horseshoe Creek et avait révélé que Joe, le patriarche qui venait de mourir, avait une famille cachée.

Une maîtresse, Barbara, et un fils naturel, Bobby.

Bobby en avait voulu à Joe pendant des années. Quant à sa

mère, elle s'était sentie trahie, parce que son amant ne l'avait jamais épousée. Ils avaient également été contrariés par les clauses que Joe avait ajoutées dans le testament à propos de l'héritage de Bobby, notamment que le jeune homme aurait l'obligation de travailler sous la tutelle de Maddox.

Après avoir braqué une arme sur Scarlet et menacé la famille, ils avaient fini en prison. Mais aucun des deux n'admettait avoir allumé les deux incendies sur le ranch, dont l'un avait détruit la vieille maison familiale.

Elle parcourut rapidement la suite de l'article.

L'ancienne vedette de rodéo Brett McCullen a offert une récompense de dix mille dollars pour toute information menant à l'arrestation du pyromane.

Les pensées de Megan prirent une autre direction, et elle se massa la tempe. Quelque chose la tracassait à propos de l'autopsie de Joe McCullen.

Sa curiosité, la qualité qui la servait le plus dans le cadre de son travail, la bombardait de « et si ? » Et si Joe n'était pas mort des suites de sa maladie ?

Après avoir remarqué des anomalies dans les résultats de l'analyse toxicologique, elle avait fait part de ses inquiétudes au Dr Cumberland, médecin de famille des McCullen et ami de longue date de Joe.

Elle repassa la conversation dans sa tête.

— Vous êtes jeune, vous débutez dans le métier, Megan. Vous avez forcément fait une erreur, avait affirmé le Dr Cumberland. J'ai soigné Joe pendant sa maladie. Il avait de l'emphysème. Il suffit de regarder ses radios et ses scanners pour s'en rendre compte.

C'était bien ce dont souffrait Joe McCullen, elle avait vérifié.

— Mais il y a de légères traces d'une toxine indiquant qu'il a été empoisonné, avait-elle rétorqué. Du cyanure, a priori.

Les sourcils froncés, le médecin avait examiné ses notes.

— Refaites les analyses. Ça ne colle pas.

Megan était retournée au labo pour prélever un nouvel

échantillon, qu'elle avait fait tester à nouveau. Une heure plus tard, le Dr Cumberland était venu en personne lui remettre le rapport.

— Vous voyez, il n'y a aucun signe de poison. Le technicien a confondu les dossiers. Le résultat que vous avez reçu concernait un autre cas…

Néanmoins, le fait que quelqu'un s'en prenne aux McCullen préoccupait Megan. En outre, elle était méticuleuse et ne commettait jamais d'erreurs.

Impossible de laisser tomber avant d'avoir vérifié encore une fois, décida-t-elle brusquement. Une bouffée d'adrénaline l'envahit, et elle ouvrit le rapport d'autopsie. Elle éprouvait malgré tout une certaine culpabilité à douter du Dr Cumberland.

Le praticien exerçait à Pistol Whip depuis des années. Tous les habitants l'adoraient. Il avait mis au monde la moitié des bébés de la ville, y compris Maddox, Brett et Ray McCullen.

Et il avait été bouleversé par la mort de Joe.

Quelle raison aurait-il de mentir ou d'étouffer un rapport toxicologique ?

Pourtant quelque chose clochait. Megan n'avait pas l'impression de s'être trompée…

Elle téléphona au laborantin, un jeune homme nommé Howard, et évoqua les deux résultats différents.

— Je les ai peut-être intervertis, c'est possible, admit-il. Mais je vérifie toujours tout deux fois, je suis un vrai maniaque.

Tout comme elle. Dans leurs métiers, le moindre détail avait son importance.

Howard s'éclaircit la voix.

— S'il te reste un échantillon, je peux le tester à nouveau.

— Justement j'en ai un, répondit-elle, le cœur battant. Je te l'envoie tout de suite, Howard. Mais il faut que ça reste entre nous, s'il te plaît.

— Pas de souci, Megan. Qu'est-ce qui se passe ?

— Je veux seulement revérifier, par acquit de conscience.

Il promit de la rappeler au plus vite, puis raccrocha. En

attendant les résultats, elle allait parler à Roan Whitefeather. Il saurait si Joe avait des ennemis. Elle ne voulait pas alarmer les McCullen tant qu'elle n'avait rien de concret.

À l'idée de revoir le shérif adjoint, une boule de chaleur se forma au creux de son ventre. Megan avait rencontré Roan lorsqu'il faisait partie du conseil tribal de la réserve. Quand sa mère était morte, elle s'était occupée de l'autopsie. Il avait été anéanti par ce décès, qui le laissait seul au monde.

Elle n'avait pas supporté de voir le chagrin de cet homme grand et fort. Elle l'avait pris dans ses bras pour le réconforter, et leur étreinte avait été suivie d'un baiser. Un baiser exprimant une telle solitude qu'elle avait été incapable de résister. Ils avaient fait l'amour ensuite pendant des heures.

Parfois, quand elle était seule la nuit, elle fermait les yeux et pouvait encore sentir ses mains la toucher, la caresser, l'aimer. Elle n'avait jamais rien ressenti d'aussi intense.

Mais le lendemain matin, il était parti et ne l'avait jamais recontactée.

Comment allait-il réagir si elle lui confiait ses doutes à propos de la mort de Joe McCullen ?

Roan alla féliciter les jeunes mariés avant de reprendre la voiture pour rentrer chez lui. Il louait un chalet au bord de la rivière. Vivre dans la réserve lui manquait, mais comme il travaillait désormais au bureau du shérif, c'est-à-dire pour tous les habitants de Pistol Whip et du comté, il trouvait plus judicieux d'habiter dans un endroit plus central.

— Tu n'as rien vu de suspect ? demanda Maddox, tandis qu'ils regardaient Scarlet lancer le bouquet.

— Non. Mais sur le chemin du retour, je vais traverser la propriété pour jeter encore un œil.

— Super, répondit le shérif en lui serrant la main. Je te remercie de t'être occupé du bureau pendant que Rose et moi étions partis. Brett a décidé d'embaucher des agents de sécurité pour le ranch, en attendant qu'on découvre qui a allumé ces incendies. Il est en train de reconstruire les écuries, et la maison principale est déjà finie.

— Ce n'est pas une mauvaise idée d'avoir des vigiles en plus, approuva Roan.

Maddox, Brett et Ray ne pouvaient pas gérer et surveiller le ranch vingt-quatre heures sur vingt-quatre tout seuls. Après tout, dans une propriété aussi vaste, il y avait des douzaines de cachettes possibles.

Une femme blonde attrapa le bouquet sous les cris des invités, puis Maddox rejoignit Rose sur la piste de danse.

Roan s'appuya contre le bar provisoire installé pour la réception. Il mourait d'envie d'une bière bien fraîche, mais il ne buvait pas pendant le service.

En voyant les trois frères danser avec leurs femmes, il eut un pincement au cœur. Ils semblaient tous tellement heureux.

Ils formaient une famille.

Quelque chose qu'il n'avait plus.

Et pourtant… Ils avaient des liens de parenté.

Aucune importance. Tu ne vas pas le leur dire.

Ils risqueraient de croire qu'il était comme Bobby Lowman et qu'il attendait quelque chose de leur part.

Il voulait seulement vivre en paix. Il ne fallait pas s'attacher aux gens, sinon on souffrait lorsqu'ils disparaissaient.

Le visage de sa mère apparut de façon fugace dans son esprit. En toute honnêteté, c'était la seule personne au monde qu'il ait jamais aimée.

Son téléphone vibra, et Roan jeta un coup d'œil sur l'écran. Surpris, il vit s'afficher le nom du Dr Megan Lail. Nom d'un chien… Il ne l'avait pas revue depuis la nuit où sa mère était morte, l'année dernière.

La nuit où ils avaient laissé libre cours à leur passion.

Il essuya son front moite de transpiration. Il n'avait jamais eu de rapport sexuel aussi érotique. Pendant des mois, il en avait rêvé. Il se réveillait avec en tête l'image des seins de Megan se balançant doucement pendant qu'elle s'empalait sur lui. De sa peau ivoire qui s'empourprait et de ses gémissements de plaisir tandis qu'il bougeait en elle.

Le portable vibra à nouveau. Roan jura et s'éloigna de quelques pas pour mieux entendre. C'était elle la légiste, après tout. Elle avait peut-être du nouveau sur une affaire.

— Shérif adjoint Whitefeather.

— Roan, c'est le Dr Lail. Megan.

Le timbre voilé de la jeune femme lui fit remonter en mémoire d'autres souvenirs de leurs ébats torrides. Son érection fut instantanée.

Il s'efforça de faire court, craignant de laisser transparaître le désir dans sa voix s'il parlait trop.

— Ouais ?

— J'ai besoin de te voir.

Son souffle se bloqua dans sa gorge. Elle avait *besoin* de lui ? L'inquiétude l'envahit aussitôt. Et si les préservatifs n'avaient pas rempli leur office, cette nuit-là ? Ils avaient fait l'amour… Combien de fois, au juste ?

— Megan, que se passe-t-il ? Tu vas bien ?

— Oui, ça va, répondit-elle doucement.

Roan sentit de tendres sentiments s'éveiller en lui. Des sentiments qu'il ne voulait pas éprouver.

— Alors pourquoi m'appelles-tu ?

Il avait été cassant, comprit-il en l'entendant inspirer brusquement.

— Je suis désolée. Si je tombe mal, je peux rappeler.

— Non, c'est bon. Je monte la garde au mariage de Ray McCullen, au cas où l'incendiaire frapperait à nouveau.

— C'est un peu pour ça que je veux te parler.

Les sourcils froncés, il regarda les pâturages autour de lui.

— Tu as des informations qui pourraient nous aider ?

— Je n'en suis pas sûre. Mais je me pose des questions à propos de l'autopsie de Joe McCullen.

— De quel genre ? demanda-t-il en se figeant sur place.

— Je n'ai pas trop envie d'en parler au téléphone. On peut se voir ?

Il imagina aussitôt ses longs cheveux ondulés et indisciplinés. En général, elle les coiffait en un chignon sévère. Dès qu'il l'avait défait, il avait libéré une partie d'elle-même qu'elle cachait au reste du monde.

Ce n'était pas une bonne idée de la voir.

— S'il te plaît, insista Megan. C'est important. Et puis… Tu es le seul en qui j'aie confiance.

Bon sang… Pourquoi fallait-il qu'elle le formule ainsi ?

— D'accord. Où es-tu ?

— Je suis encore à la morgue. Mais je préférerais te retrouver ailleurs.

Il pouvait aller chez elle, songea-t-il. Mais ce serait trop intime. La tentation serait trop grande.

— J'ai bientôt terminé ici. Retrouvons-nous au Silver Bullet dans une heure, si ça te convient.

Elle accepta, puis raccrocha. Au cours de l'heure suivante, il continua son observation, jusqu'à ce que la fête arrive à son terme. Après de multiples embrassades, les jeunes mariés montèrent dans la limousine que Ray avait louée. Ils allaient prendre l'avion pour le Mexique afin d'y passer leur lune de miel.

Roan confia la surveillance du ranch aux vigiles engagés par Brett et monta dans sa voiture. Il traversa rapidement la propriété, à l'affût d'un véhicule isolé ou d'un feu, mais tout semblait paisible.

Lorsqu'il arriva au Silver Bullet, il était stressé rien qu'à l'idée de revoir Megan. À peine entré, il la repéra dans un box sur le côté. La pièce était remplie de fumée. De la musique country jaillissait des haut-parleurs et les pieds des danseurs en ligne martelaient la piste.

Megan leva des yeux inquiets vers lui, et sa main se crispa sur son verre de vin. Roan commanda une bière, puis la rejoignit. Elle avait les cheveux tirés en un chignon sévère, elle n'était pas maquillée et ses vêtements étaient quelconques. Elle dédaignait vraiment son apparence physique, songea-t-il. Mais pourquoi ?

Même vêtue d'un sac de jute, elle serait toujours la plus jolie fille qu'il ait jamais rencontrée. Et il savait à quoi elle ressemblait quand elle était nue, les cheveux détachés, et qu'elle couvrait son torse de baisers.

— Salut, Megan, dit-il en se glissant sur la banquette en face d'elle.

— Merci d'être venu.

Lorsqu'elle se mordilla la lèvre, Roan se focalisa un instant sur sa bouche. Il but une gorgée de bière pour tenter de calmer sa libido.

— Tu as dit que c'était important.

Par pitié, qu'elle s'explique vite, pour que je puisse rentrer chez moi et l'oublier. Il n'y était jamais parvenu, mais ce n'était pas faute d'essayer.

— Roan, je me précipite peut-être, mais il fallait que j'en parle à quelqu'un.

À en croire l'inquiétude dans sa voix, c'était du sérieux.

— De quoi s'agit-il ? demanda-t-il en se redressant.

Megan baissa les yeux sur son verre.

— Quand j'ai fait l'autopsie de Joe McCullen, j'ai cru voir quelque chose de suspect dans le bilan toxicologique.

Le cœur de Roan fit un bond, tandis qu'elle continuait :

— Avec tout ce qui s'est passé à Horseshoe Creek ces derniers temps, les arrestations de cette Barbara Lowman et de son fils, et puis ces incendies… Ça m'a fait penser à ce rapport.

— Je ne comprends pas. Qu'est-ce qui t'a dérangée ?

Elle prit une profonde inspiration, puis regarda autour d'elle d'un air méfiant, comme si elle ne voulait pas qu'on entende leur conversation. Elle avait déjà refusé d'en parler au téléphone, se souvint-il, sa curiosité éveillée.

— Dis-le-moi, Megan.

— Je ne crois pas que Joe McCullen soit décédé de mort naturelle.

Elle se pencha vers lui et murmura :

— Je crois qu'il a été assassiné.

2

Les mots prononcés par Megan résonnèrent en Roan : « Joe McCullen a été assassiné ».

— Comment ça, assassiné ?

— Empoisonné. Au cyanure.

— Tu en es sûre ?

Elle fit la grimace.

— Pas tout à fait, mais…

— Mais quoi ?

Il se pencha au-dessus de la table et enchaîna à mi-voix :

— Pourquoi venir m'en parler, dans ce cas ?

Elle tortilla une mèche de ses cheveux, puis la replaça dans son chignon. Roan brûlait d'envie de dénouer sa chevelure et de passer ses doigts dedans. Mais il devait garder ses esprits.

— Je sais ce que j'ai vu dans le rapport initial, répondit-elle. Mais le Dr Cumberland m'a fait douter de mes résultats et a fait refaire les analyses. Cette fois, tout était normal.

— Donc tu as deux tests, l'un normal, l'autre anormal ?

— Oui.

— Continue.

Elle remonta ses lunettes rondes sur son nez.

— J'ai parlé au technicien du labo. C'est quelqu'un de méticuleux. Il ne pense pas avoir mélangé les rapports comme le prétend le Dr Cumberland.

— Tout le monde peut se tromper.

— Je sais, acquiesça-t-elle, avant de boire une gorgée de

vin. Mais je connais le travail de ce type. C'est un maniaque. Il vérifie tout au moins trois fois.

Roan ne sut que répondre. Ils ne pouvaient pas se mettre à porter des accusations sans avoir d'éléments plus concrets. Cela ne ferait que compliquer davantage la vie des McCullen.

En revanche, si elle voyait juste, cela signifiait que quelqu'un avait tué Joe — son père — en toute impunité. Hors de question de le laisser s'en tirer à si bon compte.

— Bref, poursuivit Megan, j'avais gardé un échantillon, que le laborantin va analyser à nouveau.

Roan hocha la tête.

— Quand auras-tu les résultats ?

— Probablement demain. Je lui ai demandé de faire ça en toute discrétion.

— Bien, approuva-t-il en la regardant dans les yeux. N'en parle à personne. Pas la peine de semer la panique sans raison.

Une lueur circonspecte traversa le regard brun de Megan.

— Bien sûr, que je ne dirai rien. Mais si c'est vrai, quelqu'un doit découvrir qui a empoisonné Joe McCullen.

— Et comment il s'y est pris, marmonna Roan. Avec le Dr Cumberland qui surveillait sans cesse son état de santé, ça semble quasiment impossible.

Et il ne comptait pas accuser le bon docteur d'homicide. Il connaissait personnellement Cumberland. C'était l'homme le plus généreux qu'il ait jamais rencontré. Il avait donné de son temps à la réserve lorsqu'ils avaient eu besoin d'un médecin.

Il avait même soigné la mère de Roan. Bon sang, il lui avait tenu la main et l'avait réconfortée avant qu'elle ne meure.

Mais Joe avait peut-être eu des visiteurs. Quelqu'un avait pu lui glisser quelque chose à l'insu de son entourage.

— Et si c'était Barbara la coupable ? Ou son fils ? suggéra Megan. On sait qu'elle en a eu assez d'attendre que Joe l'épouse. Elle a peut-être décidé de le tuer et de récupérer ce qui lui revenait de droit.

Roan fronça les sourcils.

— C'est vrai. Mais, s'il était déjà mourant, pourquoi l'achever ? Pourquoi ne pas attendre que la maladie l'emporte ?

Megan réfléchit à sa question. En effet, pourquoi prendre la peine de tuer un homme qui, de toute façon, allait mourir ?

— Megan ?

Sa voix rauque l'avait toujours troublée au plus haut point. Quand elle releva les yeux vers lui, il la fixait avec une intensité qui la fit frissonner.

— Je ne sais pas.

Barbara et Bobby étaient furieux que Joe ait caché leur existence au reste de la famille. Une partie d'elle-même comprenait leur animosité.

— Barbara savait peut-être que Joe l'avait couchée sur son testament. Mais imaginons qu'il ait décidé de le modifier récemment. Il comptait peut-être les écarter de la succession.

— Et l'un des deux a décidé de le tuer avant qu'il ne puisse le faire, termina Roan.

— Ça semblerait logique.

Il serra les mâchoires.

— Si c'est le cas, j'ai besoin de preuves. Ça m'étonnerait que l'un des deux Lowman soit prêt à avouer un meurtre.

Elle en doutait, elle aussi.

— Qu'est-ce qu'on fait, maintenant ?

— *On* ne fait rien, Megan, rétorqua-t-il fermement. Si tu commences à lancer des accusations, tu risques de t'attirer des ennuis.

Elle se mit à pianoter sur la table. Comme Roan suivait le mouvement du regard, elle baissa les yeux sur ses doigts. Elle avait bien besoin d'une manucure. Les produits chimiques qu'elle utilisait à la morgue étaient agressifs pour la peau et les ongles. Elle s'empressa de fermer les poings pour les cacher.

Les doutes qu'elle avait eus en relevant la présence de poison dans les analyses de Joe se bousculaient toujours dans son esprit. Elle n'était pas du genre à fuir les difficultés. Quand elle se posait des questions, elle cherchait des réponses. C'était dans sa nature de scientifique et de médecin.

— Mais je ne peux pas laisser tomber, Roan.

Il posa la main sur les siennes.

— Écoute, c'est moi le policier. Chaque chose en son temps. Dès que tu reçois le rapport, appelle-moi pour me communiquer les résultats. S'il y a bien du poison, j'enquêterai.

Le contact de sa peau fit naître en elle des souvenirs intimes. Elle voulait revivre cette nuit. Au moins une fois.

Mais Roan retira vite sa main. Son visage aux pommettes saillantes, que ses cheveux retenus en arrière par une lanière en cuir accentuaient encore, s'était de nouveau crispé. La seule fois où il avait baissé la garde était la nuit où sa mère était morte.

Il regrettait manifestement de s'être laissé aller à l'époque, pensa Megan. Mais au moins, il ne la prenait pas pour une folle. Il était prêt à mener l'enquête.

Elle devrait s'en contenter pour l'instant.

Roan essaya de se défaire du besoin ridicule de prendre Megan dans ses bras et de lui demander de l'accompagner chez lui. Il n'aimerait rien tant que de passer à nouveau la nuit avec elle.

Mais ce serait une erreur, comprit-il en observant son visage vulnérable. Elle méritait mieux qu'une aventure sans lendemain.

Il s'en voulait d'autant plus d'avoir profité d'elle la nuit où sa mère était morte et de ne jamais l'avoir recontactée.

Elle savait à quoi s'attendre. C'est une grande fille.

Sauf qu'elle n'était pas comme les autres femmes qu'il connaissait. Elle était intelligente, curieuse, perspicace.

Et elle ne se rendait pas compte de sa beauté.

Mais les révélations qu'elle avait faites le troublaient. Elle pensait que Joe avait été assassiné. Et elle avait proposé un mobile crédible.

Il allait enquêter là-dessus. Tout seul. Il ne voulait pas côtoyer Megan de trop près. Elle était beaucoup trop désirable. En outre, poser des questions pouvait s'avérer dangereux.

Il jeta quelques billets sur la table pour régler sa boisson.

— Comme je l'ai dit, appelle-moi quand tu auras les résultats.

Il se leva, toucha son Stetson en guise de salut, puis traversa à grands pas le bar bondé. La musique faisait trembler l'établissement, où régnait un brouhaha de rires et de bavardages. Les hommes comme les femmes venaient ici pour se détendre et pour flirter.

Mais Roan sortit sans prêter attention aux femmes qui le lorgnaient d'un air intéressé. Il était déjà en train de passer en revue les choses qu'il devait faire.

Maddox et lui cherchaient toujours le responsable des incendies. Et si le pyromane était aussi l'assassin de Joe ?

Sans oublier Barbara et Bobby Lowman…

Repensant à la remarque de Megan sur le testament, il s'installa au volant de son SUV, sortit son portable et composa le numéro de Darren Bush. Il tomba sur la messagerie du notaire.

— Ici le shérif adjoint Whitefeather, déclara-t-il. Rappelez-moi dès que possible, s'il vous plaît.

Il brûlait peut-être les étapes, mais il allait se rendre chez les Lowman dès ce soir pour faire le tour de la maison.

Perplexe, Megan regarda Roan s'éloigner. Elle était soulagée qu'il ait pris ses inquiétudes au sérieux, mais déçue qu'il n'ait pas manifesté le moindre intérêt pour elle.

Elle cligna des yeux pour s'empêcher de pleurer. Elle n'avait pourtant pas la larme facile. Elle avait appris voilà bien longtemps à ne pas se laisser abattre par le fait d'être rejetée. Comme son père le disait, elle était intelligente, ce qui lui avait servi pour survivre.

En réalité, c'était mieux qu'elle ne soit pas magnifique

comme sa sœur l'était. D'après la police, Shelly avait sans doute été visée par son assassin à cause de sa beauté.

Même leur mère avait un physique de top model. Mais elle ne s'était jamais remise de la mort de sa fille. Elle avait fini par se suicider, comme si Megan ne suffisait pas à combler le vide laissé par Shelly.

Comme si c'était elle qui aurait dû mourir plutôt que sa sœur.

À ces souvenirs, Megan se sentit soudain nauséeuse et elle repoussa son verre de vin. Elle se leva, puis se fraya un passage à coups de coude à travers la foule. Ignorant les sifflets des cow-boys avinés, elle se dirigea vers la porte.

Un homme baraqué coiffé d'un grand chapeau noir l'attrapa par le bras.

— Pourquoi tu es si pressée ? Détends-toi, et on pourra prendre un peu de bon temps tous les deux.

Elle le fusilla du regard.

— Désolée, monsieur. Je ne suis pas intéressée.

Il resserra sa prise.

— Hé, je vous connais, non ? C'est vous la légiste qui avez envoyé mon frère en prison.

Elle haussa un sourcil et essaya de se remémorer les détails.

— Je suis désolée, mais je ne sais pas de quoi vous parlez.

— Vous ne vous souvenez pas ? Vous avez dit que mon frère avait tué ce vagabond, et maintenant, il est en taule à cause de vous.

Megan sentit ses cheveux se hérisser sur sa nuque. La voix de l'homme débordait d'agressivité.

— Je suis désolée de ce qui est arrivé à votre famille, répondit-elle. Mais je ne faisais que mon travail.

— Eh bien, vous aviez tort, ma p'tite dame. Mon frère n'a tué personne.

Elle s'obligea à garder son calme.

— Mon rapport repose sur les preuves scientifiques que je trouve lors de l'autopsie. Le reste dépend de la loi et du jury.

Elle se dégagea et prit une profonde inspiration.

— Et maintenant, bonne nuit.

L'homme marmonna une obscénité lorsqu'elle le dépassa. Tout en marchant, elle regarda par-dessus son épaule pour s'assurer qu'il ne la suivait pas.

Elle appuya sur sa clé pour déverrouiller sa camionnette et s'installa au volant.

Elle démarra, puis jeta un coup d'œil dans son rétroviseur. L'homme l'avait suivie dehors et la regardait s'éloigner d'un air mauvais.

Le ventre noué, elle réfléchit. Il avait dit qu'elle s'était trompée à propos de son frère. Était-ce le cas ?

Tout le monde faisait des erreurs. Mais elle était consciencieuse. Même si elle se laissait parfois entraîner par sa curiosité. Comme maintenant ?

Cherchait-elle quelque chose d'anormal dans la mort de Joe McCullen alors que ce n'était pas le cas ?

Roan se gara dans l'allée de la maison de Barbara. Elle était plongée dans l'obscurité, ce qui était normal, ses occupants ayant été incarcérés. La plupart des fenêtres du quartier n'étaient pas éclairées non plus.

Il éteignit ses phares, puis regarda autour de lui. Il devait éviter d'attirer l'attention de qui que ce soit. Maddox serait sûrement contrarié d'apprendre que Roan était ici et qu'il ne l'avait pas informé de sa conversation avec Megan.

Mais ce n'était pas la peine d'inquiéter le shérif avec des questions sur la mort de son père, tant qu'il n'y avait pas de preuves concrètes que Joe avait bien été assassiné.

Muni de sa lampe-torche, Roan contourna la maison et s'approcha de la porte de derrière. Après avoir crocheté la serrure, il se glissa à l'intérieur. Une odeur de moisi, de tabac froid et de bière l'accueillit.

Il éclaira la cuisine, s'attendant à voir de la vaisselle sale, mais l'évier était vide. Le plan de travail était bien rangé, en dehors de quelques cadavres de bouteilles de bière.

Il ouvrit le réfrigérateur et inspecta son contenu : une brique de lait, du jus de fruits, du soda, un cœur de laitue flétri, une boîte à œufs, des yaourts. Il ouvrit le carton et réprima un haut-le-cœur à l'odeur de lait tourné.

Mais il ne vit rien de suspect.

Il passa ensuite aux placards, puis regarda sous l'évier. Parmi les produits ménagers qu'il trouva, certains étaient toxiques, mais s'agissait-il du poison qui avait peut-être tué Joe ?

Il fit rapidement la liste des bouteilles, avant d'explorer le salon, les chambres et les salles de bains. Il tomba sur d'autres produits d'entretien, mais rien de potentiellement dangereux.

Bien sûr, Barbara aurait eu amplement le temps de se débarrasser du poison.

Mais, comme personne n'avait mis en doute la cause de la mort de Joe, elle ne s'en était peut-être pas donné la peine. Certaines personnes étaient assez arrogantes pour croire qu'elles ne se feraient jamais prendre.

Avec cette théorie en tête, il fouilla dans les poubelles des salles de bains, puis de la cuisine. Mais il ne trouva rien d'autre que des canettes de bière, un carton à pizza vide, d'autres ordures diverses et variées.

Frustré, il ressortit par la porte de derrière et jeta un coup d'œil dans le bac à l'extérieur. Surpris, il n'y trouva qu'un seul sac. Mais, avant de l'ouvrir, il avisa la remise située derrière la maison.

Persuadé de tenir quelque chose, il s'empressa de crocheter le verrou. Une fois la porte ouverte, il éclaira la pièce et aperçut plusieurs sacs de terreau, des cache-pots et des outils de jardinage.

Un bac de rangement était posé à droite. Roan souleva le couvercle et braqua le faisceau de sa lampe dedans.

De l'engrais.

Le cœur battant, il repensa à d'anciennes affaires d'empoisonnement. Les engrais contenaient du cyanure…

3

Roan prit quelques photos des sacs d'engrais et des autres produits chimiques présents dans la remise, mais veilla à ne toucher à rien. S'il s'avérait que Joe McCullen avait été assassiné, il devrait procéder en bonne et due forme pour réunir des preuves.

Mais le fait que Barbara ait eu à portée de main des substances contenant du cyanure la mettait clairement sur sa liste des suspects.

Cela dit, comment s'y serait-elle prise pour empoisonner Joe ? se demanda-t-il. Peut-être en avait-elle mis dans ce qu'il mangeait ou buvait ? Ce serait la méthode la plus courante et la plus simple.

Dans ce cas, cela signifiait qu'elle avait été en contact avec lui, qu'elle lui avait rendu visite.

Maddox en saurait peut-être davantage. Mais Roan n'était pas prêt à discuter de la situation avec lui.

Il aperçut une paire de gants de jardinage, puis une boîte de gants jetables en latex, qu'il photographia. Beaucoup de gens en mettaient pour faire le ménage, mais Barbara aurait pu s'en servir au moment de préparer la mixture où elle avait introduit le cyanure.

Sans doute tirait-il des conclusions hâtives, se dit-il. Ce n'était pas parce que Barbara avait un mobile qu'elle était la seule à vouloir la mort de Joe.

Arlis Bennett, de Circle T, était soupçonné d'avoir payé quelqu'un pour allumer les feux en son nom et celui de son cousin, Boyle Gates. Après son arrestation pour vol de bétail, Gates avait été furieux contre Maddox.

Mais cela ne concordait pas au niveau des dates. Joe était déjà mort lorsque Gates s'était fait prendre.

Mais il était possible que le patriarche des McCullen ait découvert ce que faisait Gates. Celui-ci avait pu l'empoisonner, dans l'espoir qu'il emporte dans la tombe ce qu'il savait sur lui.

De toute façon, il était trop tard pour interroger ces hommes ce soir, songea Roan. Il attendrait demain pour poser ses questions.

Il sortit de la remise et la verrouilla. Tout en rejoignant son véhicule, il inspecta une dernière fois du regard le jardin et la maison. Mais dès qu'il s'éloigna du quartier, ses pensées se tournèrent vers Megan.

Le fait de l'avoir revue ce soir avait fait remonter à la surface les souvenirs de leur brève aventure.

Comment le pire jour de sa vie avait-il pu être aussi l'un des meilleurs ?

Il avait tellement souffert de la mort de sa mère qu'il s'était laissé aller à oublier son chagrin en profitant du corps doux de Megan. Les caresses érotiques de la jeune femme avaient apaisé sa douleur et lui avaient permis d'oublier un moment que la seule personne qu'il ait jamais aimée, la seule à s'être souciée de lui, avait disparu pour toujours.

Mais peut-être que cette nuit avec Megan l'avait autant marqué parce qu'il était en plein deuil…

C'était forcément l'explication. S'ils couchaient à nouveau ensemble, il ne pourrait être que déçu.

Roan traversa la ville, puis se gara devant son chalet. Lorsqu'il sortit de son véhicule, il entendit le bruissement du vent et le cri d'un coyote à proximité.

Il redressa les épaules et entra chez lui. La pièce froide et vide ne fit que lui rappeler combien il était seul.

Parfois, il s'imaginait faire le tour du chalet et trouver

Megan dans sa cuisine ou son bureau. Mais le plus souvent, il la visualisait dans sa chambre.

Se réveiller avec elle dans ses bras cette nuit-là avait été un pur bonheur. Mais quand il avait regardé son joli visage innocent, il avait été submergé par la culpabilité.

Comment avait-il été capable de prendre du plaisir alors que sa mère était morte ? Et comment avait-il pu profiter ainsi de Megan.

Il savait qu'elle n'était pas le genre de femme à coucher avec quelqu'un sur un coup de tête. Qu'elle risquait de voir leur aventure sexuelle comme le début d'autre chose — peut-être d'une relation à long terme.

Et il ne pouvait pas se lancer là-dedans. Il ne voulait pas s'attacher à qui que ce soit.

La perte d'un être cher était trop douloureuse.

C'était aussi pour cela qu'il ne se permettrait aucun rapprochement avec les McCullen. Bien sûr, il démasquerait le meurtrier de Joe — s'il avait bien été assassiné — mais ensuite, il prendrait ses distances.

Et les McCullen ne sauraient jamais son secret.

Le lendemain, Megan pensait encore à sa rencontre avec l'inconnu à la sortie du bar.

Pistol Whip était une petite ville, mais elle travaillait également pour l'hôpital du comté et le bureau du médecin légiste qui couvraient un territoire beaucoup plus vaste.

Frank Mantle, le médecin légiste en chef, avait supervisé tous ses examens la première année, mais la laissait désormais travailler seule. Il approchait de la retraite, avait de l'arthrite et voulait passer plus de temps avec sa femme. C'était donc Megan qui faisait la majorité des autopsies.

Comme elle n'arrivait pas à se souvenir de l'affaire dont l'homme en question lui avait parlé, elle fouilla dans ses dossiers. Le cinquième qu'elle sortit était le bon.

La victime s'appelait Carlton Langer. Il avait vingt-cinq

ans, venait d'obtenir son diplôme universitaire et voyageait à travers le pays pour faire les quatre cents coups avant de commencer à travailler à plein temps.

Se rappelant peu à peu les détails de l'affaire, Megan se frotta le front. Carlton avait reçu trois violents coups de couteau dans le torse. Son aorte avait été sectionnée. Il s'était vidé de son sang immédiatement.

En s'appuyant sur l'angle de pénétration de la lame et sur le fait que le couteau n'avait pas été retrouvé, elle avait établi qu'il s'agissait d'un homicide. Elle alluma son ordinateur et chercha l'article paru suite au meurtre. Un dénommé Tad Hummings avait été arrêté le lendemain de l'attaque.

D'après le policier qui l'avait appréhendé, Hummings était drogué lors de l'agression. L'arme avait été retrouvée chez lui, couverte de ses empreintes. Plus tard, quand le meurtrier avait repris pied dans la réalité, il avait tout oublié.

Comme s'il avait eu un trou noir, songea-t-elle en se massant la tempe. Elle lut le bilan toxicologique. Cocaïne.

L'avocat engagé par Dale Hummings, le frère de Tad, avait plaidé que le comportement violent et instable de l'accusé s'expliquait par la prise de stupéfiants.

Mais il y avait eu mort d'homme, c'est pourquoi Tad avait été envoyé en prison.

Megan referma le dossier. Dale Hummings lui en voulait, mais elle n'avait pas fait d'erreur. En revanche, son frère, lui, en avait fait une, et une grave. Car il n'y avait aucun doute non plus sur la cause du décès de Langer.

Il en allait autrement pour Joe McCullen. Elle décrocha le téléphone, impatiente de demander à Howard s'il avait terminé ses analyses.

Roan roulait vers la prison où Barbara avait été incarcérée. Il allait peut-être un peu vite en besogne, mais il avait toujours soupçonné qu'elle mentait à propos des feux allumés à Horseshoe Creek.

Un mégot de cigarette avait été retrouvé dans les cendres de l'écurie incendiée, de la même marque que celles qu'elle fumait.

Son téléphone vibra. C'était Maddox.

— J'ai une piste concernant Romley, dit-il. Il a été aperçu à Cheyenne. Je suis en route pour vérifier. Je te confie les rênes.

Stan Romley travaillait pour Gates et Arlis Bennett. Il avait pris un emploi à Horseshoe Creek pour espionner les McCullen.

— Je m'occupe de tout, répondit Roan.

Certes, il se trouvait à plus de quarante-cinq kilomètres de Pistol Whip, mais s'il se passait quoi que ce soit, il rentrerait au plus vite.

— Appelle-moi si tu as besoin de renforts.

Maddox acquiesça, avant de raccrocher. Roan s'arrêta au poste de sécurité et s'identifia, puis il avança lorsque le gardien lui fit signe de passer. Après s'être garé, il attendit dehors quelques instants, sous les hurlements du vent. Il lui fallut dix minutes de plus pour franchir les contrôles de sécurité.

Barbara avait été écrouée dans une prison de sécurité minimale pour purger sa peine d'un an pour violences aggravées contre le shérif et Scarlet Lovett. Elle avait sectionné le câble de frein sur la voiture de la jeune femme. Scarlett avait failli mourir lorsqu'elle avait percuté le bâtiment des services sociaux où elle travaillait.

Barbara avait négocié une peine moins sévère, acceptant en contrepartie de ne pas faire appel.

Roan s'assit au parloir, tandis qu'un surveillant escortait la femme jusqu'à la chaise en face de lui, derrière une vitre en Plexiglas. En repensant à son histoire, il ne put s'empêcher de ressentir une pointe de compassion pour elle. Joe McCullen et elle avaient eu une liaison quand Maddox et ses frères étaient enfants, et elle était tombée enceinte de Bobby.

Quand Grace, la femme de Joe, avait péri dans un accident de voiture, Barbara avait attendu en vain que Joe l'épouse.

Son amertume avait grandi peu à peu. À la mort de Joe, elle avait espéré que son fils hérite de sa part de Horseshoe Creek.

Joe l'avait inclus dans son testament, mais ni Barbara ni Bobby ne s'étaient estimés satisfaits.

La prisonnière avait le visage pâle et maussade. Ses cheveux blonds décolorés étaient désormais parsemés de mèches d'un châtain terne. Elle l'observa un instant, visiblement curieuse de savoir ce qu'il lui voulait.

Lors de son arrestation, elle avait été agressive et instable. La prison l'avait vidée de sa combativité.

Il décrocha le combiné et attendit qu'elle l'imite.

— Madame Lowman. Merci d'avoir accepté de me voir.

Elle haussa les épaules sans le quitter des yeux.

— Je n'avais pas tellement le choix.

Non, en effet, songea Roan. Elle était à la merci du système judiciaire.

— Comment allez-vous ? demanda-t-il.

— Parce que ça vous intéresse ? ironisa-t-elle.

Elle avait raison. Il s'en moquait. Elle avait tenté de tuer une femme innocente. Scarlet était l'une des personnes les plus gentilles qu'il connaisse.

— Que faites-vous vraiment ici, monsieur l'adjoint ? reprit-elle.

— J'ai pensé que vous seriez peut-être prête à dire la vérité à propos des incendies à Horseshoe Creek. Je pourrais parler au juge en votre nom et obtenir votre libération conditionnelle si vous avouez.

Le rire sarcastique de Barbara résonna sur la ligne.

— Ben tiens… Je confesse un autre crime, et vous me faites sortir d'ici plus tôt ? Vous me prenez pour une idiote ?

— Je ne crois pas du tout que vous soyez idiote, répondit Roan. Je pense que vous en vouliez à Joe de ne pas vous avoir épousée, surtout après l'avoir attendu toutes ces années.

— Qui dit que je l'ai attendu ?

— Vous ne vous êtes jamais mariée.

Il se pencha plus près de la vitre.

— Est-ce que vous avez fréquenté quelqu'un d'autre, Barbara ? Ou êtes-vous restée chez vous, à attendre que Joe appelle ?

Il baissa la voix, adoptant un ton railleur.

— Vous pensiez vraiment que le mois ou l'année d'après, il allait enfin admettre qu'il vous aimait et qu'il allait vous épouser ?

Les narines de la femme palpitèrent.

— Comment osez-vous ?

— Je comprends votre colère. Vous avez donné un fils à Joe, comme Grace, mais ses fils à elle ont eu la chance de vivre au ranch, de porter le nom de Joe et de grandir près de lui. Ils ont eu un vrai père. Alors que McCullen a gardé le secret sur vous et Bobby. Il vous a contrainte à vivre dans l'ombre, à grappiller les moindres miettes laissées par sa vraie famille.

Il marqua une pause théâtrale.

— Il avait honte de vous deux.

Elle se leva brusquement, tremblante de fureur.

— Espèce d'enfoiré ! Joe nous aimait, moi et Bobby.

— S'il vous avait aimés, il vous aurait présentés à ses fils. Il vous aurait épousée. Mais il ne l'a pas fait. Et au fur et à mesure que les mois, les années passaient, vous êtes devenue de plus en plus aigrie. Et ensuite… Que s'est-il passé ? Vous lui avez peut-être donné un ultimatum, vous l'avez peut-être menacé de révéler la vérité à Maddox, Brett et Ray s'il ne vous épousait pas.

— C'est ridicule, rétorqua Barbara.

Mais la lueur de culpabilité dans son regard indiqua à Roan qu'il avait tapé dans le mille. Il haussa un sourcil.

— Mais il a quand même refusé. Ça a dû vous anéantir.

Elle se rassit et baissa les yeux, le visage ravagé par le chagrin.

— Il se reprochait la mort de sa femme. C'est pour ça qu'on ne s'est jamais mariés. Même morte, elle a continué à le tenir sous son emprise.

— Et vous avez fini par craquer, n'est-ce pas Barbara ? Vous avez décidé que s'il ne vous épousait pas, vous alliez vous débarrasser de lui. Au moins, votre fils et vous auriez ce qui vous revenait.

— Il nous le devait bien, déclara-t-elle sèchement. On l'aimait, on a gardé son secret pour le protéger, et il nous a laissés tomber.

— La goutte d'eau qui a fait déborder le vase, c'est ça ? Il a refusé de se marier avec vous. Il vous a peut-être même dit que ça n'arriverait jamais.

Il leva un sourcil.

— Il a peut-être menacé de vous rayer de son testament.

Les yeux embués, la prisonnière redressa le menton, mais garda le silence.

— Alors vous avez décidé de le supprimer. Comme il était déjà malade, vous l'avez empoisonné. Tout en douceur, à petites doses.

— Quoi ? s'exclama-t-elle, manifestement abasourdie. Joe a été empoisonné ?

— Oui. Lui avez-vous apporté à boire ou à manger lors de vos visites ? L'avez-vous lentement empoisonné jusqu'à ce qu'il meure ?

Barbara blêmit.

— Qu'est-ce que vous dites ? Joe a été assassiné ?

— À vous de m'éclairer, madame Lowman. Avez-vous tué Joe McCullen ?

Tout en attendant que le labo réponde, Megan ferma la porte de son bureau. Howard finit par décrocher.

— Howard, c'est Megan.

— Je m'apprêtais à t'appeler.

— Tu as terminé les analyses ?

— Oui. Retrouve-moi au café en face de l'hosto.

— J'arrive.

Elle attrapa son sac, sortit à la hâte et verrouilla la porte derrière elle. Elle prit l'ascenseur pour quitter le sous-sol, où se trouvait la morgue, puis parcourut les couloirs de l'hôpital. Elle passa devant la boutique de cadeaux, quitta le bâtiment et traversa la rue.

Lorsqu'elle rejoignit Howard, il était en train de commander du café. Elle commanda un *latte*, puis ils s'installèrent dans un box au fond de la pièce.

— Qu'est-ce que tu as trouvé ? demanda-t-elle, trop impatiente pour attendre.

Howard jeta un coup d'œil autour de lui, puis murmura :

— Tu avais raison, Megan. Il y avait bien des traces de cyanure dans l'organisme de McCullen.

Le cœur de Megan se mit à battre plus fort. Joe avait été assassiné, c'était désormais une certitude.

— Que vas-tu faire de cette information ? demanda-t-il.

Elle souffla sur la vapeur que dégageait sa boisson.

— Je dois aller voir la police.

À vrai dire, elle l'avait déjà fait.

— Joe était le père du shérif, n'est-ce pas ? poursuivit le laborantin.

— Oui.

— Le shérif vivait avec lui, non ?

— Si, répondit-elle en fronçant les sourcils.

— Comment son père a-t-il pu être empoisonné à son insu ?

— Je l'ignore, mais je connais quelqu'un qui va le découvrir.

Megan sortit son téléphone de son sac et composa le numéro de Roan. Elle écouta l'annonce du répondeur, puis laissa un message demandant qu'il la rappelle.

— Et le Dr Cumberland ? demanda Howard.

— Il était proche de Joe, mais comme celui-ci était malade je suppose qu'il n'a jamais pensé à chercher une autre cause.

— Tu vas le lui dire ?

— Bien sûr.

Elle n'était pas pressée de le faire, surtout après avoir vu sa réaction quand elle avait émis des doutes sur le bilan toxicologique.

Une fois leurs boissons terminées, Howard dut repartir au labo. Elle s'attarda un peu, dans l'espoir que Roan la rappelle, mais finit par se lever. Lorsqu'elle sortit, un vent glacé soufflait dans la rue. Le ciel était chargé de nuages sombres, même s'il n'avait pas plu depuis des jours.

Megan frissonna. Elle avait l'étrange sensation d'être observée. Repensant à sa rencontre avec le frère de Hummings la veille, elle regarda autour d'elle en marchant vers le passage pour piétons, mais elle ne le vit nulle part.

Elle s'approcha du groupe de personnes qui attendaient pour traverser. Son portable sonna au moment où le feu changeait. Elle s'apprêtait à répondre lorsqu'un coup de feu retentit. Les gens se mirent à hurler et à courir en tous sens. Quelqu'un la poussa dans le dos, lui faisant perdre l'équilibre.

Elle tomba en avant, lâchant son téléphone qui vola à travers la rue. Levant les yeux, elle hurla en voyant une voiture foncer sur elle dans un crissement de pneus.

4

Roan observa la réaction de Barbara. Elle semblait choquée par son accusation.

— Avez-vous empoisonné Joe McCullen, Barbara ?

La prisonnière agita les mains vivement, faisant cliqueter ses menottes.

— Bien sûr que non. Je n'arrive pas à croire que vous me posiez une question pareille. J'aimais cet homme plus que tout au monde.

— Vous l'aimiez, mais on sait tous les deux que vous lui reprochiez de ne pas vous avoir épousée.

Elle baissa les yeux sur ses ongles rongés.

— Quelqu'un l'a vraiment empoisonné ?

— Il y avait des traces de cyanure dans son organisme.

Elle releva brusquement la tête. Elle paraissait surprise. Ou coupable ?

— Du cyanure ?

— Oui. L'engrais contient du cyanure, Barbara. Or vous en avez en grande quantité chez vous. Vous l'utilisez pour le jardinage.

Il perçut à nouveau de la tension dans le regard de la femme. Puis elle sembla se ressaisir.

— Le jardinage, c'était un de mes passe-temps. Mais beaucoup de gens jardinent. Ce n'est pas un crime.

— Non, mais mettre du cyanure dans la nourriture ou dans la boisson de quelqu'un en est un.

— Je n'ai pas mis de cyanure dans quoi que ce soit.

Roan tordit la bouche.

— Alors c'est peut-être votre fils.

Les traits tirés de la prisonnière se déformèrent sous l'effet de la colère.

— Mon fils n'a rien fait de ce genre.

— En êtes-vous sûre, Barbara ? Il en voulait encore plus que vous à Joe. Il détestait tous les McCullen. Il est peut-être même allé voir Joe, mais Joe lui a dit de ne pas revenir, qu'il ne voulait pas que ses vrais fils soient au courant de son existence.

Il marqua une pause, avant de reprendre :

— Il a peut-être dit à Bobby qu'il ne serait jamais un McCullen. Que s'il obtenait un bout de terrain, il devrait travailler aux ordres de Maddox comme une espèce de domestique.

Barbara bondit sur ses pieds.

— Arrêtez ! Joe n'aurait jamais parlé à Bobby comme ça. Il aimait notre fils.

— Mais pas comme il aimait Maddox, Brett ou Ray, insista Roan.

Les yeux de Barbara flamboyèrent de rage.

— Écoutez-moi, monsieur l'adjoint : Bobby et moi, on a assez souffert. On est en prison à cause de cette famille, mais on n'a pas tué Joe. Alors laissez-nous tranquilles.

Elle fit volte-face et agita la main vers le surveillant.

— Ramenez-moi à ma cellule, s'il vous plaît.

L'homme jeta un coup d'œil vers Roan, qui haussa les épaules et hocha la tête. Mais avant que la prisonnière ne franchisse la porte, il se racla la gorge et lança :

— Vous aussi, écoutez-moi, Barbara : si vous ou Bobby avez tué Joe, je le découvrirai. Et vous pourrez dire adieu à vos chances de libération.

Elle lui lança un regard assassin, puis sortit en traînant des pieds, suivie du surveillant.

Roan réfléchit à sa réaction.

Avait-elle voulu protéger son fils et lui permettre d'avoir ce qui lui revenait au point de tuer l'homme qu'elle aimait ?

Le cœur battant à tout rompre, Megan fixa la voiture qui fonçait vers elle. Terrifiée, elle roula en direction du trottoir quelques secondes seulement avant que le véhicule ne pile dans un crissement de pneus.

Elle avait bien failli se faire percuter.

Toute sa vie repassa devant ses yeux. Jouer avec sa sœur quand elle était petite. La perdre. Perdre sa mère… Son père qui la regardait comme si elle ne valait rien.

Se sentir tellement seule qu'elle avait parfois l'impression qu'elle allait en mourir…

Et puis cette nuit avec Roan… Son beau visage. Lui au-dessus d'elle, en train de lui faire l'amour.

Elle voulait vivre, pour être à nouveau avec lui.

Des cris s'élevèrent autour d'elle, puis un homme se précipita pour l'aider à se relever.

— Tout va bien, mademoiselle ?

La conductrice sortit à la hâte de la voiture. Le visage livide, elle s'avança vers Megan d'un pas mal assuré.

— Oh ! Seigneur… Ça va, mon petit ?

— Oui.

Megan regarda autour d'elle et aperçut plusieurs personnes qui observaient la scène, tandis que les autres s'étaient dispersées sans demander leur reste.

— Quelqu'un a tiré un coup de feu.

— J'ai entendu, répondit l'homme qui l'avait aidée. Mais je n'ai pas vu d'où ça provenait.

— Je crois que c'était un moteur qui pétaradait, intervint un passant aux cheveux gris.

— Non, non, c'était un pistolet, pas de doute, contredit une autre femme.

Megan ne savait plus quoi penser. Cela dit, il lui semblait que quelqu'un l'avait poussée avant qu'elle ne tombe.

Ne sois pas paranoïaque.

Même si elle se posait des questions sur la mort de Joe McCullen, les seuls à être au courant étaient Howard et Roan. Et ils étaient de son côté.

Il ne fallait pas oublier le frère de Tad Hummings. Serait-il prêt à essayer de la tuer parce qu'elle avait contribué à envoyer son frère en prison ?

— Vous êtes sûre de ne pas avoir besoin d'une ambulance ? demanda la conductrice.

— Oui, c'est bon.

Elle n'avait qu'une envie : appeler Roan. Et ensuite, aller se cacher dans son bureau, là où elle serait en sécurité.

Sauf qu'elle devait parler au Dr Cumberland. Et il n'allait pas apprécier ce qu'elle avait à dire.

Roan envisagea d'interroger Bobby, avant de renoncer. Il avait d'abord besoin d'amasser des preuves solides. Quelque chose qui pourrait obliger le prisonnier à avouer.

Il monta dans son SUV, rejoignit la grande route et appela Megan. Elle décrocha au bout de trois sonneries. Elle semblait à bout de souffle.

— Ça va, Megan ?

— Non. Enfin, oui. Je suis en route pour la morgue.

— Qu'est-ce qui ne va pas ?

— Je suis allée voir Howard pour discuter des résultats des analyses, mais sur le chemin du retour, il y a eu un coup de feu. La foule a paniqué et a commencé à se sauver, et je suis tombée dans la rue.

— Tu es tombée ? répéta Roan.

— Oui… À vrai dire, je ne sais pas. J'ai cru pendant une minute qu'on m'avait poussée, mais je n'en suis pas sûre. Tout le monde était en train de courir.

— Qui a tiré ?

— Pas la moindre idée, répondit-elle. La rue était bondée,

et tout est arrivé très vite. Un passant a dit que c'était un moteur qui avait pétaradé, mais j'en doute.

— As-tu vu quelqu'un de suspect ?

— Non. Mais comme je l'ai dit, tout s'est passé très vite. Une voiture arrivait sur moi à toute allure, alors j'ai dû rouler sur le côté pour l'éviter.

Roan n'aimait pas cela du tout. D'abord, Megan venait le voir pour évoquer la mort de Joe McCullen. Et voilà que quelqu'un tirait en pleine rue, qu'elle tombait et manquait se faire heurter par une voiture…

Cela faisait un peu trop de coïncidences.

— À qui d'autre as-tu parlé du rapport toxicologique ? demanda-t-il, serrant le portable dans sa main moite.

— À part toi, à Howard, le technicien du labo, et au Dr Cumberland. Mais je ne l'ai pas vu depuis mon rendez-vous avec Howard, tout à l'heure.

— Qu'ont dit les résultats ?

— Qu'il y avait bien du cyanure dans l'organisme de Joe. Probablement administré à petites doses au fil du temps pour ne pas éveiller les soupçons.

Roan tourna sur la route qui menait au ranch des McCullen, Horseshoe Creek. Il devait découvrir qui avait rendu visite régulièrement à Joe.

— Ça va bouleverser le Dr Cumberland, ajouta Megan. Lui et les McCullen sont bons amis.

— Alors comment a-t-il pu passer à côté du fait que son patient ait été empoisonné ?

— Comme je l'ai dit, ça a sûrement été progressif. Comme Joe était déjà malade, le Dr Cumberland a dû penser que son état empirait à cause de ça.

Tout se bousculait dans l'esprit de Roan. Barbara était sa principale suspecte, mais sa surprise avait semblé réelle.

Son téléphone vibra. C'était Maddox.

— Écoute, Megan, Maddox est en train de m'appeler. Je vais te laisser.

— Tu vas lui dire que son père a été assassiné ?

Roan hésita. Ce n'était pas une conversation qu'il avait hâte d'avoir.

— Pas encore. Je veux d'abord avoir un suspect valable.

— Je te comprends. Les McCullen ont traversé beaucoup d'épreuves. Mais il faut les mettre au courant.

— Ne t'inquiète pas. Je le lui dirai le moment venu.

Il hésita, puis se souvint qu'elle avait frôlé la mort.

— Sois prudente, Megan. Et ne parle de tout ça à personne, hormis le Dr Cumberland.

Il répondit ensuite à Maddox :

— Ici Roan.

— Je crois que j'ai localisé Romley. Je planque devant le motel où il a été aperçu en dernier.

— Tu as besoin de renforts ?

— Pas encore. Je te préviens au cas où. Et de ton côté ?

Roan déglutit péniblement. Il détestait mentir… Mais il n'était pas prêt à révéler la vérité.

— Rien de neuf. Je ne vais pas tarder à aller au ranch.

— Merci. Les agents de sécurité que Brett a engagés sont sur le coup, normalement. Mais je m'inquiète pour Mama Mary et Rose. Elles sont restées à la maison en mon absence. J'ai essayé de les convaincre d'aller chez une amie, mais elles sont toutes les deux têtues comme des mules. Mama Mary a dit que personne ne la chasserait de chez elle, et Rose a insisté pour rester avec elle.

— Ne t'inquiète pas. Je vais passer les voir.

Mama Mary était restée au chevet de Joe pendant toute sa maladie. Elle vivait déjà avec les McCullen avant la mort de la mère des garçons, et faisait office de cuisinière, de gouvernante et de mère de substitution. D'après Maddox, elle faisait partie intégrante de la famille.

Elle saurait qui avait rendu visite à Joe. Et s'il avait d'autres ennemis, elle pourrait lui fournir une liste de noms.

Megan n'arrivait pas à se défaire de la sensation que quelqu'un avait voulu lui faire du mal dans la rue.

Était-ce l'homme du bar, le frère de Tad Hummings ?

Elle ferait bien de signaler leur altercation à la police. À Roan. Mais elle ne pouvait pas prouver qu'il était responsable de ce qui s'était passé aujourd'hui. En outre, il était déjà en colère contre elle. Si elle l'accusait de l'avoir poussée sous les roues d'une voiture ou de lui avoir tiré dessus, il serait encore plus furieux.

Elle ne voulait pas affronter ce genre de rancune. Ni accuser quelqu'un injustement.

Elle enregistra les résultats concernant Morty Burns et les envoya au shérif de Laredo. C'était son enquête à lui, pas celle de Roan ou du shérif McCullen. Mais, comme elle était curieuse à propos de la victime, elle entra son nom dans la base de données et lança la recherche.

Morty Burns, cinquante-neuf ans, un mètre soixante-dix-huit, quatre-vingt-six kilos, pas de maladies préexistantes.

Il était marié à une dénommée Edith Bennett.

Bennett… Pourquoi ce nom lui semblait-il familier ?

Un coup frappé à la porte de son bureau lui fit relever la tête, mais avant qu'elle ne puisse répondre, le Dr Cumberland déboula dans la pièce.

— Qu'est-ce qui vous prend, bon sang, Megan ? Je viens de découvrir que vous aviez refait des tests sur Joe McCullen. Je croyais qu'on avait réglé le problème.

Elle se tourna vers lui en s'efforçant de garder son calme. Elle ne s'était pas laissé intimider par son père, elle ne se laisserait pas faire non plus par cet homme.

— Je suis désolée, docteur, mais j'étais troublée par ces deux résultats différents. Alors j'ai décidé de lancer une nouvelle analyse.

Le Dr Cumberland fourragea dans ses cheveux, et ses mèches blanches se dressèrent en épis indisciplinés.

— Je n'arrive pas à croire que vous ayez agi dans mon dos…

— Ça n'a rien à voir avec vous, rétorqua Megan. Ça concerne votre ami Joe. Si quelqu'un lui a fait du mal, vous ne voulez pas le savoir ?

— Bien sûr que si, bégaya-t-il.

— Je ne comprends pas ce résultat faussement négatif.

Le médecin détourna les yeux.

— Parfois, nos échantillons sont contaminés, ce qui change les résultats.

C'était déjà arrivé auparavant, en effet.

— Je sais que vous teniez à lui, déclara Megan d'une voix douce. Tout comme ses fils. Je veux seulement découvrir la vérité.

Il cessa d'arpenter le bureau et se tourna vers elle, la fixant d'un air peiné.

— Que voulez-vous dire ? Que quelqu'un a tué mon plus vieil ami ? Alors que j'étais responsable de sa santé ?

5

Le Dr Cumberland semblait complètement bouleversé. Megan s'approcha de lui et lui serra l'épaule.

— Je suis désolée, docteur. Je sais que c'est une affreuse nouvelle.

Le visage du médecin se crispa sous l'effet de l'émotion.

— Comment ai-je pu passer à côté de ça ? Je le voyais tout le temps…

— Ça s'est fait peu à peu. Vous n'aviez aucune raison de soupçonner quoi que ce soit, étant donné que Joe était déjà mourant.

— Ça n'a aucun sens, s'exclama-t-il. Pourquoi le tuer ? Il ne lui restait plus longtemps à vivre.

— C'est la grande question. Et je suis sûre que ses fils voudront connaître la réponse.

La mine accablée, le Dr Cumberland s'effondra sur une chaise et se prit la tête entre les mains.

— Mon Dieu, Joe… Qu'est-ce que j'ai fait ?

La culpabilité dans sa voix toucha Megan.

— Vous n'avez rien fait. Joe savait que vous étiez son ami. S'il avait pensé que quelqu'un l'empoisonnait, il vous en aurait parlé.

— Mais j'étais son médecin traitant. J'aurais dû m'apercevoir de quelque chose.

— Comme je l'ai dit, la personne qui l'a empoisonné l'a fait à petites doses sur une longue période.

Elle pianota sur le bureau.

— Vous avez une idée de qui aurait pu en vouloir à Joe ?

— Barbara, c'est tout. Et peut-être Arlis Bennett, mais il est en prison.

Il se releva lourdement et vacilla sur ses pieds. Il avait le teint gris et respirait de façon saccadée.

Megan se précipita pour le soutenir.

— Ça va ? Vous avez des douleurs thoraciques ?

Il fit non de la tête, puis se redressa et essuya la sueur sur son front.

— Je dois y aller.

— Attendez, protesta-t-elle en l'attrapant par le bras. Vous devriez peut-être consulter.

— Je vais bien, j'ai seulement besoin de prendre l'air.

Il se dégagea et se hâta vers la porte avant qu'elle ne puisse l'arrêter.

À l'idée que Joe McCullen avait bien été assassiné, Roan avait l'estomac noué.

Pendant une fraction de seconde, il envisagea la possibilité d'une euthanasie. Apparemment, Mama Mary aimait les McCullen comme sa propre famille. Elle avait pris soin de Joe tout au long de sa maladie.

Et si elle avait décidé de hâter sa mort parce qu'elle ne supportait plus de le voir souffrir ?

Mais empoisonner lentement quelqu'un n'avait rien de très clément… Si Mama Mary ou une autre personne, comme le Dr Cumberland, avait décidé d'abréger les souffrances de Joe, elle aurait trouvé un moyen plus rapide.

Tout en parcourant la longue allée sinueuse qui menait à la maison principale de Horseshoe Creek, Roan observa la propriété. C'était un domaine impressionnant, qui appartenait désormais aux trois fils de Joe.

Du bétail paissait dans les prés, tandis que des chevaux galopaient dans les champs. Brett en avait ramené davantage au ranch, avec pour projet de les dresser et de proposer des leçons d'équitation. Il se chargeait aussi de reconstruire les écuries qui avaient brûlé. Il avait emmené loin du ranch son fils et sa femme, Willow, pour quelques semaines, le temps que Maddox découvre qui était coupable des actes de sabotage contre les McCullen.

Avec un peu de chance, le shérif arrêterait Romley, et tout rentrerait dans l'ordre.

Mais le fait que Joe ait été assassiné changeait tout. Gates était-il responsable ? Ou Barbara ? Ou Bobby ?

Alors que Roan se garait, quelques rayons de soleil éclairèrent l'allée de gravier et la maison. Le sol était sec à cause du manque de pluie. Des coups de vent soulevaient la poussière et éparpillaient les feuilles à travers le jardin. Avec un peu de chance, le printemps arriverait bientôt, avec un temps plus doux, et la vie au ranch reprendrait son cours normal.

Mais il n'avait rien à voir là-dedans, pensa-t-il. Il n'avait pas sa place ici.

Cela dit, il devait obtenir justice pour son père.

Le bruit fait par les bovins s'intensifia, couvrant le sifflement du vent. Il aperçut un cow-boy en haut de la colline qui menait le troupeau vers le pâturage à l'est.

Tandis qu'il montait les marches du perron, un nuage gris avança dans le ciel et cacha le soleil. Les réparations de la maison étaient terminées, constata-t-il en tapant à la porte. Il frappa à nouveau, puis entendit un bruissement à l'intérieur.

— Minute papillon, j'arrive, lança une voix féminine.

Il regarda à nouveau autour de lui, à l'affût du moindre individu suspect, mais ne vit personne. Une seconde plus tard, Mama Mary ouvrit la porte.

Une odeur de cannelle flotta jusqu'aux narines de Roan, le faisant saliver.

La petite femme potelée l'invita à entrer, tout en s'essuyant les mains sur son tablier saupoudré de farine. Elle portait un bandana sur ses boucles brunes coupées au carré. Ses yeux marron étaient si chaleureux et affectueux que Roan ne put s'empêcher d'envier les McCullen. Mais l'inquiétude s'y affichait désormais.

— Shérif adjoint Whitefeather. Quelque chose ne va pas ? Vous avez eu des nouvelles de Maddox ?

— Il va bien, la rassura-t-il. Je lui ai parlé tout à l'heure. Il piste Stan Romley.

Le soulagement se lut sur le visage de la gouvernante.

— Dieu merci… Cet homme va peut-être être mis en prison, et mes garçons pourront revenir travailler ici.

Ses garçons. À en juger par la tendresse dans sa voix, elle ne ferait jamais rien qui puisse faire souffrir cette famille, c'était évident.

— Je peux entrer ? J'ai quelques questions à vous poser.

Elle plissa les yeux.

— Il se passe quelque chose. Quelque chose dont vous ne voulez pas parler.

Elle ne manquait pas d'intuition, songea Roan en enfonçant les mains dans ses poches.

— J'essaie seulement d'aider Maddox à identifier le pyromane.

Mama Mary hocha la tête, mais elle le dévisagea comme si elle ne le croyait pas vraiment. Elle lui fit quand même signe d'entrer.

— Vous voulez du thé ou du café ?

— Du café, s'il vous plaît.

Ils seraient peut-être plus à l'aise tous les deux s'il agissait comme si c'était une visite de courtoisie, et non une quête d'informations. Mais si elle savait que son patron et ami avait été assassiné, elle serait sûrement prête à l'aider.

Elle fit un geste en direction du salon où un feu flambait dans la cheminée, puis elle disparut dans la cuisine. Roan inspecta la pièce du regard. Une photo de Joe et de ses trois fils, alors adolescents, était accrochée à un mur. D'autres cadres étaient posés sur une étagère : sur deux des clichés, Joe était avec une femme, sûrement son épouse, Grace ; sur un autre, elle avait un bébé dans les bras et deux petits garçons à ses côtés. Ray devait être le tout-petit, Maddox et Brett, les plus grands.

Comment Grace aurait-elle réagi si elle avait su que Joe avait un autre fils à l'époque ? Roan n'avait que quelques mois de plus que Maddox.

Il toucha le portefeuille où il gardait une photo de sa mère. Il n'avait jamais eu de père, parce qu'elle avait choisi de ne pas parler de lui à Joe. Qu'aurait fait ce dernier s'il avait été au courant ? Aurait-il demandé la mère de Roan en mariage ?

Roan aurait-il grandi en portant le nom McCullen et vécu dans un ranch comme celui-ci ?

Une vague de déception le submergea, mais il se ressaisit. Cela ne servait à rien de ressasser ce qui n'était pas arrivé.

Mama Mary revint, munie d'un plateau chargé d'une cafetière, de deux mugs et de viennoiseries à la cannelle. Elle le posa sur la table basse, puis tendit à Roan une assiette avec une brioche. Après avoir servi le café, elle lui proposa du lait et du sucre.

— Noir, ça me va, répondit-il en prenant le mug.

Les tasses étaient ornées d'un *M*, comme pour lui rappeler que si sa mère avait épousé Joe, il se serait appelé McCullen, lui aussi.

Mama Mary l'étudia, les sourcils froncés.

— Bon. Que se passe-t-il vraiment, monsieur l'adjoint ? Maddox est aux trousses de Romley qui, on le sait, a travaillé pour Boyle Gates, l'homme que Maddox a arrêté pour vol de bétail. Et vous vous êtes tous renseignés sur son cousin Bennett. Avez-vous de nouvelles informations ?

Il sirota son café, choisissant ses mots avec précaution.

— On espère encore que Romley passera aux aveux à propos des incendies.

— Alors pourquoi êtes-vous ici ?

— Dans les derniers mois de la maladie de Joe, le Dr Cumberland est souvent passé le voir, n'est-ce pas ?

Elle acquiesça, puis ajouta du sucre à son café.

— Presque tous les jours. Joe et lui se connaissaient depuis très longtemps. Il a même mis au monde les fils de Joe.

Sauf lui. Et Bobby. Mais ils ne comptaient manifestement pas.

— Joe et Boyle Gates étaient brouillés ?

Mama Mary soupira.

— On peut dire ça. Boyle a essayé de convaincre Joe de lui vendre quelques-unes de ses terres. Ça l'a beaucoup contrarié que Joe refuse.

— Gates est-il venu voir Joe quand il était malade ?

— Deux fois. Je n'en revenais pas qu'il insiste autant. Il devait penser que Joe était faible et finirait par craquer. Mais Joe a été inflexible : son ranch appartenait aux McCullen, et il n'avait pas l'intention d'en céder la moindre parcelle.

Pour que le poison apparaisse dans le bilan toxicologique, il aurait fallu que Gates en administre plus de deux fois, pensa Roan. Peut-être avait-il recruté quelqu'un pour en mettre dans la nourriture ou la boisson de Joe ?

— D'autres visiteurs ?

— Eh bien, quelques-uns des employés sont passés. Le contremaître et Joe étaient proches. Il venait lui rendre visite au moins une fois par semaine.

— En voulait-il à Joe pour une raison ou pour une autre ?

— Non. Joe s'est toujours bien comporté avec lui. Ils étaient comme des frères, plutôt qu'employeur et employé.

Elle fit claquer sa langue contre ses dents.

— Pourquoi toutes ces questions sur les visiteurs de M. Joe ?

— J'essaie de me faire une idée précise de tous ceux qui étaient en rapport avec le ranch ou Joe. Il est possible que Gates ait payé quelqu'un d'autre que Romley pour saboter le ranch.

Elle se mordilla la lèvre et détourna les yeux.

— Brett a déjà fait des vérifications sur les employés. Il s'est avéré que Romley était malhonnête. Maddox a découvert qu'il était de mèche avec un autre employé du nom de Hardwick. Ils étaient tous aux ordres de Gates.

— Et les visiteurs extérieurs ? Autres que le Dr Cumberland ?

Elle posa sa tasse sur le plateau et se massa le genou comme s'il la faisait souffrir.

— Barbara est passée plusieurs fois, toujours en l'absence de Maddox. Une fois, je l'ai entendue pleurer à son chevet. J'essayais de rester à l'écart quand elle venait. Elle ne m'appréciait pas beaucoup.

— Elle était amère, fit remarquer Roan. Est-ce qu'elle apportait des cadeaux ou de la nourriture quand elle lui rendait visite ?

Le front de Mama Mary se plissa sous l'effet de la réflexion.

— Elle lui apportait parfois des cookies. Elle disait que c'étaient ses préférés, qu'elle les avait faits pour lui la première fois qu'ils s'étaient rencontrés.

— Joe en mangeait ?

— Un ou deux par-ci par-là. À vrai dire, il n'était pas friand de sucreries. Lui, c'était plutôt viande et pommes de terre.

Barbara avait quand même pu empoisonner les cookies, songea Roan.

— Et Bobby ? A-t-il rendu visite à Joe ?

Elle leva les yeux au ciel.

— Ce garçon était comme du vinaigre, à la fois acide et amer. Il passait de temps en temps, mais je gardais mes distances. Il mettait Joe dans tous ses états. Parfois, je les entendais crier depuis la cuisine.

Elle émit un bruit de désapprobation.

— Quand Joe est tombé malade, on aurait pu croire que Bobby deviendrait plus gentil. Mais un soir, je l'ai entendu demander à Joe quand il allait parler de lui aux autres garçons. En plus, il lui réclamait sans cesse de l'argent.

Roan sentit son intérêt grandir.

— Et le testament de Joe ? Bobby savait-il qu'il était inclus dedans ?

— Joe y a fait allusion, mais il a répété plus d'une fois

à Bobby que s'il voulait hériter d'un morceau de terrain, il devait se faire aider.

— A-t-il jamais parlé de modifier son testament ?

Mama Mary baissa les yeux sur ses doigts qui pétrissaient son tablier.

— Si. Je lui ai dit un jour qu'il ferait mieux de retirer ce garçon de la liste. Bobby était ingrat, il avait l'alcool mauvais, et il ne méritait pas d'avoir ce pour quoi Joe avait travaillé aussi dur.

— Joe en a-t-il parlé à son notaire ?

— Je n'en ai franchement aucune idée.

Il n'y avait qu'une façon de le découvrir. Roan devait parler au notaire de Joe, Darren Bush.

Megan passa le reste de l'après-midi à autopsier une victime d'accident de voiture.

À la fin de la journée, elle s'inquiétait toujours pour le Dr Cumberland. Il avait peut-être besoin d'assistance médicale. Elle décida de l'appeler, mais tomba sur la messagerie. Une seconde plus tard, son portable vibra. Pensant que c'était lui, elle décrocha rapidement.

— Docteur Lail, ici North, le shérif adjoint de Laredo. J'ai reçu les résultats de l'autopsie de Morty Burns.

— Oui.

— Avez-vous trouvé le moindre indice ?

— J'ai bien peur que non, répondit Megan. Mais la balle qui l'a tué a été tirée par un 45.

— Hum…

— Quelque chose vous embête à propos du rapport ?

— Pas exactement, répondit North. Mais j'ai parlé au shérif de Pistol Whip. Apparemment, Morty Burns était marié avec une certaine Edith Bennett.

— Oui, c'est ce que j'ai vu.

— Eh bien, elle a un frère : Arlis Bennett, un homme que le shérif McCullen soupçonne de travailler avec Boyle Gates.

— Elle a été prévenue, pour son mari ? demanda Megan.

— Pas encore. Quand j'ai appelé chez elle, personne n'a décroché. Elle vit près de Pistol Whip, et non de Laredo.

Megan tambourina sur son bureau du bout des doigts.

— Je peux aller lui parler.

— Il faudrait vraiment qu'un agent de police soit présent. Il s'agit d'une enquête pour meurtre, maintenant.

— D'accord. Je vais demander au shérif adjoint Whitefeather de m'accompagner.

— Très bien. McCullen pense que le meurtre de Burns a peut-être un lien avec les incidents sur son ranch. On a pu payer ce type pour allumer les incendies, avant de le tuer pour couvrir ses agissements.

Il marqua une pause, avant de reprendre :

— Bref, j'espérais que vous auriez trouvé des traces d'ADN qui nous permettent de relier cette mort à Gates ou Bennett.

— Je suis désolée, j'aurais aimé pouvoir vous en dire plus.

Il la remercia et raccrocha, laissant Megan en pleine réflexion. Elle n'avait pas envisagé qu'une victime autopsiée sur sa table puisse être liée aux McCullen.

Elle envoya un SMS à Roan pour lui transmettre les propos de l'adjoint et lui annoncer qu'elle le retrouverait chez les Burns. Ils devraient annoncer le décès et interroger la veuve au cas où elle saurait qui avait tué son mari. Après tout, ce meurtre n'avait peut-être rien à voir avec les McCullen. Il s'agissait peut-être d'une dispute conjugale ayant mal tourné ou d'un problème personnel de Burns. Il devait peut-être de l'argent à quelqu'un…

Son téléphone bipa. Roan venait de lui répondre.

Suis à Horseshoe Creek. RDV à la ferme Burns. Attends-moi.

Elle accepta le rendez-vous, puis prit son sac et sortit.

Dehors, le soleil se couchait, des nuages d'orage s'amassaient et le vent se levait. Le parking de l'hôpital était toujours plein, le changement d'équipe ne s'étant pas encore fait. Une ambulance roulait vers l'entrée.

Une fois dans sa voiture, Megan prit la direction de la ferme des Burns. Elle traversa la ville, profitant de la circulation fluide, puis emprunta la grande route sortant de Pistol Whip. Dix minutes plus tard, elle trouva la ferme, une propriété qui avait connu des jours meilleurs.

Les mauvaises herbes abondaient dans ce qui avait dû être un grand jardin, les clôtures étaient cassées, et la maison avait besoin d'un bon coup de peinture. Le chemin en terre était parsemé d'ornières qui faisaient cahoter la voiture.

Megan explora les alentours du regard, à la recherche d'un employé, mais il n'y avait personne. Les seuls véhicules étaient un tracteur et un pick-up garé devant la maison décrépite. Elle se gara et regarda à nouveau autour d'elle avec nervosité.

Elle ne savait rien à propos de cette femme, sinon que son mari avait été assassiné.

Brusquement, quelqu'un entrebâilla la porte latérale, et un chat se faufila au dehors. En voyant le sang qui maculait les poils et les pattes de l'animal, Megan sentit son ventre se nouer.

La peur la figea un instant, mais ses réflexes de médecin reprirent le dessus. Elle sortit de son véhicule en jetant des coups d'œil à gauche et à droite, à l'affût du moindre individu suspect, mais elle ne vit personne. Le chat courut se réfugier dans la grange derrière la maison.

Elle marcha jusqu'au perron, une main sur la bombe lacrymogène dans son sac, l'autre effleurant son portable. La maison tremblait sous l'assaut des bourrasques et un volet claquait contre le mur en bois délabré.

Megan monta les marches inégales. Le grincement des lattes sous son poids ne fit qu'augmenter sa nervosité. Lorsqu'elle atteignit la porte d'entrée, sa nuque ruisselait de transpiration. Elle s'immobilisa et tendit l'oreille.

Le vent sifflait sous l'avant-toit. De l'eau coulait d'un robinet ou d'une baignoire quelque part dans la maison.

Elle passa la tête à l'intérieur. Il y flottait une odeur âcre désagréable. Le salon rempli de meubles en piteux état était vide. Elle prit une profonde inspiration, puis entra.

Ce qu'elle vit lui glaça le sang : une femme était étendue sur le seuil entre la cuisine et le salon. Elle gisait dans une mare de sang, un bras tendu comme si elle appelait à l'aide. Ses yeux étaient grands ouverts et figés par la mort.

6

Roan termina sa viennoiserie et remercia la gouvernante. Il n'avait jamais rien mangé d'aussi bon.

— Mama Mary, connaissez-vous un certain Morty Burns ?

— Ça ne me dit rien, répondit-elle, la mine perplexe. Je devrais ?

Il haussa les épaules, puis demanda :

— Et une dénommée Edith Bennett ? C'était la femme de Burns.

Elle fronça les sourcils.

— Bennett ? Oh ! bien sûr. Edith était amie avec Grace. Même si son frère était Arlis Bennett… Et elle venait voir Joe de temps en temps. Pourquoi ?

— Ce SMS a été envoyé par le bureau du légiste. Le mari d'Edith a été retrouvé mort, tué par balle. Je me demandais s'il travaillait pour Bennett.

La gouvernante leva les mains en signe d'ignorance.

— Eh bien… Je ne sais pas. Je n'arrive pas à imaginer Edith et son mari faisant quoi que ce soit d'illégal. Vous pensez que quelqu'un l'a tué parce qu'il sabotait Horseshoe Creek ?

— À ce stade, j'envisage toutes les possibilités. Qui d'autre a rendu visite à Joe ?

Mama Mary tripota à nouveau son tablier.

— Hum… Il y avait un autre propriétaire de ranch, Elmore Clark. Il était redevable à Joe. Il a eu des soucis pour rembourser son emprunt, et Joe lui a acheté des terres pour l'aider.

— Alors il n'avait aucune raison de s'en prendre à Joe ?

— Pas à ma connaissance, répondit-elle en secouant la tête.

Il faudrait se renseigner sur lui, décida Roan. Ce type n'avait peut-être pas apprécié les modalités de la vente ?

— Joe vous a-t-il parlé du contenu de son testament ?

La gouvernante épousseta son tablier.

— Pas en détail. Il a seulement dit que tous les membres de la famille seraient protégés.

Elle secoua la tête d'un air désolé.

— Je lui ai vivement conseillé de parler de Barbara et Bobby aux garçons, mais il culpabilisait beaucoup à propos de sa liaison. Et franchement, je pense qu'il était trop faible pour affronter le choc qu'il allait voir sur leurs visages.

— Alors vous étiez au courant pour Barbara, au moment de leur liaison ?

Elle cilla et détourna le regard.

— Je ne ferai pas de commérages sur cette famille. Joe a fait des erreurs, mais c'était un homme bon.

— Je ne le juge pas, la rassura Roan.

Il était presque tenté de lui confier que le patriarche avait été assassiné. Elle aimait Joe, c'était évident, et elle aurait voulu connaître la vérité.

Même si elle était très protectrice envers cette famille et ne l'accueillerait probablement pas plus que Maddox, Brett ou Ray…

— J'essaie seulement de comprendre la situation, afin de pouvoir arrêter celui qui sabote Horseshoe Creek.

Elle se détendit un peu.

— Barbara, Bobby et Boyle Gates sont les trois seuls qui me viennent à l'esprit.

Il était temps d'avoir une petite discussion avec Boyle Gates, pensa Roan. En sentant son téléphone vibrer, il jeta un coup d'œil sur l'écran. Megan.

— Merci, Mama Mary. Si vous pensez à un autre visiteur, ou à quoi que ce soit qui puisse nous servir, appelez-moi.

Elle se leva pesamment, puis l'attrapa par le bras lorsqu'il l'imita.

— Shérif adjoint Whitefeather, y a-t-il quelque chose que vous ne me dites pas ?

Roan la regarda dans les yeux. Il hésita à nouveau à lui dire que Joe avait été assassiné. Mais Maddox, Brett et Ray méritaient d'être informés en premier. Il se contenta de secouer la tête, pressa une touche sur son portable et sortit par la porte de la cuisine.

— Whitefeather.

— Roan, c'est Megan… Il faut que tu viennes ici.

Le cœur de Roan se mit à battre plus vite.

— Que se passe-t-il ? Où es-tu ?

— À la ferme des Burns, répondit-elle d'une voix fêlée. Edith Burns est morte.

Les yeux rivés sur la mare de sang autour du cadavre, Megan inspira profondément à plusieurs reprises.

Elle sortit des gants de son sac et se faufila à l'intérieur, tous les sens en éveil, au cas où un intrus soit toujours présent. Le linoléum crissa sous ses semelles tandis qu'elle traversait le salon en direction de la cuisine. La main crispée sur le téléphone, elle se pencha pour prendre le pouls de la femme. Non pas qu'elle ait le moindre doute… Les odeurs et la pâleur ne faisaient que confirmer ses soupçons. Mais c'était une formalité. En outre, il lui fallait déterminer l'heure et la cause du décès.

— Tu en es sûre, Megan ? demanda Roan qui n'avait pas raccroché.

— Oui.

La robe d'intérieur jaune de la femme était imprégnée de sang.

— Apparemment, elle a reçu une balle dans la poitrine et s'est vidée de son sang, comme son mari.

— Je suis en chemin, déclara Roan. Attends-moi pour entrer.

— Je suis déjà à l'intérieur. J'ai vu du sang depuis le seuil. Il fallait que je vérifie si elle était toujours vivante.

— Bon sang, Megan ! Et si le tueur était toujours là ?

— Il est parti depuis longtemps, Roan. À en juger par la rigidité, elle est morte depuis plusieurs heures.

— Tu es seule ?

Elle pivota sur elle-même, dressa à nouveau l'oreille, mais n'entendit que le vent qui secouait la charpente en bois et les carreaux.

— Oui. Je vais faire venir une équipe de l'identité judiciaire pour passer la maison au crible.

— Est-ce que tu vois une douille ou une arme quelque part ?

Megan souleva légèrement la femme pour chercher une blessure de sortie, mais ne vit rien.

— La balle doit toujours être logée à l'intérieur du corps. Je ne vois pas d'arme.

Elle balaya la cuisine du regard. Une corbeille de fruits était posée sur une table en chêne. Sur l'îlot, un couteau reposait à côté d'une planche à découper couverte de pommes de terre et de carottes, comme si Edith était en train de préparer le dîner quand son assassin avait frappé.

De sa position, Megan ne pouvait pas voir si la porte de derrière avait été forcée. Si l'assaillant était entré par effraction, Edith l'avait-elle entendu ?

Elle inspecta les ongles de la morte, mais ne vit pas de traces de résidus cutanés ou autres. Elle effectuerait des prélèvements et les ferait analyser pour s'en assurer. Pas de sang ni de fibres capillaires.

Et le couteau ? Edith avait-elle tenté de se défendre avec ?

Megan contourna le corps avec précaution, à la recherche d'empreintes de pas ou de pièces à conviction. Elle aperçut des taches de sang près de l'îlot, mais le couteau semblait propre.

Elle étudia la disposition de la cuisine et élabora un scénario plausible. Le tueur était peut-être entré par la porte de derrière, ce qui signifiait qu'Edith avait le dos tourné. Pourtant elle avait reçu la balle dans la poitrine.

Alors… Elle avait dû entendre un bruit et avait fait volte-face. Peut-être connaissait-elle l'intrus. Elle ne s'était donc pas enfuie.

L'inconnu avait ensuite tiré, atteignant la femme en plein cœur. Sous le choc, elle avait agrippé l'îlot. Du sang avait aussitôt jailli de la blessure, éclaboussant le sol.

Edith avait trébuché vers le salon et s'était effondrée sur le seuil. Elle essayait de sortir par l'avant de la maison… Peut-être pour rejoindre sa voiture ? À moins que ce ne soit pour arriver jusqu'à son téléphone et appeler à l'aide ?

Mais elle avait saigné abondamment, s'était vite affaiblie et avait perdu connaissance avant de pouvoir atteindre la sortie ou son téléphone.

Megan frissonna. Et si la même personne s'en était prise aux deux époux ? se demanda-t-elle.

À moins qu'il ne s'agisse d'un meurtre suicide… Morty avait pu tirer sur Edith avant d'aller se supprimer ailleurs.

Sauf que la chronologie des événements semblait problématique. En outre, la plupart du temps, les gens se suicidaient en se tirant une balle dans la tête. Morty était mort d'une balle dans le cœur. Et s'il s'était tué, pourquoi ne l'aurait-il pas fait à côté de sa femme ?

Quelqu'un s'était débarrassé du corps de Morty Burns.

Ce qui la ramenait à la théorie de l'intrus, songea Megan. Quel genre de personne impitoyable tirait sur une femme innocente, puis restait sur place à la regarder mourir ?

Et pourquoi tuer l'un ou l'autre des Burns ? Ces morts avaient-elles un rapport avec celle de Joe McCullen ?

Les questions se bousculaient dans l'esprit de Roan tandis qu'il roulait à toute allure vers la ferme des Burns.

Le fait qu'Edith soit la sœur d'Arlis Bennett, le cousin de Boyle Gates, un homme que les fils de Joe avaient arrêté pour vol de bétail, était une drôle de coïncidence, qui avait de quoi éveiller les soupçons.

Il devait discuter de la situation avec Maddox. Trouver l'assassin du couple serait peut-être déterminant pour découvrir qui avait empoisonné Joe.

Les nuages d'orage qui se pourchassaient dans le ciel baignaient la ferme d'une lumière grise déprimante. Les prés et les champs étaient envahis de mauvaises herbes, le matériel agricole paraissait rouillé et cassé, et la grange avait besoin d'une nouvelle toiture. Aucune vache ni aucun cheval n'était visible nulle part.

Morty avait-il aidé son beau-frère ou Boyle Gates à saboter Horseshoe Creek parce qu'il avait des problèmes d'argent ? se demanda Roan en se garant près de la camionnette de Megan. Il observa avec attention le périmètre de la propriété, prêt à intervenir si quelqu'un rôdait à proximité.

Des feuilles mortes tourbillonnaient sur l'herbe sèche et la porte de la remise près de la maison ne cessait de claquer. En entendant un bruit de moteur, il se tourna et aperçut la fourgonnette de la police scientifique qui dévalait la colline.

Il jeta un coup d'œil vers la maison. Megan venait d'apparaître sur le seuil. Elle portait ses lunettes et était coiffée de son chignon sévère habituel. Son expression était stoïque, mais ses yeux étaient assombris par l'horreur de ce qu'elle avait découvert à l'intérieur.

Pendant un instant, Roan eut envie de l'emmener loin des réalités macabres de leurs métiers respectifs. De la conduire dans un endroit intime et romantique, comme un chalet à la montagne, où ils pourraient descendre la rivière en rafting, avant de se blottir l'un contre l'autre sur une couverture et de faire l'amour sous les étoiles.

Le claquement des portières le tira de ses pensées ridicules.

Il n'était pas du genre à faire l'amour sous les étoiles ou… à faire l'amour tout court. Le sexe n'était qu'une délivrance physique.

Coucher avec Megan avait été bon, très bon. Mais cela ne se reproduirait pas.

Elle aimait son travail et elle était aussi douée pour faire des autopsies que lui pour résoudre des crimes. Les cadavres étaient au cœur de leur vie.

Pas les refuges montagnards douillets.

— Le Dr Lail a appelé, lança le lieutenant Hoberman en approchant, suivis de deux techniciens. Elle a trouvé un corps ?

— Oui, répondit Roan. Celui de la femme d'une victime d'homicide qu'elle avait autopsiée.

Hoberman haussa les sourcils.

— Ils ont été assassinés tous les deux ?

— Apparemment. Vous pourrez peut-être nous aider à comprendre ce qui s'est passé.

Ils marchèrent jusqu'au perron et gravirent l'escalier.

— Ça va ? demanda Roan à Megan.

Elle hocha brièvement la tête, puis les précéda à l'intérieur. En voyant le cadavre de la femme, ses cheveux gris et sa main crispée, tendue comme pour appeler à l'aide, Roan sentit la colère l'envahir.

Dès qu'ils entrèrent, ils enfilèrent tous des gants en latex, puis se regroupèrent autour de la victime. L'un des techniciens commença à prendre des photos, tandis que l'autre se mettait à chercher des indices.

— A priori, elle coupait des légumes quand quelqu'un est entré par-derrière, déclara Megan. Je pense qu'elle a entendu du bruit et s'est tournée pour voir qui c'était. À ce moment-là, il lui a tiré dans la poitrine.

La pauvre femme devait avoir une soixantaine d'années, estima Roan. Des douzaines de photos, sur lesquelles elle apparaissait aux côtés d'une femme d'environ trente ans, étaient posées sur les étagères. D'autres clichés montraient

Edith avec un garçon et une fille aux cheveux sombres. Il y avait aussi une carte avec l'inscription :

Joyeuse fête des mères, mamie.

C'était une grand-mère, nom d'un chien, se dit-il, le cœur serré. Elle n'avait pas mérité de se faire abattre chez elle de cette façon.

Son portable se mit à vibrer. C'était Darren Bush. Il s'excusa auprès des autres et ressortit pour prendre l'appel.

— Shérif adjoint Whitefeather ? demanda le notaire. J'ai bien eu votre message.

— Oui. On enquête toujours sur les incendies à Horseshoe Creek. Quand Joe McCullen a-t-il fait son testament ?

— Il y a dix ans, mais il le revoyait tous les ans.

— A-t-il fait des modifications importantes au cours des derniers mois qui ont précédé sa mort ?

— Non. Enfin, si. Il a acheté deux parcelles de terrain supplémentaires. Il en a ajouté une dans la succession. En faveur de Bobby Lowman.

— Alors il n'avait pas l'intention de modifier son testament pour en exclure Barbara ou Bobby ?

— Non, non, pas du tout. Il tenait plus que tout à prendre soin de sa famille.

Autrement dit, un des mobiles possibles des Bowman s'envolait. Restait leur immense amertume.

Roan remercia son interlocuteur, puis raccrocha. Le lieutenant Hoberman sortit de la maison, un calendrier à la main.

— Regardez ça, Whitefeather. Morty Burns avait rendez-vous avec son beau-frère, Arlis, le matin de sa mort.

Megan enregistra mentalement les détails de la scène de crime. Pour une raison ou une autre, le visage de la victime l'avait particulièrement touchée. À en juger par les photos sur le manteau de la cheminée et les étagères, c'était le genre de grand-mère qui préparait des cookies et gâtait ses petits-enfants.

Il s'agissait d'une mort absurde, ce qui rendait Megan d'autant plus résolue à ce que justice soit rendue à Edith.

— Je vais aller voir Arlis Bennett pour lui annoncer la mort de sa sœur, déclara Roan. S'il cache quelque chose, le meurtre d'Edith va peut-être le décider à parler.

Il fit un geste en direction du corps. Les ambulanciers étaient en train de le placer dans le véhicule qui allait l'emmener à la morgue.

— Dis-moi ce que tu trouveras au cours de l'autopsie.

— D'accord, répondit Megan.

Alors qu'elle rejoignait sa camionnette, son téléphone vibra.

— Ici le Dr Lail.

— Docteur Lail, Ruth Cumberland à l'appareil. Qu'avez-vous dit à mon mari pour le troubler à ce point ? Je ne l'ai jamais vu aussi bouleversé. J'ai cru qu'il faisait une crise cardiaque.

Megan se mordit la lèvre. À l'évidence, le médecin n'avait pas révélé ce qu'elle avait découvert. Elle ne pouvait donc pas en parler, elle non plus.

— Je suis désolée qu'il se sente mal, madame Cumberland. Les dernières semaines semblent avoir été difficiles pour lui.

Un silence tendu régna quelques secondes, puis la femme répliqua :

— C'est pire que ça, et je pense que vous en êtes la cause. Je sais bien que vous êtes jeune et que vous pensez tout savoir, mais mon mari est un homme bon. Alors laissez-le tranquille.

En entendant le ton accusateur dans la voix de son interlocutrice, Megan sentit son pouls accélérer. Alors qu'elle ouvrait la bouche pour répondre, il y eut un « clic », puis plus rien. Déroutée par la réaction de Mme Cumberland, elle démarra et quitta la ferme.

Même si les gens étaient contrariés à cause d'elle, elle avait un travail à faire. Et il était hors de question qu'elle se laisse intimider. Elle avait admiré le médecin légiste qui s'était battu pour découvrir la vérité à propos de la mort de sa sœur. Elle comptait faire de même pour toutes les victimes qui se retrouveraient sur sa table.

Les petits-enfants de la pauvre Edith n'auraient pas le plaisir de grandir avec elle ou de passer les fêtes à faire des cookies dans sa cuisine. Quelqu'un devait régler cette histoire.

Il fallait que le meurtrier paie.

Lorsqu'elle arriva à la morgue, les employés étaient en train de transporter le cadavre à l'intérieur. Megan dut faire un effort pour rester professionnelle et se prépara pour commencer l'autopsie.

Une fois la femme sur la table, Megan prit quelques instants pour lui parler, comme elle le faisait souvent avec ses patients.

— Je vais découvrir qui vous a tuée, Edith. C'est promis.

Quand elle repoussa les cheveux gris du front de la morte, les mèches fragiles cassèrent. Les coins de ses lèvres étaient tachés de sang et de salive séchés. La bouche était grande ouverte, comme si la victime avait hurlé à l'aide avant de mourir.

Ravalant ses émotions, Megan enfila sa tenue et commença l'autopsie. Tout en travaillant, elle parlait dans son micro, détaillant le contenu de l'estomac, les cicatrices, les blessures et les indices médico-légaux.

Comme elle le soupçonnait, Edith s'était vidée de son sang. La balle qu'elle récupéra semblait venir d'un 45. Son mari avait été tué par une arme du même calibre.

La femme avait aussi une cicatrice de césarienne, souffrait de polyarthrite rhumatoïde, s'était fait opérer des amygdales et avait mangé en dernier des petits pains et de la sauce.

Megan établit que le décès remontait à la veille, soit le même jour que Morty, sauf qu'Edith était morte plusieurs heures après. Rien à voir avec un meurtre suicide.

Cette balle laissait entendre qu'ils avaient été assassinés par la même personne. Mais pourquoi tuer Morty, puis sa femme ? Savait-elle qui était le meurtrier de son mari ? Si oui, pourquoi ne serait-elle pas allée voir la police ? Au lieu de cela, elle était chez elle, pour préparer le repas.

Parce qu'elle ne savait pas qu'il était mort.

Megan envoya la balle au laboratoire de balistique pour corroborer ses soupçons, puis informa le lieutenant Hoberman de l'heure du décès.

— On va vérifier les relevés téléphoniques du couple, ainsi que leurs finances, annonça-t-il. Avec un peu de chance, on trouvera des empreintes dans la maison.

Elle le remercia et raccrocha. Hantée par le visage blême et choqué d'Edith, elle termina de noter les résultats.

Quand elle regarda l'horloge, l'heure du dîner était passée depuis longtemps. L'équipe de nuit avait dû arriver et les patients s'apprêtaient à dormir. L'hôpital était silencieux. Bien sûr, la morgue était toujours calme, d'autant qu'elle était située dans un coin du sous-sol.

Megan suspendit sa blouse à la patère, puis se massa la nuque avec un soupir fatigué.

Alors qu'elle arrivait dans le couloir menant à la chambre froide et aux ascenseurs, les lumières clignotèrent. Elle fronça les sourcils. Alors qu'elle cherchait à tâtons l'interrupteur, un son la fit sursauter.

Des bruits de pas.

Elle sentit qu'on la poussait brutalement contre le mur et qu'on lui enfonçait un genou dans le dos. Elle poussa un grognement sourd et essaya de se débattre, mais son assaillant pressa le canon d'un pistolet contre sa colonne vertébrale.

C'était froid et dur. Avec un « clic », une balle monta dans la chambre.

Megan poussa un hurlement et projeta son coude en arrière pour se défendre. Mais son agresseur la plaqua contre le mur, avant de lui recouvrir la tête d'un tissu lourd et épais, la plongeant ainsi dans l'obscurité.

7

Tout en frappant à la porte, Roan observa Circle T, le ranch de Boyle Gates.

Suite à l'arrestation du propriétaire pour vol de bétail, son cousin Arlis Bennett avait emménagé sur place pour gérer ses affaires. Personne ne savait si Bennett était au courant des activités illégales de Gates et s'il en était le complice. Jusqu'à présent, aucune accusation n'avait été portée contre lui.

À en juger par la taille du troupeau sur la propriété, Bennett semblait maintenir le ranch à son niveau habituel. Mais la communauté et le club d'éleveurs local le tenaient à l'œil, prêts à intervenir s'il poursuivait les méthodes répréhensibles de Gates pour augmenter son cheptel.

La nuit était tombée, et les nuages étaient gonflés de pluie. D'après le SMS de Megan, Edith avait été tuée par une arme de calibre 45, comme son mari.

Des bruits de pas résonnèrent à l'intérieur, puis la porte s'ouvrit sur un homme de haute taille, au teint coloré. Âgé d'une cinquantaine d'années, il était vêtu d'une chemise western bien repassée et d'un jean flambant neuf.

Bennett ne devait pas beaucoup mettre la main à la pâte sur le ranch, songea Roan. Il laissait sûrement ses employés faire toute la sale besogne.

Notamment les hommes qu'il avait engagés pour saboter Horseshoe Creek.

Roan avait seulement besoin d'éléments pour le prouver.

— Monsieur Bennett ?

— Oui.

— Je suis le shérif adjoint Whitefeather.

— Je sais qui vous êtes. Vous travaillez avec les McCullen.

— En réalité, je travaille pour les habitants de Pistol Whip.

L'éleveur leva les bras.

— J'ai les mains propres. Vous pouvez regarder ma comptabilité. Vous verrez que tout mon bétail a été acheté légalement.

Il était sûrement assez malin pour falsifier les documents, se dit Roan.

— À vrai dire, ce n'est pas pour ça que je suis ici. Je peux entrer ?

Bennett haussa un de ses sourcils broussailleux.

— Je suppose que oui.

Il s'écarta du passage et lui fit signe d'entrer. Roan le suivit jusqu'à une grande pièce aux boiseries sombres, meublée d'un immense bureau et d'une crédence en cerisier, ainsi que d'un minibar avec évier.

— Je vous sers à boire ? demanda l'éleveur.

— Je suis de service. Mais je vous en prie.

Bennett lui lança un regard noir, comme s'il n'avait pas besoin de sa permission. Il se versa un verre d'un bourbon vraisemblablement coûteux, puis alla s'asseoir dans un fauteuil en cuir.

— Alors… De quoi s'agit-il ?

Roan s'installa en face de lui et déglutit péniblement. Il détestait cet aspect de son travail.

— Monsieur Bennett, avez-vous parlé à votre sœur récemment ?

L'éleveur plissa les yeux d'un air méfiant.

— Pas depuis quelques jours. Pourquoi ?

— Et à son mari, Morty ?

Bennett poussa un long soupir.

— Je l'ai vu il y a deux semaines. Il est venu quémander de l'argent.

— Et ?

— Burns traitait bien ma sœur, mais il ne savait pas gérer son exploitation. En plus, il aimait le jeu. Il a dilapidé leurs revenus et leurs économies, à tel point qu'ils n'allaient pas tarder à perdre leur ferme.

Autrement dit, Morty Burns était aux abois, conclut Roan.

— Donc, vous l'aidiez ?

— Au début, oui, admit Bennett. J'en ai parlé à Edith. Je lui ai dit ce qu'il faisait. Ils se sont disputés, mais elle a refusé de le quitter.

Il haussa les épaules.

— J'ai fait ce que j'ai pu. Mais, au bout d'un moment, j'ai dû lui couper les vivres.

Acculé, Burns avait peut-être accepté de l'argent pour faire quelque chose d'illégal, comme mettre le feu aux écuries de Horseshoe Creek.

Bennett sirota sa boisson, avant de reprendre la parole.

— Bon, vous allez me dire pourquoi vous posez toutes ces questions à propos de Morty et Edith ?

— Je suis désolé de devoir vous annoncer ça, monsieur Bennett, mais M. Burns et votre sœur sont morts.

Bennett écarquilla les yeux, puis descendit d'un trait le reste de son bourbon.

— Que s'est-il passé ? Comment ?

L'expression choquée de son visage semblait authentique. Cela dit, Roan ne le connaissait pas assez pour déterminer s'il simulait.

— Ils ont été assassinés tous les deux. Abattus à bout portant.

Il se racla la gorge.

— Le corps de M. Burns a été découvert à la sortie de Pistol Whip.

Bennett serra son verre vide d'une main tremblante.

— Et ma sœur ?

— Elle a été retrouvée chez elle.

L'éleveur se pinça l'arête du nez et cilla à plusieurs reprises, comme pour contenir ses émotions.

— Quand…

Sa voix se brisa.

— Quand est-ce arrivé ?

— Hier soir, d'après la légiste. Où étiez-vous à ce moment-là ? demanda Roan en s'efforçant de garder une intonation calme.

Une lueur de colère apparut dans le regard de l'homme.

— Vous n'êtes pas sérieux ! Vous pensez que j'aurais tué ma propre sœur ?

— C'est une question standard, monsieur Bennett. Où étiez-vous ?

Les narines frémissantes, l'éleveur se leva et marcha jusqu'au minibar. Il remplit à nouveau son verre, puis se tourna vers Roan, visiblement furieux.

— Ici, au ranch. Ma gouvernante pourra le confirmer.

— Toute la journée et toute la nuit ?

— Oui.

— Encore une question, monsieur Bennett, lança Roan en se levant à son tour. Possédez-vous un 45 ?

Un muscle tressauta sur la mâchoire de l'éleveur.

— Non.

Mais le rapide coup d'œil qu'il jeta de l'autre côté de la pièce laissait penser qu'il mentait. Roan examina les murs et remarqua un tableau représentant une chute d'eau. Il était prêt à parier qu'un coffre-fort se dissimulait derrière le cadre. Et que Bennett y avait rangé un 45.

Bon sang, songea-t-il, contrarié. Il allait avoir besoin d'un mandat pour pouvoir regarder à l'intérieur.

Bennett fit un geste en direction de la porte, indiquant que l'interrogatoire était terminé.

— Au lieu de me harceler, vous feriez mieux de chercher les types à qui Morty devait de l'argent. Ils les ont peut-être tués, Edith et lui, parce qu'il ne pouvait pas rembourser ses dettes.

Roan hocha sèchement la tête. C'était une éventualité,

certes, mais comment un créditeur pouvait-il récupérer son argent auprès d'un homme mort et ruiné ?

Non… Il avait le mauvais pressentiment que ses soupçons étaient fondés et que les meurtres étaient liés aux McCullen.

Et que Bennett essayait de détourner les soupçons vers un autre coupable potentiel.

Megan essaya de respirer, mais l'épaisse housse mortuaire l'étouffait. Paralysée par la peur, elle ne voyait rien et ne parvenait pas à réfléchir.

Elle ne voulait pas mourir.

Elle balança son pied en arrière et parvint à percuter le genou de son assaillant. Il poussa un grognement de douleur, mais resserra sa prise autour de son cou. Puis il pressa la bouche contre son oreille à travers le tissu.

— Ne fouine pas sur la mort de Joe McCullen, sinon tu finiras dans ce sac pour de bon.

En tentant d'écarter les doigts de son cou, elle sentit qu'il portait des gants en latex. Elle fit de son mieux pour le griffer, dans l'espoir d'arracher de la peau ou quelques fibres qui permettraient de l'identifier plus tard. Si elle en réchappait…

Il la tira brutalement en avant, puis la frappa à l'arrière de la tête avec un objet dur. Une seconde plus tard, le monde se mit à tournoyer. Malgré l'obscurité qui l'envahissait, Megan lutta pour ne pas s'évanouir.

Un autre coup s'abattit sur elle, et elle s'effondra en gémissant. Terrifiée, elle battit des paupières pour rester consciente. Mais une douleur fulgurante lui traversa le crâne, puis son corps s'engourdit. Couleurs aveuglantes… Points noirs… Vision trouble…

Elle ne pouvait pas se redresser, ni lever les mains, ni remuer les jambes. Lorsque son agresseur la fourra dans la housse mortuaire, elle essaya de hurler, mais elle avait perdu la voix. Le son de la fermeture Éclair lui parvint de très loin, tandis qu'elle avait l'étrange impression de flotter…

Roan roula jusqu'à la prison où était incarcéré Boyle Gates, dans l'espoir d'obtenir quelques réponses. Un mince croissant de lune essayait de se frayer un passage à travers les nuages, ajoutant de temps en temps un éclat lumineux au ciel sombre. En dehors de cette faible lumière, les terres entre Pistol Whip et la prison semblaient désolées.

Il appela Megan, curieux de savoir si elle avait découvert des éléments utiles en faisant l'autopsie d'Edith Burns, mais il tomba tout de suite sur sa boîte vocale. Il laissa un message lui demandant de le rappeler.

Puis il composa le numéro du lieutenant Hoberman.

— Avez-vous trouvé quoi que ce soit qui relie les Burns aux incendies de Horseshoe Creek ?

— Pas directement, répondit le policier. Même s'il y a un jerrycan d'essence dans la remise. Mais beaucoup de fermiers en ont chez eux.

— C'est vrai… Et la situation financière de Morty ?

— Les comptes en banque étaient peu fournis, même s'il y a eu un versement de dix mille dollars il y a environ une semaine.

— Une idée de l'origine des fonds ?

— Non, c'était en liquide.

Exactement comme il s'y attendait, songea Roan. Pas de traces écrites.

Les heures de visite étaient passées, mais il informa le directeur de la prison des meurtres des Burns. Il lui expliqua qu'il voulait voir la réaction de Gates avant que quelqu'un d'autre ait l'occasion de lui apprendre la nouvelle.

Bien sûr, si le prisonnier avait payé un intermédiaire pour assassiner le couple, il était déjà au courant. Lui et Arlis Bennett avaient peut-être agi de concert. À moins que Bennett n'ait parlé des problèmes de sa sœur à Gates, qui en avait peut-être tiré parti, en proposant de sortir Burns du pétrin s'il lui rendait service en échange.

Roan s'installa sur la chaise au parloir. Alors que le surveillant accompagnait Gates dans la pièce, il se composa une expression professionnelle. Il avait vu l'éleveur déambuler dans Pistol Whip, affichant son air supérieur, et l'avait aussitôt pris en grippe. Gates avait aussi donné du fil à retordre aux Amérindiens de la réserve, à propos de terres qu'ils estimaient leur appartenir. Il voulait les acheter et en déloger les habitants, mais heureusement, la loi avait donné raison au peuple de Roan.

Même vêtu de sa tenue de prisonnier, Gates arborait la même attitude arrogante.

— Qu'est-ce que vous voulez, Whitefeather ?

Son ton était condescendant, comme s'il estimait que Roan ne méritait pas de partager le même espace que lui.

— Je me suis dit que vous seriez peut-être prêt à parler.

Gates passa la main sur sa joue rasée de près.

— J'ai déjà dit tout ce que j'avais à dire.

— Avez-vous engagé Stan Romley pour allumer ces incendies à Horseshoe Creek ?

Un éclair de rage traversa les yeux de Gates.

— Non. Je l'ai déjà dit au shérif. Et si vous croyez que vous allez me convaincre d'avouer quoi que ce soit, vous avez tout faux.

— Et Morty Burns ? Est-ce que vous l'avez payé pour saboter le ranch ?

Gates se leva d'un bond, faisant cliqueter ses menottes.

— C'est absurde.

Il adressa un brusque signe de tête au surveillant.

— Ramenez-moi à ma cellule.

— Asseyez-vous, Gates, ordonna Roan avec fermeté. Je n'ai pas fini.

— Eh bien, moi si, rétorqua l'autre d'un ton catégorique.

— Sûrement pas.

Roan agita la main vers la chaise pour lui intimer de s'asseoir.

— En ce moment même, j'ai deux corps à la morgue. D'après moi, ils ont un rapport avec vous.

Gates s'immobilisa, la mine interrogative.

— Quels corps ?

Roan tapa du pied pendant une minute, faisant attendre le prisonnier délibérément.

— Vous êtes venu me parler, Whitefeather, alors parlez. Les corps de qui ?

— Morty et Edith Burns.

La seule réaction de Gates fut une brève étincelle dans le regard, mais elle indiquait qu'il en savait plus qu'il n'était prêt à le dire. Peut-être même était-il au courant de ces morts.

— Quel rapport avec moi ?

— Edith était la sœur d'Arlis Bennett. J'ai discuté avec lui. Il affirme que Morty avait des difficultés financières.

— Comme je l'ai déjà dit, répliqua Gates d'une voix froide, quel rapport avec moi ?

— Voilà ma théorie : je pense que vous et votre cousin Bennett travaillez ensemble. Vous aviez besoin de quelqu'un pour faire votre sale boulot, alors vous avez engagé Romley. Et peut-être Burns. Il a très bien pu vous aider pour le vol de bétail ou les sabotages à Horseshoe Creek.

— C'est ridicule.

— Vraiment ? Cet homme était prêt à tout pour sauver sa ferme. Edith était votre cousine, tout comme Arlis, alors vous avez proposé de tirer son mari d'affaire. Mais les choses se sont mal passées. Il a réclamé plus d'argent, ou il a essayé de vous faire chanter, et vous avez dû vous débarrasser de lui.

— Vous oubliez quelque chose. Je suis en prison depuis des semaines.

Roan se leva, les lèvres pincées.

— Oui, en effet. Mais c'est vous qui oubliez quelque chose : je sais comment les prisons marchent. Il est très facile d'engager quelqu'un depuis l'intérieur.

— Vous croyez vraiment que je tuerais mon propre cousin ?

— Pour vous protéger ? Oui.

Gates le dévisagea un instant, puis cracha. Le surveillant s'approcha pour le réprimander, mais Roan l'arrêta d'un geste.

— Quand j'aurai les preuves nécessaires, vous serez à

nouveau jugé, Gates. Et cette fois, vous ne serez pas admissible à la libération conditionnelle. Vous vous retrouverez dans le couloir de la mort, conclut-il en se dirigeant vers la porte.

— Attendez un peu, bon sang !

Roan s'immobilisa et croisa les bras.

— Quoi ?

— Au lieu d'essayer de tout me coller sur le dos, pourquoi vous n'enquêtez pas sur les autres personnes qui en voulaient à Joe McCullen ?

Roan garda une expression neutre, même s'il espérait bien tenir une piste.

— Qui, par exemple ?

— Elmore Clark.

— Je suis au courant. Mais McCullen l'a aidé en lui achetant des terres. Il les a gardées pour lui au cas où Clark retomberait sur ses pattes et voudrait les récupérer.

Gates poussa un juron.

— C'est un mensonge éhonté. Joe a refusé de donner à Clark les droits de captation d'eau et l'a contraint à vendre. Pour finir, il l'a jeté à la rue. Clark en a voulu aux McCullen pendant des années.

En proie à une douleur lancinante à la tête, Megan ouvrit les yeux, mais ne vit que les ténèbres qui l'engloutissaient.

Elle essaya d'inspirer, mais l'air était chaud, moite, étouffant. Lorsqu'elle tendit la main pour émerger de ce vide obscur, elle toucha quelque chose de lourd, d'épais… du vinyle. Et puis un matériau dur au-dessus.

La mémoire lui revint peu à peu, et la peur avec elle. Cet homme… Il l'avait attaquée. Il lui avait couvert la tête de la housse mortuaire.

Envahie par la panique, Megan s'efforça de bouger, mais elle était prisonnière de la housse, sans la moindre marge de manœuvre. Le bourdonnement des néons dans la morgue résonnait au-dessus d'elle.

La réalité s'imposa rapidement à elle.

Elle était enfermée dans l'un des tiroirs de la chambre froide où ils entreposaient les corps.

Terrifiée, elle se mit à hurler.

8

Roan jeta un coup d'œil sur sa montre. Il était trop tard pour parler à Clark ce soir. Il le verrait demain à la première heure.

Comme Megan ne l'avait toujours pas rappelé, il refit son numéro. Le téléphone sonna trois fois, quatre fois, puis la messagerie se déclencha à nouveau. Où diable était-elle passée ? se demanda-t-il. Était-elle encore en pleine autopsie ?

Telle qu'il la connaissait, elle ne partirait pas avant d'avoir étudié le moindre détail du cadavre. Et elle ne s'en arrêterait pas là. Il aimait le fait qu'elle soit méticuleuse et dévouée à son métier. Elle avait plus de compassion pour les morts que la plupart des gens pour les vivants.

Mais elle lui avait raconté que quelqu'un l'avait peut-être poussée dans la rue… Se pouvait-il que les questions qu'elle posait à propos de cette affaire — ou d'une autre sur laquelle elle avait travaillé — dérangent quelqu'un au point qu'il veuille l'empêcher de fureter partout ?

Les épaules nouées par la tension, Roan quitta la prison et reprit la direction de Pistol Whip. Les nuages chargés de pluie avaient fini par crever et les gouttes s'écrasaient sur le pare-brise. Comme il avait fait très sec ces derniers temps, les fermes et les ranchs avaient besoin de cette pluie. Malheureusement, cela lui rappelait la nuit où sa mère était morte.

Il la tenait contre lui lorsqu'elle avait rendu son dernier souffle. La pluie avait martelé le hogan où ils vivaient à un rythme irrégulier, faisant écho à celui de son propre cœur. Il s'était senti tellement impuissant. Il aurait tout fait pour la sauver.

Mais rien n'avait suffi, ni ses prières, ni les incantations traditionnelles, ni même les soins modernes pratiqués par le Dr Cumberland.

Il ravala ses émotions, mais son chagrin était toujours aussi vif qu'à l'époque. Seule Megan était restée à ses côtés, à lui offrir ses mots apaisants et ses bras réconfortants.

Et il en avait profité. Il avait tant besoin d'elle que même en s'ordonnant de garder ses distances, il n'avait pas eu la force de le faire.

Nom d'un chien, pourquoi pensait-il à elle maintenant ? Surtout de cette façon…

Elle l'aidait dans une enquête. C'était tout ce qu'il pouvait y avoir entre eux.

Dans cet esprit, il décida de l'informer de ses conversations avec Bennett et Gates et passa devant chez elle dans l'espoir qu'elle soit rentrée. Mais sa camionnette n'était pas garée dans l'allée.

Elle était forcément à la morgue.

Il fit demi-tour et prit le chemin de l'hôpital. Elle avait peut-être découvert un élément concret reliant Bennett ou Gates au meurtre d'Edith Burns.

Megan lutta contre la panique. Elle était prisonnière d'une housse mortuaire dans l'un des tiroirs de la chambre froide.

Mais elle était vivante.

En tout cas, pour l'instant.

Elle essaya de ralentir sa respiration pour ne pas gaspiller l'oxygène. Combien de temps pouvait-elle survivre là-dedans, à cette température ? Le froid permettait aux corps de ne pas se décomposer davantage avant qu'elle n'ait fini l'autopsie. Même lorsqu'elle avait terminé, les cadavres étaient identifiés et conservés ici avant d'être transportés au funérarium ou au crématorium.

Elle risquait l'hypothermie, mais elle pourrait s'en remettre si quelqu'un la trouvait à temps. Demain matin, Howard viendrait travailler. Ou le Dr Cumberland passerait peut-être la voir.

En dépit de sa nature rationnelle, Megan ne put retenir ses larmes. Et si aucun des deux ne venait à la morgue ? S'il n'y avait pas de nouveau cas, Howard irait peut-être directement au labo. Là, il tomberait sur les échantillons et les données qu'elle avait collectés lors de l'autopsie d'Edith. À moins qu'il n'ait des questions à lui poser, il passerait sûrement la matinée à tout analyser.

Elle risquait de rester ici toute la nuit, comprit-elle. Et le matin venu, elle serait trop faible pour appeler à l'aide.

Submergée par la terreur, elle se mit à trembler. Sa gorge se noua et son pouls s'accéléra. Elle était claustrophobe.

Elle l'avait toujours été.

Elle n'aimait pas les ascenseurs et les espaces confinés. Enfant, elle avait fait une crise de panique pendant l'attraction du sous-marin au parc aquatique.

Au prix de quelques efforts, elle bougea les mains et les bras, puis parvint à tâtonner dans sa poche. Si elle y trouvait un scalpel ou un stylo pointu, elle pourrait déchirer la housse. Mais elle fit chou blanc. Elle avait laissé tous ses instruments sur le plateau une fois l'autopsie terminée.

Malgré le froid, son corps se couvrit de sueur, qui imprégna rapidement ses vêtements et sa blouse. Elle émit un sanglot étranglé et se mit à haleter. Un flot de bile remonta dans sa gorge. Elle eut un haut-le-cœur et réprima sa nausée. Vomir ne ferait qu'aggraver la situation.

Désespérée, elle s'attaqua à la housse avec ses ongles, mais ils étaient trop courts pour entamer le matériau. Elle essaya quand même de le déchirer. Peine perdue. Elle pinça une portion du vinyle et tira dessus à deux mains.

La frustration faisait trembler ses doigts. Rien à faire. C'était trop épais, trop résistant…

Les larmes se mêlaient désormais à la transpiration et coulaient sur son visage, dans sa bouche et le long de son cou.

Megan crut entendre un bruit, quelque part dans le bâtiment. Howard était peut-être revenu. À moins que ce ne soit le Dr Cumberland… Retenant son souffle, elle tendit l'oreille, mais ce n'était qu'une ambulance.

Affolée, elle leva les poings et martela le dessus du tiroir, puis elle se mit à taper des pieds sur le fond.

Roan tenta à nouveau de joindre Megan, mais tomba une fois de plus sur sa messagerie.

L'inquiétude l'envahit.

Ce n'était pas normal. Depuis le temps, elle aurait dû décrocher ou le rappeler.

La dernière fois qu'ils s'étaient parlé, elle se rendait à l'hôpital pour faire l'autopsie d'Edith Burns. Elle s'y trouvait peut-être encore.

À moins qu'il ne lui soit arrivé quelque chose…

Il dut doubler les voitures qui ralentissaient à cause de la pluie. Un camion arrivant à vive allure dans l'autre sens l'aveugla avec ses feux, et il fit des appels de phares au chauffeur pour lui indiquer de faire attention.

En le croisant, le véhicule projeta des gerbes d'eau sur son pare-brise. Roan mit les essuie-glaces au maximum, puis tourna dans la petite rue qui menait à l'hôpital. Il traversa le parking des médecins et aperçut la camionnette de Megan.

Une ambulance au gyrophare allumé était garée devant l'entrée des urgences. Une voiture s'arrêta juste derrière dans un crissement de pneus. Un jeune couple en jaillit, tandis que les secouristes déchargeaient un homme âgé et l'emmenaient à l'intérieur. Visiblement bouleversés, ses proches se précipitèrent à leur suite.

Roan comprenait cet affolement. S'il arrivait quoi que

ce soit à Megan, il ne savait pas ce qu'il ferait. Il aurait dû insister pour qu'elle lui donne les résultats, puis se tienne à l'écart de l'enquête.

Après s'être garé sur l'une des places visiteurs, il courut sous la pluie jusqu'à l'entrée de l'hôpital. Une fois à l'intérieur, il s'ébroua, puis se hâta vers l'ascenseur.

Pourvu qu'il panique pour rien, pensa-t-il en entrant dans la cabine. Pourvu que Megan soit seulement absorbée par son travail ou ait désactivé la sonnerie de son portable.

Les portes de l'ascenseur s'ouvrirent. Le sous-sol était faiblement éclairé, les couloirs presque vides. Les semelles de Roan résonnèrent dans le silence, tandis qu'il marchait à grands pas vers la morgue.

L'endroit sentait la mort. L'odeur des produits chimiques et des antiseptiques imprégnait les murs, comme pour cacher le fait qu'il s'agissait d'une escale pour les défunts avant qu'ils ne rejoignent leur dernière demeure.

Roan essaya d'ouvrir la porte, mais elle était verrouillée, et les lumières étaient éteintes. Le véhicule de Megan était pourtant garé dehors. Si elle n'était pas ici, où diable était-elle ? se demanda-t-il.

Elle avait peut-être rendez-vous avec quelqu'un. Un rendez-vous galant.

Cette possibilité l'irrita, sans qu'il sache pourquoi. De toute façon, Megan était en pleine autopsie, ce soir. Il ne l'imaginait pas laissant en plan le corps d'Edith et les interrogations sur son meurtre pour une soirée de frivolité.

Cela dit, il projetait peut-être son propre vécu sur elle. Mais Megan était ici. Il le sentait au plus profond de lui-même.

Il frappa à la porte, puis jeta un coup d'œil à travers la cloison vitrée. Mais c'était difficile de voir à travers les stores, surtout dans l'obscurité.

— Megan !

Il toqua à nouveau, puis tapa sur la vitre. Le son du verre qui vibrait et sa propre voix se réverbérèrent sur les murs.

Roan s'immobilisa, à l'affût du moindre signe d'une présence à l'intérieur, mais rien ne se passa.

— Megan ! Si tu es là, laisse-moi entrer. Il faut qu'on parle.

Il attendit à nouveau. Les secondes s'écoulèrent. Son cœur se mit à battre plus vite. Ses épaules se crispèrent.

Elle était à l'intérieur. Elle avait besoin d'aide.

Il le sentait comme il avait senti que sa mère allait mourir et qu'elle avait besoin de lui à ses côtés, ce soir-là.

La peur le transperça. Non, cela n'avait rien à voir.

Sauf qu'il ne pouvait pas partir avant d'être certain que Megan était hors de danger. Et si elle était blessée ? Immobilisée ? Incapable d'appeler au secours ?

Envahi d'une brusque bouffée d'adrénaline, il crocheta la serrure. La porte s'ouvrit en grinçant, et il entra dans le bureau, attentif au moindre son.

La forte odeur de formol lui sauta aux narines dès qu'il marcha vers la salle d'autopsie et en franchit le seuil. Les plateaux et les cuves métalliques semblaient propres, les brancards étaient vides, la table et le sol avaient été nettoyés à grande eau.

Megan avait terminé l'autopsie d'Edith Burns et l'avait sûrement ramenée dans la chambre froide, conclut Roan. Il traversa la pièce et vérifia la porte donnant sur le couloir.

La chaudière gronda, les conduits d'aération sifflèrent et les néons se mirent à bourdonner lorsqu'il appuya sur l'interrupteur. Une lumière vive inonda le couloir, accentuant la saleté sur les murs et l'odeur de mort qui s'en dégageait.

Pris de peur, il s'avança vers la chambre froide. Le corps d'Edith était entreposé ici, en compagnie de ceux récupérés par la morgue. La porte était verrouillée. Aucun son n'était audible à l'intérieur.

Mais un frisson glacé lui parcourut à nouveau l'échine, comme si les morts avaient murmuré son nom, le suppliant de les aider.

Ridicule. Il ne croyait pas à ces choses-là, même s'il avait été élevé dans le respect du chaman de la réserve.

— Megan ! cria-t-il. Si tu es là-dedans, envoie-moi un signe !

Le souffle court, il agrippa la poignée. Silence. Il n'entendait que les bruits assourdis venant du bâtiment. La pluie au dehors.

Puis il perçut un autre son. Léger, étouffé. Suivi d'un « boum ».

En provenance de la chambre froide ?

Ce n'était pas possible. Pourtant il pressa son oreille contre le battant et écouta attentivement. Un autre son étouffé. Un autre « boum ».

La panique s'empara de lui. Il secoua la poignée, mais en vain. Il marmonna un juron et entreprit de crocheter la serrure. Avec un grognement, il poussa brutalement la porte, puis alluma la lumière et aperçut les rangées de tiroirs.

Bon Dieu, se pouvait-il qu'elle soit dans l'un d'entre eux ?

Luttant contre les larmes et l'affolement, Megan tapa contre les parois du tiroir et hurla. Ses cris étaient bas et rauques. Elle s'était tant égosillée que sa voix s'était affaiblie. Ses poumons brûlaient à cause du manque d'air, son visage et son corps étaient inondés de sueur, et pourtant elle frissonnait.

Avait-elle entendu quelqu'un à l'extérieur ? Un bruit de pas ? Une voix ?

— Au secours ! s'écria-t-elle. Aidez-moi, par pitié !

Elle prit une inspiration et replia ses jambes autant que possible dans le petit espace. Avec l'énergie du désespoir, elle frappa des deux pieds contre le fond du tiroir. En même temps, elle tapa au-dessus d'elle, mais la housse étouffait tellement le son qu'il devait être à peine audible à l'extérieur.

Les joues ruisselantes de larmes, elle appela encore et encore. Si elle sortait vivante de cet enfer, elle veillerait à ce que le bureau du légiste fasse installer des loquets dans les tiroirs, au cas où quelqu'un se retrouverait piégé comme elle.

Elle frappa à nouveau avec ses pieds. Cria. Martela le métal de son poing.

Ses bras n'avaient plus de force. Sa voix était brisée, tellement faible qu'elle ne s'entendait presque pas elle-même. Ses pieds touchèrent à peine le fond la dernière fois qu'elle déplia les jambes.

Épuisée, elle se laissa aller dans la housse. Le plastique épais collait à sa peau moite. Elle n'en avait plus pour longtemps.

Le désespoir l'envahit. Elle allait mourir dans ce tiroir, et quand on la retrouverait, il serait trop tard…

9

Pétrifié, Roan contempla les tiroirs. S'il avait appris une chose en vivant dans la réserve, c'était de respecter les morts. Mais si Megan était là-dedans, il devait vérifier.

Il serra les poings et tendit l'oreille. Avait-il entendu un bruit ou était-ce seulement le martèlement de la pluie sur le bâtiment ?

Un son bas… à peine audible. Un cri ?

Son pouls s'accéléra, et il traversa la pièce. Priant pour ne pas trouver Megan morte, il tira d'un coup sec sur le premier tiroir, mais il était vide. Le deuxième contenait le corps d'Edith Burns.

— Désolé, madame, murmura-t-il en le refermant.

Quelque chose rompit alors le silence. Un autre « boum ».

Roan se raidit, puis se précipita vers le dernier tiroir, d'où le son était sorti. Il l'ouvrit d'une main tremblante. Il y avait quelqu'un dans la housse mortuaire… qui bougeait…

— Megan ?

Un cri déchira l'air.

— Megan !

Il attrapa la fermeture Éclair et tenta de la faire glisser, mais elle était bloquée. En insistant, il parvint à la descendre. Megan était allongée à l'intérieur, pâle et à bout de souffle.

— Je suis là, ma puce.

Il ouvrit le tiroir en entier et attrapa la jeune femme sous les épaules. Tremblant comme une feuille, elle se débattait maladroitement contre la housse.

— Je te tiens, marmonna-t-il dans son cou.

Il la sortit du tiroir après avoir écarté le vinyle. Il l'aida à s'en libérer complètement, puis elle s'effondra dans ses bras. Bouleversé, il la porta jusqu'au bureau.

Elle pleurait et s'accrochait à lui, le corps secoué de sanglots. Il se laissa tomber dans le petit canapé, l'attira contre lui et pressa sa tête contre son torse.

— Ça va aller, Megan. Je suis là.

Tout en la berçant, il lui caressa doucement les cheveux, jusqu'à ce qu'elle se calme et cesse de pleurer. Sa respiration ralentit, et il la sentit se détendre peu à peu.

Nom d'un chien, combien de temps était-elle restée dans ce tiroir ? se demanda-t-il. Et qui diable l'y avait enfermée ?

Megan détestait faire preuve de faiblesse, mais elle ne pouvait s'empêcher de frissonner. C'était une réaction naturelle au froid et au traumatisme, s'empressa de lui rappeler la scientifique en elle.

Mais c'était bien plus que cela, et elle le savait. Elle avait eu peur de mourir dans un de ces tiroirs réservés aux cadavres qu'elle autopsiait.

— Megan ?

La voix grave de Roan pénétra le brouillard de terreur qui l'enveloppait.

— Tu veux que j'appelle un médecin ?

Elle secoua la tête, luttant toujours pour retrouver son sang-froid. Il écarta doucement de son visage ses cheveux humides de larmes.

— Tu en es sûre ? Si tu as besoin d'un médecin, n'hésite pas.

— Ça va aller, murmura-t-elle.

Elle sentait le torse de Roan se soulever et s'abaisser sous sa joue. Apaisée par ce mouvement, elle absorba sa force et la chaleur corporelle qu'il dégageait. Elle ignorait si elle allait réussir à se réchauffer un jour.

Roan l'attira plus près de lui, puis lui releva le menton du pouce pour l'obliger à le regarder.

— Tu me le dirais, si tu étais blessée ?

Malgré ses dents qui claquaient, elle hocha la tête.

— Je suis f-frigorifiée, c'est tout.

Elle vit les mâchoires de Roan se crisper et ses yeux s'assombrir de colère.

— Combien de temps es-tu restée là-dedans ? demanda-t-il.

— Je ne sais pas. Ça m'a semblé interminable.

— Que s'est-il passé ?

Elle frissonna, puis ferma les yeux et se blottit plus près de lui.

— Quelqu'un m'a attaquée.

Il se crispa, mais continua à lui caresser doucement le bras.

— Est-ce que tu as vu qui c'était ?

— Non. Il a surgi derrière moi… et il a enfoncé la housse sur ma tête… J'ai essayé de me défendre, mais il m'a frappée par-derrière.

Roan la souleva légèrement et lui examina le crâne.

— Bon sang, tu es blessée. Tu as une bosse de la taille d'une balle de golf.

— J'ai lutté pour ne pas m'évanouir, poursuivit-elle d'une voix blanche. Ensuite, il m'a fourrée dans la housse. Je me suis débattue, mais… il m'a encore frappée, et j'ai perdu connaissance.

— Quel enfoiré…

Il lui frotta les bras pour la réchauffer.

— Il faut te faire examiner. Tu as peut-être un traumatisme crânien.

— Je ne veux pas voir de médecin, protesta-t-elle, agitée d'un autre frisson. Je veux seulement rentrer à la maison et prendre une douche.

— On doit faire venir une équipe ici pour vérifier si ton agresseur a laissé des empreintes.

— Il n'y en aura pas, affirma Megan. Quand j'ai essayé de le griffer, j'ai senti qu'il portait des gants.

— Tant pis. Mais tu as peut-être arraché un bouton ou quelque chose d'autre.

— Peut-être.

Elle en doutait, mais il avait raison. Le moindre indice les aiderait peut-être à capturer son agresseur.

Et elle voulait que ce salaud soit attrapé.

Roan prit son visage entre ses mains et la regarda dans les yeux. Il fronçait les sourcils, visiblement inquiet, mais elle le trouvait tellement fort et séduisant qu'elle se perdit dans son regard sombre.

— Tiens le coup, Megan. Je vais appeler la police scientifique.

Elle acquiesça, mais dès qu'il se leva pour téléphoner, elle regretta de ne plus avoir ses bras chauds autour d'elle.

Une fois qu'il eut le lieutenant Hoberman au bout du fil, Roan lui expliqua la situation, puis conclut :

— Merci. On attend ici.

Lorsqu'il raccrocha, Megan se leva en vacillant et refit son chignon. Il voulait lui dire de laisser ses cheveux détachés, lui assurer qu'elle était magnifique, même bouleversée. Mais il comprenait ce qu'elle faisait : elle avait besoin de reprendre le contrôle d'elle-même et, pour cela, elle devait se recomposer un visage.

— Je vais aux toilettes, déclara-t-elle.

— Megan, attends ! Tu devrais peut-être éviter de te laver les mains, au cas où tu aies des traces sous tes ongles.

Elle hésita, manifestement mal à l'aise, puis hocha la tête.

— Tu as raison.

Elle croisa les bras sur sa poitrine et se redressa.

— Je n'y avais pas pensé.

Roan éprouva une bouffée de compassion pour elle et lui caressa la joue de son pouce.

— Ce n'est pas grave. Tu viens de traverser une terrible épreuve.

Elle mordit sa lèvre inférieure qui s'était mise à frémir.

— Je n'arrive pas à y croire, fit-elle remarquer avant de désigner la pièce autour d'elle. C'est bizarre, mais je me suis toujours sentie en sécurité ici. Et maintenant…

— Du fait de ton travail, tu es confrontée à la mort, Megan. Ça n'a rien de très joli. Et tu as eu trois victimes de meurtre sur ta table cette semaine.

— C'est vrai.

Elle se mit à faire les cent pas.

— Roan, l'homme qui m'a agressée m'a dit de ne plus fouiner sur la mort de Joe McCullen.

— Quoi ? s'exclama-t-il.

Le teint blême, elle hocha la tête.

— Il a dit que si je ne laissais pas tomber, je finirais dans cette housse mortuaire pour de bon.

Roan poussa un juron. Cet enfoiré avait menacé la vie de Megan. Il serra les poings. S'il lui mettait la main dessus, il le tuerait.

Son portable bipa. Le SMS indiquait que le lieutenant Hoberman et son équipe étaient arrivés.

Au cours de l'heure suivante, les techniciens de l'identité judiciaire passèrent au peigne fin la morgue, le bureau et la chambre froide. Ils placèrent la housse sous scellé pour l'emporter au labo et raclèrent sous les ongles de Megan.

Elle était repassée en mode professionnel et répondait aux questions comme si l'agression était arrivée à une inconnue.

— On a trouvé un cheveu, déclara l'un des techniciens. Court, foncé.

— Il n'est clairement pas à moi, répliqua Megan.

— Il pourrait venir de l'un des corps que vous avez ici ? demanda le lieutenant Hoberman.

Elle se mordilla l'intérieur de la joue.

— Je ne crois pas. Mais je vais prélever un échantillon sur chacun d'entre eux pour comparer.

Roan admirait sa force. Passer à l'action, c'était sa façon à elle de gérer la situation, songea-t-il sans la quitter des yeux. Il voulait aussi s'assurer qu'elle n'avait pas minimisé sa blessure et qu'elle n'avait pas de traumatisme crânien.

C'était l'une des raisons pour lesquelles il avait l'intention de passer la nuit près d'elle.

La seconde, c'était qu'il avait besoin de savoir qu'elle était vivante… Et que son agresseur n'allait pas venir chez elle pour mettre sa menace à exécution.

Tandis que l'équipe passait le labo au crible, Megan repassa les dernières heures dans sa tête. Elle préleva des cheveux sur les cadavres de la morgue, mais à en juger par la texture, la couleur et la longueur, il n'y avait pas de correspondance.

Le cheveu trouvé appartenait peut-être à son agresseur. Or un cheveu contenait de l'ADN.

La question, c'était de savoir si l'inconnu était fiché. Sinon, ils devraient trouver un suspect pour faire des comparaisons.

— Qui d'autre est venu à la morgue et dans ton bureau ? demanda Roan.

Elle se massa la tempe avec deux doigts.

— Moi. Le Dr Cumberland. Howard, mon laborantin. Il y a aussi deux autres techniciens et le médecin légiste en chef, même s'il ne passe plus régulièrement.

— Il nous faut leurs noms et des échantillons d'ADN.

— Je ferai une liste. Leur ADN est sûrement archivé.

— Bien. As-tu quelqu'un d'autre en tête ? Un proche ou un ami qui est venu ici pour faire une identification ?

Megan fouilla dans sa mémoire.

— La femme d'une victime d'un accident de la route, mais elle avait soixante-dix ans passés et les cheveux gris.

Roan s'assit sur la chaise en face d'elle.

— Megan, as-tu parlé de l'autopsie de Joe McCullen à qui que ce soit d'autre ?

— Non, seulement au Dr Cumberland. Ça l'a tellement bouleversé qu'il est sorti du bureau en état de choc. Et Howard, le technicien qui a fait les analyses, était au courant, bien sûr.

— Tu as confiance en sa discrétion ?

— Oui, absolument, répondit-elle De toute façon, il ne connaissait même pas les McCullen. Pourquoi voudrait-il leur faire du mal ?

— Il a pu parler à la mauvaise personne sans s'en rendre compte.

— Je connais Howard, Roan. Je t'assure qu'il n'aurait jamais évoqué un cas en dehors du bureau, sauf avec moi.

Il parut réfléchir à ses réponses.

— La femme du Dr Cumberland m'a téléphoné, reprit-elle, elle était très contrariée. Elle a affirmé qu'elle n'avait jamais vu son mari dans un état pareil.

Megan hésita, toujours aussi troublée par sa conversation avec Mme Cumberland.

— D'après moi, elle avait peur que j'essaie de nuire à la réputation de son mari en révélant une de ses erreurs. Il est censé prendre sa retraite cette année.

— Mais tu n'as pas dit que tu comptais faire ça ?

— Bien sûr que non. Je suis sûre qu'il ne s'est pas rendu compte de ce qui arrivait à Joe. Il aimait Joe et ses fils. Il a pleuré comme un bébé à l'enterrement.

— As-tu eu des problèmes avec quelqu'un d'autre, ces derniers temps ?

Elle repensa à l'homme du bar et relata à Roan ce qui était arrivé.

— Mais ça n'avait rien à voir avec Joe McCullen.

— C'est vrai. Mais c'est peut-être lui qui t'a tiré dessus dans la rue.

Elle frissonna.

— Ou bien le tireur essayait peut-être de me faire peur et dans ce cas lui et mon agresseur sont une seule et même personne.

Roan lui serra la main.

— On va tirer cette histoire au clair, Megan. En attendant, ne parle de ça à personne. Je n'ai pas encore mis Maddox et ses frères au courant. Ils méritent de l'apprendre les premiers.

— Je suis d'accord. Tu sais, Roan, je ne divulgue jamais de résultats médicaux à quiconque n'étant pas agréé ou concerné par le cas. J'ai prêté serment.

— Je ne doute pas de toi, répliqua-t-il d'une voix rauque qui éveilla quelque chose au plus profond d'elle. Je ne veux pas que tu sois blessée, c'est tout. C'est évident que notre enquête rend quelqu'un nerveux.

Une fois la tâche de la police scientifique accomplie, le lieutenant Hoberman annonça à Roan qu'il l'appellerait pour lui communiquer le résultat de ses découvertes. Megan se leva, impatiente de partir.

— Merci d'être venu, Roan. J'apprécie tout ce que tu as fait.

Il lui frotta le bras, une lueur intense dans ses yeux sombres.

— Je vais t'accompagner jusque chez toi, Megan.

Elle sentit le soulagement l'envahir. Elle ne voulait pas agir comme une fille faible et dépendante, mais elle était assaillie de flash-back, où elle se revoyait en train de suffoquer.

— Merci.

Elle verrouilla la porte, puis ils marchèrent jusqu'à sa voiture.

— Je te suis, déclara-t-il. Quand tu arriveras chez toi, attends avant d'entrer. Je veux d'abord fouiller la maison.

L'idée que quelqu'un soit caché chez elle provoqua une nouvelle bouffée de terreur chez Megan.

Elle n'avait pas envie d'être seule ce soir. Mais comment pouvait-elle demander à Roan de rester sans qu'il pense qu'elle voulait repasser la nuit avec lui ?

Cela dit, c'était bien ce qu'elle voulait, songea-t-elle. Mais elle avait été élevée pour être forte et courageuse. Après tout, elle n'avait pas un physique de rêve. Elle devrait s'en souvenir quand Roan serait chez elle.

Mais lorsqu'elle démarra, elle repensa au souffle de l'homme sur son cou. À ses mains qui l'étranglaient presque.

Elle entendait encore le son de la fermeture Éclair lorsqu'il avait refermé sur elle la housse mortuaire. Elle sentait l'obscurité qui l'engloutissait lorsqu'elle s'était réveillée, piégée dans ce tiroir.

L'avertissement menaçant de son agresseur résonnait encore à ses oreilles. Avait-elle déjà entendu cette voix auparavant ?

10

Tout en suivant Megan chez elle, Roan se sentait sur les charbons ardents. Il ouvrait l'œil, attentif au moindre comportement suspect. Le pick-up qui roulait derrière elle depuis un moment finit par s'engager sur le parking du Silver Bullet.

Il repassa dans sa tête la scène décrite par Megan une demi-douzaine de fois, et sa colère ne fit que grandir. Si son agresseur la voyait avec lui, penserait-il qu'elle avait tout raconté ? S'en prendrait-il encore à elle ?

Bon sang, quoi qu'il fasse, la situation était inextricable, pensa Roan. Mais il était hors de question de laisser Megan seule maintenant.

Cet enfoiré allait regretter de s'en être pris à elle. Et s'il avait tué Joe — son père —, il irait en prison.

Le moment semblait venu de parler à Maddox.

En parlant du loup… Son téléphone vibra, et le nom du shérif s'afficha. Avait-il appris ce qui s'était passé ?

— Whitefeather.

— C'est Maddox.

— Tu as attrapé Romley ?

— Non, il s'est échappé. Mais je suis sur sa piste en ce moment même. Il a fricoté dans un bar avec une certaine Darcy. Il lui aurait dit qu'il se dirigeait vers l'ouest. Je te tiens au courant. Et de ton côté ?

Roan détestait mentir à son chef. Mais comment pouvait-il lui annoncer au téléphone qu'il était son demi-frère et que leur père avait été assassiné ? C'était une conversation qu'ils devraient avoir de vive voix.

— J'ai les choses en main, se contenta-t-il de répondre.

Après l'avoir remercié, Maddox ajouta :

— J'espère que j'aurai mis Romley en garde à vue d'ici demain et que je pourrai rentrer à la maison.

Vingt-quatre heures, songea Roan. Il n'avait pas de temps à perdre.

Ils raccrochèrent, puis il tourna dans l'allée de Megan et se gara derrière elle. Il ne pleuvait plus, mais les nuages sombres voilaient toujours la lune, plongeant le jardin et la maison dans l'obscurité.

Il étudia le périmètre et dégaina son arme dès qu'il sortit de son véhicule. Megan ouvrit sa portière et descendit à son tour. Elle avait toujours le visage pâle et les traits tirés.

— Reste ici pendant que je fais le tour de la maison, déclara-t-il.

— Sois prudent, Roan, murmura-t-elle en lui touchant le bras.

Il ignora son inquiétude d'un haussement d'épaules.

— Je ne fais que mon travail.

Sauf que protéger Megan semblait plus personnel. La nuit qu'ils avaient passée ensemble avait changé la donne.

Un animal hurla dans les bois derrière la maison, puis un chien aboya non loin de là. Quand elle lui tendit ses clés, il les saisit de sa main libre, tandis que l'autre se crispait sur son arme.

Il monta les marches, qui grincèrent sous ses pas, et s'arrêta pour écouter à la porte. Tout semblait calme. Mais quelqu'un pouvait quand même se cacher à l'intérieur, même si le risque que l'agresseur de Megan repasse à l'attaque le même soir était faible.

Après avoir poussé le battant, il marqua une nouvelle pause. L'entrée était silencieuse, comme le reste de la maison. Il sortit sa lampe de poche pour éclairer autour de lui, puis avança sans bruit dans la pièce principale. Il ne remarqua rien d'anormal.

Il se rendit ensuite dans le couloir et inspecta les chambres. Aucun bruit, aucun désordre.

Soulagé, il retraversa la maison à la hâte. Une fois sur le seuil, il fit signe à Megan de le rejoindre.

— RAS, annonça-t-il.

— Je vais aller prendre une douche. Merci de m'avoir accompagnée.

La peur était toujours audible dans sa voix, remarqua-t-il tristement. Il se racla la gorge.

— Je reste ici, Megan. Au cas où.

Elle croisa son regard et sembla se détendre imperceptiblement tandis qu'une émotion indéfinissable passait dans ses yeux.

Il ne pouvait pas effacer ce qui lui était arrivé plus tôt dans la journée. Mais il pouvait la protéger ce soir.

Megan poussa un soupir de soulagement lorsque Roan insista pour rester avec elle. Elle détestait afficher sa peur ou paraître faible, mais elle n'avait rien d'une martyre non plus. Il était évident que l'homme qui l'avait menacée allait garder un œil sur elle. S'il voyait Roan, en conclurait-il qu'elle lui avait tout raconté ? Qu'elle ne comptait pas s'arrêter là dans ses investigations ?

— Si tu as faim, il y a de la soupe maison dans le frigo.

— Tu cuisines ? demanda Roan d'un ton étonné.

Elle haussa les épaules.

— Je n'ai pas vraiment eu le choix. Ma mère était trop prise avec ma sœur et ses concours de beauté pour s'en occuper.

Elle avait dû lui sembler aigrie, se dit-elle. Ce n'était pas son intention.

— Pardon, je me suis mal exprimée.

Elle avait parlé à Roan du meurtre de sa sœur, la nuit où il avait perdu sa mère. Un autre lien s'était tissé entre eux.

— J'aimais Shelly.

— Je n'en doute pas, répliqua-t-il d'un ton bourru. Mais on dirait que c'était toi qui prenais soin de ta famille.

Megan haussa à nouveau les épaules.

— Visiblement, je n'ai pas fait du très bon travail, sinon ma sœur serait toujours en vie.

— Arrête, rétorqua Roan d'une voix plus dure. Tu n'es pas responsable de sa mort.

Submergée d'émotions, Megan sentit sa gorge se nouer et faillit éclater en sanglots. Résolue à ne pas s'effondrer, elle se détourna en direction de sa chambre.

— Je réchaufferai la soupe après avoir pris ma douche.

Sans attendre sa réponse, elle entra dans la pièce, ferma la porte et s'affaissa contre le battant.

Mais l'odeur de la morgue et de sa propre peur la déstabilisait. Elle se sentait faible et vulnérable. Elle risquait de se jeter sur Roan si elle ne mettait pas un peu de distance entre eux.

Alors qu'elle posait son sac sur une chaise, son téléphone vibra. Elle jeta un coup d'œil sur l'écran. C'était son père.

Il voulait probablement essayer de la convaincre de quitter le bureau du légiste, comme lors de leur dernière conversation. Mais elle avait été inflexible : elle aimait son métier et n'avait pas l'intention de suivre le chemin professionnel que son père lui avait tracé.

Ce serait encore pire s'il savait qu'elle avait couru un danger à cause de son travail. Il insisterait sûrement pour qu'elle démissionne.

Quoi qu'elle fasse, elle était incapable de lui plaire.

Megan laissa sa boîte vocale prendre le message et se déshabilla. Elle était impatiente de se débarrasser de ses vêtements trempés de sueur. Le jet d'eau chaude lui parut divin, mais lorsqu'elle ferma les yeux pour se rincer les cheveux, elle frissonna de peur rétrospective.

Elle avait eu de la chance que Roan n'ait pas attendu le lendemain matin pour passer la voir…

Elle se savonna et se frotta partout, impatiente de se débarrasser de la puanteur des mains de son agresseur et de l'odeur de la housse mortuaire. La voix de l'homme résonna à nouveau à ses oreilles, et elle se concentra pour la chasser.

Quand il n'y eut plus d'eau chaude, elle se sécha, puis enfila un jean et un T-shirt à manches longues. Elle se frictionna les cheveux avec une serviette, les démêla et les laissa sécher à l'air libre. Ce soir, elle se moquait d'avoir une masse de boucles indisciplinées sur les épaules.

Lorsqu'elle revint dans la cuisine, des effluves de café et de soupe aux légumes l'accueillirent. Ces agréables odeurs domestiques l'aidèrent à se détendre.

— J'ai fait réchauffer la soupe. J'espère que ça ne te dérange pas.

— C'est super. Merci, Roan.

Elle se laissa tomber sur une chaise. Quand leurs regards se croisèrent, quelque chose de lourd et de sensuel frémit entre eux. À le voir, tellement grand et séduisant dans sa cuisine, elle imagina un instant se réveiller à ses côtés tous les jours.

— Megan, je sais que tu en as bavé ce soir, mais peux-tu me dire autre chose à propos de ton agresseur ? Sa voix t'a-t-elle paru familière ? Avait-il une odeur particulière ? De tabac, peut-être ?

La tension sexuelle qu'elle avait perçue entre eux n'avait existé que dans son esprit. Roan était ici pour faire son travail.

Il la protégerait, mais elle ne pouvait pas lui donner son cœur. Les hommes ne voulaient pas d'une fille quelconque comme elle. Ils voulaient des femmes belles, coquettes et amusantes. Ce qu'elle ne serait jamais.

Roan s'obligea à rester concentré sur l'enquête pendant qu'ils dînaient.

Le silence de Megan l'inquiétait. Revivait-elle le cauchemar qu'elle avait traversé ?

Elle jeta un coup d'œil sur son téléphone qui vibrait à nouveau, puis le mit sur silencieux.

— Tu ne décroches pas ? demanda-t-il.

Elle secoua la tête.

— C'est mon père.

— Pourquoi ne veux-tu pas lui parler ?

Elle soupira et reposa sa cuillère.

— Parce qu'il voudra savoir ce que je fais, et si je lui raconte tout, il va encore me sermonner pour que je quitte le bureau du légiste. Il estime que je gaspille mes talents à travailler sur des morts alors que je pourrais sauver des vies.

Roan fronça les sourcils.

— Il devrait être fier de toi. Tu es intelligente, tu aides les familles à faire leur deuil en leur donnant des détails sur le décès de leurs proches.

Une boule se forma dans sa gorge.

— Et tu as autant de compassion pour les morts que pour les vivants.

— C'est exactement ce que je ressens pour les familles, répondit Megan doucement. J'aimerais bien que mon père comprenne ça.

— Il le comprendra peut-être un jour.

Elle haussa les épaules comme si elle en doutait, puis passa les doigts dans ses cheveux humides. Ils reposaient librement sur ses épaules, la faisant paraître très jeune et incroyablement sexy.

Lui aussi rêvait de plonger les mains dans sa somptueuse crinière, songea Roan, avant de demander :

— Alors ton père est médecin ?

— Neurochirurgien.

Si cet homme dédaignait le travail de sa fille, il ne risquait pas d'être impressionné par un shérif adjoint métis. Après tout, que pouvait offrir Roan à une femme belle et intelligente comme Megan ?

— Laisse-moi deviner… Il voulait que tu marches sur ses traces.

Megan baissa les yeux et hocha la tête.

— La mort de ma sœur lui a brisé le cœur, murmura-t-elle. Shelly était tellement jolie et pleine de vie. Il s'illuminait dès qu'elle entrait dans la pièce. Elle le menait par le bout du nez, comme ma mère.

— Je suis sûr qu'il t'aimait aussi.

Elle laissa échapper un éclat de rire sardonique.

— Moi à côté de Shelly, c'était comme un cactus à côté d'un tournesol.

Roan n'apprécia pas la comparaison.

— Il préférait ta sœur ?

— Je ne peux pas le lui reprocher, répliqua-t-elle sans la moindre trace d'amertume. Elle débordait de vitalité. Elle avait une personnalité extravertie qui attirait les gens.

Elle affichait une tristesse qui le toucha profondément.

— Tu l'aurais beaucoup appréciée, Roan. Tout le monde adorait Shelly.

— C'est toi que j'apprécie, rétorqua-t-il. Arrête de te dévaloriser et de te comparer à elle, Megan.

— Je n'y peux rien. Mon père…

— Ton père aurait dû t'apprécier à ta juste valeur.

Incapable de se retenir, il tendit le bras par-dessus la table et prit sa main dans la sienne. Elle avait la peau froide et les doigts crispés.

— Tu n'es pas un cactus, affirma-t-il d'une voix rauque.

Megan fixa leurs mains jointes, et ses yeux se remplirent de larmes.

— Roan, c'est gentil de ta part de dire…

— Tais-toi.

Il repoussa brusquement sa chaise et se leva. Après avoir contourné la table, il l'attira contre lui.

— Je ne suis pas le genre d'homme qui complimente à tout-va. Quand je dis quelque chose, je le pense.

Il prit son visage entre ses mains.

— Tu n'es pas un cactus.

Un sourire se dessina sur les lèvres de Megan. Elle était

vraiment la plus belle femme qu'il ait jamais vue. Et la plus modeste.

Incapable de résister à la chaleur qui brûlait entre eux, il pencha la tête et posa doucement sa bouche sur la sienne.

C'était une erreur.

C'était le paradis.

Il s'ordonna d'arrêter, mais en vain.

Il avait voulu l'embrasser à nouveau dès qu'elle était revenue dans sa vie. Il n'avait jamais oublié son goût, doux et érotique. Il s'était senti fort et viril grâce à ses caresses timides, et sa façon de s'abandonner à lui en silence avait décuplé son désir.

Megan se laissa aussitôt aller contre lui. Les lèvres de Roan, chaudes et persuasives, lui promettaient plaisir et oubli.

Toujours tremblante après ce qu'elle avait vécu, elle s'accrocha à ses bras pour garder l'équilibre. Il se mit à tracer des cercles lents dans son dos. Son corps musclé était comme un rempart contre le flot d'émotions qui la submergeaient. Le cœur battant la chamade, elle savoura son baiser calme et tendre.

Tendre, mais érotique.

Lorsque Roan lui taquina les lèvres de sa langue, elle les entrouvrit dans un soupir. Consumée de désir, elle glissa la main dans son dos pour l'attirer plus près d'elle. Elle brûlait de sentir ses muscles fermes contre son propre corps affamé.

Il l'embrassa avec une passion redoublée, prenant possession de sa bouche, explorant le moindre recoin, jusqu'à en perdre haleine. L'air entre eux était chargé d'électricité quand il abandonna enfin ses lèvres. Il couvrit de baisers sa mâchoire et son cou, lui mordilla l'oreille, puis parcourut la courbe de son décolleté. Elle pencha la tête en arrière en gémissant. Elle regrettait de ne pas avoir mis quelque chose de plus sexy après sa douche, de plus facile à enlever, comme son peignoir, par exemple.

Elle voulait qu'il soit en elle, tout de suite.

Roan émit un son guttural et approbateur. Il posa la main sur son sein pour le caresser, faisant durcir son téton. Il la glissa ensuite sous son T-shirt et la referma sur sa chair à travers la dentelle de son soutien-gorge.

Il frotta un téton du pouce, puis passa à l'autre, jusqu'à ce que Megan sente son ventre s'embraser. Elle passa les doigts dans son dos, descendit jusqu'à ses fesses, puis l'attrapa par les hanches. Une onde de plaisir la traversa lorsqu'il frotta son sexe contre le sien.

Une seconde plus tard, alors qu'il s'apprêtait à lui ôter son haut, il s'interrompit en entendant son téléphone sonner.

— Ignore-le, murmura-t-elle.

Il obéit et l'embrassa à nouveau. Leurs respirations se firent plus bruyantes. Mais comme la sonnerie continuait, il lui lança un regard désolé et s'écarta d'elle.

Tremblante de désir, Megan referma les bras autour de ses épaules, tandis qu'il attrapait le portable sur la table.

Roan était au comble de la frustration. Il voulait embrasser Megan. L'emmener au lit. Lui faire l'amour.

Ce qui était une mauvaise idée.

Et maintenant, le téléphone. Cette interruption brutale l'avait d'abord contrarié mais, après tout, peut-être tombait-elle à point nommé ?

Il vérifia le numéro. C'était le ranch McCullen. Il décrocha rapidement.

— Shérif adjoint Whitefeather.

— C'est Rose McCullen.

La voix de la jeune femme se brisa comme si elle pleurait.

— Que se passe-t-il, Rose ?

— C'est Maddox, gémit-elle. Il a capturé Stan Romley, mais il s'est pris une balle. Les secours viennent d'appeler. Ils sont en train de le conduire à l'hôpital.

— Il était à Cheyenne ?

— Non, il a suivi Romley jusqu'ici. Ils emmènent Maddox à l'hôpital en ville.

— Comment va-t-il ?

— Je ne sais pas, répondit-elle d'une voix entrecoupée de sanglots. Il est dans un état critique.

Roan serra les doigts autour du téléphone à en faire blanchir ses jointures.

— Je vous retrouve à l'hôpital. Sauf si vous avez besoin que je vous y conduise.

— Non, Mama Mary et moi y allons ensemble. On se verra là-bas.

Roan ferma les yeux et pria en silence pour que Maddox s'en sorte.

11

Megan ajusta ses vêtements. Elle était déçue que cet intermède avec Roan soit terminé, mais il se passait visiblement quelque chose d'anormal.

Lorsqu'il se tourna vers elle, son expression inquiète confirma ses craintes.

— Qui était-ce ? demanda-t-elle.

— La femme de Maddox. Il s'est fait tirer dessus en arrêtant Romley.

Il rangea son portable dans sa poche, récupéra son arme sur le plan de travail et sortit ses clés.

— Oh ! Roan… Comment va-t-il ?

— Il est dans un état critique, répondit-il en marchant vers la porte. Il a été transporté à l'hôpital. J'y vais.

— Attends-moi, je t'accompagne.

— Ne te crois pas obligée de venir, Megan. Essaie de dormir un peu.

Saisie d'un frisson, elle se frotta les bras.

— Après ce qui s'est passé ce soir, je vais avoir du mal à trouver le sommeil.

Roan fronça les sourcils.

— D'accord. Mais je vais peut-être rester là-bas un bon bout de temps.

— Pas de souci, répliqua-t-elle en attrapant sa veste et son sac. Je pourrai peut-être donner un coup de main.

Elle ignorait pourquoi, mais Roan semblait bouleversé.

Au moins, elle pourrait être là pour lui. Il devait être plus proche de Maddox qu'elle ne le pensait.

Elle verrouilla la porte, puis le suivit jusqu'à son véhicule. Il démarra, alluma la sirène et prit la direction de l'hôpital.

Tout en conduisant, Roan réfléchissait. Et si Maddox ne survivait pas ? se demanda-t-il, rongé par l'angoisse. Il ne savait même pas que son père avait été assassiné. Il méritait de connaître la vérité…

Et la vérité sur toi ?

Les frères McCullen devaient-ils être mis au courant ? Ou la révélation que Roan était du même sang qu'eux allait-elle chambouler encore plus leur monde ?

Malgré l'heure tardive, quelques voitures circulaient sur la grande route. Le ciel se remit à déverser des trombes d'eau, et Roan mit ses essuie-glaces en marche. Le martèlement de la pluie sur la voiture faisait écho aux battements de son cœur.

Megan restait silencieuse. Elle était probablement épuisée, mais elle ne devait pas avoir envie de rester seule après ce qui lui était arrivé.

Il doubla un camion trop lent et une voiture, puis emprunta la voie d'accès à l'hôpital. Il se gara dans le parking des urgences et tendit un parapluie à Megan. Elle l'ouvrit, tandis qu'il enfilait sa veste et se coiffait de son Stetson.

Ensemble, ils pataugèrent dans les flaques jusqu'à l'entrée de l'hôpital. Dès qu'ils franchirent le seuil, ils aperçurent Rose et Mama Mary.

— Ils viennent de l'emmener, annonça la femme de Maddox d'une voix brisée. Ils le préparent pour l'opération.

La gouvernante essuya son visage couvert de larmes.

— Il faut qu'il s'en sorte, mademoiselle Rose. Il le faut.

Rose semblait terrifiée, mais elle attrapa les mains de Mama Mary et les serra.

— Oui, il va s'en sortir. Il est fort.

— Je suis le Dr Megan Lail. Où a-t-il été blessé ?

— Au torse, répondit Rose. Apparemment, la balle a manqué le cœur, mais elle a peut-être touché d'autres organes vitaux.

Megan passa le bras autour des épaules de la jeune femme.

— Je vais aller vous chercher du café, à vous et Mama Mary. L'intervention va prendre un certain temps.

Une infirmière s'approcha d'eux et s'adressa à Rose :

— Si vous voulez le voir avant qu'il n'entre au bloc, il faut y aller maintenant.

— J'aimerais lui parler, moi aussi, intervint Roan.

Elle plissa les yeux.

— Vous êtes de la famille ?

Il brûlait d'envie de dire oui. Il était le demi-frère de Maddox. Mais ce n'était pas comme cela qu'il voulait le révéler.

— Je suis l'adjoint du shérif. Je dois l'interroger sur la fusillade.

Elle jeta un coup d'œil vers Rose pour avoir son accord. Celle-ci hocha la tête, puis ils emboîtèrent le pas à l'infirmière pour se rendre aux urgences.

Megan s'empressa d'aller chercher du café pour tout le monde. Roan semblait perturbé, plus qu'elle ne l'aurait cru. Mais, après tout, il travaillait avec Maddox. Il devait sûrement le considérer comme un ami proche.

Lorsqu'elle revint dans la salle d'attente, Mama Mary était au téléphone et parlait à mi-voix :

— Non, Ray, mon chéri, n'écourte pas ta lune de miel. Rose est avec Maddox en ce moment. Ensuite, ils l'emmènent en salle d'opération. Je t'appelle dès qu'il en sort.

Megan resta à distance pour laisser la femme terminer sa conversation en paix. Les McCullen avaient le genre de lien familial dont elle avait toujours rêvé.

Après avoir raccroché, Mama Mary se laissa tomber sur

l'une des chaises avec un soupir las. Pleine de compassion, Megan la rejoignit et lui tendit un gobelet.

— Merci beaucoup, ma chère, répondit la gouvernante.

Megan lui tapota l'épaule.

— Maddox a l'air solide, il va s'en sortir.

Mama Mary hocha la tête, bien que l'inquiétude creuse les rides autour de ses grands yeux.

— C'est ce que je croyais à propos de M. Joe. Je pensais que rien ne pourrait l'abattre, et pourtant, il est tombé malade.

Elle s'essuya à nouveau les yeux.

— Ça a été terrible de voir cet homme grand et fort s'affaiblir comme ça. M. Joe était quelqu'un de fier. Mon Dieu, comme il aimait ses garçons et ses terres…

— Je crois savoir que les trois frères ont perdu leur mère quand ils étaient jeunes et que vous les avez élevés.

L'affection que la femme portait à cette famille était visible dans le sourire triste qui apparut sur ses lèvres.

— À la mort de Mlle Grace, ça a été difficile. M. Joe était dévasté, et les garçons… Ils ont dû faire face à un vide immense.

— Elle est décédée dans un accident de voiture, c'est ça ?

— Oui, répondit Mama Mary. Mlle Grace, elle était adorable, mais elle avait son lot de problèmes.

— Quel genre de problèmes ?

— Ça, c'était entre elle et M. Joe.

L'histoire était plus compliquée qu'elle ne voulait bien le dire, devina Megan, avant de demander :

— À cause de Barbara et Bobby ?

La gouvernante but une longue gorgée de café.

— Je suppose que tout le monde est au courant, maintenant. Je n'approuvais sûrement pas la liaison que Joe avait avec cette femme, mais Mlle Grace était tellement déprimée. C'était difficile pour tous les deux.

— Si je peux me permettre, qu'est-ce qui a causé sa dépression ?

Mama Mary la regarda dans les yeux.

— Je ne cancanerai pas sur les membres de cette famille. Je les aime, et ils ont toujours été bons avec moi.

— Je suis désolée. Je ne voulais pas être indiscrète. Et je ne suis pas portée sur les commérages.

La gouvernante étudia son visage un instant, puis sembla percevoir sa sincérité.

— J'en ai parlé aux garçons il y a quelques jours seulement. Mlle Grace était enceinte de jumeaux, mais elle les a perdus. M. Joe et elle ont été anéantis. Après ça, elle est devenue dépressive.

— Je suis désolée, ça a dû être horrible, déclara Megan. A-t-elle été soignée ?

— Bien sûr. Le Dr Cumberland a fait tout son possible pour elle. Mais certaines choses sont trop difficiles à supporter.

— Je sais à quel point la perte d'un enfant est dévastatrice.

Sa mère ne s'était jamais remise de la mort de Shelly, songea Megan, les sourcils froncés. Mama Mary lui serra la main.

— Vous aussi, vous avez perdu quelqu'un ?

— Ma sœur. Ma mère s'est suicidée peu après. Elle ne supportait plus de vivre sans elle.

— Quelle tragédie… J'imagine que vous avez dû vous sentir seule et abandonnée.

Megan sentit sa gorge se serrer.

— Je suis désolée. Je ne voulais pas tout ramener à moi. J'espère que ça va bien se passer pour Maddox.

La gouvernante hocha la tête, puis ferma les yeux. Megan l'imita, mais elle avait l'esprit en ébullition.

M. et Mme McCullen étaient morts tous les deux. Grace, dans un accident de voiture. Et Joe…

Que dirait Mama Mary si elle savait que Joe n'était pas mort de cause naturelle, mais qu'il avait été assassiné ?

Roan laissa Rose seule avec Maddox pendant quelques instants. Le shérif était conscient, même s'il était faible et souffrait beaucoup.

— Tu vas t'en sortir, Maddox, affirma-t-elle en lui caressant le visage. Il le faut. Je t'aime et j'ai besoin de toi.

Elle prit sa main pour la poser sur son ventre.

— *On* a besoin de toi.

— Ne t'inquiète pas, ma chérie, murmura-t-il. J'ai beaucoup trop de raisons de vivre pour baisser les bras.

Roan éprouva une brusque pointe d'envie. Rose était enceinte. Leur amour était si fort qu'il lui donnait envie d'avoir une femme qui ressente la même chose pour lui. Le visage de Megan lui traversa l'esprit, manquant lui couper le souffle.

Rose embrassa son mari, puis se tourna vers lui.

— À vous.

Repoussant toute pensée de Megan, il s'avança à côté du lit.

— Que s'est-il passé ?

— Je l'ai coincé, et il a ouvert le feu, répondit Maddox. J'ai riposté et je l'ai touché à l'épaule et à la jambe.

— Est-ce qu'il a parlé ?

Le shérif secoua la tête.

— Pas encore. Il devait passer sur le billard. Un adjoint le surveille vingt-quatre heures sur vingt-quatre. Je veux que tu l'interroges.

— Pas de problème.

— Merci, marmonna Maddox, avant de serrer les dents.

Une des machines bipa, indiquant que sa tension artérielle chutait. L'infirmière se précipita auprès de lui.

— Le chirurgien est prêt à extraire cette balle, déclara-t-elle en se tournant vers Roan et Rose. Il est temps d'y aller.

Rose battit des paupières pour chasser ses larmes et embrassa à nouveau son mari. Roan hésita avant de sortir de la chambre. Maddox méritait de savoir que son père avait été assassiné. Il serait probablement furieux que Roan lui ait caché la vérité.

Mais cette conversation devrait attendre jusqu'à ce qu'il soit dans un état stable.

Megan passa les deux heures suivantes à tenter de réconforter Rose et Mama Mary. Elle persuada Rose de lui raconter comment Maddox et elle s'étaient rencontrés, puis étaient tombés amoureux. C'était la diversion parfaite.

Roan semblait agité, mais il s'était réfugié dans un silence maussade. Elle avait essayé de lui parler, mais il semblait peu enclin à communiquer.

Il passa deux coups de fil, puis resta debout dans un coin de la salle d'attente, comme s'il n'avait pas sa place aux côtés de Rose et Mama Mary.

À moins que cette situation ne lui rappelle l'attente au chevet de sa mère avant qu'elle ne meure…

— Si Maddox ne m'avait pas sauvée, je ne sais pas où je serais aujourd'hui, murmura Rose.

Megan lui serra la main.

— Je suis sûre qu'il estime que c'est vous qui l'avez sauvé. Tout cet amour va l'aider à s'en sortir.

— Je l'espère.

— C'est certain, affirma-t-elle avec conviction.

Le chirurgien apparut sur le seuil de la pièce.

— Vous êtes la famille de Maddox McCullen ?

Rose et Mama Mary se levèrent d'un bond et s'élancèrent vers lui. Pendant une seconde, Megan crut que Roan allait se joindre à elles, mais il s'approcha de la fenêtre et regarda dehors. Même si elle était curieuse de ce qu'il avait en tête, elle décida de le laisser tranquille. Il était sûrement inquiet à propos de l'enquête et de la blessure de Maddox.

Une expression soulagée apparut sur le visage de Rose, puis la gouvernante et elle s'enlacèrent en pleurant. Roan s'avança alors vers le trio, Megan sur les talons.

— Il a bien supporté l'opération et se trouve actuellement en salle de réveil, déclara le médecin. Les prochaines vingt-quatre heures seront décisives, mais pour l'instant, il tient le coup.

— Puis-je le voir ? demanda Rose.

Il ôta son calot.

— Quand il sera transféré dans une chambre. A priori, dans deux ou trois heures. Si vous voulez rentrer chez vous, pour vous reposer ou manger un morceau, on vous appellera.

— Je ne vais nulle part, répliqua la jeune femme.

Mama Mary lui entoura les épaules de son bras.

— Moi non plus.

Quel effet cela faisait-il d'avoir quelqu'un d'aussi attentionné et protecteur dans son entourage ? s'interrogea Megan. Si Shelly n'était pas morte, seraient-elles proches, aujourd'hui ? Leur père agirait-il différemment avec Megan ?

Le jour où sa sœur avait été tuée, un gouffre s'était ouvert en chacun d'eux, et rien n'avait plus jamais été pareil.

— Appelez-moi si vous avez besoin de moi, lança Roan à Rose et Mama Mary. Je dois avoir une petite discussion avec Romley.

— Maintenant ? demanda la gouvernante. Mon garçon, vous ne pensez pas qu'il est trop tard ? Je suis sûre que Maddox comprendra que vous attendiez demain matin.

Il jeta un coup d'œil vers l'horloge. Il était 2 heures. Si l'homme avait été opéré, il devait être en salle de réveil.

— Vous avez raison. J'irai le voir demain à la première heure.

Megan salua les deux femmes. Lorsqu'elles la prirent dans leurs bras en la remerciant d'être restée, sa poitrine se serra.

Cela faisait longtemps qu'on ne lui avait pas fait sentir que sa présence était autant appréciée et désirée.

Le fait que Maddox ait failli mourir avait affecté Roan. Même si le shérif l'ignorait, ils étaient du même sang. Il avait pour lui un immense respect mêlé d'admiration, autant au travail qu'en dehors.

Lorsqu'il se gara devant la maison de Megan, il inspecta les alentours du regard, puis la suivit à l'intérieur. Leurs baisers et leurs caresses le hantaient. Après la tension des dernières heures, il avait besoin d'un exutoire. Il voulait emmener Megan au lit et terminer ce qu'ils avaient commencé plus tôt.

Bon sang, il voulait la prendre, vite et fort, jusqu'à ce qu'elle hurle son nom de plaisir.

Il voulait la faire sienne lentement, en douceur, et lui ôter ses vêtements en savourant chaque minute.

Il voulait lui faire l'amour.

Il jura en silence.

Il ne pouvait rien faire de tout cela, parce qu'en dépit de tous ses efforts il commençait à éprouver des sentiments pour elle.

Le fait d'avoir presque perdu Maddox ce soir avait été une piqûre de rappel. Il devait garder ses distances avec le shérif et avec Megan.

Quand ils entrèrent dans le salon, elle leva sur lui ses yeux à l'expression douce et séductrice. Il lui ordonna d'un ton bourru d'aller se coucher.

C'était mieux ainsi, se répéta-t-il, malgré la lueur peinée qu'il lut dans son regard. Sans protester, elle se hâta vers sa chambre, lui donnant l'impression d'être un mufle.

Il ressentait une immense fatigue. Même s'il se pensait incapable de dormir, il s'étendit sur le canapé. Il posa son arme près de lui, puis ferma les yeux.

Une image de Megan, allongée sur son lit, vêtue d'une nuisette vaporeuse, vint le tourmenter. Il avait gravé dans sa mémoire le souvenir de leur nuit de sexe. Il pouvait presque sentir le parfum délicieux de son corps et la douceur de son épaisse chevelure.

Il l'entendait presque murmurer son nom, comme si elle voulait qu'il la rejoigne.

Furieux contre lui-même, il roula sur le côté, face à la porte. Voilà qui lui rappelait pourquoi il devait rester. Megan était en danger, et quiconque essaierait de s'en prendre à elle devrait en passer par lui d'abord.

12

Assaillie par des images de Roan, Megan se débattit avec ses couvertures. Elle avait cru qu'ils s'étaient rapprochés à la mort de sa mère, plusieurs mois auparavant, mais elle avait dû se tromper. Pourtant, ce soir, elle avait eu l'impression de lire du désir et de la passion dans son regard.

Avait-elle besoin qu'un homme la trouve séduisante au point d'avoir tout inventé ?

Non. Elle n'avait pas imaginé le brasier qui s'était allumé entre eux quelques heures plus tôt, ni le fait que leurs ébats cette nuit-là avaient été explosifs. Sensationnels.

Ils avaient éveillé des émotions en elle qu'elle n'avait jamais ressenties auparavant.

Parce que tu es tellement inexpérimentée et naïve que tu as confondu le sexe avec les sentiments.

Elle donna un coup de poing dans son oreiller, puis roula sur le côté, face à la porte. Savoir que Roan était là, dans l'autre pièce, était une véritable torture.

Irritée contre elle-même, elle se tourna face au mur. Cela ne fit aucune différence.

Elle avait toujours envie de Roan.

Roan n'avait pas pensé qu'il s'endormirait, pourtant il fut réveillé par son téléphone. Il était tellement désorienté qu'il lui fallut une minute pour se rappeler où il était.

Et pour se rendre compte qu'en dépit de la tentation de rejoindre Megan il était parvenu à rester sur le canapé.

Quand le portable vibra à nouveau, il l'attrapa sur la table basse où il avait aussi posé son arme.

En voyant le numéro de Horseshoe Creek s'afficher sur l'écran, il se figea. Et si Maddox… Non, il ne devait pas envisager le pire. Son chef était fort et obstiné.

— Shérif adjoint Whitefeather.

— C'est Mama Mary.

— Maddox ? demanda-t-il, le cœur battant à tout rompre.

— Il va bien. Enfin, il a tenu le coup cette nuit, et le médecin a dit qu'il allait s'en sortir.

Il poussa un soupir de soulagement.

— Bonne nouvelle, alors.

Sauf que la gouvernante avait une drôle de voix.

— Oui. Mlle Rose est toujours à l'hôpital, mais je suis rentrée à la maison pour me changer et faire un petit somme. Je lui ai dit que je lui apporterais à manger plus tard. Ensuite, elle pourra revenir se reposer au ranch. Pour l'instant, elle ne veut pas quitter son chevet.

Une fois de plus, la jalousie tarauda Roan. Maddox était un sacré veinard, et de bien des façons.

— Mais quelque chose ne va pas ?

— En effet, répondit Mama Mary d'une voix tremblante. Quelqu'un est entré par effraction dans la maison hier soir.

— Quoi ?

— Dans le bureau de M. Joe — enfin, de Maddox. Tout est sens dessus dessous, comme si l'intrus avait cherché quelque chose.

— Vous êtes seule ? demanda Roan, soucieux pour elle.

Où étaient les agents de sécurité que Brett avait engagés ?

— Non. Le contremaître est là. Quand j'ai vu que la fenêtre avait été forcée, je l'ai appelé, et il est venu tout de suite. Mais… Je suis inquiète. Pourquoi voudrait-on nous cambrioler ?

— Je l'ignore, mais j'arrive tout de suite.

Il saisit son arme et la rangea dans son holster.

— Ne touchez à rien dans le bureau. Je vais faire venir une équipe de l'identité judiciaire pour relever les empreintes.

— D'accord. Merci, monsieur l'adjoint.

Roan aurait voulu lui dire que c'était son rôle en tant que membre de la famille, mais il ne faisait pas partie de leur petit groupe soudé. Il n'était que le collègue de Maddox. Même si, avec un peu de chance, le shérif le considérait comme un ami.

Cela devrait suffire.

Il raccrocha, puis jeta un coup d'œil vers la porte de la chambre de Megan. Il devait au moins lui dire où il allait. Elle serait sûrement en sécurité ici jusqu'à ce qu'il revienne.

Très tendu, il frappa quelques coups discrets au battant.

— Megan ?

Comme elle ne répondait pas, il toqua à nouveau. Il entendit alors un son à l'intérieur. Elle semblait… pleurer.

Terrifié à l'idée que quelqu'un soit entré par la fenêtre, il ouvrit la porte à la volée. Megan s'agitait sous les couvertures, battant des jambes et griffant une force invisible. Il se précipita vers elle, s'agenouilla sur le lit et l'attrapa doucement par les bras.

— Megan, tout va bien, je suis là.

Elle le repoussa d'un geste brusque et laissa échapper un sanglot. Il la secoua légèrement.

— Megan… Réveille-toi, ma puce. Tu fais un cauchemar. Je suis là, tu es en sécurité.

Elle continua à se débattre, mais il lui prit le visage entre ses mains et chuchota :

— Megan, regarde-moi. C'est Roan. Tu es chez toi, dans ton lit, en lieu sûr.

Elle s'immobilisa, comme si ses mots avaient eu un impact, mais elle tremblait de tout son corps. Elle gémit, puis s'effondra contre lui.

Il la prit dans ses bras et la berça doucement. Il la réconforta avec des paroles apaisantes, jusqu'à ce qu'elle se calme et cesse de pleurer.

Comme il détestait le salaud qui l'avait fourrée dans cette housse mortuaire, songea-t-il, avant de demander :

— Megan, ça va ?

Elle hocha la tête contre son torse, puis la releva. Ses yeux embués et encore un peu effrayés le bouleversèrent.

— Je suis désolée, murmura-t-elle d'une voix brisée. Je ne suis pas du genre à pleurer, pourtant.

Roan se mit à rire doucement.

— Je ne sais pas pourquoi, mais je m'en doutais un peu.

Il écarta les cheveux collés sur sa joue.

— Mais tu as le droit. Tu t'es fait agresser hier soir, après tout.

— Je sais, répondit-elle en frissonnant à nouveau. Mais ça va aller. Tout ira bien.

En entendant la fierté et la détermination dans sa voix, il sourit.

— Je n'en doute pas.

Il lui caressa le dos, plus résolu que jamais à retrouver l'homme qui lui avait fait du mal.

— Écoute, je suis désolé, mais je dois y aller. Mama Mary a appelé.

Elle se redressa aussitôt, son inquiétude pour les autres prenant le pas sur ses propres peurs.

— Est-ce que Maddox va bien ?

— Il est stable. Rose est avec lui. Elle refuse de le quitter.

— Ils s'adorent, c'est évident, remarqua-t-elle d'une voix presque mélancolique.

— Ouais. En fait, quelqu'un est entré par effraction dans le ranch.

Megan eut un hoquet de surprise.

— Tout le monde va bien ? Mama Mary était là ?

— Non, pas à ce moment-là. Elle n'a rien, elle est seulement secouée. Apparemment, le type cherchait quelque chose dans le bureau. Je vais rejoindre une équipe de l'identité judiciaire sur place.

Megan repoussa les couvertures.

— Je t'accompagne.

— Ce n'est pas la peine. Dors encore un peu ou va prendre une douche.

— Si tu crois que je vais être capable de me rendormir…

Elle balança les jambes hors du lit.

— Mais je ne dirais pas non à un café, et je ferais bien d'aller travailler.

— Tu veux vraiment retourner à la morgue aujourd'hui ?

Une expression troublée se dessina sur le visage de Megan.

— Non, mais je refuse de laisser qui que ce soit m'éloigner de mon boulot. Il faut bien que j'affronte la situation à un moment ou un autre.

— Alors laisse-moi te conduire à l'hôpital. On prendra un café en chemin.

Elle acquiesça, et il sortit de la pièce à regret pendant qu'elle s'habillait. S'il ne s'éloignait pas, il risquait d'oublier l'enquête, de la ramener au lit et de chasser ses cauchemars en lui faisant l'amour.

Mais Megan méritait mieux que cela, ce qui le conforta dans sa décision de garder ses distances. Une fois dans le salon, il appela le lieutenant Hoberman pour demander à son équipe d'intervenir.

Megan fut surprise de trouver le médecin légiste en chef, le Dr Mantle, dans son bureau. Il semblait contrarié. Son visage rond était rouge de colère, et ses yeux, exorbités derrière ses lunettes.

— Que diable se passe-t-il, Megan ?

Elle croisa les bras, sur la défensive. Elle ne l'avait jamais vu aussi furieux.

— De quoi parlez-vous ?

Il lui fit signe de fermer la porte du bureau. Elle obéit nerveusement. Qu'avait-elle fait de mal ?

— Mme Cumberland m'a appelé, très contrariée. Elle pense que vous essayez de détruire la réputation de son mari avant sa retraite.

Megan choisit ses mots avec précaution.

— Elle m'a également appelée, docteur Mantle. Mais je vous assure que je n'ai pas l'intention de nuire au Dr Cumberland. J'admire son travail et je sais à quel point il tient à ses patients.

— Mais vous avez remis en question les résultats de l'autopsie et vous avez fait faire de nouvelles analyses dans son dos.

Elle prit une brusque inspiration.

— D'abord, je ne faisais que mon travail. En lisant le rapport la première fois, j'ai remarqué quelque chose d'étrange dans le bilan toxicologique. Quand j'en ai parlé au Dr Cumberland, il a réagi comme si j'avais fait une erreur, puis il m'a montré un rapport contradictoire qui avait été envoyé à son bureau.

Le médecin passa la main sur son crâne dégarni.

— Alors il y a eu confusion entre les rapports ?

— C'est ce qu'il a dit, répliqua Megan. Mais avec de tels résultats, je devais refaire un test pour vérifier.

— Et vous l'avez fait ?

— Oui, avec un autre échantillon que j'avais mis de côté. Ce n'est pas ce que vous auriez fait ?

Il ôta ses lunettes pour se frotter les yeux, puis les reposa sur son nez et les ajusta.

— Non ? insista Megan.

Il toussota, essayant manifestement de gagner du temps.

— Je suppose que oui, marmonner. Mais d'après le Dr Cumberland, vous avez sous-entendu qu'il était incompétent.

— Mais enfin, ce n'est pas vrai ! s'exclama-t-elle. Je le respecte beaucoup. Je ne sais pas exactement ce qui s'est passé avec ces deux rapports, mais je ne pouvais pas m'estimer satisfaite sans vérification.

— Pourquoi était-ce si important pour vous ?

— Parce le bilan toxicologique indiquait que Joe McCullen avait été empoisonné.

Le Dr Mantle écarquilla les yeux.

— Vous insinuez qu'il a été assassiné ?

— C'est ce que les résultats montrent. En plus de ça, hier soir, quelqu'un m'a assommée, m'a mise dans un des tiroirs et m'a prévenue que si je n'arrêtais pas de poser des questions à propos de la mort de McCullen, il me tuerait.

Il s'avachit contre le bureau.

— Vous êtes sérieuse ?

— Je ne plaisanterais pas là-dessus. J'en ai déjà informé le shérif adjoint. Il enquête sur le meurtre de M. McCullen. Mais c'est strictement confidentiel. Il n'en a pas encore parlé à la famille.

— Oh ! Megan... Ça ne m'étonne pas que les Cumberland soient bouleversés.

Il poussa un profond soupir.

— Vous êtes douée, je l'admets. Et j'apprécie votre initiative. Mais vous ne devez pas dénigrer le Dr Cumberland. Je ne veux pas que ce bureau soit tenu pour responsable, et je ne veux sûrement pas détruire la réputation de ce brave homme alors qu'il est près de la retraite.

Megan se mordit la langue pour retenir une réplique acerbe. La vérité n'était-elle pas plus importante que la réputation du médecin ?

— En outre, le Dr Cumberland était l'ami de Joe McCullen. Je suis sûr que si quelqu'un veut la vérité, c'est lui.

Elle hocha la tête. Si c'était vrai, pourquoi ne pas la remercier plutôt que d'envoyer son patron la sermonner ?

Comment Megan vivait-elle son retour à la morgue après son aventure de la veille ? se demanda Roan. Elle était forte, mais cette expérience aurait perturbé n'importe qui.

Il remonta l'allée jusqu'à la maison du ranch. Le soleil matinal baignait les pâturages et les collines vertes d'une lumière dorée. La pluie de la veille avait laissé sur les feuilles et les herbes des gouttelettes qui tombaient au gré du vent.

Il se gara, puis monta rapidement les marches du perron. Mama Mary vint à sa rencontre en se tordant les mains.

— Merci d'être venu, monsieur l'adjoint. Je ne voulais pas embêter les garçons avec ça. Ils sont déjà bien assez inquiets comme ça, avec ce qui est arrivé à Maddox.

— Je comprends. Mais vous allez devoir leur en parler.

Tout comme il allait devoir leur parler de leur père. Et bientôt.

— Est-ce qu'il manque quelque chose ?

La gouvernante le précéda à l'intérieur.

— Je ne crois pas, mais il faudra que Maddox vérifie le contenu du coffre-fort.

Une fois dans le bureau, Roan regarda autour de lui, remarquant les papiers éparpillés partout, les tiroirs ouverts, le mur de photos de famille…

— Je n'ai touché à rien, déclara Mama Mary.

Il enfila une paire de gants en latex.

— Ça vous embête si je jette un œil ?

— Bien sûr que non. Je ne comprends vraiment pas qui fait tout ça. Et qui a allumé les incendies. Il faut que ça s'arrête.

— Ne vous inquiétez pas, la rassura-t-il. Je vais aller au fond des choses.

— Heureusement que vous êtes là.

Elle bâilla et se massa la tête avec les doigts.

— Je crois que je vais aller m'étendre un peu.

— Allez vous reposer. Je ferai entrer l'équipe de la police scientifique, et on verrouillera quand on partira.

Elle le remercia, puis s'éloigna d'un pas lourd. Roan commença à fouiller la pièce. Les dossiers sur le bureau contenaient des archives de ventes de bétail et d'achats de chevaux, des notes de frais, ainsi qu'un plan de développement que les frères avaient dû préparer pour une future expansion.

En inspectant les tiroirs, il trouva d'autres documents relatifs au fonctionnement du ranch. Mais, en passant la main à l'intérieur, il sentit quelque chose, coincé entre le fond du tiroir et l'un des coins.

Curieux, il tira dessus et examina sa trouvaille. Il s'agissait d'une carte de visite, portant l'inscription :

Barry Buchanan, détective privé.

Roan fronça les sourcils. Cet homme travaillait-il pour les frères McCullen ? Ou avait-il été engagé par Joe ?

Il enregistra le numéro du détective dans son téléphone. Il n'y avait qu'une façon de le savoir.

Ses pensées prirent une tournure sombre. Se pouvait-il que Joe ait soupçonné que quelqu'un voulait sa mort ?

13

Roan appela le numéro de Barry Buchanan. Au bout de trois sonneries, une femme répondit :

— Allô.

Il s'était attendu à un accueil professionnel. Avait-il les bonnes coordonnées ?

— Ici le shérif adjoint Roan Whitefeather, de Pistol Whip. Je cherche à joindre M. Buchanan. À qui ai-je l'honneur ?

— Sa femme, Carrie.

— Je vois. Ce numéro est-il bien celui de son agence de détective privé ?

— Oui, mais elle est fermée, répondit-elle d'un ton sec. Je peux vous adresser à quelqu'un d'autre.

— Non, je n'ai pas besoin d'une recommandation. Je voulais lui parler en personne. Y a-t-il un autre numéro où je puisse le joindre ?

Une longue pause s'ensuivit.

— J'ai bien peur que non. Mon mari est mort il y a deux semaines.

Roan se raidit.

— Je suis navré de l'apprendre. Puis-je vous demander ce qui s'est passé ?

— Un accident de voiture. Du moins, c'est ce qu'a dit le shérif.

Il sentit sa curiosité s'éveiller en entendant la suspicion qui perçait dans sa voix.

— Excusez-moi, madame… Vous ne croyez pas à la thèse de l'accident ?

Elle attendit un instant, avant de répondre :

— Non. Le shérif a dit que les freins de Barry avaient lâché, mais mon mari était très à cheval sur l'entretien de sa voiture. Son père avait un garage, et il y a travaillé pendant des années.

— Que s'est-il passé, selon vous ?

— Je pense que quelqu'un a trafiqué ses freins.

— M. Buchanan avait-il des ennemis ?

— Mon époux était détective privé, monsieur l'adjoint. Bien sûr, qu'il s'était mis à dos quelques bons à rien de maris et femmes infidèles. Et ce n'était qu'une partie des affaires sur lesquelles il travaillait.

— Vous croyez qu'il a été tué à cause d'une des enquêtes qu'il menait ?

— C'est exactement ce que je crois. Même si notre shérif n'est pas d'accord.

Étant donné les circonstances, Roan devait la prendre au sérieux.

— Pourquoi vous intéressez-vous à mon mari ? demanda-t-elle.

La fourgonnette de la police scientifique apparut dans l'allée. Roan salua ses collègues d'un geste de la main.

— Il a peut-être travaillé pour la victime d'un meurtre sur lequel j'enquête.

— Eh bien, je n'étais pas au courant des affaires de Barry. Et il ne me disait jamais les noms de ses clients.

— Ça vous ennuierait si je m'arrêtais à l'agence pour étudier ses dossiers ?

Elle prit une brusque inspiration.

— Non… Enfin, si vous me rendez un service.

— Quel genre de service ?

— Si vous découvrez quelque chose de suspect, si vous apprenez que quelqu'un en voulait assez à Barry pour le tuer, vous me prévenez.

— C'est promis, madame.

Elle accepta de le voir après le déjeuner. Après avoir raccroché, Roan alla accueillir l'équipe de l'identité judiciaire.

Comme il n'y avait aucune autopsie à effectuer, la morgue était étrangement calme. Un silence de mort qui ne faisait que rappeler à Megan le fait que quelqu'un l'avait presque tuée la veille au soir.

Comme elle voulait des informations sur le frère de Tad Hummings, elle appela le procureur qui avait instruit l'affaire. Gerard était quelqu'un dont elle admirait et respectait l'opinion.

— Il y avait des témoins, les preuves étaient accablantes. Tu n'as pas fait d'erreur, Megan.

— Son frère avait-il posé problème ?

— Hummings a l'alcool mauvais, mais c'est aussi un lâche. Il n'a pas le cran d'aller au bout des choses. Ce n'est rien qu'une brute qui aime jouer les gros bras.

Et il avait la masse pour le faire, songea Megan. Il devait peser plus de cent vingt kilos.

— Tu veux porter plainte contre lui ? demanda Gerard.

— Non. Je voulais... Je voulais seulement m'assurer qu'il n'était pas dangereux.

Il attendit quelques secondes, avant de remarquer :

— Il y a quelque chose que tu ne me dis pas, Megan. Que se passe-t-il ?

Il y avait beaucoup de choses qu'elle ne lui disait pas, mais elle n'avait pas envie de vider son sac maintenant. Surtout sans avoir de preuves.

— Ce n'est rien, Gerard. En fait... Eh bien, le lendemain du jour où je l'ai croisé, alors que j'étais au milieu d'une foule de passants, j'ai cru que quelqu'un m'avait poussée. Mais j'ai probablement trébuché...

— Bon sang, Megan ! Pourquoi ne m'as-tu pas appelé ?

— J'en ai parlé au shérif adjoint de Pistol Whip. Alors ce n'était pas la peine d'ameuter la cavalerie.

— Par précaution, laisse-moi me renseigner sur le frère de Tad. Quand a eu lieu l'incident dans la rue ?

Megan lui indiqua la date et l'heure. Une seconde plus tard, il se racla la gorge.

— Megan, Hummings ne t'a pas poussée. C'est impossible.

— Pourquoi dis-tu ça ?

— Il a été arrêté pour conduite en état d'ivresse la veille et a passé les deux jours suivants en prison, avant d'être libéré sous caution.

Megan se figea. Si Hummings ne l'avait pas poussée, alors quelqu'un d'autre avait pu le faire. Peut-être la personne qui l'avait agressée la veille au soir, songea-t-elle en frissonnant.

Roan rejoignit le lieutenant Hoberman dans le bureau.

— Vous avez trouvé quelque chose ?

— Quelques empreintes, mais, étant donné que le shérif et ses frères doivent tous fréquenter cette pièce, je vais devoir procéder à des comparaisons.

Roan lui montra la carte de visite du détective privé.

— Mama Mary n'a aucune idée de ce que l'intrus cherchait, mais j'ai trouvé cette carte. J'ai appelé à ce numéro pour savoir si ce type travaillait pour Joe. C'est sa femme qui a répondu. Elle m'a appris qu'il était mort.

— Vous pensez que c'est lié ?

— C'est possible. Je crois qu'il est temps de parler à Maddox.

Il fit sauter ses clés dans sa main.

— Je vais aller interroger Romley, puis je passerai voir Maddox.

Hoberman promit de le prévenir s'il trouvait quoi que ce soit, puis Roan prit le chemin de l'hôpital. En voyant le garde posté devant la porte de la chambre du prisonnier, il déclina son identité.

— Vous pouvez faire une pause. Allez vous chercher un café ou manger un morceau, si vous voulez.

L'homme hocha la tête et s'éloigna, laissant Roan entrer dans la pièce. Romley était branché à une poche de perfusion et à un moniteur cardiaque. Sa cuisse et son épaule étaient entourées de bandages. Il avait le visage pâle, les yeux fermés, et ses cheveux blond foncé étaient ébouriffés.

Roan ne fit aucun effort de discrétion et traversa la pièce en faisant claquer ses semelles sur le sol. Romley lui lança un regard plein de colère.

— Je ne suis pas d'humeur à parler, au cas où vous vous poseriez la question.

— Vous avez tiré sur le shérif, répliqua Roan. Si vous voulez qu'on fasse preuve de clémence envers vous, vous feriez bien de changer d'état d'esprit.

— J'ai des droits, grommela le prisonnier. Ça veut dire que rien ne m'oblige à vous parler.

— C'est vrai. Mais, comme je viens de le dire, il est dans votre intérêt de coopérer.

Il croisa les bras et lui adressa un regard sévère.

— Avez-vous allumé les incendies à Horseshoe Creek ?

— Si je parle, vous me faites une offre ? demanda Romley en se frottant la jambe.

— Ça dépend de ce que vous avez à dire.

L'homme tordit la bouche, avant de répondre :

— J'ai tiré sur le shérif en légitime défense.

Roan éclata de rire.

— Bien tenté, mais ça ne va pas le faire. Il y avait un mandat contre vous. Vous vous êtes enfui et vous avez résisté quand il a voulu vous arrêter.

Il fit claquer sa langue.

— Les chefs d'accusation s'accumulent.

Romley frictionna à nouveau son bandage.

— Gates nous a embauchés, Hardwick et moi, pour garder un œil sur Horseshoe Creek et lui rapporter ce que les McCullen faisaient.

— Alors vous l'avez informé que Brett montait une entreprise équestre, avec ajout d'écuries et achat d'animaux.

Romley hocha la tête.

— Et ensuite ? demanda Roan.

— Ensuite… Il m'a dit d'agir, bon Dieu.

— Gates vous a payé pour mettre le feu ?

Le blessé haussa les épaules, puis grimaça comme si le mouvement lui avait fait mal.

— Il a dit que j'aurais un gros bonus si je freinais leur progression.

— Alors c'était votre idée d'allumer ces feux ?

Romley détourna le regard.

— J'avais besoin d'argent.

— Au point de commettre des incendies criminels ? Et si quelqu'un s'était trouvé à l'intérieur des écuries ou de la maison ? Vous auriez pu tuer l'un des McCullen ou leur gouvernante.

— Personne n'était censé être sur place ce soir-là.

— Pourtant, ils y étaient, rétorqua Roan. Et les chevaux ? Vous êtes inhumain ou quoi ?

— J'ai seulement mis le feu à l'écurie vide, se défendit Romley. Je me suis dit que les McCullen l'éteindraient avant qu'il ne s'étende et que quelqu'un soit blessé. Le préjudice financier les aurait mis en difficulté, c'est tout.

— Et Arlis Bennett ? Travaillait-il avec Gates ?

Le prisonnier prit une expression butée.

— Je ne sais pas. Gates et moi, on n'était pas vraiment potes, vous savez. Il me payait. Je suivais ses ordres.

— Vous a-t-il payé pour tuer Morty Burns et sa femme ?

Romley releva brusquement les yeux sur Roan.

— De quoi diable parlez-vous ?

— Morty, le cousin d'Arlis, était criblé de dettes. On pense qu'il travaillait pour Gates, lui aussi. Et que lui et sa femme ont été assassinés parce qu'ils avaient des informations susceptibles de tous vous inquiéter et d'envoyer Arlis, le frère de Mme Burns, en prison.

— Écoutez, je ne sais rien de tout ça. Comme je l'ai dit, j'étais un employé.

— Vous étiez un tueur à gages, répliqua Roan. Vous avez abattu Morty et Edith Burns. Et vous avez assassiné Joe McCullen pour Gates.

Romley faillit en tomber du lit.

— Vous êtes dingue. Je n'ai tué personne.

— Vous pensez que je vais gober ça ? Vous avez tiré sur le shérif McCullen.

— C'était différent. Il me pourchassait. Mais je n'ai tué personne. Et vous n'allez pas m'expédier en prison en me collant un meurtre sur le dos.

Roan l'observa attentivement. Il demanderait au labo de balistique si l'arme qui avait blessé Maddox était du même calibre que celle qui avait tué les Burns.

Mais si Romley n'avait tué ni les Burns ni Joe McCullen, alors qui l'avait fait ?

Megan reçut un SMS de Roan, où il annonçait son intention de parler de Joe à Maddox. Il souhaitait qu'elle soit présente.

Elle redoutait cette conversation, mais Maddox méritait de connaître la vérité. Il serait peut-être même en mesure de les aider. Après tout, il avait vécu avec son père, alors il saurait sûrement qui d'autre lui avait rendu visite.

Toujours nerveuse après son agression, elle monta à l'étage de Maddox en restant sur ses gardes. Elle trouva Rose près de la machine à café. Elle avait l'air exténuée, mais elle lui sourit.

— Comment va-t-il ? demanda Megan.

— Il a mal, mais il est stable. Au moins, il est tiré d'affaire.

— Vous devriez rentrer vous reposer, Rose.

— Je vais y aller, répondit-elle en ajoutant du sucre à son déca. J'étais incapable de le quitter.

Elle rougit et haussa les épaules.

— Je rentrerai à la maison ce soir.

— Il a de la chance de vous avoir.

— On a tous les deux de la chance.

Megan soupira. Si seulement Roan ressentait la même chose pour elle…

— Que faites-vous ici ? demanda Rose, comme si elle s'apercevait brusquement que la légiste n'avait rien à faire là.

— Roan est en chemin. Il a parlé de la fusillade avec Romley. Et il doit discuter d'autre chose avec Maddox.

— J'espère qu'ils vont enfin trouver qui s'en prend à cette famille, déclara la jeune femme. Maddox et ses frères ont beaucoup perdu. D'abord leur mère, puis leur père. Ensuite, il y a eu tous ces problèmes avec Barbara et Bobby. Et maintenant, le sabotage du ranch.

Megan sentit la culpabilité l'envahir. Il restait la bombe qu'allait lâcher Roan à propos du meurtre du patriarche.

Il apparut alors, son corps imposant remplissant l'espace.

— Il y a du nouveau ? demanda Rose.

— Je viens de parler à Romley. Il a admis avoir allumé les incendies. Gates était derrière tout ça.

— Et les Burns ? intervint Megan.

Il fit non de la tête.

— Qui ça ? demanda Rose.

— Venez dans la chambre de Maddox, et je vous le dirai.

— Le Dr Cumberland est avec Maddox en ce moment, leur apprit-elle.

Le cœur de Megan fit un bond dans sa poitrine. Roan fronça les sourcils, puis fit demi-tour et descendit le couloir à grandes enjambées. Rose et elle lui emboîtèrent le pas.

Dès que Roan ouvrit la porte, la voix furieuse de Maddox envahit le couloir :

— À quoi tu joues, Whitefeather ? Tu découvres que mon père a été assassiné et tu ne me le dis pas ?

14

Roan jura en silence.

Son regard croisa celui du Dr Cumberland. Bon sang, le médecin avait déjà annoncé la nouvelle à Maddox.

— Je suis désolé, Whitefeather, dit ce dernier, mais j'ai estimé qu'il était de mon devoir de dire à Maddox ce que je savais sur son père. Il avait le droit de le savoir.

Une bouffée de colère traversa Roan, mais il resta de marbre. Après tout, le médecin était ami avec les McCullen. Il s'était peut-être senti obligé de mettre Maddox au courant.

— Pourquoi n'est-ce pas toi qui me l'as dit, nom d'un chien ? demanda le shérif d'une voix bourrue.

— Je venais justement te l'annoncer.

À en juger par l'expression incrédule de Maddox, cette explication était un peu faible.

— Mais je voulais vérifier mes informations avant de t'en parler. Ensuite, tu t'es fait tirer dessus, et je ne pouvais pas te le dire hier soir.

Le shérif enfonça les poings dans le matelas pour se redresser.

— Alors c'est vrai ?

Roan hocha la tête, puis jeta un coup d'œil à Megan. Elle répondit par un regard compatissant, avant de prendre la parole à son tour.

— En fait, j'ai partagé mes soupçons avec le shérif adjoint.

— Vraiment ? demanda Maddox d'un ton sec.

— Oui. J'ai repéré quelque chose d'anormal dans l'autopsie de votre père, mais…

Elle regarda le Dr Cumberland. Allait-elle annoncer que le médecin avait cru à une erreur de sa part ?

— Mais quoi ? insista le shérif.

— Mais il y avait deux rapports contradictoires, alors j'ai fait un troisième test pour vérifier le résultat. Comme vous n'étiez pas en ville, j'ai contacté votre adjoint et je lui ai transmis mes conclusions.

Rose s'approcha de Maddox et posa la main sur son épaule d'un geste rassurant. Il prit une brusque inspiration.

— Et quelles étaient ces conclusions ?

Roan s'obligea à adopter un ton neutre. Maddox ne pouvait pas savoir à quel point cette enquête le touchait personnellement.

— Dans le bilan toxicologique de ton père, le Dr Lail a trouvé du poison. Du cyanure, plus précisément.

Le shérif le fixa avec stupéfaction.

— Du cyanure ?

— C'est exact, confirma Megan.

— Je suis vraiment désolé, intervint le Dr Cumberland d'une voix fêlée. Ton père était tellement malade que je n'ai pas remarqué les signes. Enfin, s'il y en avait.

Il passa un mouchoir sur son visage luisant de sueur.

— Quand Joe s'est plaint de nausées, j'ai pensé que c'était dû à sa maladie, ainsi qu'à une réaction aux analgésiques.

Cela semblait logique, admit Roan pour lui-même.

— Je me sens terriblement coupable, s'exclama le médecin, d'une voix brisée. Si je m'en étais rendu compte, j'aurais peut-être pu prolonger sa vie.

— Ne vous faites pas de reproches, lui dit Maddox. Mais je ne comprends pas. Quel intérêt cela présentait-il de tuer mon père alors qu'il était déjà mourant ?

— C'est pour ça que je voulais enquêter avant de venir te voir, répondit Roan.

— Mes frères sont au courant ?

— Bien sûr que non. J'avais l'intention de t'en parler dès que j'aurais eu du concret.

— Et c'est le cas ?

— Pas exactement.

— Qu'est-ce que ça veut dire ?

Roan enfonça les mains dans ses poches et jeta un coup d'œil au médecin.

— On devrait peut-être en discuter en privé.

Maddox l'observa un instant, puis acquiesça. Il demanda à Cumberland et Rose de les laisser seuls. Roan attendit qu'ils soient sortis pour poursuivre :

— J'ai interrogé Barbara à propos du poison, mais elle a semblé choquée quand j'ai annoncé que quelqu'un s'en était pris à Joe. Je n'ai pas parlé à Bobby, et Barbara a défendu son fils, évidemment.

— Et tu les soupçonnais parce que… ?

— Je pensais que ton père avait peut-être prévu de les rayer de son testament. S'ils l'avaient appris, ça leur aurait fait un mobile.

— C'est vrai.

— Mais le notaire affirme que Joe n'avait pas l'intention de modifier son testament. Ton père a même insisté pour que Barbara et Bobby soient protégés, eux aussi, précisa Roan avant d'inspirer longuement. Arlis Bennett et Gates sont en haut de la liste des suspects, mais jusqu'ici, je n'ai pas de preuves qu'ils aient empoisonné ton père. Stan Romley a avoué qu'il avait allumé les feux à Horseshoe Creek. Il a dit que Gates l'avait payé pour surveiller la ferme et lui avait ordonné de faire le nécessaire pour freiner votre progression.

— Quel enfoiré, marmonna Maddox.

— Ce n'est pas tout.

Le shérif poussa un soupir las et laissa retomber sa tête contre la pile d'oreillers.

— Quoi encore ?

— Gates a mis en cause un autre homme, un dénommé Clark. D'après lui, ton père a refusé de donner à Clark des droits de captation d'eau, ce qui a fini par lui causer des difficultés financières. Apparemment, Joe l'aurait forcé à vendre.

— Il avait donc, lui aussi, des raisons de détester mon père. De son point de vue, en tout cas.

— On dirait bien. Je vais aussi enquêter sur lui.

Maddox se pinça l'arête du nez, tandis que Roan poursuivait :

— Il y a du nouveau sur deux autres points. Edith, la sœur d'Arlis Bennett, et son mari ont été assassinés. Je ne suis pas sûr que leurs morts soient liées à celle de ton père ou aux incendies, mais ils ont été tués tous les deux avec un calibre 45, alors c'est tout à fait envisageable.

— Edith ? Elle venait souvent rendre visite à mon père. Ma mère et elle étaient amies, à l'époque.

Mama Mary avait dit quelque chose de similaire. Si Edith avait été proche de la mère de Maddox, elle n'aurait sûrement rien fait à Joe…

— J'ai demandé à Mama Mary de me parler des gens qui rendaient visite à ton père régulièrement, déclara Roan. Il y avait le Dr Cumberland, Bobby et Barbara. Edith est venue, elle aussi. Et votre contremaître.

— Il n'aurait jamais fait de mal à papa. C'est l'homme le plus loyal que je connaisse.

— Mais qu'en est-il de Barbara et Bobby ? J'ai trouvé de l'engrais chez Barbara. Il contient du cyanure.

— Mais si c'est la même personne qui a tué mon père et les Burns, ça ne pouvait pas être l'un d'entre eux. Ils sont tous les deux sous les verrous.

— C'est vrai. Il y a autre chose, ajouta Roan, conscient qu'il était temps de tout dévoiler.

— Je t'écoute.

— Quelqu'un sait qu'on enquête sur le meurtre de ton père et que Megan nous aide. Hier soir, elle s'est fait agresser et a failli mourir.

L'instinct protecteur des McCullen s'éveilla. Le visage sombre, Maddox tourna les yeux vers Megan.

— Ça va, docteur Lail ?

— Oui, mais appelez-moi Megan, je vous en prie.

Maddox la contempla une seconde, puis hocha la tête. Roan croisa les bras.

— Mama Mary a appelé ce matin. Quelqu'un est entré par effraction dans le bureau de ton père.

Il secoua la tête en voyant le shérif tenter de se lever.

— Elle va bien, Maddox. Je lui ai parlé. Elle n'a rien.

— Alors pourquoi cette effraction ? Encore du sabotage ?

— Je ne crois pas, répondit Roan. À mon avis, l'intrus cherchait quelque chose.

— Quoi ?

— J'espérais que tu le saurais. Y avait-il des problèmes sur des actes notariés ? Des comptes en banque ou des transactions qui semblaient suspects ? Ton père gardait-il du liquide dans son coffre ?

— Non, rien de tout ça.

Roan tendit la carte du détective privé à Maddox.

— J'ai demandé à la police scientifique de chercher des empreintes. J'ai trouvé ça dans un tiroir du bureau. Tu connais ce détective ?

— Non. Je ne l'ai pas engagé.

Les sourcils froncés, le shérif parcourut la carte.

— Et je ne connais pas ce nom.

— Sais-tu pourquoi ton père aurait pu avoir recours à ses services ?

Maddox repoussa le drap comme pour tenter à nouveau de se lever, mais Roan lui attrapa le bras fermement.

— Je sais que tu es bouleversé, mais tu dois te reposer, Maddox. Je m'occupe de tout.

— Mon père a été assassiné, et cet homme sait peut-être pourquoi. Je dois lui parler.

Roan s'éclaircit la voix.

— Je suis désolé, mais ça ne va pas être possible.

— Et pourquoi, bon sang ?

— Parce qu'il est mort.

Un silence tendu s'installa.

— Comment ? demanda Maddox d'une voix hésitante.

— Les freins de sa voiture ont lâché. Sa femme dit que ça a été classé comme un accident, mais…

— Elle pense qu'il a été assassiné ?

Roan hocha la tête.

— Dès que je sors d'ici, je la rejoins à l'agence. Elle a accepté de me laisser regarder les dossiers de son mari.

— Je veux filer un coup de main, bon sang, s'exclama le shérif en se frottant les yeux.

Face à la contrariété de son demi-frère, un élan de sympathie traversa Roan.

— Je comprends. Mais je te promets de découvrir la vérité, Maddox. Je te dois bien ça, étant donné que tu m'as donné l'occasion de faire mes preuves dans cette ville.

Il le devait aussi à son père. Et Joe McCullen avait beau n'avoir jamais rien fait pour lui, il était quand même son père biologique, et Roan n'avait pas l'intention de laisser son meurtrier s'en sortir.

Megan était peinée pour Maddox, mais ils n'avaient pas le choix. Les questions se multipliaient. Il y avait beaucoup trop de coïncidences, trop d'éléments liés les uns aux autres pour qu'il s'agisse de hasards.

Elle était une scientifique. Il lui fallait des indices concrets. Des preuves.

Lorsque Rose revint dans la pièce, Maddox lui résuma ce qui venait d'être dit.

— Fais-moi confiance, shérif, implora Roan. Je trouverai les réponses pour toi.

— Laisse-le s'occuper de l'enquête, murmura Rose. Tu dois te reposer, mon chéri.

Le mot tendre fit tressaillir Maddox, mais sa main tremblait comme si sa blessure l'épuisait. Après tout, il avait perdu beaucoup de sang.

— Seulement si tu me tiens au courant de ce que tu

trouves, étape après étape, finit-il par dire. On m'a peut-être tiré dessus, mais je ne suis pas mort. Et c'est de *mon* père qu'on parle.

Megan se mordit la lèvre en voyant l'étincelle de colère dans les yeux de Roan. Bien qu'elle ne comprenne pas sa réaction, elle se dit que tous les préjugés n'étaient pas morts, et qu'il avait peut-être dû se battre pour arriver là où il était.

— Je vais appeler mes frères, poursuivit le shérif. Ray est détective privé. Il a peut-être entendu parler de ce type.

— Préviens-moi s'il sait quoi que ce soit.

Le téléphone de Roan vibra. Après avoir vérifié le numéro, il décrocha.

— Shérif adjoint Whitefeather.

Il écouta quelques secondes, avant de reprendre :

— Oui. D'accord, merci.

Il raccrocha en soupirant.

— C'est au sujet de l'arme de Romley et de la balle qui t'a touché… Ce ne sont pas les mêmes que celles qui ont servi à tuer Morty et Edith Burns.

— Alors quelqu'un d'autre les a abattus, lança Maddox, comme s'il réfléchissait à voix haute. Arlis, peut-être ?

— Vous pensez qu'il aurait tué sa propre sœur ? demanda Megan.

Roan et Maddox échangèrent des regards interrogateurs.

— Difficile à dire. Je ne connais pas très bien Arlis.

— On a peut-être tué Edith parce qu'elle avait découvert que ton père avait été assassiné.

Roan détestait la pointe de ressentiment qui grandissait en lui. Il ne pouvait pas en vouloir à Maddox de ce qu'il avait dit sur *son* père, alors qu'il ne savait pas la vérité. Cela dit, il se demandait parfois comment aurait été sa vie si Joe avait été au courant de son existence.

S'il l'avait reconnu comme son fils.

Mais si Maddox l'apprenait maintenant… Il le prendrait sans doute pour un menteur.

— Je peux te déposer chez toi ou chez des amis, suggéra Roan. Le taré qui t'a attaquée est toujours en liberté et je ne veux pas te laisser seule.

Megan lui adressa un sourire courageux.

— Je viens avec toi. Je pourrai peut-être me rendre utile.

Il l'observa un instant, puis acquiesça sans protester. Ils se hâtèrent vers son SUV et quittèrent le parking de l'hôpital.

— Est-ce que ça va ? demanda-t-elle.

— Pourquoi ça n'irait pas ? répliqua-t-il sèchement.

Elle fronça les sourcils.

— Tu semblais contrarié quand tu parlais avec Maddox. Y a-t-il déjà eu de la tension entre vous deux ?

Il secoua la tête. La dernière chose qu'il voulait, c'était que Megan devine la vérité. Et qu'elle voie à quel point il tenait à elle.

Tous ceux qui avaient compté pour lui étaient morts.

— Ne cherche pas à interpréter tout ce que tu entends, Megan. Je suis sur une enquête et j'essaie de te garder en vie, c'est tout.

Elle ne répondit pas et il garda les yeux rivés sur la route.

Vingt minutes plus tard, le silence régnait toujours entre eux lorsqu'il se gara devant un petit immeuble de bureaux dans un parc d'activités. Plusieurs autres entreprises étaient présentes dans le complexe, et le parking était rempli de voitures.

Roan ouvrit sa portière, sortit du SUV et ajusta son Stetson. Megan et lui remontèrent le trottoir en direction de l'agence de détective privé. Lorsqu'il frappa à la porte, une femme d'une quarantaine d'années, aux cheveux blond platine, ouvrit et se présenta comme étant Carrie Buchanan. Ils se nommèrent à leur tour, puis exprimèrent leurs condoléances pour son mari.

— Vous pensez qu'il est mort à cause d'une affaire sur laquelle il enquêtait ? demanda Roan.

La femme joua avec son alliance en or.

— Oui. Comme je vous l'ai dit, Barry était méticuleux à propos de l'entretien de sa voiture.

— A-t-il fait allusion à un problème ou une personne en particulier ?

— Non, mais il était agité, ces derniers temps. Il ne cessait de recevoir des coups de fil mystérieux qui le mettaient dans tous ses états, mais quand je lui posais des questions, il refusait d'en discuter.

Il pourrait peut-être étudier les relevés téléphoniques pour essayer d'en savoir plus sur ces appels, pensa Roan.

Megan passa les mains dans ses cheveux et repoussa les mèches ébouriffées par le vent derrière ses oreilles. Elle avait renoncé à son chignon aujourd'hui.

Et à cause de cela, il avait du mal à se concentrer.

C'est grâce à ce chignon qu'il avait réussi à ne pas la toucher les premières fois qu'il l'avait vue. Il avait besoin qu'elle se recoiffe, et vite.

— Votre mari a-t-il déjà parlé d'un homme nommé Joe McCullen ? demanda-t-il.

— Non. Comme je l'ai dit, il ne révélait jamais les noms de ses clients.

Ils la suivirent à l'intérieur. L'avant du local était occupé par une zone de réception. Une porte devait mener à l'arrière et au bureau de Buchanan.

Roan regarda Megan étudier les cadres sur les murs : des photos des références du détective, ainsi que des clichés de plusieurs familles en train de sourire et de s'enlacer. Des scènes pleines de nostalgie.

— Madame Buchanan, demanda-t-elle d'une voix douce, votre mari était-il spécialisé dans un type d'affaire en particulier ?

La veuve ajusta une pile de dossiers qui n'en avait nul besoin.

— Oui. Il travaillait avec des personnes qui essayaient de

retrouver des proches perdus de vue. Des enfants disparus. Des adoptions. Des fugueurs.

Roan passa la main sur sa mâchoire mal rasée. Quel rapport avec Joe McCullen ? Le patriarche était au courant pour Bobby, son fils naturel, ce n'était donc pas lui qu'il voulait retrouver.

Mais… Se pouvait-il qu'il ait soupçonné qu'il avait un autre fils ? Joe le cherchait-il, *lui* ?

Non, c'était impossible. Sa mère avait gardé le secret jusqu'à sa mort.

— Ça vous dérange si j'examine ses dossiers ? J'ai besoin de savoir pourquoi Joe McCullen l'a engagé.

Mme Buchanan fit un geste vers la porte qui menait vers l'arrière. Elle les précéda dans le couloir, puis entra dans un bureau contenant des meubles en métal et des chaises en vinyle. Elle alluma la lumière et poussa une exclamation de stupeur.

Quelqu'un était entré dans la pièce et avait tout retourné. Les tiroirs du meuble de rangement étaient grands ouverts, les dossiers étaient répandus partout sur le sol et le bureau.

Roan poussa un juron furieux. Il avait le mauvais pressentiment que le dossier qu'il cherchait avait disparu.

— Seigneur, murmura Mme Buchanan d'une voix peinée. Ce n'était pas comme ça la semaine dernière.

La semaine dernière, Roan et Megan n'avaient pas posé de questions sur la mort de Joe McCullen.

15

Roan observa le fouillis de papiers d'un œil circonspect. Celui qui avait retourné la pièce cherchait manifestement quelque chose.

Mme Buchanan fit tourner son alliance autour de son doigt d'un geste nerveux.

— Qui a pu faire ça ?

— Quelqu'un qui ne voulait pas qu'on voie le contenu d'un des dossiers de votre mari, répondit-il en balayant la pièce du regard. Barry avait-il un ordinateur ?

— Un portable.

— Où est-il ?

Elle contempla le désordre autour d'elle.

— Je ne sais pas. Je croyais qu'il était ici.

L'ordinateur portable avait disparu.

Megan incita la veuve à s'asseoir, et celle-ci se laissa tomber sur une chaise dans un coin.

— Alors il a vraiment été assassiné ? murmura-t-elle d'une voix tourmentée.

— Je ne peux pas l'affirmer avec certitude, répondit Roan.

— Y a-t-il eu une autopsie ? demanda Megan.

La veuve repoussa ses cheveux en arrière d'une main tremblante.

— Oui. Il a été tué sur le coup lorsque sa voiture a percuté un bloc de roche.

— Verriez-vous un inconvénient à ce que j'étudie le rapport d'autopsie ?

Mme Buchanan prit une brusque inspiration.

— Non, allez-y. Je veux savoir la vérité sur la mort de mon mari.

Pendant que Megan allait chercher un verre d'eau pour la pauvre femme, Roan enfila des gants et commença à trier les papiers. Il cherchait le moindre document où le nom de Joe pouvait apparaître. Bien sûr, si le tueur avait volé le dossier, il ne trouverait rien.

Comme le détective privé avait classé ses dossiers par numéro, il put regrouper les pages éparpillées un peu partout assez facilement. Mme Buchanan n'avait pas menti : la plupart des affaires consistaient à rapprocher parents et enfants biologiques. Trois d'entre elles portaient sur un kidnapping. Il s'agissait à chaque fois d'un parent enlevant un enfant à l'autre parent.

Alors pourquoi Joe avait-il fait appel au détective ?

Bien résolu à trouver la réponse à cette question, il s'approcha du meuble de rangement. La plupart des dossiers avaient échoué sur le bureau et sur le sol, mais il en restait quelques-uns à l'intérieur, même si leur contenu avait également été exploré. Il les passa en revue, mais ne trouva pas celui de Joe. Dommage.

Il inspecta ensuite le tiroir étiqueté *M-P.* Vide. De plus en plus frustré, il passa à ceux du bureau. Ils ne contenaient que des Post-it, des stylos, une agrafeuse et des trombones.

Il farfouilla parmi les fournitures, puis aperçut un morceau de papier. Le mot « Grace » était écrit dessus, suivi d'un point d'interrogation.

Grace…

— Connaissez-vous quelqu'un du nom de Grace ?

La veuve secoua la tête.

— Quel est son nom de famille ?

— Ce n'est pas indiqué.

— Grace, répéta Megan à mi-voix. Ce n'était pas le prénom de la mère de Maddox ?

Roan croisa son regard. Elle avait raison.

Il baissa à nouveau les yeux sur le bout de papier. La femme de Joe McCullen était décédée des années plus tôt, quand les garçons étaient encore petits. N'était-elle pas morte dans un accident de voiture ?

Tout comme le détective privé…

Les questions se bousculaient dans sa tête, mais il n'avait aucune réponse. Mais le fait que Buchanan ait mis un point d'interrogation après le nom de Grace le poussait à s'interroger : ce que l'enquêteur cherchait pour le compte de Joe avait-il un rapport avec sa femme ?

Dès qu'ils sortirent de l'agence, Megan passa un coup de fil pour réclamer une copie du rapport d'autopsie.

— J'aimerais bien savoir ce que tout ça veut dire, déclara Roan.

— Maddox aura peut-être quelques idées.

— Je n'ai pas envie de l'embêter. Il a besoin de repos.

Megan lui frotta doucement le bras.

— Maddox veut sûrement savoir ce qu'il en est, Roan. Tu l'as entendu tout à l'heure. Ça concerne son père, et maintenant… peut-être sa mère. Tu ne peux pas ne pas lui dire.

Il crispa les mâchoires, puis répondit :

— Tu as raison.

Le ciel s'était assombri, annonçant une nouvelle tempête. Le vent qui s'était levé faisait tourbillonner les feuilles et la poussière sur le parking. Les nuages s'amassaient et masquaient les derniers rayons de soleil.

Alors qu'ils montaient dans la voiture, Megan reçut un e-mail sur son téléphone. Il s'agissait du rapport d'autopsie. Elle ouvrit aussitôt la pièce jointe.

Le médecin légiste qui avait pratiqué l'autopsie s'appelait Lindeman. D'après ses conclusions, la cause de la mort était un traumatisme crânien. Le cerveau du détective privé s'était gorgé de sang à cause de l'impact. Étaient également mentionnés lacérations, bleus et fractures du fémur, des côtes et de la clavicule. Des fragments de verre avaient lacéré la peau de la victime. L'un d'entre eux s'était enfoncé dans sa jambe, entraînant une hémorragie accrue.

Jusqu'ici, les blessures correspondaient bien à un accident.

En découvrant le bilan toxicologique, Megan fronça les sourcils.

— Le médecin a trouvé un taux d'alcool élevé dans son sang.

— Mme Buchanan n'a pas dit qu'il avait bu.

— Non, en effet.

Elle se massa la tempe avec deux doigts.

— Le légiste a peut-être décidé de lui épargner ce détail.

— Peut-être. Mais, étant donné les soupçons qu'elle a, il faut qu'on lui pose la question.

— Je vais l'appeler.

— Et je vais demander au shérif concerné s'il a enquêté.

Megan composa le numéro de la veuve.

— Mme Buchanan, j'ai le rapport d'autopsie de votre mari sous les yeux. Le médecin légiste a-t-il évoqué la présence d'une quantité d'alcool dangereuse dans l'organisme de votre mari ?

— Non. Ce n'est pas possible. Barry ne buvait plus depuis vingt ans.

— Alors, il était alcoolique ?

— Oui, alcoolique abstinent. Il assistait régulièrement à des réunions des Alcooliques anonymes.

— Il a peut-être fait une rechute ?

— Non, répondit la femme avec véhémence. Barry ne touchait *jamais* à l'alcool. Il avait fait des bêtises quand il était jeune à cause de ça et avait provoqué un accident au cours duquel un ami avait été gravement blessé. Il ne se l'était jamais pardonné. Il s'était fixé pour mission d'aller dans les écoles pour parler des dangers de l'alcool aux adolescents.

La main crispée sur le téléphone, Roan résuma au shérif de Laramie sa conversation avec la femme du détective.

— Vous avez vu le rapport d'autopsie ?

— Bien sûr, répondit l'homme. La présence d'alcool dans le sang de Buchanan semble indiquer qu'il avait perdu le contrôle du véhicule. Ça expliquait l'accident.

— Et le problème de freins ?

— D'après le mécanicien, il y a eu une lente fuite de liquide de frein.

— Avez-vous envisagé la possibilité qu'on ait trafiqué les freins ?

— Pourquoi l'aurais-je fait ? Cet homme était ivre, sinon il n'aurait pas conduit aussi vite. S'il avait roulé plus lentement, il aurait peut-être pu s'arrêter, malgré cette fuite.

— Selon son épouse, il ne s'agissait pas d'un accident.

— Elle était dans le déni, affirma le shérif. Elle ne voulait pas croire que son mari était ivre. Elle a même affirmé qu'il ne buvait pas, mais c'était un alcoolique. Les maris ne disent pas tout à leurs femmes, vous savez.

C'était vrai. Mais cette explication ne satisfaisait pas Roan.

L'homme coupa court à la conversation et raccrocha. Tout en quittant le parking, Roan répéta ses propos à Megan.

— Le shérif savait pour l'alcool, mais il n'a pas trouvé ça suspect.

— Je sais que plein de gens rechutent, mais la femme de Barry a affirmé que son mari ne buvait plus une goutte.

— S'il n'a pas bu de lui-même, quelqu'un lui a peut-être forcé la main, remarqua Roan en haussant un sourcil.

— C'est possible.

Il réfléchit aux différents éléments qu'ils avaient découverts jusqu'ici : Gates et son plan de sabotage, les meurtres de Morty et d'Edith Burns, et maintenant, celui de Barry Buchanan.

Joe avait engagé le détective privé. Le nom de sa femme avait été griffonné sur un Post-it, ce qui suggérait qu'elle avait un rapport avec l'enquête du professionnel.

Il se remit à pleuvoir à verse, ce qui obligea Roan à ralentir. Alors qu'il atteignait l'embranchement pour l'hôpital, une camionnette sombre surgit brusquement derrière lui. Le véhicule accéléra dans un crissement de pneus et commença à le doubler.

Roan fronça les sourcils et agrippa le volant, prêt à allumer sa sirène et à prendre le chauffard en chasse. Mais lorsque la camionnette arriva à leur niveau, un coup de feu retentit.

Megan hurla, tandis qu'il faisait une embardée. La balle manqua la vitre d'un centimètre. Un deuxième coup de feu éclata, et Roan fit un nouvel écart.

— Baisse-toi et accroche-toi, Megan.

Il donna un coup de volant vers la gauche pour percuter la camionnette, qui dévia sur le côté, avant de bondir en avant.

Roan enfonça l'accélérateur pour la poursuivre, mais lorsqu'il parvint en haut de la côte, une voiture déboîta devant lui. Il dut freiner et rouler sur le bas-côté pour éviter la collision.

Megan tenta de recouvrer son calme, tandis que Roan descendait de la voiture pour l'inspecter. Il récupéra ensuite quelque chose dans le coffre.

Cinq minutes plus tard, il revint s'asseoir et posa un sac en plastique entre eux.

— J'ai réussi à extraire une des balles de la carrosserie. Je vais la faire analyser par le labo, pour voir si elle provient de la même arme que celle qui a tué les Burns. Tu vas bien ? demanda-t-il en couvrant sa main de la sienne.

Elle hocha la tête.

— Tu sais, je pensais que c'était Barbara et Bobby qui avaient le plus à gagner de la mort de Joe McCullen, mais là, clairement, je me rends compte que ça ne peut pas être eux.

— Tu as raison. Je commence à croire que le meurtre de Joe n'a rien à voir avec eux. Et que c'est à cause de cette enquête que menait le détective qu'ils sont morts.

Elle réfléchit à sa théorie, tandis qu'ils se garaient dans le parking de l'hôpital de Pistol Whip. La pluie avait diminué, mais de l'eau continuait à couler des arbres. Megan rabattit sa capuche sur la tête et Roan se coiffa de son Stetson, puis ils se hâtèrent à l'intérieur.

Rose et Mama Mary se trouvaient dans la chambre de Maddox.

— J'ai essayé de convaincre Rose de rentrer, déclara la gouvernante. Mais elle a refusé de partir.

Maddox posa la main sur le ventre de sa femme.

— Ce soir, elle rentre à la maison, même si je dois me lever pour l'y conduire.

Rose rit doucement.

— Maintenant, je sais que tu vas t'en sortir. Tu commences à être autoritaire.

Sa plaisanterie sembla détendre l'atmosphère.

— Merci pour la soupe, Mama Mary, lança Maddox en posant sa cuillère sur le plateau.

Elle posa les mains sur ses hanches.

— Je ne pouvais quand même pas laisser mon garçon manger cette horrible tambouille d'hôpital. Pour qu'un homme se rétablisse, il a besoin de bien se nourrir.

Maddox se laissa dorloter avec le sourire. Mais dès qu'elle eut repris le plateau, il redevint sérieux et leva les yeux sur Roan.

— Qu'as-tu trouvé ?

— En fait, j'ai encore plus de questions.

Il résuma leur visite à l'agence du détective privé et la conversation avec la veuve. Pendant qu'il parlait, Megan se glissa sur une chaise à côté de Rose et de Mama Mary.

— Quand j'ai discuté avec le shérif qui a enquêté sur l'accident, il n'a pas paru suspicieux. Mais Mme Buchanan a été catégorique : son mari ne buvait pas. Et il était méticuleux à propos de l'entretien de sa voiture.

Maddox se frotta le menton.

— Tu ne sais toujours pas pourquoi mon père l'a engagé ?

Roan jeta un coup d'œil à Megan. Elle comprenait son hésitation. Joe McCullen avait eu un fils illégitime avec sa maîtresse. Et s'il en avait eu un autre ?

— Pour l'instant, on ne sait pas, mais Buchanan était spécialisé dans le regroupement de familles avec des proches disparus.

— Comme après des adoptions, tu veux dire ?

— Oui. Il s'est occupé de deux affaires de kidnapping, mais il a surtout travaillé sur des cas d'enfants adoptés et de parents biologiques à la recherche les uns des autres.

Maddox soupira.

— Mais ça n'a aucun sens. Papa était au courant pour Bobby.

La tension redoubla. Il finit par tourner la tête vers Mama Mary.

— Tu savais, pour Bobby. Papa a-t-il eu d'autres écarts de conduite ?

Roan serra les poings. Voilà comment Maddox risquait de le voir : comme un écart de conduite, une erreur.

— Non, Joe n'a pas eu d'autre aventure, si c'est ce que tu demandes, répondit la gouvernante. Je te l'ai dit : tes parents traversaient une mauvaise passe quand c'est arrivé.

Elle gonfla la poitrine.

— Votre papa aimait Mlle Grace. Mais elle était extrêmement déprimée après avoir perdu les jumeaux.

— Je savais qu'ils étaient morts, affirma Maddox, mais j'ignorais que maman était déprimée à ce point.

— En parlant de ta mère, intervint Roan, j'ai trouvé un Post-it avec son nom dans le tiroir du bureau de Buchanan.

— Le nom de ma mère, murmura le shérif. Je ne comprends pas.

— Quelqu'un est entré par effraction et a retourné le bureau de Buchanan. S'il y avait un dossier sur ton père, il a disparu.

— Retour à la case départ, s'exclama Maddox d'une voix pleine de frustration.

Mama Mary se racla la gorge et s'adressa à Roan.

— Vous dites que M. Joe a engagé cet homme, dit-elle. Et qu'il avait le nom de Mlle Grace sur un Post-it.

— C'est exact.

— Oh ! ma parole… Ce n'est pas possible, murmura-t-elle en se tordant les mains.

Le cœur de Roan fit un bond. Maddox se redressa sur le lit avec une grimace de douleur.

— Qu'y a-t-il, Mama Mary ?

La brave femme semblait préoccupée.

— Je ne sais pas. Je ne peux pas en être sûre…

Rose lui tapota la main.

— Ça va aller, Mama Mary. Tu t'es souvenue de quelque chose ?

Elle hocha la tête, tout en mordillant sa lèvre inférieure.

— C'est juste que Mlle Grace était tellement triste d'avoir perdu ses bébés. C'étaient deux garçons, vous savez.

— Continue, l'encouragea Maddox, le visage peiné.

— Comme je l'ai dit, elle était déprimée. La nuit, elle ne dormait pas. Elle répétait sans cesse que ses bébés ne pouvaient pas être morts, qu'elle les entendait pleurer.

La température sembla chuter d'un coup dans la pièce. Ils s'étaient tous figés sur place.

— J'ai cru qu'elle était dans le déni, expliqua la gouvernante en se tamponnant les yeux. Elle vous aimait si fort. Vous et votre papa, vous étiez tout pour elle. Et elle voulait tellement ses deux autres petits bébés.

— Que s'est-il passé, Mama Mary ? demanda Maddox d'une voix grave.

— Le Dr Cumberland a dit que Grace souffrait de dépression post-partum. Elle était rongée de chagrin, alors il lui a donné des médicaments.

— Elle buvait en plus de ça ? demanda Maddox.

— C'est ce qu'il a dit la nuit où elle est morte.

Elle essuya la transpiration qui coulait sur ses joues.

— Mais la veille… J'ai entendu tes parents se disputer.

— À propos de quoi ? intervint Roan.

Mama Mary renifla.

— Mlle Grace a dit qu'elle ne pensait pas que ses bébés étaient morts. Elle se rappelait les avoir tenus quand ils sont nés et les avoir entendus pleurer. Et soudain, ils n'étaient plus là. Le médecin a dit qu'ils étaient mort-nés et que Mlle Grace était tellement traumatisée qu'elle avait imaginé leurs pleurs. Quand il lui a annoncé qu'ils n'avaient pas survécu, elle est devenue hystérique et il a dû lui administrer des calmants.

Maddox la regarda d'un air à la fois troublé et choqué.

— Ma mère pensait que les bébés étaient en vie ?

Elle hocha la tête, la lèvre tremblante.

— C'est là-dessus qu'ils se sont disputés. Ton père était tellement inquiet pour elle qu'il a appelé le médecin. Il pensait qu'elle risquait de basculer dans la folie.

— Mais elle est morte le lendemain dans cet accident, murmura Maddox.

Elle acquiesça.

— M. Joe ne se l'est jamais pardonné.

— Alors tes parents se sont querellés à propos des jumeaux, résuma Roan. Et avant son décès, Joe avait engagé Buchanan, un homme dont la spécialité était de retrouver des disparus et de réunir les enfants adoptés et leurs parents biologiques.

La gouvernante poussa un gémissement.

— Vous pensez qu'il a découvert quelque chose à propos de ces bébés ? Que Mlle Grace avait raison ? Que quelqu'un lui a volé ses fils et lui a fait croire qu'ils étaient morts ?

16

Roan réfléchit aux différentes éventualités. Si quelqu'un avait volé les bébés de Grace McCullen, et qu'elle avait continué à contester leur décès, le kidnappeur avait peut-être paniqué et tenté de la réduire au silence.

Et elle était morte, en effet. Avec sa disparition, plus de questions. Jusqu'à ce que Joe engage Buchanan. Puis les deux hommes avaient péri à leur tour.

Mama Mary renifla et essuya à nouveau ses larmes.

— Je n'arrive pas à y croire… Toutes ces années, moi aussi j'ai cru que ces bébés étaient morts. Je pensais que Mlle Grace n'était pas parvenue à l'accepter…

— Pour l'instant, ce ne sont que des suppositions, déclara Maddox, avant de se tourner vers Roan. Mais s'il y a une possibilité que les bébés aient été kidnappés, ça veut dire que… Brett, Ray et moi avons deux frères dont nous n'avons jamais entendu parler.

Roan sentit sa gorge se serrer. Il éprouvait le besoin de confesser qu'il était leur demi-frère, mais ce n'était pas le moment. Ce ne serait peut-être jamais le bon moment.

Il allait devoir vivre avec ça.

Il n'agissait pas ainsi pour s'attirer les bonnes grâces des frères McCullen. Il était un policier qui croyait en la justice.

— Pauvre Mlle Grace, déclara Mama Mary. Elle avait toutes les raisons d'être déprimée. Si elle pensait que ses bébés avaient été kidnappés, et que personne ne la croyait, elle a dû se sentir tellement seule.

— A-t-elle donné des raisons expliquant sa conviction qu'ils étaient vivants ? demanda Maddox.

La gouvernante se toucha le front d'un air songeur.

— Seulement qu'elle les avait entendus pleurer à la naissance. Ensuite, elle s'est évanouie. Quand elle est revenue à elle, le Dr Cumberland lui a appris qu'ils n'avaient pas survécu.

— Je me souviens que maman a été triste pendant un moment et que papa a dit qu'elle avait perdu les bébés. Mais j'étais trop jeune pour comprendre ce qui se passait. Je me souviens quand même qu'ils parlaient d'une chambre d'enfants.

— Elle commençait tout juste à la préparer lorsqu'elle les a perdus, déclara Mama Mary. Ensuite, ton père a tout repeint à la va-vite, dans l'espoir que ça l'aide. Mais ça l'a seulement rendue furieuse.

Le shérif la contempla d'un air pensif.

— Parce qu'elle pensait que les bébés étaient vivants.

— Oui. Joe, lui aussi, a eu le cœur brisé par cette perte. Ensuite, Mlle Grace et lui ont commencé à se disputer, et elle a perdu pied.

— C'est à ce moment-là qu'il a rencontré Barbara, murmura Maddox.

Elle acquiesça avec gravité.

— Je crois qu'il avait besoin de réconfort, mais ça n'a pas duré longtemps. Il aimait ta maman plus que tout. Il voulait l'aider à guérir.

— Sauf qu'elle ne pouvait pas aller mieux, parce qu'elle croyait que ses bébés avaient été kidnappés, lança Roan, avant de se mordre l'intérieur de la joue. Où les petits ont-ils été enterrés ?

Mama Mary écarquilla les yeux.

— Eh bien… Ils… Ils n'ont pas été enterrés. Le Dr Cumberland les a fait incinérer. Il a dit que ce serait plus facile pour la famille.

— Quoi ? s'exclama le shérif d'une voix dure. Est-ce que mes parents lui ont demandé de faire ça ?

Elle tortilla son mouchoir entre ses mains.

— Je ne sais pas. M. Joe et le médecin discutaient en privé. J'ai… cru que c'était ce que ton papa voulait.

— Je dois parler à Cumberland, annonça Maddox en tendant la main vers le téléphone. Il nous doit des explications.

C'était le moins qu'on puisse dire, songea Megan.

Et sans cadavres, elle ne pouvait pas faire d'autopsie pour déterminer la cause de la mort ou utiliser l'ADN pour vérifier qu'il s'agissait bien des bébés McCullen.

— Mon Dieu, bafouilla Mama Mary. Et moi qui ai cru tout ce temps que Mlle Grace avait pris ces pilules avec de l'alcool et avait foncé droit dans le mur pour se tuer…

Maddox se passa la main sur le visage, puis composa le numéro du médecin.

— Si les jumeaux ne sont pas morts… Alors qui les a pris ? demanda Megan.

Elle fit une pause, assaillie par une multitude de questions.

— Si Grace soupçonnait un acte criminel et posait trop de questions, elle n'est peut-être pas morte dans un accident ou en se suicidant.

Des murmures inquiets s'élevèrent dans la chambre d'hôpital. Avant de poursuivre, elle attendit que Maddox termine son message au Dr Cumberland. Il le pria de le rappeler, indiquant qu'il avait des questions à propos de sa mère et des bébés qu'elle avait perdus. Les traits tirés, il reposa le téléphone.

— Grace a-t-elle été autopsiée ? demanda-t-elle.

— Je ne crois pas, répondit Mama Mary. M. Joe et le médecin en ont parlé. Ils ne voulaient pas qu'on sache qu'elle buvait et prenait des cachets. Ils estimaient que Mlle Grace avait assez souffert comme ça. M. Joe tenait à ce qu'elle repose en paix.

Elle adressa un regard plein d'affection à Maddox.

— Il se faisait aussi du souci pour vous. Pistol Whip est une petite ville, et il ne voulait pas que ça jase.

— Ça ressemble bien à papa, répondit le shérif en prenant la main de sa femme.

Roan prit la parole, résumant ce qu'ils pensaient tous :

— Alors on est face à l'éventualité que quelqu'un ait kidnappé les jumeaux, puis ait drogué ta mère, ce qui a causé l'accident qui l'a tuée.

— Mais qui aurait volé ces bébés ? demanda Rose.

Un lourd silence s'installa dans la pièce, tandis que tout le monde réfléchissait.

— Quelqu'un qui les voulait pour lui, suggéra Megan.

— Ou qui voulait faire du mal à Grace, et probablement à Joe, conclut Roan. Et le médecin ?

Mama Mary fronça les sourcils.

— Il aimait cette famille. Il a été bouleversé par la perte de ces bébés, lui aussi.

— Mais s'ils sont toujours vivants, il doit savoir quelque chose, fit-il remarquer.

— Je crois qu'un jeune médecin travaillait avec lui, à l'époque, déclara la gouvernante. Il était peut-être impliqué dans tout ça, à l'insu du Dr Cumberland.

— Je le découvrirai, affirma Maddox en frottant à nouveau le bandage sur son torse. Et si Barbara connaissait mon père avant que ma mère ne perde les jumeaux ? Elle a peut-être cru qu'en enlevant les bébés, elle pousserait mes parents à se séparer et aurait sa chance avec papa ?

Il tourna la tête vers Mama Mary.

— Se connaissaient-ils avant ?

Elle recommença à triturer son mouchoir.

— Mlle Grace a rencontré Barbara au club de jardinage. Plus tard, je me rappelle avoir entendu ton père dire à Barbara de ne pas s'approcher de ta mère, que c'était fini entre eux, que Grace avait déjà assez souffert.

Megan sentit une vague de compassion pour la famille la submerger.

Barbara jardinait. Elle avait accès à du cyanure. Roan en avait trouvé chez elle.

Cette femme avait-elle fait semblant d'être l'amie de Grace, avant de la tuer pour avoir Joe pour elle toute seule ?

Roan croisa les bras.

— Barbara est la suspecte la plus plausible, mais il y a plusieurs problèmes. Elle avait l'occasion et les moyens de tuer tes parents, d'accord. Mais quelqu'un a agressé Megan et a menacé de la tuer si elle ne cessait pas d'enquêter sur le meurtre de ton père. Barbara et Bobby étaient tous les deux derrière les barreaux, alors ça ne peut pas être eux.

— Ils ont pu engager quelqu'un, répliqua Maddox en tentant d'enlever son intraveineuse. Il faut que je me lève et que je fasse quelque chose.

— Tu ne vas nulle part.

Rose posa la main sur celle de Maddox pour l'arrêter, tandis que Mama Mary approchait en renfort.

— Écoute ta femme, lança la gouvernante, avant de désigner le ventre rebondi de Rose. Tu dois prendre soin de toi. Ta famille a besoin de toi.

Le shérif poussa un grognement agacé, mais se laissa retomber sur le lit.

— Ça m'énerve. Je devrais être en train d'explorer toutes ces pistes.

— Roan va s'en occuper, répliqua Rose. N'est-ce pas ?

— Bien sûr.

Roan avait plus de raisons de vouloir découvrir la vérité que ne l'imaginaient les autres, mais il garda le silence sur ce point. Il déclara :

— Je vais demander à l'équipe informatique d'éplucher les comptes de Barbara et de Bobby, histoire de voir s'ils ont fait des gros virements à quelqu'un. Et je veux parler au Dr Cumberland.

— Il était bouleversé quand il est parti, affirma Maddox. Il ne comprend toujours pas comment quelqu'un a pu empoisonner mon père alors qu'il le suivait au quotidien.

Roan grinça des dents, mais ne dit rien. Comme il n'avait pas le même attachement pour le médecin que Maddox et sa famille, il était plus sceptique qu'eux.

— Et Clark ? demanda-t-il. Il éprouvait de l'amertume à propos de sa terre.

— Mais c'est arrivé longtemps après la mort de ma mère, fit observer Maddox.

Cela dit, même si Grace McCullen n'avait pas été assassinée, Clark avait pu tuer Joe. Mais un scénario semblait se dessiner : Grace avait été éliminée en premier, puis Joe avait découvert quelque chose qui avait éveillé ses soupçons. Il avait embauché le détective privé, et ils étaient morts tous les deux à cause de cela.

— Tu n'as pas dit qu'Edith Burns avait rendu visite à ton père pendant sa maladie ? demanda Roan au shérif.

— Plusieurs fois. Elle disait qu'elle avait promis à ma mère de passer nous voir si quelque chose lui arrivait.

C'était comme cela que les amis proches agissaient, mais étant donné qu'Edith et son mari avaient été abattus, il y avait peut-être un lien. Une tentative de dissimulation qui remontait à des années.

Et qui avait été sur le point d'être découverte quand Joe McCullen avait engagé Buchanan.

Tandis que Roan roulait vers le cabinet du médecin, Megan refit son chignon. Elle se sentait anxieuse. Elle n'aimait pas le tour que prenaient ses pensées.

— Si ces bébés ne sont pas morts et ont été enlevés, ça signifie que le Dr Cumberland était au courant.

Un muscle tressauta sur la joue de Roan.

— C'est ce que je me disais. Maddox doit penser la même chose.

Le cabinet médical se trouvait dans le square de Pistol Whip. Deux voitures étaient garées dans le parking : une Lexus grise et un SUV noir.

— En tant que légiste, tu connais le médecin. Est-ce que tu le crois capable d'une telle tromperie ?

— Je ne sais pas, répondit Megan, gagnée par l'incertitude. Il semble vraiment attentionné et gentil avec les gens. Il écoute les personnes âgées et se montre patient avec les enfants. Tous les habitants le connaissent et sont venus le consulter pour une raison ou une autre. Il a mis au monde la plupart des bébés de la ville, et aucun procès n'a jamais été intenté contre lui. Dans une société aussi procédurière que la nôtre, ça tient du miracle.

— On se précipite peut-être un peu, admit Roan. Joe a pu engager ce détective pour enquêter sur Clark ou Gates.

Megan hocha la tête.

— Mais ça n'explique toujours pas ce Post-it avec le nom de Grace dans le bureau de Buchanan.

— Il s'agit peut-être d'une autre Grace.

Elle acquiesça de nouveau, même si elle n'était pas convaincue. Ils avaient une seule certitude : Joe avait été empoisonné. Il avait peut-être engagé le détective privé parce qu'il avait reçu des menaces ou soupçonnait quelqu'un de lui vouloir du mal.

Dans le cabinet, ils furent accueillis par la secrétaire, une femme aux cheveux gris et au sourire bienveillant.

— Bonjour. En quoi puis-je vous aider ?

Roan s'identifia et présenta Megan.

— On voudrait parler au Dr Cumberland.

— Je vais le prévenir. Il est avec le nouveau médecin.

Elle appuya sur l'Interphone et annonça leur arrivée. Le praticien répondit qu'il arrivait tout de suite.

— Un nouveau médecin ? demanda Megan. Le Dr Cumberland prend un associé ?

Le sourire de la femme se fana légèrement.

— Non. Le médecin a décidé de prendre sa retraite, alors il a fait venir quelqu'un pour le remplacer.

Roan étudia les photos sur les murs de la salle d'attente : des clichés des bébés que le Dr Cumberland avait mis au monde, ainsi que les familles et les personnes qu'il avait soignées.

— Je croyais qu'il ne partait pas avant l'année prochaine, fit remarquer Megan.

— La femme du médecin insiste pour qu'ils voyagent plus.

Intéressant, songea-t-elle. Il s'agissait peut-être d'une coïncidence, mais cela pouvait aussi indiquer que le médecin voulait quitter la ville pour éviter d'être interrogé sur le rapport d'autopsie de Joe McCullen.

S'il avait été furieux contre elle, c'était peut-être parce qu'il ne voulait pas qu'on découvre sa falsification du rapport, visant à cacher que son ami avait été assassiné.

Les photos sur le mur du Dr Cumberland relataient l'histoire d'un médecin de famille très apprécié, au service de sa communauté depuis qu'il était jeune homme.

Roan devait manœuvrer avec précaution, sinon il risquait de détruire la vie d'un innocent.

Ou alors il devait exposer la vérité et déchirer la ville en révélant des mensonges et des secrets qui remontaient à des décennies.

La porte menant aux pièces du fond s'ouvrit, et le vieil homme apparut, vêtu d'une chemise usée et d'un pantalon de costume. Il semblait fatigué, et les rides autour de ses yeux creusaient des sillons profonds dans sa peau.

Un homme d'une trentaine d'années, aux épais cheveux sombres et vêtu d'une tenue western, franchit le seuil à son tour.

Le Dr Cumberland haussa un sourcil en les voyant, puis fit les présentations. Après avoir serré la main du médecin, un dénommé Seth Griffin, Roan désigna la porte.

— Pouvons-nous parler en privé, docteur Cumberland ?

L'homme ajusta ses lunettes d'un geste las, mais hocha la tête. Tandis que son remplaçant s'éloignait, Roan et Megan le suivirent jusqu'à son bureau. Il leur proposa à boire, mais ils déclinèrent son offre. Après s'être servi du café, il s'assit dans le fauteuil derrière son bureau. D'une main tremblante, il posa le mug sur la table.

— Dr Cumberland, on a besoin de vous poser d'autres questions, commença Roan.

— Je ne sais pas ce qui vous prend, à tous les deux, mais j'ai présenté mes excuses à Maddox. Je lui ai dit que je ne comprenais pas comment j'avais pu passer à côté de ce qui est arrivé à Joe.

Roan jeta un coup d'œil vers Megan, puis reporta son attention sur le médecin.

— Ce n'est pas tout. On a découvert que Joe McCullen avait engagé un détective privé, Barry Buchanan.

Le médecin pâlit.

— Pourquoi Joe aurait-il eu besoin d'un détective privé ?

— On espérait que vous auriez une explication à nous donner.

— Je n'en ai aucune idée.

— Je pense que si, répliqua Roan, allant droit au but. Joe a été assassiné. Tout comme le détective privé.

Le Dr Cumberland laissa échapper un souffle d'air.

— Bonté divine…

— Le bureau de Buchanan a été mis à sac et certains de ses dossiers ont été volés. Celui sur Joe McCullen a disparu.

— Vous pensez que cet homme a été assassiné à cause de ce qu'il faisait pour Joe ? demanda le médecin.

— Oui.

— C'est sûrement lié à ce réseau de vol de bétail. Joe soupçonnait un membre de la communauté de voler aux autres. Il était résolu à découvrir qui.

— C'est possible, mais j'ai trouvé un Post-it avec le mot « Grace » écrit dessus. Je pense que Joe avait engagé le privé à cause de la mort de Mme McCullen.

— Mais Grace est décédée dans un accident de voiture il y a des années, fit observer le Dr Cumberland.

— Vous n'avez pas demandé d'autopsie, n'est-ce pas ? demanda Megan.

Il posa un regard stupéfait sur elle.

— Non. Ce n'était pas la peine. Grace sentait l'alcool, et je savais qu'elle prenait des antidépresseurs. Je ne voulais pas infliger encore plus de souffrance à Joe.

— Mais les autopsies sont la procédure normale dans ce genre de situation, fit-elle remarquer.

La voix du médecin devint glaciale.

— Peut-être dans les grandes villes où les crimes sont légion, mais pas dans une petite bourgade. Ici, tout le monde connaît cette famille. Joe aimait Grace, mais elle souffrait d'une grave dépression. Ce n'était pas la peine de traîner son nom dans la boue.

— Grace était déprimée à cause de la perte de ses bébés, n'est-ce pas ? demanda Roan en haussant un sourcil.

Le Dr Cumberland fit tambouriner ses ongles sur le mug.

— Oui. Mais c'était compréhensible. Elle avait accouché de deux enfants mort-nés.

Roan et Megan échangèrent un regard.

— Ils étaient vraiment mort-nés ? demanda-t-il.

À en croire la fureur dans les yeux de l'autre homme, il avait touché une corde sensible.

— Oui, répondit le Dr Cumberland sans desserrer les dents.

— Racontez-nous la nuit où ils sont nés, enchaîna Megan. Les bébés étaient-ils prématurés ?

— Oui, d'environ quatre semaines, mais ça n'a rien d'inhabituel pour des jumeaux. Joe était allé acheter du bétail hors de la ville. Je l'ai appelé quand Grace a commencé le travail, mais il se trouvait à plusieurs heures de là. Il ne s'est jamais pardonné de ne pas avoir pu revenir à temps.

— A-t-elle accouché à l'hôpital ?

— Non. Tout s'est passé très vite. Edith est venue et a emmené les trois garçons chez elle pour la nuit. J'ai voulu conduire Grace à l'hôpital, mais ses contractions étaient trop rapprochées. J'ai essayé de l'installer confortablement et de l'aider, mais quand j'ai mis les bébés au monde, ils ne respiraient pas. Et l'un des deux… Eh bien, il avait une malformation.

Sa bouche se tordit sous l'effet de l'émotion.

— J'ai essayé de les ranimer, mais en vain.

— Avez-vous demandé une autopsie pour déterminer la cause de la mort ? demanda Megan.

— Écoutez, c'était il y a trente ans. Les règles étaient moins strictes, à l'époque. En outre, Grace était folle de douleur. Elle ne voulait pas que leurs petits corps soient profanés, et j'ai respecté ses souhaits.

— A-t-elle tenu ses bébés ?

— Non. Comme je l'ai dit, elle était bouleversée. J'ai dû lui donner un sédatif pour la calmer.

— Et vous avez fait incinérer les bébés au lieu de laisser la famille les enterrer ? insista Roan.

Le Dr Cumberland pinça la bouche.

— C'était ce que voulaient les McCullen. Grace ne se croyait pas capable de regarder ces tombes minuscules.

— Que sont devenues les cendres ? enchaîna Megan.

— Joe et Grace les ont dispersées dans l'étang de Horseshoe Creek.

Autrement dit, il n'y avait aucune possibilité de les analyser, songea Roan. Il croisa les bras et demanda d'une voix dure :

— Vous êtes sûr que ça s'est passé comme ça ?

— Bien sûr. C'était affreux. J'aimais cette famille. Par la suite, j'ai fait tout mon possible pour aider Grace et Joe à faire leur deuil.

— Je ne vous crois pas. J'ai des raisons de penser que Grace soupçonnait que ses bébés n'étaient pas morts et que quelqu'un les avait kidnappés.

— C'est ridicule ! s'exclama le médecin. Au nom du ciel, j'étais là.

Roan posa les mains sur le bureau et se pencha en avant,

— Exactement.

— Qu'est-ce que vous sous-entendez, bon sang ?

— Que pour je ne sais pas quelle raison, vous avez pris ces bébés et les avez donnés à quelqu'un d'autre. Peut-être pour de l'argent. Peut-être s'agissait-il d'une personne que vous connaissiez. Quoi qu'il en soit, Grace a mis votre version en doute, et elle a été tuée parce qu'elle refusait de cesser de chercher ses bébés.

17

Le Dr Cumberland se leva d'un bond.

— Je n'aime pas vos insinuations, monsieur l'adjoint. Maddox sait-il que vous êtes ici, à porter ce genre d'accusations contre moi ?

Roan le contempla froidement.

— Oui.

Face à cette réponse, le médecin sembla perdre contenance.

— Mais c'est incroyable… J'ai consacré ma vie à cette ville, et les McCullen sont mes amis. Je serais prêt à mourir plutôt que de faire du mal à l'un d'entre eux.

— Alors comment expliquez-vous toutes les incohérences et les morts ? demanda Megan.

— On sait que Joe a été assassiné, déclara Roan. On soupçonne que Grace s'est fait tuer, elle aussi. Le détective privé que Joe a engagé est mort dans un accident de voiture suspect, comparable à celui de Grace.

Il hésita un instant, avant de poursuivre :

— Morty et Edith Burns ont été abattus. Vous les connaissiez, n'est-ce pas ?

— Oui, mais…

Le Dr Cumberland secoua la tête d'un air hébété.

— C'est arrivé quand ?

— Il y a deux jours, répondit Roan. Vous avez dit qu'Edith s'était occupée de Maddox et de ses frères le jour de l'accouchement, n'est-ce pas ?

Le teint pâle, l'homme acquiesça.

— Edith et Grace étaient de bonnes amies.

— Alors Grace s'est probablement confiée à Edith.

De nombreuses questions se bousculaient dans l'esprit de Roan. Et si Edith avait été tuée parce qu'elle avait découvert que le Dr Cumberland avait kidnappé les jumeaux ? À moins qu'elle n'ait été complice de l'enlèvement ?

— Si vous cherchez qui aurait pu assassiner Joe, tournez-vous vers Barbara, lança le Dr Cumberland. Elle en voulait autant à Grace et à Joe.

— On l'a déjà interrogée, répondit Roan. Elle affirme qu'elle n'aurait jamais fait de mal à Joe.

— Mais elle aurait pu s'en prendre à Grace.

Le médecin se leva et les fusilla du regard.

— Maintenant que j'ai répondu à vos questions, il est temps pour vous de partir.

Roan se pencha à nouveau au-dessus du bureau.

— Encore une chose, docteur. Le jour où Megan a fait analyser le sang de Joe McCullen pour la troisième fois, quelqu'un l'a poussée dans la rue. Et peu de temps après qu'elle a reçu les résultats, quelqu'un l'a agressée dans la morgue et l'a menacée.

Une lueur de nervosité apparut dans les yeux du praticien.

— En dehors du laborantin qui a testé le prélèvement, vous étiez le seul à être au courant de l'analyse et des résultats, poursuivit Roan.

La froideur qui s'afficha sur les traits du vieil homme ressemblait fort à de la culpabilité. Une seconde plus tard, Cumberland agita la main vers la porte.

— Sortez, monsieur l'adjoint. J'en ai assez de vos accusations.

— Écoutez-moi bien, docteur Cumberland, déclara Roan, refusant de se laisser intimider. Si vous êtes mêlé à la mort de l'un des McCullen ou des Burns, ou si vous mentez à propos de ce qui est arrivé aux jumeaux, je le découvrirai.

Il se pencha plus près, le clouant sur place du regard.

— Et rien ne doit arriver au Dr Lail. C'est compris ?

Au bout d'une seconde tendue, le médecin hocha brusquement la tête. Mais Roan ne lui faisait pas confiance. Dès que Megan et lui eurent quitté le cabinet, il appela les techniciens du labo et leur demanda d'étudier le téléphone et les comptes bancaires du médecin sur les trente dernières années.

Si quelqu'un avait payé Cumberland pour faire croire à la mort des jumeaux, c'est par là qu'il fallait commencer.

Megan se mordilla la lèvre.

— Si Barbara a quelque chose à voir avec la mort de Joe, on devrait peut-être lui parler à nouveau.

— Elle ne va pas avouer, répondit Roan. Elle est autant sur la défensive que le Dr Cumberland.

— Alors discutons avec Bobby. Si sa mère a tué Joe sans qu'il le sache, il se retournera peut-être contre elle.

— Bonne idée. Allons lui rendre une petite visite.

Ils prirent la direction de la prison où Bobby était enfermé. Il était détenu dans un établissement de sécurité minimale qui fournissait des soins psychiatriques.

— J'ai toujours du mal à croire que le Dr Cumberland ait fait ça aux McCullen, déclara-t-elle, réfléchissant à voix haute. Il semblait vraiment tenir à eux. Et personne n'a jamais porté plainte contre lui.

Roan secoua la tête d'un air dubitatif.

— On ne sait jamais de quoi les gens sont capables quand ils y sont acculés.

— Que veux-tu dire ?

— C'était il y a longtemps. On ne sait pas ce qui se passait dans la vie du médecin à l'époque. Imagine que lui et Barbara aient eu une aventure ?

— Ça semble peu probable, répondit Megan. Mais tu as sans doute raison. Ça m'attriste d'imaginer qu'il ait pu trahir la confiance de cette famille.

Ils se garèrent dans le parking de la prison, puis franchirent les contrôles de sécurité. Roan expliqua au directeur qu'il avait besoin de voir Bobby.

— Comment va-t-il ?

— Il a ses bons et ses mauvais jours. Le thérapeute travaille avec lui sur ses problèmes de maîtrise de soi. Il est sobre depuis des semaines, ce qui est positif.

Un surveillant les mena jusqu'au parloir. Quelques minutes plus tard, un autre homme escorta Bobby dans la pièce. Le prisonnier portait une tenue carcérale et était menotté, mais pas enchaîné. La pâleur grisâtre de sa peau indiquait qu'il n'avait pas beaucoup vu le soleil ces derniers temps. À en juger par la colère qui brillait dans son regard, il en voulait toujours au monde entier.

— Vous pouvez lui enlever ses menottes, dit Roan.

Bobby semblait sur la réserve, mais marmonna un remerciement lorsque le surveillant le libéra. Pendant un instant, il se frotta les poignets, comme si les bracelets lui avaient fait mal. À moins qu'il ne déteste être entravé…

Megan repensa à son séjour dans la housse mortuaire. Elle comprenait la sensation suffocante de perdre sa liberté de mouvement.

— Bonjour, Bobby. Je suis le shérif adjoint Whitefeather, et voici le Dr Megan Lail, le médecin légiste de Pistol Whip.

Bobby tourna ses yeux d'acier vers Megan. Une lueur d'appréciation masculine remplaça la rancœur.

— À quoi dois-je ce plaisir ?

Elle se força à adopter une expression neutre, bien décidée à ne pas se laisser déstabiliser.

— On doit vous parler de votre père.

— Mon père est mort, répliqua Bobby d'un ton détaché.

— Oui, en effet, acquiesça Roan. Mais on sait désormais la vérité sur son décès.

Des émotions indéfinissables se succédèrent dans les yeux du prisonnier.

— Qu'est-ce que ça veut dire ?

— J'ai fait l'autopsie de Joe, annonça Megan. Sa mort n'était pas naturelle. Quelqu'un l'a empoisonné.

Bobby les dévisagea, bouche bée.

— Mon père a été empoisonné ?

Elle hocha lentement la tête.

— C'est impossible, protesta-t-il. Il était malade. Il avait de l'emphysème.

— C'est vrai. Mais ce n'est pas sa maladie qui lui a coûté la vie. Le bilan toxicologique indique des traces de cyanure. Quelqu'un l'a lentement empoisonné jusqu'à ce qu'il en meure.

— Du cyanure ? s'exclama Bobby d'une voix stridente. Mais c'est dingue !

Il posa les mains devant lui et étudia ses jointures couvertes de bleus.

— C'est vous qui aviez le plus à gagner de la mort de votre père, déclara Roan abruptement.

Le prisonnier releva la tête. Il semblait furieux.

— Vous pensez que j'ai tué mon propre père ?

Megan déglutit péniblement en entendant le chagrin dans la voix de Bobby. Mentait-il ou était-il vraiment choqué par ce meurtre ?

Les yeux plissés, Roan observa le jeune homme.

— Vous saviez peut-être déjà ce que votre père avait mis dans son testament, et ça ne vous satisfaisait pas.

— Mais je ne le savais pas, bégaya Bobby.

— Mais peut-être pensiez-vous qu'il allait changer son testament pour vous en exclure complètement, ce qui n'était pas juste, suggéra Roan, avant de baisser la voix. Ça, je peux le comprendre. Vous étiez autant le fils de Joe McCullen que Maddox, Brett ou Ray, mais il ne vous a jamais traité de la même façon qu'eux. Vous avez eu droit aux miettes de son temps et de son attention quand il arrivait à se libérer un peu.

Le visage de Bobby se crispa.

— Je ne vous en veux pas d'être en colère, de détester

les McCullen, poursuivit Roan. Joe aurait dû vous intégrer à sa famille. Il aurait dû vous donner les leçons d'équitation, et la terre, et son nom…

— Oui, il aurait dû, grogna-t-il.

— Vous lui avez rendu visite, pendant sa maladie ?

Le prisonnier hocha la tête.

— Il s'est excusé, il a dit qu'il savait qu'il m'avait déçu, mais que je devais me secouer. Bon sang, je parie qu'il n'a jamais parlé comme ça à ses autres fils. Ils n'ont pas eu à prouver qu'ils méritaient d'être des McCullen comme moi.

Comment ne pas comprendre l'animosité de cet homme ? songea Roan.

— Même au moment de mourir, il n'a pas parlé de vous à vos demi-frères ?

— Non… Il avait honte de moi.

Roan sentit son cœur se serrer. Joe aurait-il aussi eu honte de lui s'il avait su qu'il était son fils ?

— Alors vous avez décidé de vous venger, n'est-ce pas ? demanda-t-il. Vous avez versé du poison dans sa boisson et vous l'avez regardé mourir lentement.

Visiblement indigné, Bobby bondit de sa chaise.

— C'est un mensonge !

Le surveillant s'avança, une main crispée sur les menottes, l'autre posée sur l'arme à sa ceinture. Il fit signe au jeune homme de se rasseoir.

— Bon Dieu…, marmonna Bobby.

Tout en fusillant le gardien du regard, il se rassit sur la chaise métallique. Il serra les poings sur la table, puis inspira profondément à plusieurs reprises.

— Vous racontez n'importe quoi. Oui, j'étais furieux contre mon père et je n'ai jamais caché que j'en veux à mes demi-frères. Ils n'ont jamais rien fait pour moi. Je suis sûr qu'ils sont furieux que papa m'ait inclus dans son testament.

Ses yeux s'assombrirent.

— Ça vous a traversé l'esprit que l'un d'entre eux voulait peut-être le punir de sa liaison avec ma mère ?

— Ça n'a aucun sens, rétorqua Roan. D'abord, ils n'étaient pas au courant pour vous. Ensuite, s'ils l'avaient su, ils auraient essayé de convaincre Joe de ne pas vous coucher sur son testament. Le tuer signifiait seulement que vous alliez toucher votre part plus tôt.

Bobby se renfrogna. Apparemment, il n'avait pas bien réfléchi à sa théorie.

— Écoutez-moi… J'étais fâché contre mon père, mais je ne l'ai pas tué. Comme un imbécile, j'ai… continué à espérer qu'il arrangerait les choses avant sa mort.

Roan se mordilla l'intérieur de la joue. Le chagrin et l'espoir déçu dans la voix du prisonnier semblaient sincères.

— Et votre mère ? demanda Megan. Barbara avait autant de raisons que vous d'être en colère contre Joe.

Bobby tourna la tête vers elle.

— Elle l'a aimé jusqu'au bout. Elle ne lui aurait jamais fait de mal.

— Vraiment ? demanda Roan. Elle a été obsédée par Joe pendant des années. Elle voulait être avec lui, mais même après la mort de sa femme, il a refusé de l'épouser.

Bobby pinça les lèvres.

— En fait, on pense que Grace McCullen a elle aussi été assassinée, termina Roan.

— Quoi ? bredouilla le prisonnier.

— Saviez-vous que quelques mois avant sa mort, Grace était enceinte de jumeaux ? Et qu'elle a perdu ses bébés ?

Bobby regarda tour à tour Roan et Megan, puis secoua la tête.

— Je ne sais pas du tout de quoi vous parlez.

— Alors j'ai une histoire à vous raconter, répliqua Roan. Joe s'est marié avec Grace et a eu trois fils. Plus tard, elle est tombée enceinte de jumeaux. De son côté, Barbara avait rencontré Joe et avait des sentiments pour lui, mais elle savait qu'il ne quitterait pas sa femme. Alors elle a engagé quelqu'un pour l'aider à kidnapper ces bébés à leur naissance. Grace et Joe ont pensé que leurs enfants étaient morts, mais Grace ne s'en est pas remise. C'était le plan de Barbara : séparer Grace et Joe.

— Vous êtes fou, marmonna Bobby.

— Ça a marché un temps. Joe a eu une aventure avec votre mère, et vous êtes né. Mais il aimait toujours sa femme et refusait de la quitter. Quelques mois plus tard, quand Barbara a compris que son plan n'avait pas fonctionné, elle a décidé que la seule façon d'avoir Joe était de se débarrasser de Grace. Elle a découvert que Grace prenait des antidépresseurs, alors elle a trouvé une façon de lui faire ingérer de l'alcool. À cause de cette association avec les cachets, Grace a perdu connaissance et est morte dans ce qui ressemblait à un accident de voiture.

Roan marqua une pause, avant de reprendre :

— Mais ça n'a pas suffi. Joe n'était toujours pas prêt à l'épouser. Il a continué à vous voir en cachette, vous et votre mère. Barbara a supporté cette situation pendant des années, mais sa rancœur n'a cessé de grandir. Et puis Joe a fini par tomber malade. Elle a découvert l'existence du testament et elle a été furieuse de voir ce qu'il contenait. Alors elle l'a empoisonné.

Bobby secoua la tête sans rien dire.

— Elle vous a pris votre père avant que son heure soit venue. Peut-être que si elle ne l'avait pas tué, il aurait trouvé une façon de vous présenter à vos demi-frères.

— Ma mère n'aurait jamais fait ça, protesta Bobby, le teint blême.

— Vous en êtes sûr ? Regardez ce qu'elle a fait il y a quelques mois. Elle a braqué une arme sur Scarlet Lovett et a menacé les McCullen.

Le prisonnier baissa les yeux sur ses mains d'un air tourmenté, puis se leva, le souffle court. Il croisa le regard de Roan avec une froideur résignée.

— Je veux voir ma mère.

Le cœur de Roan fit un bond. C'était l'ouverture qu'il attendait.

— Je peux organiser une rencontre. Mais seulement si vous me laissez écouter votre conversation.

Une veine se mit à battre dans le cou de Bobby.

— Vous voulez que je piège ma mère en la poussant à avouer un meurtre ?

— Je veux la vérité. Je sais que vous la voulez, vous aussi.

Le jeune homme redressa les épaules.

— Très bien, allez-y. Mais je sais que vous avez tort.

Roan hocha la tête, même si la voix de Bobby manquait de conviction, comme s'il ne croyait pas à ce qu'il disait.

Comme s'il pensait que sa mère était coupable.

18

Megan éprouva une bouffée de compassion pour Bobby. Si sa mère avait assassiné les McCullen et kidnappé les jumeaux, elle passerait le reste de vie en prison. Bobby perdrait le seul parent qu'il ait vraiment connu. Mais au moins, s'il la confrontait, ils découvriraient la vérité.

Bien que la soirée soit déjà entamée, Roan ne voulut pas repousser l'interrogatoire de Barbara au lendemain. S'il le faisait, Bobby risquait de changer d'avis. Il pouvait peut-être aussi trouver une façon de contacter sa mère, ce qui compliquerait l'obtention de cette confession.

Roan et elle s'arrêtèrent à la cafétéria locale. Tout en dînant, il organisa le transport et le rendez-vous. Deux heures plus tard, ils étaient assis dans une pièce équipée d'un miroir sans tain leur permettant de suivre la conversation entre la mère et le fils.

Bobby semblait encore plus agité que lorsqu'ils l'avaient laissé. Barbara paraissait… enthousiaste, heureuse d'être avec son fils.

— Mon garçon, je suis tellement contente de te voir.

Elle s'essuya les yeux et serra Bobby dans ses bras. Roan avait demandé aux gardiens de leur enlever les menottes, pour qu'ils puissent parler tranquillement. Si la situation tournait mal, le surveillant interviendrait. Roan était prêt à lui donner un coup de main.

— Maman, tu as… bonne mine.

Barbara rougit et secoua la tête.

— L'orange ne me va pas du tout. Et ils ne veulent pas que je me maquille. C'est inadmissible.

Megan faillit éclater de rire. La femme se plaignait de son aspect physique alors qu'elle était enfermée pour quelques mois. Si elle était coupable de kidnapping ou de meurtre, elle passerait le reste de sa vie derrière les barreaux.

— Tu m'as tellement manqué, Bobby. Ça a l'air d'aller. Même si tu as un peu maigri…

Barbara se laissa tomber sur la chaise, sans lâcher la main de son fils.

— La bouffe est infâme, répondit-il.

— Eh bien, dès qu'on sera dehors, je te préparerai tous tes plats préférés.

Elle leva la main de Bobby jusqu'à sa joue.

— J'en rêve constamment. J'ai envie de faire le porc au miel que tu aimes tant et le gâteau à la noix de coco à trois étages.

Bobby eut l'air gêné.

— Ouais, ça serait super.

— Comment as-tu organisé cette petite réunion ? demanda Barbara. Tu as droit à une libération anticipée ?

Il avait plaqué un sourire sur ses lèvres, mais ne parvint pas à le maintenir.

— Non, rien de ce genre, mais je suis en pleine cure de désintox.

— C'est bien, mon grand. Je veux que tu fasses des efforts, que tu sortes d'ici et que tu prouves à ces McCullen que tu méritais d'être l'un d'entre eux.

— Je n'en ai plus rien à faire, d'être un McCullen, répliqua Bobby.

— Mais tu vas hériter d'une terre bien à toi. Tu auras ta propre ferme un jour, comme je l'ai toujours rêvé pour toi.

Il grinça des dents.

— Je sais, maman. J'ai besoin de te demander quelque chose.

Les épaules nouées par l'anxiété, Megan observa Bobby.

Elle ne parvenait pas à s'imaginer en train d'affronter l'un de ses parents dans une telle situation.

— Qu'y a-t-il, mon chéri ? Tu veux parler de ta thérapie ?

— Non, maman. Je veux parler de mon père.

Barbara repoussa une mèche de cheveux de sa joue.

— Très bien.

— La police dit que papa a été empoisonné. Est-ce que tu l'as tué ?

Elle poussa une exclamation de stupeur.

— Comment peux-tu me demander ça, Bobby ? Tu sais à quel point j'aimais Joe.

— Oui. Mais je sais aussi combien tu haïssais sa femme. D'après la police, elle a été assassinée, elle aussi.

— C'est vrai, je détestais cette femme, admit Barbara. Et je voulais qu'elle meure pour que Joe soit à moi, mais je ne l'ai pas tuée.

— Joe a été empoisonné au cyanure.

Bobby se pencha vers elle et déclara dans un murmure de conspirateur :

— Tu avais du cyanure chez toi, maman. Tu t'en servais pour jardiner. Et tu as rendu visite à Joe de nombreuses fois, et tu lui faisais toujours des cookies.

Le visage déformé par la rage, sa mère se leva.

— Je n'arrive pas à croire que tu m'accuses d'une telle chose !

Elle jeta un coup d'œil au surveillant, puis regarda autour d'elle.

— Est-ce toi qui as fait tout ça ? demanda Bobby. Est-ce toi qui as enlevé ces jumeaux, puis tué Grace pour que Joe soit avec toi ?

Barbara se figea. Elle se tourna lentement, observa le miroir sans tain sur le mur, puis se mit à parler comme si elle savait que la scène était observée depuis la pièce voisine :

— Comment osez-vous forcer mon fils à essayer de me piéger ? Je n'ai pas tué cette maudite femme, et je n'ai sûrement pas tué Joe.

Son regard se fit menaçant.

— Vous allez payer pour avoir monté mon fils contre moi.

Elle agita le poignet en direction du gardien.

— Sortez-moi de là. Je préfère être dans ma cellule qu'avec un fils prêt à me poignarder dans le dos.

— Ça ne s'est pas passé comme je m'y attendais, marmonna Roan.

— Je sais que tu espérais des aveux.

Megan boucla sa ceinture de sécurité, puis ils prirent la direction de Pistol Whip.

— Mais on a pu se tromper. Barbara n'est peut-être pas coupable.

Il poussa un grognement de frustration.

— C'est possible. Tout ramène au Dr Cumberland et à cette nuit où les jumeaux sont morts… ou ont disparu. Il a peut-être aussi camouflé les meurtres de Grace et Joe.

— Pourtant il a passé toute sa vie à aider les gens de cette ville, fit remarquer Megan.

Roan appela le médecin, mais tomba sur sa boîte vocale et lui laissa un message. Après avoir raccroché, il eut du mal à chasser l'homme de ses pensées. Une seconde plus tard, son portable vibra. C'était le labo.

— Whitefeather.

— Roan, ici le lieutenant Hoberman. On a épluché les comptes de Barbara Lowman, ainsi que ceux du Dr Cumberland. Des dépôts faits sur le compte de Barbara nous ont mis la puce à l'oreille, mais on a fait des recoupements avec le compte de Joe McCullen : ça correspond.

— Joe subvenait à leurs besoins, à elle et à Bobby ?

— Oui. Il l'a fait pendant des années.

Ce n'était pas surprenant. Aurait-il aidé la mère de Roan s'il avait su qu'elle avait donné naissance à son fils ? Ou aurait-il nié avoir un enfant amérindien ?

— Et le médecin ?

— Là, c'est un peu plus intéressant, répondit Hoberman. Il a un revenu stable, mais on est remonté jusqu'au début de sa carrière.

— Il avait des dettes ?

— Ce n'est pas ça. Un an avant la mort des jumeaux, il a fait une erreur qui a coûté la vie à un bébé. Les parents ont affirmé qu'il avait pris des stimulants pour se tenir éveillé pendant l'accouchement. Les choses ont mal tourné et le bébé est mort. Le couple allait lui intenter un procès, mais quelque chose les a fait changer d'avis, et l'affaire a été abandonnée.

Roan retint sa respiration.

— Ils ont été achetés.

— Probablement. J'essaie d'obtenir leur nom, mais c'est difficile d'avoir accès aux dossiers médicaux.

Ce ne serait pas évident, en effet. Mais cet incident pouvait expliquer pourquoi le Dr Cumberland aurait enlevé les bébés McCullen. Il essayait peut-être de soudoyer le couple en leur fournissant un autre enfant.

Le cœur serré, Megan écouta Roan expliquer les résultats de la police scientifique.

— Eh bien ! s'exclama-t-elle. Avec une erreur de ce genre, il aurait été interdit d'exercer. Ça lui aurait coûté sa carrière.

— Mais ça a été passé sous silence. Sûrement en échange d'argent, à moins que le Dr Cumberland n'ait trouvé une autre solution.

— Que veux-tu dire ?

— Il aurait pu remplacer l'enfant par un autre. Ou deux.

Megan réfléchit à cette théorie. Malheureusement, elle tenait la route. Si le médecin avait provoqué la mort du bébé, la culpabilité aurait pu le pousser à kidnapper les petits McCullen.

Mais de là à voler un enfant — non, deux enfants — à ses propres amis ? Et pourquoi aurait-il choisi les McCullen ?

Parce qu'ils avaient déjà trois enfants ?

Elle contempla les bois sombres qu'ils longeaient. Les terres agricoles et les pâturages s'étendaient à des kilomètres à la ronde. Le terrain accidenté et les roches parsemées au milieu des prés verdoyants rappelaient que la nature sauvage n'était pas loin.

Malgré la nuit tombante, elle distinguait les oiseaux qui volaient au-dessus des arbres et descendaient en piqué pour se nourrir. Elle vit un lynx se faufiler parmi les arbres.

Roan s'arrêta dans une rue étroite à la sortie de Pistol Whip. En réalité, ce n'était pas tant une rue qu'une longue allée traversant les bois jusqu'à une propriété privée.

— Le Dr Cumberland vit là ?

— Oui. Apparemment, il a bien réussi dans la vie.

La maison des Cumberland était une bâtisse d'un étage, entourée d'une galerie dotée de jardinières et d'une balancelle. Face à une demeure à l'aspect aussi accueillant, Megan avait du mal à imaginer quoi que ce soit de sinistre à l'intérieur. En particulier un médecin de famille avec de funestes secrets.

Roan se gara sous un arbre géant, dont les branches ressemblaient à des bras tendus vers le ciel. La porte s'ouvrit à la volée avant même qu'ils n'arrivent sur le perron. Mme Cumberland dévala les marches et vint vers eux.

Elle croisa les bras sous sa poitrine et les fixa d'un regard accusateur.

— Où est mon mari ?

Megan s'arrêta à côté de Roan.

— En fait, on veut lui parler, déclara-t-il calmement.

— Eh bien, il n'est pas là. Quand j'ai discuté avec lui tout à l'heure, il était bouleversé. Il a dit que vous le traitiez comme un suspect dans le meurtre de Joe McCullen.

Elle agita le doigt vers eux.

— Vous devriez avoir honte de vous. Après tout ce que mon mari a fait pour cette ville et ces McCullen… Ces garçons ne peuvent pas penser qu'il a fait du mal à leur père.

— Madame Cumberland, lança Megan, on ne fait que poser des questions pour comprendre ce qui s'est passé.

— Parce que Joe McCullen a bien été assassiné, enchaîna Roan. On sait aussi que l'une des interventions de votre mari a mal tourné il y a quelques années. Un bébé est mort. Un couple a menacé de le poursuivre en justice.

Le visage de la femme devint livide.

— C'est arrivé il y a des années, protesta-t-elle d'un air perplexe.

— Et qu'en est-il de la nuit où les jumeaux McCullen sont morts ? demanda-t-il.

Elle posa la main sur son cœur.

— Ils étaient mort-nés, pour l'amour du ciel. Ce n'était pas la faute de mon mari.

Roan se racla la gorge.

— À vrai dire, on a des raisons de croire qu'il a menti sur la mort de ces bébés et les a donnés à quelqu'un d'autre.

— Quoi ? s'exclama Mme Cumberland en levant les mains au ciel. C'est ridicule !

Megan éprouva de la pitié pour elle. Mais si leurs soupçons se révélaient fondés, son mari avait détruit des vies.

— Vous allez regretter d'avoir fait ça, poursuivit la femme. Je vais parler au shérif McCullen. Maddox ne tolérerait pas que vous nous traitiez comme ça.

Roan crispa les mâchoires.

— Je fais mon travail, c'est tout.

— Un travail qu'on n'aurait jamais dû vous confier ! Pourquoi ne retournez-vous pas à la réserve, avec les vôtres ?

Megan en eut le souffle coupé. Elle commença à parler, mais Roan l'interrompit en secouant sèchement la tête. D'une voix dure, il déclara :

— Si vous parlez à votre mari, dites-lui qu'il peut se présenter au poste de lui-même, sinon je viendrai le chercher. Dans un cas comme dans l'autre, tant que je suis l'adjoint du shérif, il répondra à mes questions.

— Dégagez de ma propriété ! cria Mme Cumberland.

Les émotions nouaient la gorge de Megan. Elle savait que

certaines personnes nourrissaient toujours des préjugés, mais elle n'avait pas pensé avoir affaire à l'une d'elles.

Certes, la femme du médecin était perturbée par les accusations qu'ils avaient portées et se défoulait probablement comme elle pouvait.

Cela ne justifiait quand même pas ses propos.

Était-elle autant sur la défensive parce que son mari était innocent, ou parce qu'elle essayait de cacher ce qu'il avait fait ?

Alors que Roan s'éloignait de la maison des Cumberland, il reçut un SMS. Il tendit son téléphone à Megan.

— Vas-y, lis-le.

Elle prit le portable et ouvrit le message.

— C'est le Dr Cumberland. Il veut nous retrouver à la morgue. Il est prêt à parler.

Le cœur de Roan se mit à tambouriner dans sa poitrine.

— Bien. On va peut-être enfin découvrir la vérité.

Il appuya sur l'accélérateur, s'engagea sur la route qui traversait la ville et alluma la sirène. Ce n'était peut-être pas une urgence, mais Megan avait déjà failli mourir. Trouver celui qui l'avait menacée et leur avait tiré dessus était impératif.

Il y avait déjà eu beaucoup trop de morts.

Dix minutes plus tard, il tourna sur le parking et se gara. Megan sortit avant qu'il ne puisse contourner le véhicule pour lui ouvrir sa portière.

Il la rejoignit à la hâte, tout en explorant les alentours du regard. Des buissons bordaient l'extérieur du bâtiment, ajoutant de la verdure et de la couleur, mais offrant aussi des cachettes à un prédateur.

Des bruits de pas résonnèrent derrière eux. Sur ses gardes, Roan tourna la tête à gauche. Mais c'étaient un homme et un enfant qui marchaient vers l'entrée. Ils tenaient un bouquet de roses et un ours en peluche blanc, ainsi qu'un ballon avec l'inscription « Félicitations, c'est une fille ! »

Un événement heureux au milieu de la vague de mort qui touchait la ville, songea-t-il.

L'homme et l'enfant franchirent le seuil en riant, prêts à accueillir le nouveau membre de leur famille.

Une pointe d'envie traversa Roan. Il n'avait jamais ressenti cela auparavant : le besoin d'une femme et d'un enfant à lui.

Il jeta un coup d'œil vers Megan, et une image d'elle avec leur bébé serré contre elle surgit dans son esprit.

Alors qu'ils suivaient l'homme et l'enfant à l'intérieur, elle l'attrapa par le bras. Se pouvait-il qu'elle pense la même chose que lui ? se demanda-t-il.

Elle fit un geste en direction de l'ascenseur. Comme pour lui rappeler qu'ils n'allaient pas à la nursery, où la naissance d'une nouvelle vie était célébrée, mais à la morgue, où les proches étaient confrontés à la mort, au meurtre et au chagrin.

Ils effectuèrent la descente en silence, puis marchèrent le long du couloir mal éclairé. La peinture lugubre sur les murs avait besoin d'une nouvelle couche, de préférence colorée. L'odeur était suffocante — un mélange d'antiseptiques puissants et de produit d'entretien, qui ne masquait pas les relents âcres de ce qui se passait de l'autre côté du mur.

C'était le domaine de Megan. Elle ne ressemblait à aucune autre femme de sa connaissance, pensa Roan. Malgré son cœur tendre, elle était forte, résolue à trouver les réponses dont les familles endeuillées avaient besoin.

Un diamant à l'état brut.

Elle passa sa carte d'accès dans le lecteur pour entrer, puis jeta un coup d'œil à travers la vitre. La salle d'autopsie était vide. Le laboratoire était également désert, indiquant que les employés étaient partis à la fin de leur journée de travail.

— Le Dr Cumberland doit être dans mon bureau.

— Il a la clé ?

— Non. Mais s'il est arrivé avant le départ de Howard, celui-ci l'aura laissé entrer.

Roan hocha la tête. Il n'aimait pas cela. Et cet endroit lui donnait la chair de poule. Avec leurs locaux installés dans le coin du sous-sol le plus éloigné de l'hôpital, Megan et les techniciens étaient très isolés.

Autrement dit, ils allaient peut-être tomber dans un piège.

Pris d'un pressentiment, il dégaina son arme et suivit Megan dans le couloir. Lorsqu'ils arrivèrent devant son bureau, il l'attrapa par le bras. La porte était fermée.

Megan leva des yeux inquiets vers lui. Il la fit passer derrière lui et enfonça la poignée. Le battant s'ouvrit dans un grincement. Arme au poing, Roan franchit le seuil.

La pièce était plongée dans l'obscurité, mais la faible lumière du couloir éclairait assez pour qu'il voie à l'intérieur. Le fauteuil derrière le bureau était occupé, mais il ne distinguait qu'une tête d'homme. Pas de mouvement.

— Docteur Cumberland ? demanda Megan doucement en avançant sur le pas de la porte.

Seul le silence lui répondit.

Roan détecta l'odeur métallique du sang.

Oh ! Seigneur…

Il tendit la main pour empêcher Megan d'entrer et alluma la lumière. Il savait ce qu'il allait trouver, mais la vision qu'il découvrit fit quand même monter la bile dans sa gorge.

— Oh non ! s'exclama Megan.

Ses jambes se dérobèrent sous elle. Il la rattrapa et l'attira contre lui pour lui cacher le spectacle macabre.

19

Sous le choc, Megan s'efforça de retrouver une respiration normale. Le Dr Cumberland était… mort. Dans son bureau.

— Ne touche à rien, recommanda Roan.

Elle lui enfonça les ongles dans le bras.

— Je connais la marche à suivre, Roan. Qu'est-ce que… Qu'est-ce qui s'est passé, selon toi ? Tu crois… qu'il s'est tué ?

— Je ne sais pas, répondit-il, avant de lui tendre son portable. Appelle l'identité judiciaire et reste dans le couloir.

Sans bouger de sa position, elle chercha le numéro dans son répertoire. Il n'avait pas besoin de lui dire deux fois de ne pas approcher. Elle avait vu de nombreux cadavres, mais elle connaissait cet homme, elle lui avait parlé, elle l'avait consulté.

Roan et elle avaient passé ces derniers jours à poser des questions. Était-il mort à cause d'eux ?

Au bout de trois sonneries, une voix masculine répondit :

— Lieutenant Hoberman.

— Dr Lail à l'appareil. Le shérif adjoint Whitefeather m'a demandé d'appeler. Je suis avec lui en ce moment.

— Que se passe-t-il ?

— On est dans mon bureau à la morgue. C'est le Dr Cumberland… Il est mort.

Il poussa une exclamation, puis soupira bruyamment.

— Je réunis une équipe et j'arrive.

Dans un état second, Megan le remercia et raccrocha.

Elle observait Roan, qui avait sorti des gants en latex et contournait le bureau pour examiner le médecin.

Elle retint son souffle.

— Il a reçu une balle ?

— Oui, répondit Roan. Dans la tempe droite, à bout portant.

— Il était droitier.

— Il tient un 38. Je vais me renseigner pour savoir si c'était le sien.

Il s'accroupit pour examiner les mains du médecin, puis releva les yeux sur Megan.

— Il y a des résidus indiquant que c'est lui qui a tiré.

Elle fronça les sourcils.

— Pourquoi se serait-il tué après t'avoir envoyé un SMS dans lequel il demandait à te voir ?

— Bonne question.

Il leva son portable et prit des photos du bureau et du corps.

— Tu penses que quelqu'un d'autre était là ? lança-t-elle.

Il haussa les épaules.

— C'est une possibilité.

Cela expliquerait que le médecin soit mort avant leur arrivée. Quelqu'un savait qu'il s'était décidé à parler et voulait le faire taire.

Megan regarda autour d'elle. La pile de dossiers sur son bureau semblait intacte ; son mug préféré était à l'endroit où elle l'avait laissé ; ses livres étaient alignés sur l'étagère ; la lampe était à sa place.

Il n'y avait pas la moindre trace de lutte.

Roan poussa un juron guttural et fronça les sourcils.

— Qu'y a-t-il ? demanda-t-elle.

— Il a laissé une lettre d'adieu sur ton ordinateur.

Il se mit à lire à voix haute.

Docteur Lail,

Je sais que vous et le shérif adjoint posez des questions et que vous êtes sur le point de découvrir la vérité. Ma conscience me tourmente depuis longtemps, et le moment est venu d'avouer ce qui s'est vraiment passé il y a des années.

Au cours d'une intervention, j'ai commis une terrible erreur : j'aurais dû faire une césarienne à une patiente. Il y a eu des complications, et elle a perdu le bébé. Son mari et elle me l'ont reproché. J'ai essayé de m'arranger à l'amiable avec eux, mais la femme ne pouvait plus avoir d'enfant. Son mari a menacé de ruiner ma carrière si je ne les aidais pas à en trouver un autre.

J'ai paniqué. Je ne voulais pas que ma carrière s'achève. J'aimais les habitants de Pistol Whip, mais je ne supportais plus ce que j'avais fait. Alors la nuit où Grace McCullen a commencé à avoir des contractions, j'ai décidé de lui prendre ses bébés pour les donner à ce couple.

Je me rends compte que ce n'était pas bien, mais Joe et Grace avaient déjà trois enfants. Ils avaient une famille, et je me suis dit que Grace finirait par retomber enceinte.

Mais elle ne s'est jamais remise de cette nuit-là. Elle a commencé à poser des questions. Elle a affirmé qu'elle n'arrêterait pas de chercher tant qu'elle n'aurait pas retrouvé ses garçons.

Je croyais vraiment qu'elle avait pris des antidépresseurs avec de l'alcool et qu'elle avait eu un accident. Mais quand vous avez soulevé toutes ces questions, j'ai commencé à avoir des doutes.

J'ai passé quelques coups de fil. Je crois que l'homme à qui j'ai confié les jumeaux a fait tuer Grace. Je crois aussi qu'il a empoisonné Joe. Un jour, alors que celui-ci revenait d'un voyage d'affaires, il m'a dit qu'il avait croisé un jeune homme qui ressemblait beaucoup à Maddox. Il a commencé à se demander si sa femme n'avait pas raison. Alors il a engagé un détective privé pour fouiller dans le passé.

L'homme à qui j'ai donné les bébés s'appelle Bart Dunn. Il ne dira pas la vérité facilement, mais il est temps que les jeunes McCullen connaissent les faits.

Je ne peux plus vivre avec ces secrets et ces mensonges. J'ai laissé à ma femme une lettre qui explique tout. Elle n'a jamais su ce qui s'était passé. S'il vous plaît, dites-lui que je l'aime et que je suis désolé d'avoir gardé pour moi tous ces secrets. Plus que tout, je m'en veux d'avoir trahi mes amis. Si je pouvais revenir en arrière et tout changer, je le ferais.

Mais certaines erreurs ne peuvent pas être réparées.

Dites aussi à Maddox, Brett et Ray que je les aimais vraiment, leur père et eux. Je n'ai jamais eu l'intention de faire de mal à qui que ce soit.

— Je n'arrive pas à y croire, murmura Megan d'une voix peinée. Il l'a vraiment fait. Sa pauvre femme… Elle va être anéantie.

— Je suis désolé, Megan. Je sais que tu avais de l'amitié pour le médecin.

Elle haussa les épaules.

— Il avait ses bons côtés. Il a beaucoup fait pour les gens de Pistol Whip.

— Mais il a aussi trahi un de ses meilleurs amis, et il a fait beaucoup de mal à Grace McCullen.

— Je sais. Je n'arrive pas à imaginer ce que ça fait de donner naissance à un enfant et de le perdre. Pas étonnant que Grace ait sombré dans la dépression.

Elle soupira.

— Si elle soupçonnait qu'un crime avait été commis et clamait que les jumeaux étaient en vie sans que personne ne la croie, elle a dû se sentir terriblement seule.

Les deux heures suivantes passèrent dans une sorte de brouillard pour Megan.

Les techniciens de l'identité judiciaire prirent des photos et inspectèrent le moindre centimètre carré de son bureau à la recherche d'indices, tout en détaillant par écrit la scène et leurs trouvailles. Ils relevèrent aussi les empreintes sur son ordinateur, afin de vérifier que c'était bien le Dr Cumberland qui avait tapé le message.

Étant donné les circonstances, elle téléphona au médecin légiste en chef pour qu'il s'occupe de l'autopsie.

Au bord de la nausée, elle les regarda déplacer le cadavre de son bureau pour l'amener à la morgue.

— On doit prévenir Mme Cumberland, déclara Roan.

— Je peux m'en occuper, si vous voulez, suggéra le lieutenant Hoberman.

— Ce serait préférable. On ne s'est pas quittés en très bons termes, après notre dernière conversation.

Megan sentit la lassitude l'envahir.

— Elle va me reprocher la mort de son mari.

— Ce n'est pas ta faute, répliqua aussitôt Roan. C'est lui qui est responsable de toute cette histoire.

— J'en suis consciente, mais cette nouvelle va briser la vie de cette femme.

— Et de beaucoup d'autres… Il n'y a qu'à voir ce que les agissements du médecin ont fait aux McCullen.

— Ils vont vouloir retrouver leurs frères, fit-elle remarquer.

— Oui, en effet.

Il se tourna vers le lieutenant.

— Je vais localiser Bart Dunn. Si lui ou un homme de main a tué Grace et Joe McCullen, il est temps de payer.

Megan suivit Roan hors du bureau. Elle ne pourrait plus jamais travailler ici sans revoir l'image du Dr Cumberland, mort dans son fauteuil.

— Je vais appeler l'équipe technique pour essayer d'obtenir l'adresse de Dunn, déclara Hoberman.

Roan le remercia, puis téléphona à Maddox pour lui annoncer la mort du médecin.

Megan entra dans la salle d'autopsie, où le Dr Mantle étudiait le cadavre avant de commencer.

— Vous étiez amis, n'est-ce pas ? demanda-t-elle.

Il haussa les épaules d'un air perturbé.

— Oui. Il a mis mes deux filles au monde.

— Je suis vraiment désolée.

Il la regarda si longuement que le cœur de Megan se

mit à battre plus vite. Lui en voulait-il pour la mort du Dr Cumberland ?

— Vous aviez raison, Megan. Bon sang, je ne voulais pas croire qu'il ait fait quelque chose de mal.

Elle lui adressa un sourire hésitant.

— À vrai dire, je ne voulais pas y croire non plus.

— Mais vos questions ont conduit à sa mort, fit-il observer en ajustant ses lunettes.

— Ce n'était pas mon intention.

Il fit la grimace.

— Non, mais c'était la leur.

Sa voix baissa d'un décibel.

— Soyez prudente, Megan. Je ne voudrais pas vous retrouver allongée là à votre tour.

Megan se raidit en entendant son ton dramatique. Était-il inquiet pour sa sécurité… Ou s'agissait-il d'une menace ?

Roan raccrocha, le cœur serré, tandis que Megan le rejoignait dans le couloir.

— Maddox va appeler Brett et Ray pour leur annoncer la nouvelle.

Il reçut un SMS et baissa les yeux sur l'écran.

— J'ai l'adresse de Bart Dunn. Allons-y.

Megan était pâle et silencieuse, mais il ne l'incita pas à parler. Elle avait traversé bien des épreuves au cours de ces deux derniers jours, et voilà qu'elle retrouvait un collègue avec une balle dans la tête dans son propre bureau. Il y avait de quoi déstabiliser n'importe qui.

— Où vit-il ? demanda-t-elle.

— Dans un ranch à environ quatre-vingts kilomètres d'ici.

— Tu vas l'appeler pour vérifier s'il est là ?

— Non. Je veux bénéficier de l'effet de surprise. S'il a gardé ces bébés, ils sont adultes aujourd'hui. Je ne veux pas leur faire peur.

Ils quittèrent Pistol Whip sous les mugissements du vent. La pluie avait cessé, mais des nuages sombres voilaient toujours la lune. La nuit semblait encore plus avancée qu'elle ne l'était.

À mesure qu'ils roulaient vers le ranch des Dunn, le paysage devenait plus vaste, rappelant à Roan sa vie dans la réserve. Il y avait peu de circulation, et les alentours étaient de plus en plus déserts au fur et à mesure qu'ils approchaient de leur destination.

Megan appuya la tête contre le dossier et ferma les yeux. Pendant une seconde, il crut qu'elle allait s'endormir, mais elle ne cessait de s'agiter, manifestement troublée.

Le panneau annonçant la propriété était presque illisible et accroché de guingois. Roan bifurqua sur la longue voie d'accès. Les pâturages et les champs étaient mal entretenus. La grange semblait abandonnée. Aucun animal n'était visible. La maison à bardeaux blancs était délabrée et les volets avaient besoin d'être réparés.

— On dirait que Dunn n'entretient pas son exploitation, fit remarquer Megan.

Un pick-up rouillé était garé devant la bâtisse et un beagle était couché sur le perron. Roan se gara, puis ils marchèrent jusqu'à la maison. Il garda une main sur son arme, prêt à dégainer s'ils tombaient dans un guet-apens.

Il frappa à la porte avec le heurtoir, un œil fixé sur le chien. L'animal grogna, releva la tête, avant de la laisser retomber comme s'il était trop épuisé ou trop vieux pour faire quoi que ce soit d'autre. Des pas se firent entendre à l'intérieur, et la porte s'ouvrit en grinçant.

Une femme enrobée aux cheveux châtains courts et bouclés apparut, s'appuyant sur une canne.

— Madame Dunn ? demanda Roan.

— Ouais, c'est moi.

Il se nomma, puis présenta Megan.

— On aimerait vous parler, à vous et à votre mari.

Elle émit un son sarcastique.

— Mon mari ne vit plus ici depuis longtemps.

Roan fronça les sourcils.

— Et vos fils ?

Elle le fusilla du regard.

— Je ne sais pas pour qui vous vous prenez, mais je n'ai pas de fils.

20

Megan étudia la réaction de la femme, agrippée au chambranle de la porte. Pourquoi niait-elle avoir des enfants ? Ils pouvaient facilement s'en assurer.

— Je vous prie de m'excuser, déclara Roan, mais on m'a dit que vous aviez des jumeaux.

Le visage de Mme Dunn devint blanc comme un linge.

— D'où tenez-vous ça ?

— Du Dr Cumberland, répondit Megan, hantée par le regard du médecin.

La femme secoua la tête.

— Vous êtes mal informés. Je… Je ne peux pas vous aider.

Elle commença à leur fermer la porte au nez, mais Roan attrapa le battant et entra en force.

— Arrêtez ! s'écria-t-elle d'une voix stridente. Vous ne pouvez pas entrer !

— Je peux et je le fais, rétorqua Roan sans ménagement.

Megan éprouva une bouffée de pitié pour elle, mais si elle avait enlevé les bébés McCullen et était au courant pour les meurtres, elle n'avait rien d'une innocente.

— Mais… Je n'ai rien fait de mal, protesta Mme Dunn.

— Personne ne vous accuse, riposta-t-il, mais son ton indiquait qu'il ne la croyait pas.

Il l'ignora et traversa le vestibule à grands pas pour se rendre dans le salon. La femme trottina derrière lui, tandis que Megan suivait plus lentement. Elle observait les murs pour trouver des photos des Dunn.

Des photos des jeunes McCullen, devenus adultes.

Mais seules deux reproductions, représentant l'une un paysage, l'autre une selle, ornaient les murs. Pas de portraits de famille ni de clichés des enfants en train de grandir.

Roan se campa devant la cheminée de pierre. Les meubles étaient vieux et usés, la maison était froide et semblait presque… vide.

La femme se cramponna à sa canne d'un air paniqué.

— Je vous jure, je ne sais pas pourquoi il vous a dit ça, mais j'ai perdu mon bébé il y a longtemps. Et après… Je n'ai jamais pu avoir d'enfant.

— Écoutez, Mme Dunn, arrêtez votre cinéma, répliqua Roan. On sait que votre mari a fait chanter le Dr Cumberland pour qu'il vole les bébés de Grace et Joe McCullen afin de vous les donner.

Elle étouffa une exclamation, puis vacilla sur le côté. Quelques secondes plus tard, les traits de son visage s'affaissèrent, et elle s'effondra sur le canapé en laissant échapper un sanglot.

— J'ai dit à Bart de ne pas les prendre… Que c'était mal.

Megan inspira profondément.

— Alors vous saviez qu'il les avait kidnappés ?

— On traversait une phase difficile, gémit la femme. J'étais déprimée. Il buvait trop. Il voulait que je sois heureuse.

Megan et Roan échangèrent un regard.

— Continuez, la pressa-t-il.

— La perte de notre bébé a creusé un fossé entre nous, murmura-t-elle d'une voix étranglée. Il pensait sûrement qu'un autre enfant arrangerait les choses, nous rapprocherait.

Elle se tamponna les yeux.

— Mais quand je l'ai entendu raconter à son contremaître ce qu'il avait prévu de faire, je lui ai dit non. Je ne voulais pas qu'une autre femme souffre comme moi je souffrais.

— Vous lui avez dit de renoncer ? demanda Megan.

Mme Dunn hocha la tête d'un air malheureux.

— Mais il a répondu qu'il était trop tard. On s'est disputés et je lui ai dit que je ne voulais pas des enfants de quelqu'un d'autre, que s'il faisait ça, il n'était pas l'homme que j'avais épousé. On s'est dit… des choses affreuses, et il est parti.

Roan laissa le silence régner une fraction de seconde.

— Mais il est revenu avec les bébés ?

Elle leva les yeux sur lui avec une expression tellement affligée que Megan ne put s'empêcher de la plaindre.

— Non. Il a dit qu'il avait tout risqué pour moi, mais que je ne lui en étais pas reconnaissante.

Elle poussa un soupir, avant de conclure :

— Ensuite, il est parti en voiture et il n'est jamais revenu.

Megan s'assit à côté d'elle et lui tapota les épaules.

— Et les jumeaux ?

— Je n'ai aucune idée de ce qu'il a fait de ces bébés, répondit-elle en s'essuyant les yeux. Je lui ai dit que je ne voulais rien savoir, qu'il devait les rendre à leur famille. J'ai prié pour qu'il le fasse. J'ai même cherché dans les journaux la moindre référence à un enlèvement, mais je n'ai rien trouvé. Alors j'ai cru qu'ils avaient retrouvé leurs parents.

— Rien n'a été mentionné, parce que le Dr Cumberland a menti aux parents en leur disant que leurs bébés étaient morts, déclara Megan.

Mme Dunn émit un hoquet horrifié.

— Quand avez-vous parlé à Bart pour la dernière fois ? demanda Roan.

Elle se frotta le visage avec un mouchoir, puis répondit :

— Il m'envoie une carte pour Noël et pour mon anniversaire tous les ans. Mais il n'écrit jamais grand-chose.

— Il n'a jamais fait allusion aux bébés ou envoyé des photos d'eux ? enchaîna Megan.

— Non. Comme je l'ai dit, j'ai cru qu'il les avait rendus.

Elle posa un regard terrifié sur Roan.

— Pourquoi posez-vous toutes ces questions maintenant ?

Roan observa Mme Dunn. La femme semblait sincère, et il ne voyait aucun signe qu'un homme ou des enfants aient occupé les lieux depuis longtemps.

— Parce que le père de ces bébés a été assassiné récemment.

On pense que c'est arrivé parce qu'il avait engagé un détective privé pour retrouver ses fils.

Elle blêmit à nouveau et déchiqueta le mouchoir entre ses doigts.

— Avez-vous gardé les cartes et les enveloppes ? poursuivit-il.

— J'ai tout gardé. Je… J'aimais Bart, et j'espérais qu'il reviendrait et qu'on se réconcilierait. Mais la perte du bébé, et ce projet fou qu'il avait… Ça a complètement détruit notre mariage.

— Vous voulez bien aller chercher ces courriers ? demanda Roan gentiment. Ça nous aidera peut-être à le localiser.

Une lueur de panique traversa le regard de la femme.

— Si vous le retrouvez, qu'est-ce que vous allez lui faire ?

Il grinça des dents.

— On veut seulement lui parler, madame Dunn. S'il a pris ces bébés, la famille a le droit de savoir où ils sont. Vous n'êtes pas d'accord ?

— Si, murmura-t-elle. Mais il avait de bonnes intentions, et je l'aime toujours. Je ne veux pas qu'on lui fasse de mal.

Roan lui serra la main.

— Je vous promets que si on le trouve, je ferai tout ce qui est mon pouvoir pour qu'il ne lui arrive rien. Pour l'instant, on veut lui parler, c'est tout.

Elle hésita, mais finit par prendre une profonde inspiration. Elle se leva et disparut dans le couloir. Une minute plus tard, elle revint avec une boîte remplie de cartes et d'enveloppes.

— Les plus récentes sont sur le dessus, indiqua-t-elle d'une voix inquiète.

— Merci.

Roan prit la première enveloppe et l'étudia. L'adresse et le tampon indiquaient qu'elle avait été envoyée de Cheyenne. Ce n'était pas très loin d'ici, songea-t-il.

— Ça vous dérange si je les emporte ? demanda-t-il en désignant la boîte.

Mme Dunn parut hésiter, puis hocha la tête.

— J'aimerais les récupérer. S'il vous plaît.

— Bien sûr, répondit-il en lui tapotant la main. J'en prendrai bien soin.

Elle les escorta jusqu'à la porte. Tandis qu'ils se hâtaient vers le SUV, une rafale de vent fit tourbillonner les feuilles autour de leurs pieds.

— La dernière adresse était Cheyenne, déclara Roan en démarrant.

— J'espère pour cette femme qu'on pourra tenir notre promesse.

Lui aussi l'espérait. Mais si Dunn était derrière ces meurtres et si c'était lui qui menaçait Megan, Roan userait de tous les moyens qui étaient en sa possession pour l'arrêter.

Au bout d'une cinquantaine de kilomètres, il sentit qu'ils n'étaient pas seuls. Quelqu'un les suivait. Le véhicule derrière eux se rapprocha, manquant l'aveugler avec ses phares. C'était une camionnette avec des vitres teintées.

— Accroche-toi, conseilla-t-il à Megan. On a de la compagnie.

Elle jeta un coup d'œil par-dessus son épaule et fit la grimace.

— Il fonce sur nous.

Roan donna un coup d'accélérateur et prit un virage sur les chapeaux de roues, mais la camionnette continua à gagner du terrain.

— Bon sang…

Il mit pied au plancher. Une voiture qui arrivait en face lui fit un appel de phares et braqua pour l'éviter. Le conducteur de la camionnette la laissa passer, puis vint se mettre au niveau du SUV.

Un coup de feu déchira l'air. Comme la dernière fois.

Avec un nouveau juron, Roan donna un coup de volant à gauche pour percuter le véhicule. Celui-ci revint vers lui au même moment et le fit partir en tête-à-queue.

— Tiens bon et baisse-toi, Megan !

Il tenta de garder le contrôle, mais une balle fit éclater le pare-brise de son côté. Lorsqu'il se baissa pour ne pas être touché, la camionnette les emboutit à nouveau et les propulsa hors de la route.

Leur SUV dérapa, heurta un rocher, rebondit, puis fit un tonneau.

Megan hurla. Roan essaya de tendre le bras pour l'empêcher de heurter le tableau de bord, mais les airbags se déclenchèrent, les plaquant contre leurs sièges. Le véhicule glissa sur plusieurs mètres, avant d'atterrir dans un fossé.

— Roan ! cria-t-elle.

— Je suis là.

Quelques secondes plus tard, l'odeur d'essence lui brûla les narines.

— On doit sortir !

Tout en repoussant maladroitement l'airbag, il chercha un couteau dans sa poche. Il le tira d'un geste brusque, découpa à la hâte l'airbag et la ceinture, puis fit de même pour Megan.

L'odeur d'essence s'intensifia et une étincelle provoqua un début d'incendie. Leur véhicule avait pris feu. Il risquait d'exploser d'une minute à l'autre.

— On doit se dépêcher, Megan. La voiture est sur le point de sauter.

Elle secoua frénétiquement sa poignée, mais l'impact avait déformé le métal. Impossible d'ouvrir. La portière de Roan était elle aussi bloquée.

Les flammes s'élevèrent, visibles à travers le pare-brise arrière.

— Couvre-toi la tête ! cria-t-il.

Megan se pencha en avant et se protégea de ses bras. Roan changea de position pour donner des coups de pied dans le pare-brise. Au bout de plusieurs tentatives, le verre se fissura, puis se brisa. Roan enleva sa veste, l'enroula autour de son poing et fit tomber les éclats qui étaient restés en place.

Il se faufila dans l'ouverture, balaya les débris du capot et tendit la main vers Megan. Les flammes gagnèrent en intensité, tandis que la fumée se propageait. La chaleur lui brûla les mains et le visage lorsqu'il la tira hors de l'habitacle. Elle se raccrocha à lui en respirant bruyamment.

À peine s'étaient-ils éloignés que le feu s'étendit aux portières. Le sifflement annonciateur d'une explosion imminente emplit l'air. Ils coururent se mettre à l'abri et se jetèrent derrière un arbre au moment où le SUV se transformait en boule de feu.

Cramponnée à Roan, Megan regarda les flammes illuminer le ciel. L'odeur du métal et du caoutchouc en combustion, ainsi que le crépitement de l'incendie, parvenaient jusqu'à eux.

À quelques secondes près, ils seraient morts dans cette explosion.

— Tu ne l'as pas vu ? murmura Megan.

— Non, mais c'était une camionnette avec des vitres teintées, comme l'autre fois. Je n'ai pas pu relever le numéro de la plaque.

Elle ravala un sanglot. Elle n'allait pas craquer maintenant. Même s'ils avaient failli brûler vifs, ils étaient toujours en vie.

Roan lui frotta les bras. Lui aussi avait le souffle court. Son visage luisait de transpiration et des gouttes de sang perlaient sur ses avant-bras. Malgré la veste qu'il avait enroulée autour de son poing, le verre lui avait lacéré la peau.

— Tu es blessé, Roan.

— Non, ça va, répondit-il en haussant les épaules.

Pendant qu'il sortait son portable et appelait à l'aide, Megan essaya de recouvrer son calme. Une ambulance, un camion de pompiers et un adjoint du shérif de Cheyenne arrivèrent sur les lieux quelques instants plus tard.

Après avoir nettoyé les coupures de Roan, les secouristes les examinèrent tous les deux. Le policier prit des photos de la scène, puis écouta les explications de Roan sur l'enquête qu'il menait et sur ce qui s'était passé.

— Il vous a tiré dessus ?

— Oui. Je crois que c'était l'homme qui nous a déjà canardés l'autre fois.

Un peu avant minuit, l'équipe de l'identité judiciaire les rejoignit et commença à inspecter la voiture.

— Je vais demander à l'un de mes hommes de vous ramener chez vous, déclara l'adjoint. Je vais tenter de localiser Bart Dunn. S'il est à l'adresse que vous m'avez donnée, je le ramènerai au poste.

— On préférerait venir avec vous, répliqua Roan. Je ne veux pas que cet homme se rende compte qu'on le soupçonne et qu'il disparaisse.

— Madame, vous êtes sûre que ça vous convient ?

— Tout à fait, répondit Megan. Celui qui a fait ça a déjà essayé de me tuer trois fois. Si Bart Dunn sait de qui il s'agit, je veux qu'il soit arrêté.

Les deux hommes échangèrent quelques mots avec les techniciens, puis Roan et elle s'installèrent dans le SUV du policier. Celui-ci rentra l'adresse dans son GPS et s'engagea sur la nationale. Tout en roulant, il posa question sur question à Roan à propos de leur enquête.

Alors qu'ils approchaient du lotissement de mobile homes où Bart Dunn était censé vivre, Megan sentit son angoisse monter. Le site était délabré, des mauvaises herbes avaient envahi les petits jardins et des jouets d'enfant étaient éparpillés un peu partout.

— Dunn habite tout au bout, indiqua Roan.

L'adjoint éteignit son gyrophare et se gara devant le dernier mobile home. Une vieille Impala rouillée et délabrée reposait sur trois roues. Il n'y avait pas d'autres voitures dans l'allée.

— On dirait qu'il n'y a personne, fit remarquer l'adjoint.

Roan et lui dégainèrent quand même et remontèrent lentement le chemin de gravier.

Megan retint son souffle, espérant à moitié que l'homme soit là avec des réponses et croisant les doigts pour qu'il ne soit pas armé et dangereux.

La main crispée sur son Glock, Roan gravit les marches branlantes jusqu'à la porte d'entrée. L'adjoint contourna le mobile home par la droite, afin d'inspecter les alentours et de vérifier s'il y avait une porte de derrière, au cas où l'homme serait là et essayerait de fuir.

Roan pressa l'oreille contre la porte et écouta. Il n'entendit aucun son à l'intérieur. Il se pencha sur la gauche pour jeter un œil à travers la fenêtre, mais les lumières étaient éteintes, et il ne vit rien.

Les épaules raides, il frappa du poing sur le battant. Une bourrasque fit bruisser les feuilles des arbres et rouler une boîte de conserve à travers le jardin. Il toqua à nouveau, mais personne ne répondit.

Se préparant au pire, Roan ouvrit doucement la porte. La puanteur de la nourriture en train de moisir, de la bière éventée et du tabac froid le fit grimacer. Il se couvrit la bouche avec son mouchoir et balaya du regard le salon et la cuisine. Les pièces étaient vides.

Le canapé était plus qu'élimé. Des oiseaux étaient entrés dans le mobile home, avaient donné des coups de bec au rembourrage et y avaient fait leur nid. Roan passa dans le couloir, puis jeta un coup d'œil dans la salle de bains et la chambre. De la moisissure s'était formée le long du mur et sur le sol, la poubelle débordait et le lit avait subi le même sort que le canapé.

Il examina rapidement les murs et les meubles, à la recherche de photos, du moindre signe que Dunn avait vécu ici avec l'un des jumeaux, ou les deux, mais il ne trouva rien.

Il fouilla les tiroirs de la commode et du bureau, puis retourna dans la cuisine, dans l'espoir de trouver du courrier, des factures ou d'autres documents qui pourraient le mettre sur la piste de Bart Dunn.

La frustration lui noua le ventre. Bon sang, ils devaient absolument retrouver ce type. Il était la clé pour localiser les jumeaux McCullen.

21

Megan était toujours secouée lorsqu'ils arrivèrent au chalet de Roan. L'adjoint les avait d'abord conduits chez elle, mais Roan avait insisté pour qu'elle reste avec lui. Il continuait à agir en garde du corps et en vrai gentleman. Il avait refusé de la laisser seule, alors ils avaient pris sa voiture jusqu'au chalet.

— Tu peux passer à la douche en premier, déclara-t-il, avant d'aller faire le tour de la maison pour s'assurer que personne ne s'y cachait.

Munie du petit sac de voyage qu'elle avait récupéré chez elle, Megan se glissa dans la salle de bains, se déshabilla et entra dans la cabine. Ses bras et sa poitrine étaient couverts de bleus ; ses côtes étaient douloureuses à cause de l'airbag.

L'eau chaude lui fit un bien fou, et elle sentit la tension se relâcher dans ses membres. Elle se lava les cheveux, se débarrassant de la transpiration et de l'odeur de fumée, même si elle ne pouvait effacer de sa mémoire l'image du véhicule en train de flamber.

En tant que médecin légiste, elle avait vu les effets du feu et de la fumée sur un corps humain. Les ravages étaient énormes, et la mort extrêmement douloureuse.

Elle se rinça, essayant désespérément de chasser ces pensées de son esprit. Trop épuisée pour se rhabiller, elle enfila un pyjama, se peigna et laissa ses cheveux humides sur ses épaules. Quand elle sortit de la salle de bains, elle s'était réchauffée, pourtant elle frissonnait encore au souvenir de l'explosion.

Lorsqu'elle rejoignit Roan dans la cuisine, il lui tendit un verre de vin, qu'elle accepta avec un remerciement. Il tenait une bouteille de bière à moitié entamée. Avec sa lanière en cuir dans les cheveux, il avait un côté intense et sauvage qui la troublait. Ses yeux sombres débordaient d'émotions : colère, inquiétude… faim.

— À mon tour, déclara-t-il.

Elle voulait lui dire qu'il n'avait pas besoin d'aller se doucher. Elle voulait qu'il la prenne dans ses bras, qu'il la réconforte… qu'il l'aime. Mais il était imprégné de l'odeur de fumée, lui rappelant qu'ils avaient échappé de peu à la mort.

En outre, s'il restait dans la pièce, elle risquait de se jeter à son cou. Et s'il la repoussait, elle ne serait pas capable de le supporter.

Ce soir entre tous, elle ne voulait pas être seule.

Lorsqu'il eut disparu dans la salle de bains, Megan marcha jusqu'à la fenêtre pour regarder à l'extérieur. Quelques étoiles émergeaient timidement de derrière les nuages, mais les bois semblaient sinistres, sombres, remplis d'endroits où les prédateurs pouvaient se cacher.

Elle frissonna et ferma brusquement les rideaux. En entendant l'eau qui commençait à couler, elle imagina Roan nu sous le jet, et une bouffée de désir l'envahit. Pour résister à l'envie d'aller l'attendre dans sa chambre, elle appela le Dr Mantle. Comme il ne décrochait pas, elle laissa un message. Après lui avoir raconté l'accident, elle l'informa qu'elle était chez Roan et lui demanda de la joindre s'il avait des informations à lui communiquer concernant l'autopsie du Dr Cumberland.

Trop fébrile pour s'asseoir, elle se rendit dans le salon. En passant près de la table de cuisine où l'ordinateur portable de Roan était posé, elle effleura de la hanche une pile de papiers qui s'éparpillèrent sur le parquet.

Elle se baissa pour les ramasser et une des pages attira son attention.

C'était un acte de naissance. Celui de Roan.

Curieuse, elle ne put s'empêcher de le lire. Elle avait rencontré sa mère, mais quand elle l'avait interrogé sur son père, il s'était fermé comme une huître et avait refusé d'en parler.

En parvenant à la ligne indiquant le nom du père, elle écarquilla les yeux, sous le choc.

Joe McCullen.

Son souffle se bloqua dans sa gorge. Incroyable. Roan était le fils de Joe. Ce qui signifiait qu'il était le demi-frère de Maddox, Brett et Ray…

Tout en se séchant les cheveux avec une serviette, Roan revint dans la cuisine. Il avait enfilé un jean et une chemise qu'il avait laissée déboutonnée. Il avait trop chaud après sa douche.

Une exclamation de surprise résonna dans la pièce, et il aperçut Megan, accroupie, des papiers à la main. D'autres étaient dispersés sur le sol.

Leurs regards se croisèrent. Le ventre de Roan se noua lorsqu'il comprit ce qu'elle tenait. Son acte de naissance.

Furieux, il demanda :

— Qu'est-ce que tu fais ? Tu fouines dans mes affaires ?

— Non, bien sûr que non, répondit-elle d'une voix mal assurée. J'ai renversé la pile sans faire exprès et je la remettais en place.

Il jeta la serviette sur la chaise de cuisine, puis lui arracha les documents des mains. Elle se releva lentement.

— Je suis désolée, Roan. Je ne voulais pas être indiscrète.

Il serra les dents. Son cœur s'était mis à battre à cent à l'heure.

— Mais tu l'as été.

Megan tendit la main vers son bras, mais il fit un pas en arrière en ajoutant :

— C’est personnel.

Elle se mordit la lèvre d’un air malheureux.

— Ce n’était vraiment pas mon intention, murmura-t-elle. Pourquoi ne m’as-tu rien dit ?

Il cilla et déglutit pour ravaler ses émotions.

— Parce que ça ne te regarde pas.

— Tu l’as dit à Maddox ?

Il lui lança un regard glacial.

— Non. Aucun des McCullen n’est au courant, et tu n’as pas intérêt à le leur dire.

Megan parut à la fois blessée et surprise.

— Pourquoi ne pas leur en avoir parlé, Roan ? Ils méritent de le savoir.

— Tu es vraiment naïve si tu crois que ça peut apporter quoi que ce soit de positif.

Il fourra les papiers dans une chemise et la rangea dans le tiroir du bureau, qu’il ferma ensuite bruyamment.

— Mais ce sont tes demi-frères, protesta-t-elle. Tu enquêtes sur cette affaire parce que… ça te touche de près.

Elle hésita un instant, avant de poursuivre :

— C’est pour ça que tu es aussi déterminé depuis le début. C’est pour ça que ça t’a contrarié d’entendre les commentaires de Maddox sur son père et sa famille.

— Maddox, Brett et Ray n’ont pas besoin de le savoir.

Il fourragea dans ses cheveux humides et s’exclama :

— Bon sang, Megan ! Après tout ce qu’ils ont subi avec Bobby, ils risquent de penser que j’ai quelque chose à voir avec la mort de Joe.

— Mais c’est ridicule, bredouilla-t-elle. C’est toi qui mènes cette enquête.

— Et ils pourraient dire que je l’ai orientée dans une certaine direction pour détourner les soupçons sur quelqu’un d’autre que moi.

Megan secoua la tête, visiblement bouleversée. Que ressentait-elle à ce moment ? De la colère… Contre lui ? Des remords ?

— Maddox te connaît, Roan. Il sait que tu es un homme honorable.

Elle s'avança vers lui et poursuivit d'une voix plus douce :

— Tu as perdu ta mère, tu mérites de te rapprocher de la famille qui te reste.

— Tu crois vraiment que les McCullen vont m'accepter au sein de leur famille ? s'exclama-t-il. Ils n'ont pas voulu de Bobby ! Ils ne vont sûrement pas adopter un métis comme moi. D'autant plus que Joe n'était même pas au courant de mon existence.

— Roan… Ne pars pas vaincu…

— Ce n'est pas le cas. Je vis dans la réalité, Megan.

Il traversa la pièce à grands pas et prit sa bière. Il la vida à grandes gorgées, puis reposa la bouteille avec un bruit sourd.

— Tu crois que les préjugés n'existent plus ? Tu as entendu Mme Cumberland. Elle n'est pas la seule à ressentir ça.

Elle secoua de nouveau la tête.

— Tu ne sais pas si les McCullen réagiront comme ça, Roan. Tu dois au moins leur donner une chance.

Il fonça vers elle et la saisit par les épaules. Il était furieux, il souffrait, et il la désirait au point d'en avoir mal.

— Laisse tomber, Megan. Les McCullen ne connaîtront pas la vérité. Je vais retrouver la personne qui a tué Joe et sa femme. Mais je ne veux rien en retour.

Il la secoua doucement.

— Tu comprends ?

Elle leva vers lui des yeux brillants de larmes.

— Oui, Roan, c'est promis. Ton secret sera bien gardé avec moi.

Il jura intérieurement. Il la relâcha tellement vite qu'elle manqua perdre l'équilibre, puis baissa les yeux sur ses mains. Avait-il été trop brutal ? Lui avait-il fait mal ?

Il ne se le pardonnerait jamais si c'était le cas.

Megan sentit que Roan se repliait sur lui-même. Elle ne pouvait pas lui laisser croire qu'il ne méritait pas d'être un McCullen.

— Roan, regarde-moi, déclara-t-elle en lui touchant le bras avec précaution.

Il fit un pas en arrière pour tenter de fuir son contact. Mais elle bougea plus vite qu'il ne l'avait anticipé et prit son visage entre ses mains.

— Regarde-moi, murmura-t-elle. Ne te sous-estime pas. Tu n'as peut-être pas été élevé comme un McCullen, mais tu t'es fait tout seul. C'est encore plus admirable.

Il courba la tête et crispa les mâchoires.

— Arrête, Megan. Je n'attends rien des McCullen.

— Je comprends, répondit-elle doucement. Mais ça ne veut pas dire que tu vaux moins qu'eux.

Elle se mit sur la pointe de pieds et l'embrassa sur la joue.

— Tu es fort et honnête. Tu protèges les gens. Tu fais ton possible pour que les habitants de cette ville soient en sécurité, y compris tes propres demi-frères qui ignorent tout ce que tu sacrifies en gardant le silence.

— On ne peut pas sacrifier ce qu'on n'a jamais eu, répliqua Roan d'un ton bourru.

Elle déposa un baiser sur son autre joue.

— C'est important une famille. Ne pas avoir l'amour et le soutien de gens proches de soi est un manque terrible. Et même si tu ne t'en rends pas compte, tu es devenu un homme bon et honorable. Un homme désintéressé qui veut obtenir justice pour Joe sans rien attendre en retour.

La respiration hachée de Roan résonna bruyamment dans le silence qui s'ensuivit. Megan avait le cœur gonflé du besoin de le réconforter et de le convaincre qu'il était digne d'amour. Digne de la famille McCullen.

En même temps, elle sentait son sang se réchauffer dans ses veines, tant elle brûlait de se rapprocher de lui, de sentir ses lèvres contre les siennes. Sa bouche sur sa bouche. Ses mains sur son corps.

Elle soupira, et le regard torturé de Roan croisa le sien. Quelque chose de sensuel et de passionné vibra entre eux.

— Megan…

— Ne réfléchis pas, chuchota-t-elle d'une voix rauque. Je sais que ça n'engage à rien et je m'en fiche. Je veux seulement être avec toi cette nuit.

L'expression de Roan se radoucit, mais sans rien perdre de son intensité. Une lueur affamée remplaça le chagrin dans ses yeux. Encouragée par ce signe, Megan se laissa emporter par son propre désir et pressa ses lèvres contre les siennes.

Il poussa un grognement puis, cédant soudain à l'alchimie qui crépitait entre eux, la souleva dans ses bras. Le cœur battant la chamade, elle se laissa porter jusqu'à la chambre.

La pièce était aussi masculine que Roan. Les têtes de flèche et les œuvres d'art sur les murs témoignaient de ses racines amérindiennes. La couverture était ornée de symboles indiens et un tableau représentant un troupeau de mustangs était accroché au-dessus du lit.

Il était comme ces chevaux sauvages, avec son énergie brute et son lien avec la terre, mais il faisait preuve d'une tendresse qui la rendait encore plus réceptive à chaque caresse.

Roan lui ôta son pyjama, tandis qu'elle le débarrassait de ses vêtements. À la vue de son torse hâlé, encore couvert de gouttelettes d'eau, elle sentit son pouls s'emballer.

Il plongea la langue dans sa bouche, goûtant et savourant le moindre recoin. Megan répondit à chacun de ses assauts avec passion. Leurs baisers devinrent de plus en plus torrides, jusqu'à ce que son corps brûle de désir.

Les muscles qu'elle touchait se contractaient au contact de ses mains. Elle baissa la tête et posa sa bouche sur la peau nue qu'elle venait de toucher. Elle le tourmenta avec ses lèvres et sa langue, puis lui suça les tétons. Il émit un gémissement guttural qui résonna aussitôt dans son bas-ventre.

Comme elle avait l'impression que Roan prenait rarement du plaisir pour lui, elle voulait faire de cette nuit un moment inoubliable.

Après l'avoir poussé sur le lit, elle passa les mains sur ses pectoraux et descendit le long de son torse, les yeux rivés sur ce qu'elle explorait. Elle fit courir ses doigts sur son ventre, puis les referma sur son sexe.

Avec un grognement, Roan la fit basculer et la recouvrit de son corps. Il parsema de baisers son cou, sa gorge, puis ses seins. Quelques secondes plus tard, il taquina ses tétons jusqu'à ce qu'ils durcissent, impatients de recevoir plus d'attention.

Il en prit un dans sa bouche et le suçota jusqu'à ce que Megan gémisse son nom. Tout en faisant de même avec l'autre, il effleura ses hanches et son ventre. Puis il glissa la main entre ses cuisses et accentua la caresse.

Elle voulait qu'il soit en elle sans plus attendre.

— Roan, murmura-t-elle. J'ai besoin de toi.

Il hésita, puis releva la tête pour croiser son regard. Le flot d'émotions qui obscurcissait ses yeux la frappa avec tant de force qu'elle sentit les prémices d'un orgasme monter en elle.

Pressée qu'il atteigne le même degré d'excitation, elle baissa la main et la referma autour de son membre rigide.

Il prit une brusque inspiration. Il céda à nouveau à ses instincts primaires et couvrit sa main de la sienne. Pendant un instant, il les amena au bord de l'abîme et parut sur le point de la pénétrer.

Mais il s'écarta avec un murmure de protestation. Elle tendit la main vers lui.

— Roan, s'il te plaît…

— Préservatif, marmonna-t-il.

Elle hocha la tête. Elle était heureuse qu'il y ait pensé, mais elle supportait mal de devoir attendre une seconde de plus qu'ils soient unis l'un à l'autre.

Roan parvint à résister au besoin intense de la faire sienne, mais, avec ses doigts et sa bouche, Megan l'avait privé de toute sa raison. Il ne savait plus qu'une chose : il ne pouvait pas s'éloigner d'elle ce soir.

Elle n'attendait rien de plus de lui. Elle l'avait dit.

Mais, bon sang, il voulait lui donner plus.

« Ne réfléchis pas », avait-elle conseillé.

Avec le désir qui faisait bouillir son sang, comment pouvait-il réfléchir à quoi que ce soit ?

Il attrapa un préservatif dans la table de nuit et déchira l'emballage avec ses dents. Il l'enfila, puis pressa son érection contre elle.

Tout en ondulant du bassin, Megan enfonça ses ongles dans le dos de Roan pour l'attirer plus près d'elle. Peau contre peau. Chaleur contre chaleur.

En proie à une passion intense et à un appétit désespéré, il la pénétra. Elle se cambra, souleva les hanches et vint à sa rencontre, coup pour coup. Ses cris rauques faisaient écho à ses propres sons de plaisir viril, tandis qu'ils se laissaient emporter ensemble par une déferlante de plaisir.

Le corps de Megan convulsa, et elle griffa le dos de Roan. Les yeux fermés, il abaissa toutes ses défenses et se perdit en elle.

Il ne s'était jamais perdu en aucune femme auparavant.

Les mots « je t'aime » flottèrent un instant sur le bout de sa langue, mais il se rattrapa et murmura son prénom à la place.

Alors qu'il atteignait l'extase, il grava le moment dans sa mémoire, pour qu'il lui tienne compagnie quand elle serait partie.

Le lendemain matin, Megan se réveilla en sursaut en entendant la sonnerie de son téléphone. Elle se sentait courbaturée, comblée et… épanouie. Même s'ils avaient failli mourir la veille, faire l'amour avec Roan l'avait fait se sentir plus vivante que jamais auparavant.

Elle se blottit contre lui et caressa son torse lisse. Elle sourit lorsqu'il grogna dans son sommeil. Ils avaient fait l'amour plusieurs fois au cours de la nuit, parfois lentement et tendrement, parfois vite et intensément, comme s'ils savaient qu'ils n'avaient que ces quelques heures pour vivre leur passion.

Le téléphone sonna à nouveau.

Comme ils avaient des questions sans réponses et que Bart Dunn était toujours introuvable, elle attrapa l'appareil et jeta un coup d'œil sur l'écran.

C'était le Dr Mantle.

Aussitôt sur ses gardes, elle roula sur le côté et décrocha.

— Allô.

— Megan, j'ai fini l'autopsie du Dr Cumberland hier soir. J'ai besoin que vous me retrouviez à la morgue pour discuter des résultats.

Le cœur de Megan fit une embardée.

— Qu'avez-vous trouvé ?

— Je ne peux pas en parler au téléphone. Rejoignez-moi vite à la morgue.

Elle jeta un coup d'œil par-dessus son épaule. Roan était désormais bien réveillé et la regardait attentivement.

— D'accord, j'arrive, répondit-elle.

Elle raccrocha, puis enfila son peignoir. Elle devait se doucher avant d'aller retrouver son chef. Mais Roan l'attrapa par le bras.

— Qu'est-ce que c'était ? Et où vas-tu ?

Son ton possessif l'agaça et l'attendrit à la fois. Tout compte fait, il existait peut-être la possibilité d'une relation plus longue entre eux.

— C'était le médecin légiste en chef qui m'appelait à propos de l'autopsie du Dr Cumberland. Il m'a demandé de passer le voir. Il a dû trouver quelque chose.

— Ce n'était pas un suicide ?

— Il a refusé de le dire. Mais je dois y aller, Roan.

— Tu ne vas nulle part sans moi.

Il sortit du lit et se rendit dans la salle de bains, entièrement nu. Elle admira son dos musclé et sentit le désir renaître en elle.

Bon sang, il avait encore envie d'elle, songea Roan. Et encore. Et encore.

Peut-être qu'il la voulait tout le temps.

Ce n'était pas une bonne idée.

Repensant à son véhicule qui avait brûlé la veille, il prit une douche rapide pour pouvoir accompagner Megan à l'hôpital.

Il n'allait sûrement pas la laisser seule aujourd'hui. Pas après ce qui s'était passé la nuit dernière. Pas avec un tueur en liberté.

Lorsqu'il revint dans la cuisine, Megan était prête, son chignon bien en place. Le médecin légiste était de nouveau aux commandes.

Roan ne put s'empêcher de sourire. Il pouvait lui arracher ce chignon et lui faire perdre tout contrôle à nouveau.

Il pouvait la pousser à avoir envie de lui, autant que lui avait envie d'elle.

Il avait vraiment un gros problème.

— Tu veux que je te dépose quelque part ? demanda Megan. Pour prendre une autre voiture de police, peut-être ?

— D'abord, je t'accompagne, ensuite je me trouverai un autre véhicule, répondit-il d'un ton sans réplique.

Elle récupéra ses clés dans son sac et ils montèrent dans sa camionnette. Elle passa au drive-in du fast-food du coin et commanda du café. Entre-temps, il téléphona pour obtenir une nouvelle voiture et transmettre les nouvelles à Maddox. Comme le shérif dormait, il demanda à Rose de lui dire de le rappeler.

Il passa le reste du trajet vers l'hôpital à se faire des reproches. Comment et quand était-il censé mettre fin à cette aventure avec Megan ?

Parce qu'il fallait que cela se termine.

Ils avaient partagé une folle nuit de sexe, torride et débridée, mais c'était uniquement parce qu'ils avaient frôlé la mort la veille. Ils avaient succombé à l'adrénaline et à la peur. Rien de plus.

Sauf que… Il en voulait plus.

Il voulait ce que ses frères avaient.

Pas la terre, pas l'argent, pas le nom. L'amour.

Mais c'était un sentiment qui, toute sa vie, avait été aussi insaisissable que le père dont il n'avait pas porté le nom.

Comment pouvait-il penser à Maddox, Brett et Ray comme ses frères alors qu'il avait vécu sa vie en solitaire ? Alors qu'ils ne le considéreraient jamais comme leur vrai frère…

Megan se gara, puis ils marchèrent jusqu'à l'hôpital en silence. Regrettait-elle d'avoir passé la nuit avec lui ?

L'aube éclairait le ciel lorsqu'ils entrèrent. Après le court trajet dans l'ascenseur, ils parcoururent les couloirs vides et sombres. Alors qu'elle utilisait sa carte d'accès pour entrer dans la morgue, il sentit ses cheveux se hérisser sur sa nuque. Une impression de déjà-vu l'envahit. La dernière fois qu'ils étaient venus ici, ils avaient trouvé le cadavre du Dr Cumberland et du sang partout.

Les portes s'ouvrirent avec un bruissement. Il hésitait à inspecter le couloir avant d'entrer dans la salle d'autopsie, lorsque Megan émit un bruit étranglé.

Il tourna brusquement la tête vers elle et tendit la main vers son arme. Trop tard.

Le Dr Mantle n'était pas là à les attendre. À la place, un homme aux cheveux blancs et au visage buriné attrapa Megan par le cou et pointa une arme sur sa tête.

22

Roan faillit exploser de rage en voyant le bras de l'homme se resserrer autour du cou de Megan. Le souffle coupé, elle se mit à tousser tandis que son assaillant la traînait devant lui et se servait d'elle comme d'un bouclier.

Sale lâche, pensa Roan en sortant son Glock pour viser l'homme.

— Laissez-moi deviner… Vous êtes Bart Dunn.

— Vous auriez dû laisser tomber comme je vous l'avais dit.

Dunn orienta son arme vers la tempe de Megan, qui écarquilla les yeux de terreur.

— Maintenant, lâchez votre pistolet, ou je lui tire une balle dans la tête, dit-il d'un ton menaçant.

— Comme vous l'avez fait avec le Dr Cumberland, marmonna Roan sans desserrer les dents.

— Je ne l'ai pas tué. Il était tellement dévoré par la culpabilité qu'il s'en est chargé tout seul.

En voyant la main qui tenait l'arme se mettre à trembler, Roan se crispa. Malgré son envie de démolir ce type, il s'efforça de garder son calme.

— Écoutez, Dunn, on sait ce que vous avez fait, le Dr Cumberland et vous. Vous avez volé les jumeaux de Grace McCullen, puis vous l'avez tuée. Le médecin a tout couvert.

L'homme riva ses yeux gris à ceux de Roan.

— Dire que j'ai fait tout ça, et que ma femme n'a même pas voulu prendre ces bébés, grommela-t-il. Je l'aimais tellement. Tout ce que je voulais, c'était la consoler de la perte de notre fils.

Roan adopta un ton plus compréhensif, dans l'espoir d'établir un lien avec Dunn.

— Ça a dû être affreux, en effet. J'ai perdu ma mère, et ça a failli me briser le cœur. Je ne peux pas imaginer ce que ça fait de perdre un enfant.

— On allait l'appeler comme moi, répondit l'homme d'une voix tremblante de chagrin. Notre petit Bart. On avait préparé son berceau, la chambre était peinte en bleu, ma femme l'avait décorée avec des images de trains… Mais les choses ont mal tourné.

— Et vous vous en êtes pris au Dr Cumberland.

Une expression rageuse apparut sur le visage de Dunn.

— C'était sa faute. Mon petit Bart est mort avant même qu'on ait pu le tenir dans nos bras.

Son regard se perdit dans le vague, comme s'il revivait ce cauchemar.

— Je suis désolée, chuchota Megan d'une voix rauque. Vraiment désolée, monsieur Dunn.

Il sembla desserrer sa prise sur elle pendant une seconde.

— Vous ne pouvez pas savoir ce que ça m'a fait, de voir ce tout petit bébé étendu là. Froid. Immobile. On a attendu qu'il crie, on a espéré et prié, mais en vain.

Des larmes jaillirent de ses yeux.

— Ma femme était tellement anéantie que j'ai bien cru que j'allais la perdre, elle aussi. Elle saignait beaucoup et a failli y rester. Mais le Dr Cumberland a réussi à la sauver.

Le pistolet tressauta dans sa main.

— Ça ne compensait quand même pas ce qui était arrivé au petit Bart.

— Rien n'aurait pu compenser ça, dit doucement Megan.

— Alors vous avez dit au médecin de vous trouver un autre bébé, poursuivit Roan. Est-ce que Morty et Edith Burns vous ont aidés ? Étaient-ils dans le coup ?

— Non, mais quelque temps plus tard, Morty nous a

entendus nous disputer, ma femme et moi. Il a tout compris. Il voulait de l'argent pour garder le silence, cracha Dunn. Au début, j'ai casqué, mais ça a fini par atteindre des proportions inimaginables.

— Alors vous les avez tués, murmura-t-elle. Et vous m'avez poussée dans la rue, puis vous m'avez attaquée à la morgue.

— Mais vous avez continué à poser des questions.

Roan grinça des dents.

— Tous ces morts… Grace, Joe, le privé ? Vous les avez tous assassinés pour qu'ils ne retrouvent pas ces jumeaux.

Dunn essuya la transpiration qui coulait dans son cou.

— J'avais déjà perdu tant de choses… Hors de question d'aller en prison.

— Comment avez-vous empoisonné Joe ? demanda Megan.

— Ça n'a pas été très compliqué. Même malade, Joe insistait pour boire un verre de scotch tous les soirs. Je lui ai envoyé une bouteille en la faisant passer pour un cadeau du club d'éleveurs. Il ne s'est jamais douté de rien.

— Le Dr Cumberland a kidnappé les bébés McCullen et a dit à Grace qu'ils étaient morts, c'est ça ? demanda Roan.

— Il ne voulait pas le faire, mais je lui ai dit que je salirais sa réputation. Après tout, il a bien détruit ma vie.

Roan se rapprocha un peu de lui.

— À présent, on connaît la vérité, Dunn. On a parlé à votre femme.

— Elle m'a dit de rendre ces bébés, mais comment aurais-je pu le faire ? s'exclama-t-il, le visage plissé par le chagrin. C'était trop tard. Après tout ce que j'avais sacrifié pour elle, elle ne voulait pas d'eux.

— Parce c'étaient les enfants d'une autre, rétorqua Megan. Elle ne voulait pas que cette mère éprouve la même douleur qu'elle.

Dunn pressa le canon contre sa tempe. Roan se figea, terrifié à l'idée qu'il tire.

Il ne pouvait pas perdre Megan.

— Vous avez fait votre possible pour votre femme,

déclara-t-il, dans l'espoir de flatter sa fierté. Mais ça ne vous apportera rien de tuer le Dr Lail. Personne ne peut vous ramener votre fils, et elle n'a rien à voir avec son décès. Il y a eu assez de morts comme ça. Si votre fils avait survécu, il n'aurait pas voulu ça.

L'homme laissa échapper un sanglot angoissé mais, au lieu de relâcher Megan, il la tira en arrière.

— Je n'irai pas en prison, affirma-t-il avec amertume. Je la relâcherai quand je partirai.

Roan croisa le regard de Megan. Il avait le pressentiment que, s'il ne la sauvait pas maintenant, le type l'abattrait avant de disparaître.

Un pas de plus, et Dunn arriva près de la porte de derrière. Roan fit signe à Megan de se baisser. Elle donna un coup de coude à son agresseur et se jeta à terre, tandis que Roan avançait en brandissant son pistolet.

— Lâche ton arme ! cria-t-il.

Dunn fit feu. Megan hurla et roula sur le côté. Roan sauta sur l'homme, mais celui-ci pressa à nouveau la détente. Cette fois, la balle atteignit Roan en pleine poitrine.

Il tira à son tour. Dunn rebondit contre le mur, et du sang jaillit de son torse. Il lâcha son pistolet d'un air étonné, tomba à genoux, puis s'effondra.

Roan s'efforça de rester debout, mais sa blessure saignait abondamment, et il chancela. Il parvint à donner un coup de pied dans l'arme de l'homme pour la pousser au loin, mais il finit par tomber à son tour.

— Roan ! s'exclama Megan en se précipitant pour l'aider.

Il s'appuya contre elle, sans cesser de viser Dunn.

— Où sont les jumeaux, McCullen ?

Le blessé le regarda d'un air hébété, puis toussa du sang.

— Je… ne pouvais pas me faire prendre…

Roan lui pressa le canon sur le front, priant pour qu'il n'ait pas fait de mal aux bébés.

— Qu'est-ce que vous en avez fait ?

— Je les ai laissés dans une église, marmonna Dunn.

— Où sont-ils maintenant ?

Il toussa à nouveau et cracha du sang.

— Sais… pas.

— Comment s'appelait l'église ?

Il essaya de prendre une inspiration. Roan le secoua.

— Dites-moi le nom de l'église !

Mais les yeux de l'homme roulèrent dans leurs orbites, et il rendit son dernier soupir.

Roan s'accrocha à Megan pour ne pas s'évanouir, mais il lutta en vain.

Megan allongea Roan sur le sol, puis essuya ses larmes. La blessure n'était pas belle.

Tout en appelant les urgences, elle trouva des chiffons, qu'elle plia et pressa contre la plaie pour ralentir l'hémorragie. Terrifiée à l'idée que Roan meure, elle se laissa tomber à côté de lui et prit sa tête entre ses mains.

— Ne me fais pas ça, je t'en prie, murmura-t-elle. Je t'aime, Roan. Tu es le seul homme pour qui j'ai jamais ressenti ça.

Sa vision se brouilla, mais elle cilla pour chasser ses larmes. Elle devait être forte. Elle devait appeler quelqu'un.

Maddox. Brett. Ray. Les demi-frères de Roan.

Un sentiment d'impuissance l'envahit. Elle allait prévenir Maddox que Roan avait été blessé, mais elle ne pouvait pas lui dire la vérité sur leurs liens. Elle l'avait promis.

— Docteur Lail ?

La voix provenait de la chambre froide.

— Je reviens tout de suite, Roan. Les secours sont en route.

Elle reposa doucement sa tête sur le sol, puis courut vers la porte.

— Megan ! Sortez-moi de là !

— Docteur Mantle !

— Un sale type m'a forcé à vous appeler et m'a enfermé là-dedans ! cria-t-il.

— Alors il n'y avait rien d'anormal concernant l'autopsie de Cumberland ?

— Il s'est suicidé, c'est tout.

Elle chercha ses clés à la hâte, puis déverrouilla la porte. Le Dr Mantle semblait indemne, mais il était furieux.

— Ce dingue est toujours là ?

— Il est mort, répondit-elle en le conduisant auprès de Roan. Mais il a d'abord tiré sur le shérif adjoint.

Elle prit le pouls du blessé, puis expliqua à son chef abasourdi ce qu'ils avaient appris sur le Dr Cumberland.

Quelques secondes plus tard, les secouristes arrivèrent. Ils vérifièrent les constantes vitales de Roan, puis le hissèrent sur un brancard et coururent vers l'ascenseur.

Megan les suivit, prise de nausée. Roan ne pouvait pas mourir et l'abandonner. Elle avait besoin de lui.

Trois heures plus tard, Megan était au bord de la crise de nerfs. Le pronostic de Roan n'était pas bon, mais il était toujours au bloc.

Pourquoi diable était-ce aussi long ?

Elle avait rendu une courte visite à Maddox pour lui résumer la situation. Il était censé rentrer chez lui, mais il avait insisté pour lui tenir compagnie dans la salle d'attente. Rose et Mama Mary les avaient rejoints, de même que Brett et Ray.

— Dunn n'a pas dit ce qui était arrivé aux jumeaux ? demanda Maddox.

Megan secoua la tête.

— Je suis désolée. Il a dit que sa femme lui avait ordonné de les ramener. Il avait peur d'être attrapé, alors il les a laissés dans une église.

Brett se racla la gorge.

— Quelle église ?

— Il est mort avant de pouvoir nous le dire.

Ray poussa un juron, et Megan fut touchée par la frustration des trois hommes. Ils voulaient vraiment retrouver leurs frères disparus.

Et d'un autre côté, ils ne soupçonnaient pas que celui qui avait affronté l'assassin de leurs parents et découvert qu'ils avaient des frères jumeaux était du même sang qu'eux.

Ce n'était pas juste pour Roan, songea-t-elle en retournant à la salle des infirmières.

— Avez-vous du nouveau à propos de l'opération du shérif adjoint Whitefeather ?

L'infirmière fronça les sourcils.

— Le médecin va venir vous parler dans un instant.

Megan la remercia, puis alla se poster sur le seuil de la salle d'attente. Les secondes se transformèrent en longues minutes. Lorsque le chirurgien apparut enfin, son expression grave la fit paniquer.

— Que se passe-t-il ? demanda-t-elle.

— Malheureusement, il ne va pas bien. On a retiré la balle, mais il fait une hémorragie interne. Il a besoin d'une transfusion, mais on manque de sang du même groupe que le sien. Il a aussi un marqueur génétique rare.

Il passa la main sur son calot, puis demanda :

— A-t-il de la famille ? Quelqu'un qui pourrait faire un don pour l'aider ? Et, même en le transfusant, la situation risque d'être délicate pendant un moment…

Megan sentit la peur l'envahir. Elle avait promis de garder le secret de Roan, mais comment pouvait-elle se taire si sa vie dépendait de ses demi-frères ? Elle n'avait vraiment pas d'autre choix.

— Je dois parler aux McCullen. Je reviens vite vers vous.

Il hocha la tête.

— On est en train de faire le tour des autres hôpitaux pour essayer de trouver un donneur compatible.

Après l'avoir remercié, Megan prit une profonde inspiration, puis se hâta de rejoindre Maddox et ses frères.

— Comment va-t-il ? demanda le shérif.

— Il a perdu beaucoup de sang et a besoin d'une transfusion.

Elle répéta les explications du chirurgien sur le groupe sanguin de Roan et l'importance d'un don fait par un proche.

— A-t-il de la famille ? lança Brett.

— Il ne m'en a jamais parlé, répondit Maddox. Il a perdu sa mère il y a quelques mois.

Megan s'humecta les lèvres.

— En fait, il a de la famille.

— Qui ? demanda Ray.

— Je vais les appeler, suggéra Brett.

— Ce n'est pas aussi simple que ça, lança-t-elle.

Mama Mary lui adressa un regard plein de sympathie.

— De quoi s'agit-il, mon petit ?

Megan soupira, croisa les doigts pour que les McCullen ne se braquent pas et commença son récit.

Maddox avait la tête baissée et la secouait d'un air incrédule. Brett semblait sous le choc, tandis que la mine sombre de Ray indiquait sa méfiance.

— Pourquoi ne nous en a-t-il pas parlé ?

— Il l'ignorait jusqu'à ce que sa mère meure et qu'il trouve son acte de naissance. Elle a rencontré votre père longtemps avant qu'il n'épouse votre mère. Apparemment, quand elle est tombée enceinte, elle ne l'a pas dit à Joe. J'imagine qu'avec les différences culturelles, elle ne voulait pas causer d'ennuis.

— Mais Roan le sait depuis des mois, et il travaille avec moi, déclara Maddox. Comment a-t-il pu garder le silence ?

Megan croisa les bras.

— Il ne savait pas comment vous réagiriez. Il avait peur que vous l'accusiez de vouloir quelque chose, comme Bobby.

— Et que veut-il, d'ailleurs ? demanda Brett en grimaçant.

— Rien, justement, répliqua Megan, une trace de colère dans la voix. Il ne voulait rien de vous, mais quand il a appris que votre père — son père — avait été empoisonné, il a fait son maximum pour retrouver le tueur.

Un silence tendu régna un instant, puis Mama Mary tapa dans ses mains.

— C'est un homme bien, les garçons. Il a découvert que Mlle Grace avait été assassinée et que ses bébés étaient peut-être toujours en vie.

— Exact, approuva Megan. Et il a été blessé en cherchant les réponses pour vous.

Au bout d'un moment, Maddox agrippa les accoudoirs de son fauteuil roulant.

— Je vais me faire tester pour vérifier si je suis compatible.

— Je te suis, déclara Brett.

— Moi aussi, ajouta Ray.

Mama Mary les serra dans ses bras à tour de rôle, puis ils sortirent pour voir s'ils pouvaient contribuer à sauver Roan.

23

Pendant que les frères faisaient la prise de sang, Megan attendit avec Mama Mary et Rose. Brett et Ray avaient dû appeler leurs femmes, car Willow et Scarlet les rejoignirent peu après. Mama Mary fit les présentations, puis emmena le petit garçon de Brett à la cafétéria pour manger une glace.

Cette femme était bien plus qu'une cuisinière et une gouvernante. Elle était une mère pour eux tous, le lien qui maintenait les McCullen ensemble.

Maddox et Brett revinrent quelques minutes plus tard.

— Ray est compatible, annonça le shérif.

— Dieu merci, s'exclama Megan, profondément soulagée.

Les deux frères la regardèrent en plissant les yeux, mais les femmes lui serrèrent le bras comme si elles comprenaient parfaitement sa réaction.

Les heures s'écoulèrent avec une lenteur insupportable. Ray donna son sang pour la transfusion, mais ils durent attendre avant de savoir si l'état de Roan s'améliorait.

Ray en profita pour passer quelques coups de fil. Il découvrit qu'Elmore Clark n'avait rien à voir avec les dégâts à Horseshoe Creek. L'homme avait quitté la ville deux ans plus tôt pour s'installer avec sa fille et ses petits-enfants.

Comme seules les visites des membres de la famille étaient autorisées, les trois frères passèrent voir Roan à tour de rôle.

Mais Megan voulait être avec lui. Elle avait besoin de le toucher, de sentir qu'il était en vie, de voir son torse se soulever et la couleur revenir sur ses joues.

Il allait s'en sortir. Elle refusait d'imaginer une autre issue.

Lorsque Mama Mary s'apprêta à ramener le fils de Brett à la maison, les McCullen insistèrent pour que leurs femmes les accompagnent. Ils étaient possessifs et protecteurs. Trois cow-boys qui adoraient les femmes qu'ils avaient épousées.

Megan voulait la même chose avec Roan.

Mais lui, que voudrait-il à son réveil ?

Roan attrapa la main tendue de sa mère.

— Tu m'as manqué, mon fils.

Les pâles rayons du soleil projetaient des ombres autour de sa silhouette, mais il reconnut son visage. Son doux sourire. Sa longue natte sombre.

Des mélopées en langue amérindienne résonnaient quelque part au loin, peut-être derrière la lune. Le chaman agitait les bras et les mains au-dessus de Roan, faisant bouger ses plumes au gré de ses mouvements. Il entonna l'un des chants sacrés que leur peuple réservait aux défunts.

Il était mort.

Sa mère… La lumière… La musique.

L'obscurité l'engloutit, et il tomba dans le vide. Tout en tournoyant, il se débattit pour rattraper la main de sa mère, pour retrouver la lumière, mais ses doigts ne touchèrent que le vide. Le noir était complet.

Allait-il en enfer ?

Le son d'une autre voix lui parvint, dissipant sa confusion et apaisant ses peurs.

— Tu vas t'en sortir, Roan.

Il essaya d'ouvrir les yeux, mais ses paupières étaient lourdes. Il avait mal partout. La douleur brûlait dans ses veines, et sa peau lui donnait l'impression d'être en feu.

Il était en enfer.

— Reviens-moi, Roan, je t'en prie. J'ai besoin de toi.

Cette voix douce… S'il était mort et en enfer, alors il

n'était pas le seul. Mais ce n'était pas possible. Megan était trop gentille et honorable pour échouer dans la fosse ardente.

— Je suis là, avec toi. Maddox, Brett et Ray sont dans la salle d'attente.

La salle d'attente ?

Il n'était pas en enfer, après tout.

Une image de Megan s'étendant lentement sur lui, nue, belle et désirable, envahit son esprit, accompagnée du son de sa voix séductrice.

Ses mains tendres lui effleurèrent la joue, puis ses lèvres touchèrent les siennes, et il se mit à flotter, rêvant qu'il était au paradis.

Quelque temps plus tard, la douleur l'arracha à son sommeil paisible. Il s'agita en gémissant et chercha à retrouver l'image de Megan, nue et amoureuse de lui. C'était le seul réconfort qu'il ait jamais connu.

Mais quand il ouvrit les yeux, il aperçut Maddox debout près de son lit, la mine sérieuse, inquiète et… furieuse.

Roan cilla, puis plissa les yeux pour émerger du brouillard dû aux médicaments. Il vit alors Brett et Ray à côté de leur frère. Bras croisés. Sourcils froncés. Yeux méfiants.

Ils n'eurent pas besoin de dire quoi que ce soit. Il ignorait comment, mais ils savaient la vérité sur qui il était.

La sensation de trahison lui fit l'effet d'un coup de couteau. La seule qui avait pu leur en parler était Megan.

Elle avait promis de garder son secret.

Mais elle avait manqué à sa parole.

Megan remercia l'infirmière de lui avoir donné des nouvelles de Roan. La femme l'avait aussi fait entrer en douce dans sa chambre au cœur de la nuit. Rassurée de constater que Roan respirait bien, Megan avait fini par s'assoupir dans la salle d'attente.

Son gobelet de café à la main, elle s'arrêta sur le seuil en voyant les trois frères McCullen debout près du lit.

— Tu aurais dû me le dire, lança Maddox. J'aurais compris.

Roan laissa échapper une expiration sifflante. Il était toujours pâle, relié à des fils et des tubes branchés à plusieurs machines, mais au moins, il était vivant.

— Tu avais assez de soucis comme ça, marmonna-t-il. En outre, je n'attends rien de vous. Vous ne me devez rien.

Il l'affirma avec une telle conviction que Megan sentit son cœur se serrer. Roan n'avait pas eu les mêmes chances qu'eux, mais contrairement à Bobby, qui était devenu amer et vindicatif à force de s'apitoyer sur son sort, il avait avancé dans la vie et s'était construit tout seul.

— Tu as retrouvé l'homme qui a tué notre père, déclara Brett d'une voix étranglée par l'émotion.

— Et notre mère, ajouta Ray en se pinçant l'arête du nez. Tu ne sais pas ce que ça représente pour nous.

Maddox se racla la gorge.

— On n'aurait jamais su la vérité. On aurait continué à ignorer qu'on a deux autres frères.

— En tout cas, s'ils sont toujours en vie, murmura Brett.

— Dunn a dit qu'il les avait laissés dans une église, rappela Roan. C'est un point de départ.

Les McCullen hochèrent la tête puis, l'un après l'autre, ils serrèrent la main de Roan. Devant cette scène, Megan eut du mal à retenir ses larmes. Roan s'était peut-être trompé en pensant qu'ils ne l'accepteraient pas.

— On va te laisser te reposer, reprit le shérif.

Les deux autres acquiescèrent, avant d'assurer à Roan qu'ils repasseraient le voir.

— Merci pour la transfusion, lança Roan à Ray. Tu m'as sauvé la vie.

Ray lui serra à nouveau la main.

— C'est ce que font des frères. Tu peux aussi remercier Megan, ajouta-t-il en la désignant du menton. Je crois qu'elle veut te voir.

Lorsqu'ils furent sortis, elle traversa la pièce. Mais le sourire de Roan avait laissé place à une expression glaciale.

— Tu avais fait une promesse et tu l'as brisée.

Sa froideur fit frissonner Megan.

— Je suis désolée, mais tu étais en train de mourir, Roan. Je devais faire quelque chose.

— Peu importe. Je t'ai fait confiance et tu m'as trahi.

Il déglutit, faisant tressauter sa pomme d'Adam.

— Laisse-moi seul.

Megan tendit la main vers la sienne, prête à lui dire combien elle l'aimait, mais il ferma les yeux et se détourna, l'ignorant comme s'il la chassait de sa vie.

Roan ne savait pas quoi dire aux McCullen. Il était resté seul pendant si longtemps qu'il était beaucoup plus à l'aise comme cela qu'en ayant d'autres personnes dans sa vie.

Et Megan…

Elle n'était partie que depuis quelques heures, mais elle lui manquait déjà. Après son départ, il s'était endormi, et ses rêves avaient été hantés de visions d'eux faisant l'amour ou d'autres où elle rejoignait un autre homme devant l'autel.

Il avait aussi fait d'horribles cauchemars où Megan se faisait assassiner, où il la retrouvait dans l'un des tiroirs de la morgue.

Où il la perdait pour toujours…

Il s'était réveillé couvert de sueurs froides, les joues ruisselantes de larmes.

Il ne supporterait pas d'aimer Megan et de voir quelque chose d'horrible lui arriver.

De toute façon, il n'avait rien à lui offrir.

C'était mieux de rompre tout contact avant que quelqu'un ne finisse par souffrir.

Le chagrin grandissait en Megan.

Trois jours avaient passé depuis l'opération de Roan. Il allait mieux, et les médecins estimaient qu'il allait se remettre complètement. Les frères McCullen et Mama Mary lui avaient rendu visite tous les jours. La gouvernante semblait déjà l'avoir adopté. Elle lui avait apporté en cachette de la soupe maison et quelques parts de sa tarte aux myrtilles.

Son cœur se serra. Elle était heureuse que la famille de Roan l'ait accepté.

Mais il refusait de la voir.

Était-il simplement furieux qu'elle ait révélé la vérité aux McCullen à propos de leur lien de parenté ? Ou n'éprouvait-il vraiment rien pour elle ?

Avait-il couché avec elle parce qu'ils s'étaient retrouvés alliés face au danger et qu'elle était… disponible ?

En proie à de nombreux doutes, elle termina l'autopsie de l'homme sur sa table. Il avait fait un malaise au volant de sa voiture et avait percuté un arbre.

Elle devait reprendre contact avec Roan, décida-t-elle. Elle se lava les mains, ôta sa blouse et monta au premier étage. Lorsqu'elle arriva sur le seuil de sa chambre, il essayait de sortir du lit et se disputait avec l'une des infirmières.

— Dites au médecin que je suis prêt à rentrer chez moi. Je ne suis pas invalide, bon sang.

Megan se mit à rire en entendant son ton obstiné. Il allait vraiment mieux.

Mais il grimaça de douleur lorsque la femme l'aida à se recoucher, signe qu'il avait encore du chemin à parcourir avant de revenir à la normale.

Nerveuse, Megan s'écarta pour laisser passer l'infirmière. Lorsqu'elle entra, elle avait tellement hâte de le voir qu'elle ne se laissa pas décourager par son expression.

— Bonjour, Roan.

Il serra les mâchoires.

— Qu'est-ce que tu fais ici ? L'enquête est finie.

À en juger par son regard, leur relation aussi était finie.

Megan inspira profondément et se rapprocha du lit.

— Je sais. Mais tu me manques.

Une émotion qu'elle ne comprit pas brilla dans ses yeux.

— Megan, arrête.

— Quoi ? D'être honnête ? demanda-t-elle doucement. De tenir à toi ?

— Ne monte pas en épingle ce qui s'est passé entre nous. C'était une simple nuit de sexe. Rien de plus.

Elle avait redouté cette réponse, mais les mots lui firent l'effet d'un coup de poignard en plein cœur.

— Mais…

— Il n'y a pas de mais.

Il remonta le drap sur lui, mais Megan remarqua surtout ses jambes nues qui sortaient de sa chemise d'hôpital.

Elle brûlait d'envie de se glisser dans le lit avec lui, de remonter le pied le long de son mollet, de passer les mains sur son torse. Elle voulait l'aimer et qu'il l'aime en retour.

Tout ce que son père lui avait dit pendant son adolescence remonta à la surface. Elle avait son intelligence et son métier. En fait, elle était mariée à son boulot.

Aucun homme ne l'épouserait jamais, parce qu'elle n'était pas la jolie fille qu'il voulait avoir à son bras.

— Je comprends, déclara-t-elle, s'estimant heureuse que sa voix ne se brise pas. Je ne t'embêterai plus.

De peur de craquer devant lui, elle fit volte-face et s'enfuit de la pièce. Une fois devant l'ascenseur, elle fondit en larmes. Elle les essuyait rageusement lorsque les portes s'ouvrirent. Mama Mary sortit de la cabine. Gênée, Megan s'obligea à sourire, mais ses yeux rouges la trahirent.

— Qu'est-ce qui ne va pas, ma chère ? demanda la gouvernante. C'est Roan ? Il s'est passé quelque chose ?

— Il va bien. C'est juste que… Il ne veut pas de moi.

Mama Mary la regarda bouche bée, puis la serra dans ses bras.

— Venez, mon petit. Vous allez tout me raconter.

Megan avait été seule pendant si longtemps qu'elle accueillit cette étreinte maternelle avec soulagement. Elle se laissa entraîner à la cafétéria pour boire un café et pleurer un bon coup.

Roan n'en pouvait plus de l'hôpital, des infirmières qui le harcelaient et de son état de faiblesse.

Il voulait rentrer chez lui et bouder tout seul dans son coin.

Sauf que Megan était venue dans son chalet et avait laissé sa douce odeur féminine sur ses draps. Sans parler des images qui le hantaient, où elle le chevauchait et le tourmentait avec son corps.

Comment allait-il pouvoir dormir dans son propre lit sans repenser à cette nuit ?

Tu lui as dit que ça ne voulait rien dire.

Cette fois, il avait menti.

Rien n'aurait pu être plus important.

Il ferma les yeux, essayant désespérément de chasser tous ces souvenirs de sa mémoire, mais il la revoyait, la tête rejetée en arrière, avec ses seins qui se balançaient au-dessus de lui, son sexe qui happait le sien…

Mama Mary frappa, puis entra d'un pas pesant.

— Dis donc, Roan, j'ai entendu dire que tu donnais des cheveux blancs à tout le monde.

En quelques jours, il en était venu à aimer la gouvernante. Et ses tartes en particulier.

En apportait-elle une aujourd'hui ?

Non. Elle avait les mains vides. Et, pour la première fois depuis qu'elle s'était donné pour mission quotidienne de lui remonter le moral, elle ne souriait pas.

— Je suis plus que prêt à rentrer chez moi.

— Ouais… Et tu as aussi fait pleurer Mlle Megan.

Elle renifla et posa les mains sur ses hanches.

— Cette fille paraît pourtant solide. Elle n'a pas l'air d'avoir la larme facile.

— Elle pleurait ?

Mama Mary s'approcha de lui.

— Il est possible que tu ne l'aimes pas, n'empêche qu'elle était morte d'inquiétude quand tu as été amené ici. Elle a attendu toute la nuit en se rongeant les sangs. Elle est folle amoureuse de toi, Roan.

Il serra les draps au point de s'en faire blanchir les jointures. Il ne savait pas comment répondre. Megan n'avait jamais dit qu'elle l'aimait.

Parce que tu ne lui en as pas laissé l'occasion.

— Le pire, c'est qu'elle pense que tu ne veux pas d'elle parce qu'elle n'est pas du genre reine de beauté.

Cette révélation le surprit.

— Quoi ?

Sans se soucier des bandages autour de son torse, Mama Mary lui enfonça le doigt dans les pectoraux.

— Tu m'as bien entendue. Apparemment, son papa lui a chamboulé le cerveau. Il lui a dit qu'elle n'était pas jolie comme sa sœur, que les filles comme elles devaient se servir de leur intelligence pour s'en sortir.

Elle émit un son indigné.

— En soi, ce n'est pas faux. Mais Mlle Megan est forte et courageuse. Et elle tient aux gens de tout son cœur, ce qui la rend dix fois plus belle que toutes ces filles au physique de mannequin, avec leurs vêtements chics, leurs talons vertigineux et leurs tonnes de maquillage.

Roan se souvint comme elle l'avait regardé, avec ses cheveux cascadant sur ses épaules, ses yeux assombris par la passion. Puis il repensa à sa remarque sur le fait d'être un cactus.

— Je suis d'accord.

Mama Mary plissa les yeux.

— Vraiment ?

— Oui, bien sûr. C'est la plus belle femme que j'aie jamais rencontrée.

Elle le contempla d'un air perplexe.

— Mais tu n'as pas de sentiments pour elle ?

Roan détourna le regard. La gouvernante était beaucoup trop perspicace.

— Je n'ai pas dit ça. Je n'ai rien à lui offrir, c'est tout.

— Mais qu'est-ce que c'est que ces bêtises ? s'exclama-t-elle. Tout ce qu'une femme veut, c'est un homme qui l'aime.

Elle le tapota à nouveau de son doigt.

— Tu l'aimes ?

Il se mordilla l'intérieur de la joue.

— Ce n'est pas si simple.

— Ça l'est si tu le veux. Si tu l'aimes, sors de ce lit et va le lui dire.

Il jeta un coup d'œil vers la porte, puis reporta son attention sur Mama Mary. Une image de Megan en train de pleurer le tortura. Elle pensait qu'il ne l'aimait pas parce qu'elle n'était pas assez belle.

Il n'avait pas l'habitude de faire partie d'une famille, d'avoir des frères, ou une figure maternelle, ou… quelqu'un qui l'aime.

Mais n'avait-il pas envié Maddox et Rose ? Il avait rêvé d'avoir ce qu'ils avaient. Peut-être était-ce le cas avec Megan.

Mais il avait été trop têtu et lâche pour admettre ses sentiments. Il avait eu trop peur de la perdre et de souffrir.

En se protégeant, il l'avait blessée, elle. La seule personne qui l'aimait pour lui-même.

Il repoussa les couvertures.

— Poussez le fauteuil roulant près du lit. Je vais aller la voir.

— Eh bien, ça alors…

Mama Mary le serra contre elle avec enthousiasme, au risque de déchirer ses points de suture, mais il rit lorsqu'elle s'écarta et l'aida à s'asseoir dans le fauteuil. Il roula jusqu'à l'ascenseur et prit la direction de la morgue, mais décida de passer d'abord chez le fleuriste.

La peur au ventre, il fit son achat et reprit l'ascenseur. Et s'il lui avait fait du mal au point qu'elle ne puisse lui pardonner ?

24

Megan s'aspergea le visage d'eau froide, puis sécha ses yeux gonflés d'avoir trop pleuré.

Elle n'en revenait pas de s'être épanchée ainsi auprès de Mama Mary. Mais la gouvernante avait une façon de vous entourer de ses bras qui vous donnait l'impression d'être à l'abri de tout.

Maddox, Brett et Ray n'avaient pas pu grandir avec leur mère, mais ils avaient eu la chance d'avoir une femme merveilleuse comme Mama Mary dans leur vie.

Roan aurait la même chance, désormais. Quand la gouvernante disait son nom, l'affection dans sa voix était audible. D'après l'une des infirmières, Mama Mary n'avait cessé de dorloter et gâter le blessé.

Il le méritait.

Megan se moucha, puis s'adressa quelques mots d'encouragement avant de reprendre le travail. Elle allait bien. Elle était peut-être seule, mais elle avait son travail.

Oui, tous ces gens morts attendaient qu'elle s'occupe d'eux. Mais les cadavres ne parlaient pas, ne tenaient pas chaud la nuit lorsque les cauchemars survenaient.

Elle allait peut-être adopter un chien. Ou un chat. Elle pouvait devenir une de ces « mémères à chats » qui en avaient une demi-douzaine…

Elle jeta la serviette en papier à la poubelle, mit un peu de poudre sur ses joues, puis sortit des toilettes pour retourner à la morgue. Elle fut surprise d'y trouver Roan, assis dans un fauteuil roulant.

— Que fais-tu ici ?

Elle baissa les yeux sur son torse. Le bandage était toujours en place, mais Roan avait meilleure mine.

— Je suis venu te voir, déclara-t-il, avant de crisper les mâchoires, comme s'il était là contraint et forcé. Tu as pleuré.

Son ton était à la fois accusateur et plein de compassion. Elle se sentit rougir. Elle n'avait pas l'intention de lui parler de sa crise de larmes.

— Qu'est-ce que tu veux, Roan ?

Elle avait parlé d'une voix plus dure qu'elle n'en avait eu l'intention, mais après tout, il l'avait jetée comme une moins-que-rien. Elle préférait qu'il la croie en colère plutôt que blessée.

— Je suis désolé de t'avoir fait de la peine, répondit-il d'une voix tendue.

Apparemment, elle n'était pas très douée pour cacher ses sentiments.

— Tu t'es montré honnête, Roan. Je suis une grande fille. Je vais bien.

— Eh bien, pas moi.

L'inquiétude la gagna aussitôt.

— Qu'est-ce qui ne va pas ? Tu as mal ? Tes points de suture ont sauté ?

Il se leva avec difficulté et sortit de derrière son dos un bouquet de tournesols.

— Ça n'a rien à voir avec ma blessure.

Lorsqu'il fit un pas vers elle, Megan sentit sa poitrine se comprimer.

— Roan, tu ne devrais pas être ici. Il faut que tu retournes dans ta chambre pour te reposer.

— Je ne pourrai pas me reposer tant que je n'aurai pas rétabli la vérité.

Le cœur de Megan palpita, mais elle s'ordonna de ne pas se laisser aller à espérer.

— Que veux-tu dire ?

— Tu n'es pas un cactus, tu es un tournesol.

Il lui fourra les fleurs dans la main.

— Et puis j'ai été lâche, admit-il sans détour. Je t'ai menti.

Elle contempla les fleurs en souriant. Disait-il vraiment ce qu'elle croyait entendre ?

— À propos de quoi ?

— En prétendant que notre nuit ensemble ne voulait rien dire. C'était…

Il prit sa main dans la sienne et la pressa sur son cœur.

— Ça signifiait tout pour moi. *Tu* signifies tout pour moi.

— C'est vrai ? demanda Megan d'une voix étranglée.

— Oui. J'ai tellement souffert quand j'ai perdu ma mère que je me suis juré de ne plus jamais aimer personne. Je ne me croyais pas capable de supporter à nouveau une telle douleur. Ensuite, je vous ai trouvés, toi et mes frères, et je ne pensais pas vous mériter.

— Oh ! Roan, ce n'est pas vrai. Tu es l'homme le plus formidable que j'aie jamais rencontré.

Il lui embrassa les doigts.

— Et tu es la plus belle femme que j'aie jamais rencontrée.

— Roan, tu n'as pas à dire ça. Ce n'est pas vrai…

— Si, c'est vrai, insista-t-il en lui caressant les bras. Ton père a eu tort de te faire croire que tu n'étais pas belle.

Elle poussa une exclamation.

— Mama Mary t'a tout raconté !

Il hocha la tête, mais ses yeux ne contenaient aucune pitié. Ils exprimaient une tendresse qui la réchauffa de l'intérieur.

— Je t'aime, Megan. Je ne veux pas te perdre.

Il baissa la tête et effleura ses lèvres d'un baiser.

— J'ai trois frères, maintenant. Je commence à peine à m'y habituer. Mais j'ai toujours besoin de toi.

Il l'embrassa à nouveau.

— J'ai toujours envie de toi.

— Moi aussi, j'ai envie de toi.

— Je t'aime, murmura-t-il.

— Je t'aime aussi.

Cette fois, il l'embrassa avec plus d'intensité. Quand il finit par s'écarter, ils étaient tous les deux à bout de souffle.

— Il faut vraiment que tu retournes au lit, chuchota-t-elle.

— Pas avant que tu me promettes quelque chose.

Le fait qu'elle ait rompu son autre promesse résonna dans son esprit.

— Quoi ? Tout ce que tu veux…

Il lui adressa un sourire taquin.

— Promets-moi de m'épouser.

Une vague d'amour et d'allégresse envahit Megan. Elle jeta les bras autour de lui, et ils s'affalèrent tous les deux dans le fauteuil roulant. Les tournesols tombèrent par terre, tandis qu'elle l'embrassait et lui disait oui.

Épilogue

Trois semaines plus tard

Alors que Mama Mary ajustait son voile, Megan sourit. Elle épousait Roan aujourd'hui. Après l'avoir accueillie comme une sœur, les femmes du clan McCullen l'avaient aidée à organiser le mariage, qui avait lieu à Horseshoe Creek.

Grâce à sa boutique d'antiquités, Vintage Treasures, Rose lui avait trouvé une robe de mariée qui rappelait à Megan celle que sa mère avait portée. Dans cette robe, elle se sentait… belle.

Willow et Scarlet avaient contribué à décorer le chapiteau. Il était dressé près de l'étang, sur les terres que les McCullen avaient offertes à Roan en guise de remerciement et de cadeau de mariage. Mais c'était bien plus qu'un terrain. Cela signifiait que Roan faisait officiellement partie de la famille.

Quelqu'un frappa à la porte du chalet. Roan et elle vivaient ici de façon temporaire en attendant que leur maison soit construite. Mama Mary alla ouvrir, puis revint un instant plus tard.

— Megan, il y a quelqu'un pour toi.

— Qui est-ce ? demanda-t-elle après avoir mis une couche de gloss sur ses lèvres.

— C'est moi, ton père.

En entendant la voix de baryton, Megan pivota sur elle-même. Bouche bée, elle contempla son père. Il était vêtu d'un costume sombre, il avait vieilli, ses cheveux grisonnaient, mais il était toujours grand et imposant.

Mama Mary et les autres femmes sortirent de la pièce en silence.

Une bouffée d'inquiétude envahit Megan.

— Bonjour, papa. Qu'est-ce que tu fais ici ?

Était-il venu pour tenter de la convaincre de ne pas épouser Roan ?

— J'ai appris que tu te mariais.

Elle hocha la tête, anticipant une dispute.

— Oui. Avec le shérif adjoint Roan Whitefeather. C'est un homme merveilleux.

Son père l'examina un instant. Plusieurs émotions se succédèrent sur son visage.

— J'ai essayé de te joindre plusieurs fois, récemment, mais tu ne m'as jamais rappelé.

— J'étais occupée. Je travaillais.

— Je sais. J'ai lu des articles sur ce que toi et ce policier avez fait.

Sa voix se fit plus grave.

— Je suis venu te dire que je suis fier de toi, Megan. Je sais que… ça arrive un peu tard, mais je le suis réellement.

Elle sentit sa gorge se nouer.

— Je… Je n'ai pas toujours été le père le plus compréhensif qui soit, ou, en tout cas, je ne l'ai pas montré clairement. Je n'ai pas supporté de perdre ta sœur et ta mère. Je suppose que je me suis replié sur moi-même.

— On était tous les deux dévastés, papa, répondit Megan doucement.

— Oui, mais je t'ai tenue à distance. Je t'ai laissée tomber.

— Je pouvais comprendre. Je n'étais pas jolie comme Shelly ou maman, je n'étais pas féminine…

— Mais justement… Tu es très belle, Megan, mais d'une façon différente. Tu es forte, intelligente, généreuse, et… tu as toujours semblé si indépendante. J'imagine que je gâtais plus Shelly parce qu'elle était facile à vivre, et qu'elle n'avait pas ton intelligence et ta volonté. J'ai cru qu'elle avait plus besoin de moi.

— Oh ! papa, j'avais besoin de toi, moi aussi, s'exclama Megan, luttant pour retenir ses larmes.

— Je m'en rends compte, maintenant.

Il se passa la main sur le front.

— Bref, j'ai bien réfléchi. Je voudrais qu'on se revoie et qu'on… renoue des liens.

Elle se mordit la lèvre.

— Je ne démissionnerai pas, papa.

— Je sais, répliqua-t-il en souriant. Et je ne te le demande pas. Tout ce que je veux, c'est que tu me permettes d'être ton père à nouveau. D'avoir une place dans ta vie.

Comment pouvait-elle dire non à cette requête ?

Il sortit un écrin en velours de sa poche et le lui tendit.

— Tiens, ma chérie. Ouvre-le, je t'en prie.

Megan prit la petite boîte et souleva le couvercle. Le souffle coupé, elle découvrit des boucles d'oreille en diamant étincelantes. Elles étaient magnifiques.

— Elles étaient à ta mère, déclara-t-il. Elle les portait à notre mariage.

Sa voix se fit plus bourrue.

— Je me suis dit que tu accepterais peut-être de les porter aujourd'hui.

Les yeux pleins de larmes, Megan se leva et courut vers son père.

— Merci, papa. Je ne sais pas quoi dire.

— Rappelle-toi combien elle t'aimait, ma chérie. J'aurais tellement voulu qu'elle soit présente aujourd'hui et qu'elle puisse te voir.

— Moi aussi…

Il referma les bras autour d'elle.

— Je t'aime, Megan. Très fort. Je suis désolé d'avoir perdu autant de temps.

— Moi aussi, je t'aime.

Elle l'embrassa sur la joue, puis lui serra la main.

— Tu veux bien m'amener à l'autel ?

Il croisa son regard, et le souvenir de leur passé douloureux s'estompa.

— Ce sera un honneur.

Roan ajusta sa cravate texane en souriant. Ses demi-frères lui avaient raconté avec humour à quel point ils détestaient porter un costume. Ils avaient été ravis qu'il leur demande de venir en jean.

Il avait été très touché que Maddox, Brett et Ray lui donnent le terrain que leur père avait acheté à Clark. Ils lui avaient assuré que c'était mérité et qu'il avait sa place à Horseshoe Creek.

Ses demi-frères sortirent du chalet et gagnèrent leurs places sous le chapiteau, installé au bord de l'étang, sur ce qui était désormais sa terre.

Lorsque Roan vit Megan traverser le champ au bras de son père, ses yeux s'embuèrent. Mama Mary l'avait prévenu que le Dr Lail Senior était arrivé sans prévenir. Il avait eu peur que Megan soit bouleversée.

Mais le sourire radieux qu'elle lui lança, avant de l'adresser à son père, le rassura. Ils s'étaient réconciliés.

Sa future femme était splendide dans sa robe ancienne en dentelle ivoire. Elle portait un voile court, maintenu en place par des peignes. Aujourd'hui, ses cheveux étaient détachés et flottaient dans le vent.

Il s'approcha pour la prendre par la main, et elle l'embrassa avant même que la cérémonie ne commence.

Des rires éclatèrent dans l'assemblée, et le petit garçon de Brett applaudit. Le Dr Lail regarda Roan avec gravité, puis lui serra la main.

— Prenez soin de ma fille, elle est précieuse, déclara-t-il avec gravité.

Roan hocha la tête.

— Comptez sur moi, monsieur.

Megan l'embrassa à nouveau. Roan éclata de rire et la prit dans ses bras. Ce baiser n'était que le prélude de la vie qu'ils allaient mener ensemble.

Et un jour, eux aussi auraient une famille.

Mais pour l'instant Megan était tout ce dont il avait besoin. Cela dit, il était aussi reconnaissant d'avoir les McCullen auprès de lui, ainsi que cette terre où sa femme et lui allaient établir leur foyer.

Retrouvez prochainement,
dans votre collection
BLACK ROSE

Mortelle ressemblance, de R. Barri Flowers - N°762

ENQUÊTES DANS LE PACIFIQUE – 1/4

À Hawaï, un nouveau corps de femme est retrouvé. Une fois encore, il s'agit d'une jeune Maorie. Peu de pistes. Pas de témoins... Pour le détective Logan Ryder, l'enquête tourne au fiasco. Seul réconfort dans son désarroi, la présence d'Elena Kekona. Elena, la séduisante psychologue qui l'aide à surmonter la mort de son coéquipier. Elena qui ressemble beaucoup trop aux victimes du tueur de la Grande Île...

Le bébé de l'ombre, de Lara Lacombe

Le bébé est à moi... Juste ces mots tracés sur son pare-brise et une cible : la signature du tueur de l'Alphabet. Le cœur battant, Ridge Colton tente de mettre de l'ordre dans ses idées. Qui donc est ce *bébé*, cette fillette âgée de deux semaines qu'il a trouvée devant sa porte avec un message : *S'il vous plaît, occupez-vous d'elle jusqu'à mon retour ?* Et quel lien y a-t-il entre elle et le criminel que la police recherche depuis des mois ?

Je veillerai sur toi, de Julie Anne Lindsey - N°763

La femme porte un bébé dans ses bras et lui tourne le dos. Puis elle se retourne et i la reconnaît : Jen Jordan, la veuve de son meilleur ami, mort au combat... Silencieux luttant contre le trouble qui l'envahit, il écoute son récit : son agression dans le par voisin, la disparition de sa colocataire. Et aussitôt sa décision est prise : il va aider Je et les protéger, elle et son fils...

Rapprochés par le risque, de Tara Taylor Quinn

Jalousement, la procureure Emma Martin veille sur son jardin secret. Pourtan lorsqu'elle se retrouve contrainte de travailler en étroite collaboration ave l'agent de probation Jayden Powell, elle doit bien se résoudre à enfreindre se propres règles. Victime d'une tentative de meurtre, c'est avec soulagement qu'el accepte à ses côtés la présence permanente de Jayden : rassurant, protecteur. et tellement séduisant.

HARLEQUIN BLACK ROSE

Retrouvez prochainement,
dans votre collection

BLACK ROSE

Un voisin si rassurant, de Rachel Lee - N°764

En arrivant dans le Wyoming pour s'occuper de la fille de Lily, sa sœur jumelle, Jazz est séduite par la sérénité des lieux. Séduite aussi par Adam, son voisin, qui est le seul dans le village à ne pas la prendre pour Lily. Mais cette confusion va bientôt lui attirer les pires ennuis. Fleurs fanées, lettres anonymes… Les menaces se multiplient, et la présence d'Adam à ses côtés est de plus en plus précieuse…

L'ultime cavale, de Juno Rushdan

Accusés de trahison par la CIA, les membres de l'unité Topaz sont traqués sans relâche par leur ex-chef d'équipe : Kelly Russell. Pourtant, Hunter Wright, leur chef, a le plus grand mal à croire à la culpabilité de Kelly. Les souvenirs qu'il a gardés d'elle sont ceux d'une collaboration sans faille et… d'une nuit d'amour torride. Se pourrait-il que Kelly elle aussi ait été manipulée ?

Une enfant en danger, de Beverly Long - N°765

LE DÉFI DES HOLLISTER – 3/4

En retrouvant Summer, la femme qui lui a brisé le cœur quinze ans plus tôt, Bray a compris qu'il n'avait jamais cessé de l'aimer. Aujourd'hui, elle est divorcée, elle a deux enfants – un grand garçon et une fillette de cinq ans – et un passé dont elle se refuse à parler. Jusqu'au jour où Adie, sa fille, est enlevée, et c'est vers Bray qu'elle se tourne pour qu'il la retrouve…

Le rempart du mensonge, de Beverly Long

LE DÉFI DES HOLLISTER – 4/4

Rafe est vivant ! En voyant réapparaître son mari, disparu en mer quatre ans plus tôt, Trish est submergée par le bonheur. Mais bientôt elle sent la peur monter en elle. Car elle vient de comprendre que Rafe est revenu pour la protéger, et que l'agression dont elle a récemment été victime n'était qu'un piège destiné à le faire sortir de la clandestinité…

Retrouvez prochainement, dans votre collection

BLACK ROSE

Un secret dans la brume, d'Elle James - N°766

En arrivant au manoir de Cape Churn, Dixie Reeves découvre avec stupéfaction l'imposante demeure construite sur une falaise abrupte. Bientôt elle est reçue par Andrew Stratford, le séduisant milliardaire qui l'a engagée pour veiller sur lui et Leigha, sa fille de six ans, une enfant sauvage qui s'échappe souvent pour de mystérieuses escapades...

Mystérieuse disparition, de Colleen Thompson

Sans nouvelles de son père et de ses deux enfants, Liane part à leur recherche... Inlassablement, elle chevauche à travers les vallons tandis qu'à ses côtés Jake Whittaker, son amour de jeunesse, tente de la rassurer. Pourtant, rien ni personne ne peut calmer son angoisse. Car un homme est à leur poursuite : Mac McCleary, son ex-mari, un individu violent et prêt à tout pour se venger d'elle.